KARIN KERSTEN | Hohe Tannen

W0382062

Über dieses Buch

„Karin Kersten hat große Lust zum Fabulieren – und es ist sehr zu hoffen, dass sie uns noch möglichst viel erzählt!"

Südwestrundfunk

„Eine Autorin, die sich dem Mainstream der zeitgenössischen deutschen Belletristik auf charmante Art entzieht."

Frankfurter Neue Zeitung

„Karin Kersten hat ein spannendes Buch geschrieben, das auch die Hochkomik zu ihrem Recht kommen lässt."

NDR, Focus Kultur

„Man muss wohl in der Welt sehr weit herumgekommen und mutig sein, um von der Schönheit des norddeutschen Mittelgebirges und vom Reiz des Vertrauten so komisch und liebevoll und nachdenklich erzählen zu können wie Karin Kersten."

Stuttgarter Zeitung

„Das Unfassbare ist fassbar geworden: in diesem zu Herzen gehenden Roman." *Die Zeit*

„Karin Kersten hat eine starke Stimme. Tragik und Komik liegen bei ihr am liebsten ganz nah beieinander." *Berliner Zeitung*

„Wenn Karin Kersten schreibt, schwebt etwas ganz Besonders zwischen den Zeilen. Ein witzig-hintersinniger Roman über Aufbruch und Neubesinnung in der mittleren Lebensphase – mit diesem gewissen ‚Kersten-Etwas'." *Wochenblatt Main Tauber*

Über die Autorin

Karin Kersten, geboren und aufgewachsen in Braunschweig, studierte Komparatistik in Göttingen und Berlin. Sie arbeitet als freie Autorin für mehrere Rundfunkanstalten und als Übersetzerin unter anderem von Djuna Barnes, Doris Lessing und Virginia Wolf. 2005 erschien ihr hochgelobtes Romandebüt „Die Aufgeregten". Karin Kersten lebt heute in Berlin.

KARIN KERSTEN

Hohe Tannen

Roman für Freunde

Diana Verlag

FSC
Mix
Produktgruppe aus vorbildlich bewirtschafteten Wäldern und anderen kontrollierten Herkünften
Zert.-Nr. SGS-COC-1940
www.fsc.org
© 1996 Forest Stewardship Council

Verlagsgruppe Random House FSC-DEU-0100
Das für dieses Buch verwendete
FSC-zertifizierte Papier *München Super*
liefert Mochenwangen.

Taschenbucherstausgabe 06/2009
Copyright © 2007 Klöpfer und Meyer, Tübingen
Alle Rechte vorbehalten
Copyright © dieser Ausgabe 2009 by Diana Verlag, München,
in der Verlagsgruppe Random House GmbH
Umschlagillustration | © Anja Filler
Umschlaggestaltung | Hauptmann & Kompanie Werbeagentur,
München – Zürich, Teresa Mutzenbach
Herstellung | Helga Schörnig
Satz | C. Schaber Datentechnik, Wels
Druck und Bindung | GGP Media GmbH, Pößneck
Printed in Germany 2009

978-3-453-35401-2

http://www.diana-verlag.de

Freunde

Gehab dich wohl, Backala

Auf dem Weg von Gos hinauf in die kleinen Bergorte macht die Straße einmal einen scharfen Bogen, auf den man gefaßt sein oder doch wenigstens in nüchternem Zustand zufahren sollte. In der Nacht zumal. Denn dort, noch in der Kurve, stehen hohe Tannen. Schöne Tannen für den, der Tannen mag. Für Robert war das nichts, dachte seine Schwester Siegrid manchmal, wenn sie an ihnen vorüberfuhr. Robert hätte gern freie Sicht gehabt. Er hätte das ganze Gestänge gern umgeholzt. Vielleicht hatte aus ihm aber auch nur der Sohn des Sägewerksbesitzers gesprochen, dessen Existenz ihre Grundlage nun einmal darin hat, daß der Wald zu Holz wird. Lange hatte Robert Backla den hohen Tannen allerdings nicht nach dem Leben trachten können, denn noch ehe er sich entschieden hatte, ob er erst studieren und danach in das Sägewerk seines Vaters eintreten oder das ohne weitere Umschweife tun wollte, hatte es ihn in einer pechschwarzen Märznacht auf der Rückfahrt von Gos aus der Kurve getragen. Gleich nach dem Abitur war das gewesen, als er, das Anfängerschild noch an der Scheibe des alten Volkswagens, der ihm und seiner Schwester gemeinsam gehörte, auf den scharfen Bogen nicht gefaßt gewesen oder, so wurde behauptet, nicht ganz nüchtern zugefahren war.

Robert Backla, den seine Freunde Backala oder Backa*

nannten, war also knapp zwanzigjährig ein Opfer der Bäume geworden, wie noch stets behauptet wird, wenn der Mensch in seinem Übermut an deren naturgegebener Unbeweglichkeit zerschellt.
Seit jener Zeit kündeten ein hölzernes Kreuz und ein Blumengebinde am Fuß der hohen Tannen von der *Unfaßbarkeit* seines Todes, kündeten und kündeten, und allwöchentlich über Jahre und Jahrzehnte hinweg wurden die welkenden Blumen durch frische ersetzt.
Aber das sind ja schon hunderte von Sträußen! ging Siegrid Backla auf einer ihrer Heimfahrten, Roberts Tod lag genau zehn Jahre zurück, plötzlich auf. Hunderte von Sträußen, und irgendwann werden es tausende sein! Und dann dieses hölzerne Kreuz, dachte sie, während sie am Ortsschild von Hohe Tannen in die kleinere Straße bog. *Unfaßbar.* Sie würde ihre Eltern einmal fragen. Wenn nicht bei diesem dann bestimmt beim nächsten oder übernächsten Besuch.

In den ersten Tagen nach Robert Backlas Tod hatte immer wieder ein einheimisches Fahrzeug mit diesem obskuren Kennzeichen auf dem schmalen Seitenstreifen am Ende der Feuerschneise gehalten, wo die fünf Tannen standen. Meist war ein Paar oder ein Grüppchen ausgestiegen und hatte in jenem naßkalten März, stehend im Nieselregen,

* Seinen Rufnamen *Backala*, abgekürzt *Backa*, verdankte Robert Backla seiner Schwester Siegrid. Er war eine Verballhornung des italienischen Wortes *baccalà = Klippfisch, Stockfisch*, das sie als Schülerin aus Italien mitgebracht hatte und das, auf Brüder angewandt, angeblich Blödmann bedeutete. Die Freunde hörten es gern und nannten Robert fortan ebenfalls *Backala*.

auf das hölzerne Kreuz niedergeblickt. Stumm hatten die Freunde den feuchten Handschuh an den Mund gepreßt oder sich auf die Lippe gebissen, und es waren auch wieder Tränen geflossen. Der eine oder andere hatte es mit einem Scherz versucht, wie er dem Freund, stellten sie sich jedenfalls vor, hätte gefallen können – warum nicht auch jetzt? Wer wollte das wissen? Ach, Backa, nun sag schon, wo steckst du denn jetzt? Sie hatten sich geschworen, ihn nicht zu verlassen – doch das war schwer, merkten sie nun am Fuß der Tannen, sehr schwer. Daß man Blumen an seinem Kreuz niederlegte, ja, das war einfach, enge Angehörige machten das so, und die Mädchen hatten anfangs ihre Sträußchen dazugelegt und noch ein wenig daran herumgezupft, doch wenn sie sich wieder aufrichteten, war da wieder dieses Gefühl der Hilflosigkeit gewesen. Sie waren nun einmal keine engen Angehörigen, und das Unfaßbare, die Ungeheuerlichkeit, daß Robert in einem Alter gestorben war, in dem man nicht sterben *durfte* – in ihrem Alter –, hatte sie stumm gemacht.

Und dann gingen die meisten von ihnen fort, und sie verließen ihn doch, wie sie alles verließen, ihr Zuhause, ihren Heimatort, ihre Familie, die Freunde, die Lebenden und die Toten, alles und alle. Für lange Jahre rückte, was früher das Nahe gewesen war, in weite Ferne. Und wenn sie sich einmal umwandten, sah das alles so abgetan aus, alles so eng und so dicht beieinander und von grauen Wolken verhangen. Die regenschweren hohen Tannen, das nässeglänzende Kreuz an ihrem Fuß, das war alles so aus der Welt, und so waren ihre Besuche in Hohe Tannen meist kurz, und sie hielten nicht mehr bei Backalas Kreuz.

Und die Daheimgebliebenen? Sie warfen, wenn sie die Fahrt in der scharfen Biegung verlangsamt hatten, schon einmal einen raschen Blick auf die hohen Tannen und das Kreuz mit dem Blumengebinde.
Erni Backla hielt selbst in späteren Jahren ab und zu an, als Verwandte, wie sie ihrer Kusine Siegrid irgendwann anvertraute. Ganz zu Anfang sei sie einmal dorthin gefahren, weil sie sich einsam fühlte – „Das verstehst du doch, Zicki? Auf einmal sind fast alle weg, und da habe ich Roberts Nähe gesucht, doch dann steht man vor diesem Kreuz und begreift: Er ist doch längst auch nicht mehr da, nicht wirklich. Das war trostlos, glaub mir, und danach habe ich nur noch ab und zu ein paar Blumen dazugelegt, als Verwandte, und habe lieber an ihn gedacht, wenn ich zu Hause war. An die Zeit mit ihm und den anderen. Ich habe die Erinnerung frisch gehalten. Und manchmal kam ja auch einer von euch zu Besuch."

Zwischen Freund Malte Warrentei, längst Dr. med. Warrentei, und Robert Backla entspann sich, von niemandem bemerkt, in späteren Jahren eine Art dauerhafter Kontakt. Wenn Malte spätabends nach einem harten Praxistag in Gos nach Hause fuhr, kam es vor, daß er, nicht mehr ganz nüchtern und von Selbstmitleid überwältigt, bei den hohen Tannen hielt. Das kam schon gelegentlich vor. Daß er die Beifahrertür aufstieß und sich an Robert Backla wandte: „Weit und breit wieder keine lebende Seele, Backa, du weißt, wie ich das meine. Ein echter Notstand, denn ich muß jetzt reden, ich brauche das jetzt, hörst du?" Und dann schwatzte er ein wenig ins Dunkel hinein. Irgendetwas war ihm immer gerade zu Ohren gekommen.

„Hast du das von Otts Vater gehört, Backa? Von dem Seilbahnunglück? Diese Familie sollte besser im Haus bleiben. Erst der Onkel und die Tante – wie lange ist das jetzt her? So an die vierzig Jahre, was meinst du? Lawinenunglück. Wem passiert sowas schon? Jedenfalls, Ott kommt zur Beerdigung. Morgen, soweit ich weiß. Ich erwarte nicht, daß du dich dazu äußerst, Backa, das nun auch wieder nicht."

Doch jetzt ist wieder eine andere Zeit. Die Freunde kehren zurück. Einer nach dem anderen und in großen Abständen kehren sie nach Hohe Tannen zurück. Und so sehen die Eltern Backla auf dem Weg nach Gos eines Morgens überrascht Arno von Fiseleks schwarzen Pick-up bei den hohen Tannen stehen. „Sieh mal an", sagt Siegfried Backla zu seiner Frau, „Arno, der alte Gauner, auf Besuch bei unserem Sohn." Irmi Backla wendet sich um, doch Arnos Auto ist schon außer Sicht.

Wenn Arno, unterwegs nach Gos, heute eingangs der scharfen Biegung plötzlich gebremst, die Straßenseite gewechselt und bei Backalas Kreuz gehalten hat, dann muß er schon einen guten Grund gehabt haben, denn Arno hält niemals dort. Er hat seine eigene Weise, seines Jugendfreundes zu gedenken, wie er es etwas hochtrabend nennt. Ab und zu hebt er abends das Glas auf ihn. „Prost, Backa, wie geht's dir da oben – ich nehme doch an, du bist oben?" Das Kreuz am Fuß der Tannen hingegen hat er von Anbeginn gemieden.
„Das ist nicht mein Stil", hat er Malte gegenüber erklärt, „gesenkten Hauptes, womöglich mit Blumenstrauß in der

Hand – nee, laß mal, ich habe schließlich einen Ruf zu verlieren!"

„Und was für einen", hat Malte darauf erwidert.

Er hat den denkbar schlechtesten, der erfolgreiche Geschäftsmann Arno von Fiselek, Fiesel, der Gauner, der Alimentenflüchtling, der schreckliche Harzer, und scheint lange Zeit auch noch stolz darauf gewesen zu sein. Doch heute hat er tatsächlich gleich zwei gute Gründe gehabt, spontan bei den hohen Tannen zu halten, die Wagentür aufzumachen und sich eine Zigarre anzuzünden. Die ist für den Weg, denkt er, und schiebt seine dicken Knie in die Türöffnung.

„Tja, Backa, heute ist eben alles ein bißchen anders als sonst." Er stößt eine dicke Rauchwolke aus. „Jetzt denkst du: Was will der denn auf einmal hier? Aber, glaub mir, Backa, mir geht's auch nicht mehr so doll. Dir kann ich das ja sagen. Und dann noch etwas ganz anderes. Hast du schon das von Ott Polaczek gehört? Öttchen durfte man ihn ja irgendwann nicht mehr nennen und Ottfried schon gar nicht. Also, Ott kehrt nächste Woche für immer aus Down Under zurück. Damals vor dreißig Jahren – wie soll ich sagen?, zu deiner Zeit sagte man noch Australien oder Neuseeland. Jedenfalls hat Ott seine Kusinen angerufen, die Zwillinge, du weißt schon. Er wär die ewige Frischluft leid, hat er angeblich gesagt – hah! So war er schon damals, Ott Polaczek. Dann wär er hier oben ja richtig, hat Marita geantwortet, oder war es Magda?, jedenfalls eine von beiden. Denn wenn hier oben noch irgendwas halbwegs frisch wär, dann doch wohl die Luft. So sind sie, die beiden. Bestimmt wird unser Spätheimkehrer zu allererst dich begrüßen, seinen besten Freund. Das freut dich doch, Backa?"

Arno raucht eine Weile schweigend. Die Rückkehr Ott Polaczeks erfüllt ihn mit tiefer Genugtuung. Mehr als die

aller anderen. Ott ist für ihn der einzige echte Harzflüchter. Sein unsauberer Abgang, wie Arno es nennt, sein störrisches Fernbleiben, sie sind ein ewiger Stachel in seinem Fleisch gewesen. Arno, der nie einen Fuß aus dem waldigen Dreieck seiner nächsten Umgebung gesetzt und sich „hier oben etwas aufgebaut“ hat, hält heute auch deshalb bei Backalas Kreuz, weil er bewegt ist. Es bewegt ihn, daß die Dinge endlich wieder ins Lot kommen, so empfindet er es. Die Ferne wieder in weite Ferne rückt. Die Nähe wieder da ist, wo er ist. Ott kehrt nach Hause zurück. Wird aber auch Zeit, alter Freund.
Arno drückt seine Zigarre aus und zieht die Wagentür zu.
„Ich muß jetzt weiter, Backa, muß runter nach Gos, zum Kardiologen. Gehab dich wohl, Backala.“

Unfaßbar war nur noch ein Wort

„Papa“, sagte Siegrid Backla bei einem ihrer Besuche in Hohe Tannen eines Abends am Eßtisch, „ich habe neulich gesehen, daß ihr immer noch frische Blumen niederlegt, dort wo Robert gestorben ist. Jede Woche auf der Rückfahrt von Gos tut ihr das, hat man mir erzählt.“ Messer und Gabel der Eltern schwebten bereits reglos über den Tellern.
„Und?“ sagte Siegfried Backla.
„Was ich gern wüßte, ist, was ihr dabei empfindet. Ich meine, empfindet ihr diesen Tod eures Sohnes immer noch als unfaßbar, oder ist unfaßbar nur noch ein Wort? Empfindet ihr etwas anderes, weil Empfindungen sich doch mit den Jahren wandeln können wie Gedanken? Oder wandeln solche Empfindungen sich nicht, sondern verblassen erst und sterben schließlich ab?“
„Zicki –“ „Zicki –“ Beide Eltern platzten fast gleichzeitig mit

dem Kindernamen heraus, der ihr geblieben war. Zicki sah die tiefe Röte im Gesicht des Vaters, die Tränenfeuchtigkeit, die den blaßblauen Blick der Mutter zum Schwimmen brachte.

„Versteht mich richtig", beeilte sie sich zu versichern, „ich will nicht bezweifeln, daß ein geliebter Mensch einem so lange und länger fehlen kann, nur habe ich mir neulich, als ich von Gos heraufkam, gedacht: Wie Robert das wohl fände? Ich meine, ob nicht vielleicht auch ein Toter eine Geschichte haben muß, um weiter seinen Platz unter den Lebenden einnehmen zu können, die doch alle älter geworden sind? Robert wäre dann jetzt beispielsweise ein Toter von dreißig Jahren. Und ich denke dabei auch nicht an solche Versuche wie den von Queen Victoria."

„Queen Victoria?" murmelte ihre Mutter Irmi verwirrt.

„Sie hat ihrem Albert noch lange nach seinem Tod einen Platz am Eßtisch freigehalten, wir haben doch davon gesprochen, Irmi", sagte Siegfried Backla.

„Ach ja. Ja ja. Aber ging es dabei nicht um – ums Bett?"

Jetzt schwebten zur Abwechslung die Bestecke von Vater und Tochter.

„Oh Irmi", sagte Siegfried Backla.

„Ich meine, sprecht ihr mit Robert? Oder legt ihr nur die Blumen hin, euer Blick streift dieses eine, dieses immergleiche Wort wie blind, und ihr steht einen Augenblick und denkt vielleicht, daß nun der Winter bald kommt oder der Frühling, was gerade dran ist, und ihr seufzt noch ein bißchen und kehrt zum Auto zurück …? Spielt es sich so oder so ähnlich ab, oder sprecht ihr mit ihm? Spricht er mit euch?"

Zicki hatte die Augenpaare der Eltern während dieser eindringlichen Rede anfangs festgehalten wie die unruhigen Gäule eines Zweispänners, denen die Nähe des jeweils anderen nicht recht behagen will. Doch nun ließ sie von ihnen ab, und wundersamerweise ergaben die beiden sich gerade in diesem Augenblick in ihr Schicksal. Kurz senkten sie die Köpfe – ergeben ist schon das richtige Wort, und als sie sie wieder hoben, wirkten sie lenkbar und still.

„Ach Zicki", sagte ihre Mutter Irmi leise.

„Zicki, Zicki, du immer mit deinen Fragen", murmelte kopfschüttelnd ihr Vater Siegfried und erklärte dann: „Aber gut. Ich spreche jetzt nur für mich. Doch, ja, ich spreche mit ihm. Nur nicht gerade am Fuß dieser elenden Tannen, dort gerade nicht, denn ich bin nicht versöhnt mit dem Schicksal, der Vater einer an diesen Tannen zerschellten Hoffnung zu sein. Ich spreche mit ihm im Schutz der lärmenden Säge. ‚Robert', sage ich beispielsweise, ‚Robert, mein Sohn, warum hast du das getan? Warum? Und soll ich die Biester nun umhauen? Sag doch mal was.' Oder so ähnlich. Ich hadere. Und dabei weiß ich doch längst, daß er nicht mehr da ist. Längst. Ich hab's begriffen, Herrgott noch mal. Insofern ist das Wort unfaßbar längst der reine Hohn. Und er antwortet mir natürlich nie auf diese Fragen."

„Und ich spreche mit ihm, wenn ich unten im Bügelzimmer bin", gab Irmi bereitwillig Auskunft. „Dabei weiß ich doch, daß er nicht mehr da ist. Irgendwann vor langen Jahren schon habe ich eines Tages verstanden, daß er einfach ein Glas getrunken hatte, damals in Gos. Nur eins. Er vertrug ja nichts. Das ist eine ganz einfache Tatsache, die jeder begreifen kann. Daran ist doch nichts Unfaßbares. Ich denke nie an dieses Wort an seinem Kreuz, wenn ich darauf niederblicke. Ich denke dann manchmal: ich möchte ein bißchen mit Robert reden. Wenn wir wieder zu Hause sind. Ich werde bügeln."

Nun flossen sie doch, Irmis Tränen der Wehmut, der bitteren

endgültigen Gewißheit, aber auch einer tapfer umhegten vagen Hoffnung auf ein Wiedersehen, irgendwo, irgendwann.
Zickis Unterlippe bebte, als sie „ach Mama", „ach Papa" sagte. „Sagt er denn zu dir auch nie etwas?" flüsterte sie ihrer Mutter dann zu, weil ihr Vater das Gesicht in den Händen vergraben hatte, der Blick ihrer Mutter jedoch noch unter Tränen auf sie gerichtet geblieben war.
Irmi Backla zuckte die Achseln und knetete ihre Serviette im Schoß. „Doch, schon. Er sagt manchmal, daß es ihm gutgeht. Daß ich mir keine Sorgen machen soll. Daß wir uns irgendwann wiedersehen. Solche Sachen. Doch, weißt du", und nun flüsterte auch sie, „oft denke ich dann: So kann nur ich selbst reden. So hätte er nie geredet. Robert doch nicht. Außer es ist, wie du sagst: Er ist vielleicht älter geworden. Ein erwachsener Mensch, wenn auch ein toter."
Zicki nahm schweigend Wort für Wort in sich auf.
„Mama", sagte sie dann, „ich frage ja auch nur, weil ich selbst – ich glaube, ich kann gar nicht richtig trauern, verstehst du? Ich kenne nur dieses eine Gefühl, dieses Bedauern, daß wir uns nicht als Erwachsene gekannt haben. Das ist so ein würgendes Gefühl, ich weiß auch nicht, wie ich das sagen soll, doch habe ich bis heute nichts anderes zustande gebracht. Stattdessen ist es manchmal, als wäre er noch da, auch wenn das nicht genau dasselbe wie eine Erinnerung ist. Er ist zwar genau, wie er früher war. Ein Bruder, der ein Jahr jünger ist, furchtbar. Aber er erfindet, obwohl er doch nun schon zehn Jahre tot ist, noch immer Neues für mich. Wie damals, wenn er zum Beispiel gesagt hat: Zicki, deine Füße wachsen dreimal so schnell wie der Rest. Backa, sage ich dann, Backa, tot oder lebendig, du bist und bleibst ein Blödmann. Verstehst du, was ich sagen will, Mama?"

Die zitternden Lippen ihrer Mutter verzogen sich langsam zu einem Lächeln. „Ein Blödmann!" sagte sie mit einem kleinen Aufschluchzen. „Hörst du, Siegfried? Robert ist und bleibt ein Blödmann, tot oder lebendig, hat sie gesagt!"
Durch die Hände ihres Mannes war ein Laut zwischen Krächzen und Schluchzen zu hören, so etwas Unentschiedenes zwischen Lachen und Weinen, wie der Mensch es gelegentlich hervorbringt, wenn er von widerstreitenden Empfindungen gepackt wird. „Ein Blödmann, genau. Statt daß er mal antwortet, was nun werden soll mit den Tannen ..."

Hedel, die Haushälterin, trat mit einem wildlodernden Rumpudding ins Eßzimmer. Sie lächelte maliziös. Es handelte sich offenbar um einen neuartigen Versuch, das ganze Haus abzubrennen, ohne den Nachtisch zu ruinieren.
„Herrjemine!" rief Irmi. „Und das kann man noch essen?"
„Das nenne *ich* nun unfaßbar", sagte Siegfried Backla.

„Du wirst verstehen, Zicki", sagte ihr Vater später, als sie sich an der Treppe trennten, um schlafen zu gehen, „daß deine Mutter und ich an unserer alten Gewohnheit, auf dem Rückweg von Gos ein paar Blumen niederzulegen, wo dein Bruder vor zehn Jahren zu Tode gekommen ist, festhalten müssen, weil wir sonst von dem Verdacht geplagt würden, wir hätten bloß auf den richtigen Augenblick gewartet, um ein beschwerlich gewordenes Ritual loszuwerden. Wenn es nur nach mir ginge, ich wüßte die richtige Antwort auf das lang schon nicht mehr Unfaßbare: ich würde die hohen Tannen umhauen, radikal."

„Aber Papa, du kannst doch die Bäume nicht dafür strafen wollen, daß dein Sohn, als er einmal …"
„Schscht. So genau wollen wir das gar nicht wissen. Es soll eigentlich auch kein Racheakt sein, eher ein Befreiungsschlag. Jedenfalls führe keiner mehr in sie hinein. Aber ich muß auch an deine Mutter denken. Und vor allem an Robert. Wie soll ich denn wissen, wie er das heute fände? Oder findet, meinethalben." Er hob kurz den Blick zur altersbraunen Decke der Diele, zuckte die Achseln und zwinkerte seiner Tochter zu, die ihm von der untersten Treppenstufe nachblickte, als er den Flur hinunterging, um die Vordertür abzuschließen.
War das zuviel der Fragerei gewesen? Zicki glaubte nicht. Von der Bettkante aus blickte sie über den mondhellen Hof mit seiner schwarzen Hügellandschaft. Zu wem sollte sie gehen mit diesen Fragen? Nach zehn Jahren waren sie immer noch drängend. Mochte sie auch sagen: Mein ehemaliger Verlobter, meine damalige Freundin – einen ehemaligen oder damaligen Bruder gab es so wenig, wie es je eine ehemalige Mutter, einen damaligen Vater geben würde. Damit war doch schon alles gesagt. Sie wußte das schon seit längerem, was sie nicht gewußt hatte, war, wie es für ihre Eltern aussah. Es sah so aus, wie sie erhofft, aber nicht unbedingt erwartet hatte: Sie hatten einen Sohn auf alle Zeiten, der allerdings partout nicht antworten wollte. (Der Blödmann.)

Local Heroes

Seit jenem Gespräch am Abendbrottisch sind noch einmal viele Jahre vergangen. „Irgendwann hört man auf zu zählen", hat Irmi Backla erst kürzlich wieder gesagt und

lächelnd geseufzt. Sie war schon immer ein guter, ein argloser Mensch, und sie ist es geblieben und gewiß nicht nur aus dem Grund, der für einen längst nicht so guten und gar nicht arglosen Menschen wie Freund Malte Warrentei der nächstliegende ist: Irmi ist nicht etwa nur deshalb der Mensch, der sie ist, weil sie „ihr Gehirn gleich auf dem Standesamt abgegeben hat". Nein, manche Menschen sind nun einmal so: für sie fallen von jeher Pflicht und Neigung zusammen, sie machen nicht viel von sich her, und nur ganz selten fallen sie einmal auf – wenn sie fort sind. So hat Irmi Backla Zicki einmal in Italien besucht, als ihre Tochter sich den Arm gebrochen hatte und ihr Mann das Sägewerk nicht allein lassen konnte. Das ist dann doch aufgefallen, und selbst die rücksichtsloseren Naturen unter Siegfried Backlas Gästen haben angesichts der verwaisten Enklave friedfertiger Wohlgesonnenheit gestutzt und gefragt: „Wo ist denn Irmi?", wenn auch ohne eine Spur von Beunruhigung. Wo sollte Irmi Backla schon sein? Es war gar nicht denkbar, daß so ein Mensch wie Irmi an einem Ort weilte, der nicht friedlich und ruhig war. Irmi mußte immer an einem Ort sein, der für sie gut und angemessen war. „Bei Zicki. Sie wird dort gebraucht", hat Siegfried geantwortet.
Dann war ja alles gut.

Siegfried Backla kann Irmi natürlich nicht vermissen, denn er ist ja – von dieser einen Ausnahme abgesehen – nie ohne Irmi. Für ihn käme schon eher so etwas wie ein gerade nur erahntes Verlustgefühl in Frage, ein Vorbote der harten Erkenntnis, daß er selbst, daß Irmi von der blutleeren Allgemeingültigkeit der Behauptung, der Mensch sei sterblich, nicht ausgenommen ist. Leider, leider. Und so empfindet er in den letzten Jahren ein wenig anders, wenn er hin und wieder den Blick hebt und auf Irmi richtet, die sich in seiner Nähe zu schaffen macht, oder von Ferne ihrem Geklapper in der Küche lauscht. Wenn er fast ein halbes Jahrhundert lang in der selbstverständlichen Gewißheit gelebt hat, daß sie da war, so dient dieser Blick, dient dieses Lauschen in den letzten Jahren immer häufiger der Vergewisserung, daß sie noch da ist. Irmi ist nicht da, sie ist noch da.

So ist die Gefühlslage, so der Erkenntnisstand im Haus der alten Backlas, in der Fabrikantenvilla, die ja eigentlich die Sägewerksbesitzersvilla genannt werden müßte, doch zu Recht sträubt sich die menschliche Zunge gegen derart Sperriges. Manche sagen folglich einfach Sägewerksvilla, die meisten Fabrikantenvilla.

Die Zeit, in der Irmi und Siegfried Backla die Jahre zu spüren beginnen, fällt zusammen mit der Zeit, in der einige der Freunde aus der Großen Ebene oder ferneren Gegenden zurückkehren, heimkehren nach früheren Aufenthalten, die Stippvisiten, allenfalls Besuch zu nennen waren, nicht aber Rückkehr oder gar Heimkehr. Es sind die sieben, acht Jahre, in denen erst Werner Liebig, um einiges später Lilo Lippelt, danach in kurzem Abstand die Zwillinge Magda und Marita Polazcek einer nach dem anderen heimkehren. Und nun wird auch Ott, den es am weitesten hinausgetragen hat, von Gos heraufgefahren kommen mit diesem unverwechselbaren Gefühl, auf Dauer zurückzukehren. Erwartet von anderen, die schon wieder da sind, und solchen, die niemals für längere Zeit fort waren wie Erni Backla, Malte Warrentei und Arno von Fiselek (und gar schon Marcel Raplan-Fitsche, dieser Höhlenmensch). Nur Zicki, Siegrid Backla, ist weder für immer zurückgekehrt, noch hat sie solches in Aussicht gestellt. Sie bleibt noch fort.

Und für alle Heimkehrer gilt, daß sie fast am Ende ihrer Fahrt an den hohen Tannen vorbeikommen, Backalas Kreuz mit dem Blumengebinde aus dem Augenwinkel wahrnehmen und ihn so als ersten begrüßen. Und dann erst die Tannen, freilich jeder auf seine Weise. Etwa Ott – mit Sicherheit wird er diesmal bei ihrem Anblick die Worte murmeln: „Wie das jetzt hier aussieht – schlimmschlimmschlimm." Denn das ist seit einer Reihe von Jahren sein Lied, und es beklagt die unbestreitbare Tatsache, daß auch Tannen kein ewiges Leben beschieden ist. Längst sind sie gezaust und gezeichnet von Herbststürmen und den Lasten schneereicher Winter, von den Einflüssen ätzender Lüfte, von Schrammen und Schrunden, gezeichnet von einem langen Tannenleben.
Ott wird also sein ewiges Lied singen, diese kleine Elegie auf die hohen Tannen, und wie noch jedesmal wird er sie bereits vergessen haben, wenn er wenige Augenblicke später in die kleinere Straße einbiegt, die zu seinem Heimatort Hohe Tannen führt. Es heißt, die fünf hohen Tannen seien dessen Wahrzeichen und er nach ihnen benannt, doch mag es sich ebensogut umgekehrt verhalten, wer weiß das denn noch?
Dieses Hohe Tannen, von der Hauptstraße kaum zu erahnen, ist wie jeder noch so versteckte Ort etlicher Menschen Heimatort und als solcher manchmal die Wiege von Helden und nicht selten auch deren Bahre, wie sollte es anders sein. Hohe Tannen braucht sich, was dies betrifft, keineswegs zu verstecken. Es tut nur so. Denn wenn man nur einmal Werner Liebig nimmt und Ottfried Polaczek, die Freunde und Rivalen lange zurückliegender Jugendjahre: Wie Werner Liebig, einst Historiker, seit etlichen Jahren Lokalhistoriker, als Schriftsteller in Hohe Tannen und Umgebung längst zu einigem Ruhm gelangt ist, so ist das einstige Öttchen in

der Fremde ein richtiger Ott, nämlich ein namhafter Reiseschriftsteller, geworden. Gleich zwei Schriftsteller aus einem Ort, so klein und fichtenfinster wie Hohe Tannen! Aus einem solchen Astloch! Selbst ewige Spötter wie Malte oder etwas großspurige Naturen wie Arno weisen immer häufiger mit einen Anflug von Stolz auf diese erstaunliche Tatsache hin, nun da die Heimkehr des namhaften Reiseschriftstellers – namhaft natürlich zunächst nur in Down Under mit seinen Ureinwohnern und Känguruhs und Krokodilen und wie sie alle heißen – nun da die Heimkehr des Freundes Ott „Crocodile" Polaczek nach all diesen Jahren unmittelbar bevorsteht.

Werner Liebig, Wenner, wie er den eigenen Namen als Kind ausgesprochen hat und ihn seine Freunde heute noch rufen, ist ein Lokalheld im wörtlichen Sinne, könnte man sagen, denn er hält sich in seinen Büchern strikt an einen bierdeckelgroßen Ausschnitt der Welt von etwa 70 Kilometern Durchmesser, an dessen alte Bergwerke und Auerhähne und hochaufschäumende Wildbäche, alles halbversteckte Kleinodien.

Und Zicki, Siegrid Backla, die, nach allem, was man weiß, gar nicht daran denkt aus Italien, dem Land ihrer Sehnsucht, zurückzukehren? („Ist diese Sehnsucht denn nie gestillt?" fragt sie hin und wieder einer der Freunde. „Nein", antwortet Zicki dann, und es klingt ein wenig verwundert, „nicht einmal wenn ich dort bin.") Ist nicht auch sie, die tüchtige Kunsthistorikerin mit ihrer Kunstschule im ewig sonnigen Lazzucca, eine Tanner Heldenfigur? Nun, vielleicht nicht gerade im klassischen Sinne – man hört ja, auch wenn sie meist fort ist, so einiges, und wann hätte man je gehört, daß es heldenhaft sei, in die Fremde zu ziehen und sich dort mehrmals, mindestens jedoch zweimal zu verloben?

Otts Heimkehr

Ott kehrt nach Hohe Tannen zurück, wie angekündigt. Angekündigt im Ort natürlich von Magda und Marita, den Kusinen. Das hat man sich heute nun auch in Hohe Tannen nicht mehr so vorzustellen, daß die eine, sagen wir: Magda, eines Tages die Vortreppe der Polaczekschen Villa hinabgeflogen gekommen wäre, im Hauskleid, Teigspuren auf der Wange, die leinene Schürze bereits an die feuchten Augen gehoben, und mit dem Schrei: „Marita, Marita! Ott kommt – Ott kommt zurück … Oh mein Gott“ ihre Schwester und die Nachbarn aufgestört hätte, das Gesicht auf dem Weg zum Rosenbeet zwischen Weinen und Lachen verzerrt, noch ehe ihre Zwillingsschwester Marita die Jätende (jedenfalls in der warmen Jahreszeit), daraus emporgefahren und mit dem Aufschrei: „Nein! Ott kommt? Ott kommt – oh mein Gott!“ auf den Weg hinausgetaumelt gekommen wäre … Und die Schwestern hätten sich noch in den Armen gelegen, da hätte das Lauffeuer bereits die vier Stufen zur Ladentüre des Kaufmanns hinaufgenommen …

„Was machst du denn für ein Gesicht?“, hatte Marita in Wirklichkeit eines Nachmittags zu ihrer Zwillingsschwester Magda gesagt, die, den Telefonhörer im Schoß, auf der Kante des Lehnstuhls neben dem Telefontischchen hockte, als sie selbst mit dem Teetablett das Wohnzimmer betrat.
„Ott“, antwortete Magda.
„Kommt?“
„Kommt.“
„Wer's glaubt, wird selig“, sagte Marita, was etwas brüsk klingen mag, doch das sagte sie immer, wenn ihr Vetter sein

Kommen ankündigte, und fast jedesmal hatte sein Ausbleiben ihr im Nachhinein recht gegeben. Einmal war er in den fünf Jahren seit ihrer eigenen Rückkehr allerdings schon gekommen, wenn auch nur für wenige Tage. Man würde abwarten und Tee trinken. Sie goß ein und roch an Magdas Orangenkuchen.

„Ott", sagte Magda laut, „kommt nicht nur, er kehrt zurück."

Marita schwieg allenfalls eine Sekunde.

„Wer's glaubt wird selig", sagte sie. Sie nahm einen gewaltigen Bissen von ihrem Kuchenstück. „Und weshalb käme er plötzlich zurück, wenn er käme?" fragte sie schließlich.

„Es ist wegen der Luft", sagte Magda.

„Der Luft? Was ist denn mit der?"

Magda verdrehte die Augen. „Zuviel, zu frisch, was weiß ich."

„Die Luft? Welche? Die da unten oder die hier oben?"

Magda pickte einen Kuchenkrümel mit dem Finger vom Kuchenteller auf und zuckte die Achseln.

„Die da unten, glaube ich. Du kannst ihn ja fragen", sagte sie dann.

„Luft hin oder her – was macht das schon für einen Unterschied, ob er für kurz nicht kommt oder für lang?"

Marita ließ sich auf ihren Stuhl am Teetisch fallen.

„Ich sag dir, was für einen Unterschied das macht: Wir zwei werden für alle Fälle das obere Stockwerk zurechtmachen müssen, nicht nur sein Bett frisch beziehen wie sonst. Er hat darum gebeten. Entrümpeln. Wir sollen die alten Geweihe, das ganze Zeug von Onkel Bruno wegschaffen lassen, die Süffelkommode, Tante Zitas Brummfiedel, hat er gesagt, und das alles. Ob wir das für ihn tun könnten?" Magda schien diese Vorstellung gar nicht unangenehm zu sein.

Marita mußte erst einmal schlucken, was in diesem Fall wie würgen aussah, denn vor lauter ungnädiger Aufmerksamkeit hatte sie sich Orangenkuchen in den Mund geschoben, als gälte es, ein bedrohliches Leck zu stopfen. Brummfiedel und Süffelkommode. Sie hustete.

„Verschone mich bitte mit diesem Piefkram", sagte sie dann, hinsichtlich jeglicher Verniedlichung und überhaupt jedweden anbiedernden Sprachgebrauchs die Empfindlichere von beiden, und trank einen großen Schluck Tee. Magda zeigte ihr beide Handflächen, als wollte sie sagen: Was ändert das an den Tatsachen?

„Jedenfalls freue ich mich auf die Entrümpelung", erklärte sie, „ob er nun kommt oder nicht."

„Wann?" fragte Marita.

Marita verdrehte wieder die Augen.

„Samstag, sagt er."

„Samstag! Warum nicht heute? Aber eins sage ich dir gleich: Wenn der Kerl diesmal wieder nicht kommt, schicken wir ihm seinen ganzen Piefkram per Frachtschiff zu." Marita schüttelte ausgiebig den Kopf und war alsbald in Gedanken versunken, so daß Magda es wagte, die Milchmädchen-Tube direkt an den Mund zu setzen.

„Laß das ", sagte Marita geistesabwesend – als Zwillingsschwester hat man erwiesenermaßen ein Sensorium selbst für die läßlichen Sünden des anderen Zwillings – und versank erneut in ihre Gedanken.

„Komm", sagte sie nach einer ganzen Weile und stand auf. „Wir erzählen es rum. Dann werden wir wenigstens irgendetwas davon gehabt haben." Und wenig später schlenderten die beiden Frauen bereits die Lange Straße hinab. So wissen wir auch, wie die Ankündigung von Otts Rückkehr in Wirklichkeit unter die Leute kam.

Heute kehrt Ott nach Hohe Tannen zurück. Er kommt in einem roten Leih-Polo von Gos herauf. Kurz vor den hohen Tannen hebt er salutierend zwei Finger an die Schläfe. „Backala", sagt er im Vorbeifahren. Dann schwenkt er traditionsgemäß die Faust in Richtung der Bäume, deren zernagte Wipfel er einen Augenblick im Rückspiegel sieht. „Wie das jetzt hier aussieht – schlimmschlimmschlimm."
Es heißt, vor sechs Jahren, als er zur Beerdigung seines Vaters für eine Woche nach Hohe Tannen gekommen war, habe er sich bereits mehrfach in dieser abfälligen Weise geäußert. Damals habe er sich allerdings noch mit dem Kommentar „Schlimm" begnügt. Bei seinem nächsten Kurzbesuch habe er bereits „Schlimmschlimm" gesagt. Und nun lautet seine Bewertung „Schlimmschlimmschlimm". Man kann sich ungefähr vorstellen, was Malte Warrentei dazu zu sagen haben wird, wenn Ott ihm mitteilt, was er derzeit von den hohen Tannen hält. „Beim viertenmal hättest du dann gar nicht mehr hinsehen müssen", wird Maltes Kommentar lauten, „dann hättest du garantiert gesagt: Schlimmschlimmschlimmschlimm, selbst wenn Milch und Honig die Feuerschneise hinabgeflossen gekommen wären."
„Hätte, wäre", wird Ott mit lässigem Abwinken erwidern.

Eins muß man, um das gleich vorwegzunehmen, Ott „Crocodile" Polaczek lassen: nicht ein einzigesmal wird er nach seiner Heimkehr den Weitgereisten durchschimmern lassen, Anglizismen ins harzige Idiom seiner Heimat streuen, keine Rede von dingodurchheulten Nächten am Lagerfeuer, die er beim Harzfeuer, dieser wärmenden Likörspezialität, zum Besten gäbe. „Steht alles da drin, liebe Leute", wird er sagen und mit dem Daumen über die Schulter auf die

Bücherbretter weisen, auf denen seine Werke stehen. Auf dem oberen Brett einige Exemplare von *Aussies Outdoors* und *Aussieland the Other Day*, auf dem unteren die grünsilbern gestalteten und zusätzlich mit einem bräunlichen Vögelchen geschmückten vier Bände der Reihe *Kiwis Indoors*, die durch eine emuartige Buchstütze von ein paar klassischen Reiseführern getrennt sind. „Steht alles da drin, also fragt mich jetzt nichts. Alle Bücher sind, dank einer großzügigen Sachspende des Autors, in der Leihbücherei der Kurhalle von Auerhahn-Geißensprung zu haben, außerdem bei der rollenden Leihbücherei mit dem Vogel drauf, ihr wißt schon. Ich will jedenfalls nicht mit irgendwelchem Känguruhkram behelligt werden, sonst kann ich mich hier nicht einleben. Und das möchte ich."

„Wieso das denn?" fragt Wenner. „Du wirst verschraten."

„Bist du verschratet?"

„Ich bin verschratet."

Ott scheint das nicht recht zu glauben. Er mustert Wenner von Kopf bis Fuß und zupft eine Weile an seinem Ohrläppchen. „Da fällt mir ein – was macht Marcel? Unser Venediger?" *

„Geh ihn doch mal besuchen. Er hat sich mit stillschweigender Duldung der Gemeinde endgültig in der alten Silbermine eingerichtet. Sehr komfortabel. Eine Zwei-Stollenwohnung mit allem Drum und Dran. Fließendes Wasser direkt von der Wand."

„Brrrh", macht Ott erschaudernd.

* *Venediger* oder *Walen* hießen im Harz bis ins 18. Jahrhundert die aus Italien und Frankreich stammenden Fremden, die auf der Suche nach Edelsteinen waren und die arglosen Einheimischen dazu brachten, ihnen deren Fundstätten zu verraten.

Nur um dies gleich vorwegzunehmen.
Ott reitet also in Hohe Tannen ein. So will es jedenfalls die Lieblingsfantasie der vorab informierten Tanner, die um die Mittagsstunde des regenfeuchten, milden Märztages die Vorhänge zur Seite ziehen und, in der Langen Straße, in die Haustüren treten oder sogar die einen vier Stufen hinab und, vorn an der Gartentür, die anderen vier wieder hinaufsteigen.
„Was denn", sagt Dr. Malte Warrentei zu Harm Poth, dem Postboten, beim Anblick des roten Polo, hinter dessen Lenkrad ein kurzsichtiger oder erwartungsfroher Ott gerade den kneistenden Blick zum Himmel hebt, „das ist die ganze Ausbeute nach dreißig Jahren am Arsch der Welt? Ein Kleinwagen? Und noch dazu rot?"
„Das ist doch ein Leihwagen", beschwichtigt Poth, der seine Gunst gerecht zu verteilen beabsichtigt, Kurgäste allerdings ausgenommen.
„Trotzdem. Ein bißchen mehr fürs Auge hätte es schon sein dürfen. Wenigstens was mit Kuhfänger und totem Dingo."
„Das klingt aber hart, was Sie jetzt sagen, Doktor", sagt der Postbote, doch er hört sich nicht sonderlich beeindruckt an, denn er hat denselben Dokumentarfilm im Fernsehen gesehen.
„Wir schicken bestimmt niemanden weg", erklärt Malte Warrentei abschließend. „Wir bluten hier doch mehr oder minder aus, auch wenn in den letzten Jahren ein paar ulkige Vögel zurückgekehrt sind." Wenn man ihn so sieht, mit der hochgezogenen Oberlippe, die seine großen Schneidezähne entblößt, kann man eigentlich nur annehmen, daß er bestimmte Vögel im Sinn hat. Und in der Tat ergötzt er sich insgeheim wieder einmal an den Zwillingen, an denen er sich bereits seit der gemeinsamen Schulzeit ergötzt, kein Mensch

weiß so recht, warum, und die er noch heute bei jeder Gelegenheit mit dem zweideutigen Kompliment bedenkt: „Ein Jammer, daß ihr keine Drillinge seid." (Wenner neigt übrigens zu der Annahme, Malte gehöre zu den Menschen, die jede bloße Doppelung oder Spiegelung unweigerlich komisch finden müssen. Solche gibt es.)
„Er ist ja offenbar noch ganz gut in Schuß, unser Ott", ruft Malte auf halbem Weg zur Haustür über die Schulter und wendet sich, als der Postbote erwidert: „Hat aber angeblich Diabetes", noch einmal um.
„Sowas kuriert man heute mit Waldspaziergängen", sagt Malte achselzuckend.
„Sie sind der Arzt."

Vier Stufen

Hohe Tannen ist ein langgezogener Ort, wie eins dieser Straßendörfer, von denen im Heimatkundeunterricht öfter die Rede war. Nur daß es sich nicht um ein Dorf handelt und nie gehandelt hat, sondern früher um eine Bergarbeitersiedlung und heute um ein – ja, um den Ableger eines bedeutenderen Ortes, oder ist es umgekehrt? Wohnen hier die eigentlichen, die Dauerbewohner des waldigen Dreiecks von Hohe Tannen, Auerhahn-Geißensprung und Schroffezarge? Die Einheimischen, die die Hauptorte längst dem Tourismus überlassen haben, von dem sie zwar überwiegend leben, aber eben nicht nur, und vor dem sie, wie sie mit klagendem Unterton sagen, auch *mal* ihre Ruhe haben wollen? Beispielsweise in solchen versteckten Dependencen wie Hohe Tannen? So würde sich auch erklären, weshalb es in diesem etwas zwitterhaft wirkenden Örtchen nur eine Hand-

voll Kurgäste geben kann, die sich in geheimem Stolz auf ihre halbe Zugehörigkeit zur Welt der Einheimischen so unauffällig wie möglich verhalten.
Wie gesagt, Hohe Tannen ist ein langgezogener Ort, und so reihen sich, nun aber nicht gleich kilometerlang, sondern eher meterlang, damit wir uns keine falschen Vorstellungen machen, auf beiden Seiten der Langen Straße Häuschen mit handtuchschmalen Gärten aneinander. Dann verläuft sich an beiden Enden die geschlossene Ortschaft zu einer lockeren Ansammlung größerer Häuser, die man von der einzigen nennenswerten Straße durch buschgesäumte kurze Zufahrten oder längere Hohlwege erreicht und die sich an deren Ende dem ansteigenden Gelände zufolge jeweils zu voller Größe erheben, gut sichtbar von der Straße und den Nachbargrundstücken aus, wie wiederum die Straße von den Fenstern, den großzügigen Vortreppen und Veranden aus gut einsehbar ist.
Eins der beiden letzten Häuser am nördlichen Straßenende, von der einzigen Kreuzung aus gesehen, das linke, ist das von Wenner. Es wirkt geräumig und ähnelt mit seinem Schieferdach, der weißverputzten Fassade, die an der Vorderseite keinerlei Veranden oder Balkons aufweist, und dem von Flieder- und Ligusterbüschen dominierten Vorgarten weder den hingeduckten Bergmannshäuschen noch den üblichen Kurorthäusern mit ihrer weißen, manchmal auch dunkelbraunen Holzverkleidung und ihren langen Veranden. Auf der Höhe von Wenners Haus verengt sich die Straße, wenn auch nur unwesentlich, dringt in die schwarzgrüne Wand der Tannen ein und führt zum Sägewerk, zum Haus der Backlas hin.
Wie das Gelände an den Enden des Ortes rechts und links der Straße ein wenig ansteigt, so ähnelt der ganze mittlere

Teil einer flachen Wanne. Von Anfang bis Ende wird sie von der Langen Straße durchschnitten. Und das erklärt auch, weshalb die Bewohner, die sich Otts Ankunft in Hohe Tannen nicht entgehen lassen wollten, erst vier Stufen hinab- und dann gleich wieder vier hinaufgestiegen sein sollen. Ja, wo gibt's denn sowas? Hier, hier in Hohe Tannen, und möglicherweise nur in Hohe Tannen. Es ist eine echte Besonderheit.
Die kleinen Häuser an der Langen Straße, an denen Ott gerade vorbeigekommen ist, liegen um exakt vier Stufen unter dem Niveau der Fahrbahn. Da ihre Erbauer offenbar auf die in dieser Gegend verbreitete kleine Vortreppe nicht verzichten wollten, steigen ihre Bewohner von der Haustür vier Stufen hinab und an der Gartentür vier wieder hinauf. Warum auch nicht – aber näher liegt es doch wohl zu fragen: Warum? Warum liegen diese Häuser niedergeduckt, wie man es allenfalls auf einer sturmgepeitschten Nordseeinsel zu sehen gewohnt ist? Niedergeduckt wovor, wogegen? So selten der dichte grüne Nadelfilz, der diesen Ort abschirmt wie der Windfang die Kneipe, einen nennenswerten Luftzug hereinläßt, so häufig erweist sich doch im Winter die sonderbare Wanne, in der die Häuschen von Hohe Tannen stehen, als Schneefang, und wer da nachts nicht wacht und immer wieder einmal hinausspäht, der kann sich morgens selbst ins verdutzte Gesicht blicken, wenn er den Vorhang aufzieht: über Nacht hat der Schnee aus der Fensterscheibe einen milchweißen Spiegel gemacht. Eingeschneit!
Die Tanner würden die Frage, warum die Häuschen des Ortes vier Stufen tiefer liegen als seine einzige Straße, wohl achselzuckend mit der Vermutung beanworten, man habe sie einst in eine natürliche Senke hineingestellt. Nur deren Unterteilung durch einen erhöhten Fahrweg wüßten sie sich

wohl auch nicht zu erklären. Da würden sie passen und auf den anerkannten Sachverständigen verweisen müssen.
Und in der Tat waren genau diese Art Fragen, auch die entlegensten, nach dem Wie und Warum lokaler Besonderheiten über lange Zeit die Spezialität eines Dr. Werner Liebig. Auch die nach dem erhöhten Fahrweg von Hohe Tannen hat er in früheren Zeiten anstandslos beantwortet. Zicki beispielsweise hat ihn einmal danach gefragt, und er hat ihr erklärt, es handle sich dabei um so etwas wie eine natürliche Quetschfalte, die von Anbeginn den Verlauf der Straße vorgezeichnet habe. Um ein einheitliches Niveau zu erreichen, habe die Bergwerksgesellschaft damals vor der Wahl gestanden, entweder die Quetschfalte abzutragen oder die Senke aufzufüllen. Angesichts der beträchtlichen Kosten, die das in beiden Fällen bedeutet hätte, habe man wohl einfach alles gelassen, wie es war und letztlich auch heute noch sei. Nur daß man die einstige Sandstraße zu gegebener Zeit ordentlich befestigt und asphaltiert habe. Na, und deshalb gehe es eben treppab treppauf. Oder umgekehrt.
Da sei aber wirklich mal eine zufriedenstellende Auskunft, bei aller Trockenheit, hat Zicki dazu bemerkt.

Bedauerlicherweise möchte Wenner den Freunden derlei Fragen seit einiger Zeit nicht mehr beantworten, zeigt er immer häufiger durch freundliches, aber hartnäckiges Schweigen an. Er möchte, so dämmert ihnen allmählich, wohl überhaupt nicht mehr der Lokalhistoriker Dr. Werner Liebig sein. Schon seltsam.

Siegfrieds Tod

„Es knirscht gewaltig im Gefüge“, sagte Siegfried Backla eines Abends, es war zwei Wochen nach Otts Rückkehr, und reckte den Oberkörper ein wenig über den Eßtisch, in den Lichtkreis der Hängelampe, als wolle er sich ins rechte Licht setzen. Seine Arme ruhten auf dem politischen Teil der Tageszeitung, die er meist in den frühen Abendstunden las.

„Es knirscht gewaltig im Gefüge, Irmi“, sagte er wieder, diesmal eindeutig an seine Frau gewandt. Irmgard Backla saß in einem Lehnstuhl in der Nähe des Blumenfensters unter einer Stehlampe und nähte einen Knopf an ein Oberhemd.

„Was meinst du denn bloß damit?“ sagte sie, noch ohne den Kopf zu heben. Seit langem gewohnt, nur mit halbem Ohr hinzuhören, wenn ihr Mann die politischen Meldungen des Tages kommentierte und nur dann und in aller Seelenruhe darauf einzugehen, wenn sich womöglich weltweite Erschütterungen anbahnten, hob sie den arglosen Blick erst, als seine Antwort ausblieb. Er traf auf eine unfaßbare Szene: Ihr Mann reckte gerade die geöffnete Rechte über den Tisch, sackte in sich zusammen und glitt seitwärts vom Stuhl.

„Siegfried“, sagte sie, „Siegfried, warte, Siegfried …“ Sie stemmte sich aus dem Lehnstuhl empor, ein wenig mühsam, denn sie war füllig, eilte zu ihrem Mann hinüber, wollte ihn berühren, zog die Hand wieder zurück und wandte sich um. „Lieber Gott, was soll ich denn jetzt … Wo sind denn alle – Robert, Zicki …“ Sie rief nach den Kindern, dem toten Sohn wie der lebenden Tochter, die sie doch ebensowenig hören konnte, denn sie war weit weg, in Italien war sie wieder, „Mein Gott, warum bin ich denn jetzt allein – Siegfried,

Siegfried, warte, warte doch –." Sie hatte das Telefon erreicht und wählte die Nummer des Arztes, wollte sie wählen, mußte jedoch noch einmal ansetzen, vier Ziffern bloß und verwählt, sie war jetzt ungeheuer nervös, trat auf der Stelle, pustete sich mit gespitzten Lippen eine kleine Haarsträhne aus der Stirn, wählte beim drittenmal schließlich richtig und wartete schweratmend mit geschlossenen Augen, bis der Arzt sich meldete. „Malte", schrie sie erst und flüsterte dann: „Malte, Malte – es ist etwas Schreckliches ... Siegfried ich glaube, er ist ... Ja, oh ja, bitte. Ich mache die Haustür auf."

Nachdem sie die Haustür geöffnet und angelehnt gelassen hatte, kehrte sie zurück, gerade nur bis in die Türöffnung des Eßzimmers, wo sie reglos stand, bis der Arzt die Vortreppe heraufgehastet kam und die Haustür aufstieß.

Eine lange Weile hatte Irmi während des Wartens den Blick auf ihren Mann gerichtet gehalten. „Wenn ich dich am allernötigsten brauche, bist du nicht da", hatte sie gemurmelt. „Haben wir das nicht immer gesagt? Im Scherz, meine ich? Wenn der eine den anderen am allernötigsten brauchen wird, wird er nicht da sein. Aber daß ich diejenige sein würde, die zurückbleibt, das haben wir nicht gesagt. Das haben wir wohl nicht gedacht. Was wußtest denn du von Herzproblemen? Und nun ist es anders gekommen. Ich kann das doch alles gar nicht. Wie soll das denn gehen? Und die Kinder – wieder keiner da. Siegfried, wie soll das denn gehen? Das haben wir nicht besprochen. Wir haben doch gesagt, daß wir über diese Dinge sprechen wollten. Ernsthaft. Aber irgendwie ist dann doch nie der richtige Augenblick. Man lebt so gern. Und es war ja auch sehr schön. Doch nun sieh dir das an. Ich kann das nicht, Siegfried. Und ich möchte es auch nicht."

„Irmi", sagte Malte Warrentei nun und berührte nur eben ihre Schulter, als er sich an ihr vorbeischob. Er kniete neben Siegfried Backla nieder. „Dein Mann ist tot, Irmi", sagte er dann. Er legte den Toten behutsam auf den Rücken und seufzte.

„Ich weiß", sagte Irmi Backla. „Und was soll jetzt werden? Wie geht das denn weiter? Soll ich jetzt allein weiterleben? Was geschieht jetzt, Malte?" Der kleine, schmächtige Arzt stand auf, trat zu ihr und legte den Arm um sie.

„Ich rufe Erni an, damit sie herkommt." Er drückte Irmi Backla sanft auf den Stuhl neben dem Telefontischchen nieder. „Ich rufe sie her."

„Und Zicki", sagte Irmi. „Sie muß gleich kommen, bitte."

„Ja, Zicki. Natürlich." Malte begann fieberhaft zu überlegen, wie er die Tochter in Windeseile über die eintausendfünfhundert Kilometer herbeischaffen sollte. „Verfluchte Schande." Er sagte es gegen die Wand, während er die Nummer von Lilos und Ernis Laden wählte.

„Ja, das ist es", sagte Irmi unerwartet laut, „es ist eine verfluchte Schande."

Anruf genügt nicht

Eine Stunde saß Ernestine Backla nun schon am Bett ihrer Tante. Irmi hatte kein Beruhigungsmittel gewollt.

„Ich *bin* ruhig, Malte", hatte sie dem Arzt erklärt. Malte Warrentei, der ihre Herzschwäche seit Jahren behandelte,

hatte sie skeptisch angesehen. Was er sah, hätte ihn beruhigen sollen, denn Irmi, die sich, wie er wußte, furchtbar aufregen konnte, wirkte ruhig, ganz ruhig. Doch er traute dem Frieden nicht. Sie sah – später würde er sagen: Sie sah gefährlich aus. Ihre blaßblauen Augen wirkten im schummrigen Zimmer wie – wie zwei Korinthen, sagte er später, sehr schwarz, sehr klein, ihr Blick sehr streng, ja?
Wenn Irmi jetzt stürbe, hatte Malte, am Fußende ihres Bettes stehend, plötzlich gedacht, würde sie nicht an ihrem schwachen Herzen sterben. Sie stürbe Siegfried nach, rasch, in dem Augenblick, in dem der Kummer ihr Herz erreichen und es brechen würde.
Nicht mit mir, sagte ihr strenger Blick jetzt, da mehr als eine Stunde vergangen war. Malte warf Erni im Hinausgehen einen bedeutungsvollen Blick zu, die ihm aus geröteten Augen beschwörend nachstarrte, bis er die Tür hinter sich geschlossen hatte. Sie habe sein Unbehagen sehr wohl gespürt, erklärte sie später den Freunden, und von da an die ganze Zeit innerlich zum Himmel gefleht, daß Zicki bald käme. Die Zeit sei dann nicht mehr vergangen. Irgendwann habe sie Irmi zugeflüstert, ob sie mit Zicki sprechen wolle, wenn sie am Telefon sei? Nein, nein habe Irmi bestimmt erklärt. Nicht am Telefon. Sie solle nur bald herkommen, bitte.
Malte kehrte ins Erdgeschoß zurück. Er mußte Zicki erreichen, sofort. In Italien. Ausgerechnet. So ein langes Land. Unübersichtlich. Wer weiß, in welcher Falte des Appennin sie gerade wieder herumkroch. Es war zu ärgerlich. Malte tastete nach seiner Brille.
Er setzte sich auf den Stuhl neben dem Tischchen und schlug das Telefonverzeichnis auf. Er war unkonzentriert, merkte er, als er schon eine Weile sinnlos auf die letzte Seite unter dem Buchstaben Z niedergestarrt hatte. Der einzige Eintrag

lautete Zielinski, Konditorei. Er schlug die Seite mit dem B auf. Hier – *Backla* stand in Irmis Handschrift über der Seite, denn hier war alles Backla:
Die oberste Nummer war die der Fabrikantenvilla, Siegfrieds und Irmis eigene. Der Vollständigkeit halber, dachte Malte zerstreut. Und wie die Nummer von Erni und Lilo wußte er auch diese auswendig. Nun Zicki – ihre Nummer in Lazzucca. Darunter, Malte konnte sich ein kleines Grinsen nicht verkneifen, hatte Irmi geschrieben *Zickis Verlobter: Feller, Bertram (Künstler), 0039? Florenz …*, durchgestrichen das Ganze.
„Und nun der zweite Versuch", sagte Malte und überflog den nächsten Eintrag: *Conte Most, Lorenzo, Trento*, durchgestrichen auch er samt Telefonnummer.
„Das war's, meine Herren", sagte Malte, denn auch in Ausnahmesituationen bleibt der Mensch sich in vielem doch gleich. Zur Not hätte man immerhin zwei Nummern, überlegte er dann, die man anrufen könnte, um nach ihr zu fragen. Er griff zum Hörer, den Zeigefinger bereits auf Zickis Nummer, sprang auf und zog die Hand zurück, als hätte er sich die Finger verbrannt. „Neinnein!" rief er ins leere Eßzimmer und wandte sich hilfesuchend nach allen Seiten. Das konnte nicht seine Aufgabe sein. „Sag Zicki Bescheid!" hatte Irmi zwei-, dreimal gesagt. Erst jetzt wurde ihm klar, was das bedeutete. „Ruf Zicki an und sag ihr, sie soll gleich herkommen" – das ja, das konnte er machen. Aber ruf Zicki an und sag ihr, daß ihr Vater gerade gestorben ist. Anruf genügt. Das nun nicht. Dafür kam überhaupt nur einer in Frage, darin wären sich alle einig. Wenner, Werner Liebig, das war doch, wenn schon, der einzige richtige Verlobte, ein Berufsverlobter, wenn man es auf den Punkt bringen wollte … Alle sahen das so, alle Freunde. Und daß sie aufhören solle mit dieser Verloberei, dachte er. Was sollte das bloß?

Während der nächsten Minuten, die Malte damit verbrachte, erfolglos mehrfach erst bei Wenner Liebig, dann ebenso erfolglos bei Ott Polaczek und den Zwillingen Magda und Marita anzurufen, ertönte Ernis Stimme zweimal vom oberen Treppenabsatz und fragte, ob er sie erreicht habe.

„Hast du Zicki erreicht, Malte? Irmi fragt, ob du sie erreicht hast?"

„Noch nicht ganz, aber fast, einen Augenblick noch", war Maltes hektische Antwort in beiden Fällen. Er war jetzt ungeheuer zappelig. Arno von Fiselek herbeizurufen, den letzten verbliebenen Kandidaten, denn Lilo Lippelt mußte ihren Laden erst schließen, unterließ er trotz aller Bedrängnis, obwohl er vermutlich am leichtesten zu erreichen gewesen wäre, denn Arno war der Mann mit dem „Funktelefon", ein erklärter Anhänger moderner Kommunikationsmittel. Nein nein, Arno schied als Übermittler trauriger Nachrichten ebenso aus wie er selbst, befand Malte, denn das war auch so einer, und hoffte inständig auf den dringend erbetenen Rückruf eines der Freunde, die nun einer nach dem anderen von ihrem Anrufbeantworter empfangen würden, sowie sie nach Hause zurückkehrten. Malte beschloß, das zu tun, was er ohne Scheu tun konnte, und wenigstens bei Zicki anzurufen, um herauszufinden, ob sie überhaupt zu Hause war. Wenn ja, würde er gleich wieder auflegen und dann warten, bis Wenner sich meldete, wenn nicht, würde er den letzten ehemaligen Verlobten, diesen Conte, anrufen, um nach ihrem Aufenthaltsort zu fragen. Das konnte er tun.

„Was bist du bloß für ein Wicht", sagte er laut. „Aber das wissen wir ja bereits."

Zicki nahm nicht ab. Niemand nahm ab in ihrem Bauernhaus. Wie denn auch, dachte Malte halb ärgerlich, halb erleichtert, wie sollte denn eine, die das Wasser gern frisch vom Brunnen holte, die Telefonklingel hören. Er seufzte wieder, stand auf und nahm eine fast schneidige Haltung ein, als er die Nummer von Conte Most, dem Letztentlobten, wählte. Sein Italienisch war lausig, das war ihm bewußt. Er schätzte seinen Wortschatz auf vielleicht 30 Wörter, und seine Grammatik bestand aus einigen Infinitiven, die der Konjugation durch Gesten und Grimassen bedurften. Irgendwie würde es trotzdem gehen müssen. Es ging ja immer irgendwie, das wußte er aus Erfahrung.

„Pronto?"

„Hallo pronto? Dr.Warrentei, in Germania. SOS per favore, padre Backla morto, Signore. Okay?"

„Ja, sprechens doch Deutsch, Herr Dr. Warrentei. Wie kann ich Ihnen helfen?" antwortete ein jovialer Conte.

So entspann sich dieser deutsch-südtirolerische Brandanruf, bei dem sich freilich herausstellte, daß Siegrid Backla sich seit etwa sechs Jahren nicht mehr bei ihrem einstigen Verlobten gemeldet hatte – „die treibts ummi, glaubens mir!" Fehlanzeige, Conte Most, und vielen Dank für Ihr Entgegenkommen ... Malte zappelte wieder ein Weilchen und wählte dann aus schierer Verzweiflung zum zweitenmal Zickis Nummer – wenn sie nun wirklich nur Wasser vom Brunnen geholt hatte? Den Hörer ans Ohr gepreßt, stand der Arzt vor dem Telefontischchen. Schon dieses Freizeichen – das klang ja so fern, so fern, weil es so anders klang –, und während er lauschte und inständig hoffte und zugleich fürchtete, daß sie sich melden würde, begannen ihn weit weniger hoffnungsfrohe Vorstellungen zu plagen als die einer Zicki, die mit dem Wassereimer vom Brunnen zum Haus unterwegs wäre.

Dieses Albarosa – wo war das noch gewesen? Was hatte sie da noch gewollt? Malte erinnerte sich jetzt an zahllose Fotos, jedes Jahr hatte sie neue herumgezeigt – und immer wieder diese Begeisterung, mit der sie erzählt hatte: Exkursion Radtour Höhenwanderung Kalabrien endlich! und noch einmal Sizilien herrlich! Wieder für ein paar Tage im Häuschen der Schellers – oder hießen die Schaller? Wenn er nicht einmal das wußte – und überhaupt, es war hoffnungslos, aussichtslos, wenn sie erst einmal nicht zu Haus war, und sie war ja nicht zu Haus … Malte hatte längst aufgelegt, war auf den Stuhl am Telefontischchen gesunken und rieb sich die feuchten Hände an den Oberschenkeln. Wieder hörte er im Obergeschoß die Tür gehen. Er reckte den Kopf in die Diele hinaus und sah Erni in ihrer immergleichen Mission auf dem Treppenabsatz auftauchen. Mit reichlichen Gesten zwischen Abwehr und Beschwichtigung bedeutete er ihr, sie solle noch abwarten, ein wenig noch, ja?, und Erni verzog sich mit zusammengepreßten Lippen wieder ins Backlasche Schlafzimmer. Das Telefon läutete. Malte riß den Hörer von der Gabel.

„Wenner, wo steckst du denn bloß? Wenner, ich bin am Ende meiner Nerven – wir finden Zicki nicht, sie kann überall sein, und Irmi gefällt mir nicht – kannst du jetzt mal herkommen, gleich? Was?“

Wenner, der von seinen vorderen Fenstern das Haus von Ott und den Zwillingen Polaczek im Blick hatte, meldete, daß die drei soeben aus dem Auto stiegen.

„Ja, gut, geh gleich rüber. Und macht schnell. Wir müssen uns irgendetwas einfallen lassen. Irmi wartet … Bis gleich.“

„Erni!“ rief Malte wenig später gedämpft aus der Diele zum Obergeschoß empor. „Erni!“ Erni kam auf den Treppenabsatz herausgestürzt.

„Ist sie zu Hause?" flüsterte sie hoffnungsvoll.
„Sag Irmi, ich hätte sie erreicht, sie käme so rasch wie möglich – sie soll ganz ruhig sein, sag ihr", posaunte er zu ihr empor, begleitete diese als Frohbotschaft lancierte barmherzige Lüge jedoch mit einem hilflosen Achselzucken. „Ich komme gleich wieder rauf und sehe nach ihr." Erni verstand, hob den Blick zur Decke und verschwand.

„Das wird nichts, ich ahne es", murmelte Malte, als er sich wenig später, nachdem er wieder einmal in die Diele gelauscht hatte, Wenner und den drei Polaczeks zuwandte. „Das wird im Leben nichts."
„Setz dich mal hierher, Malte", sagte Ott. „Trink was. Und dann überlegen wir." Die Zwillinge, die mit dem Rücken zum Fenster standen, wandten die Köpfe und horchten. „Lilo", sagte Magda. „Und Arno", sagte Marita.
„Arno", sagte Malte dumpf. „Arno habe ich doch noch gar nicht angerufen. Und der weiß schon wieder alles."
„Dazu braucht man hier keinen Anruf", sagte Wenner, „hier genügt bekanntlich die Buschtrommel."

„Mir fällt etwas ein", sagte Malte nach einigen weiteren vergeblichen Versuchen, Zicki in ihrem Haus zu erreichen. „Wenn sie jetzt noch nicht im Haus ist, muß sie irgendwo hingefahren sein. Es ist doch längst stockdunkel draußen. Und wenn sie weg ist, kümmert sich diese alte Frau immer um alles – um die Ziege und die Blumen und die Gäste. Diese Bruna – wie hieß die noch mit Nachnamen?"
„Sanguebue", sagte Lilo.
„Bruna Sanguebue? Laß uns mal über die Auskunft probie-

ren, Wenner." Malte bewegte sich bereits in Richtung Diele. „Sie spricht ein paar Worte Deutsch – das wird schon gehen. Ich mach das, sie kennt mich von früher."

„Das kann ich auch", sagte Arno.

„Kannst du nicht", sagte Lilo streng. „Du bist doch sowas von sprachunbegabt, Arno. Wie willst du denn sagen, daß der Vater gestorben ist?"

„Bonnschorno", sagte Arno, hob jedoch sofort entschuldigend die Hände, während Malte und Wenner das Büro des verstorbenen Siegfried Backla betraten. Die anderen lauschten den erst murmelnden, dann immer lauter werdenden Stimmen der beiden.

„Wenn sie so schreien", sagte Ott Polaczek, „dann haben sie diese Bruna erwischt."

„Wir haben sie", rief Malte noch aus der Diele. „Wenner ruft Zicki jetzt an. Sie ist auf einem Fest bei einem Musiklehrer, wenn ich das richtig verstanden habe. Wir haben die Nummer."

„Macht doch mal die Tür zu", rief Wenner durch die Diele, „ich muß mich konzentrieren, verdammt."

Malte schloß die Eßzimmertür. „Leicht fällt ihm das auch nicht", sagte er und seufzte schuldbewußt.

Wie zur Unterstützung schwiegen alle, bis Wenner zurückkehrte. Seine Stirn hatte sich gerötet, das sonst so sorgfältig glattgekämmte Haar reckte sich wie in Verzweiflung auf einer Seite empor.

„Verdammt verdammt", sagte er und griff nach der Zigarette, die Ott ihm hinhielt. „Das nächste Mal macht das jemand anders."

„Mal den Teufel nicht an die Wand, Wenner", sagte Malte.

„Wie hat sie es aufgenommen?" fragte Lilo.

„Still. Wie sie so ist, wenn es ihr zuviel wird. Sie kommt mor-

gen nachmittag mit dem Flugzeug. Es soll sie keiner abholen, sagt sie, sie nimmt sich am Flughafen einen Leihwagen. So um sechs wird sie hier sein."
Sie hörten die Tür auf dem Treppenabsatz gehen.
„Malte", rief Erni halblaut, „kannst du mal kommen? Und kann mich kurz jemand ablösen?"

Ehe Irmi Backla um vier Uhr morgens starb, zehn Stunden nach Siegfrieds Tod, sagte sie, an Wenner gewandt, der Ernis Platz an ihrem Bett eingenommen hatte:
„Sag Zicki bitte, sie soll nicht böse sein. Ich freue mich, daß sie gleich da sein wird. Doch ich kann nicht mehr warten, der Schmerz kommt jetzt." Wenner, der ihre Hand hielt, stand auf und drehte sich um. Malte, der in Türnähe an der Wand lehnte, kam und drückte seine Schulter.
„Geh jetzt runter, Wenner, geh zu den anderen. Ich komme bald."

„Irmi hat nicht warten können", sagte Wenner zu den stummen Freunden im Eßzimmer und ließ sich auf den Stuhl neben der Tür fallen, „sie hat nicht warten wollen. Nicht warten können. Ich weiß es nicht."

Auf den schockierten Aufschrei der Zwillinge folgten Ernis Aufschluchzen, Otts gemurmeltes Herrje herrje, Arnos von einem unverständlichen, halblauten Fluch begleiteter Schlag mit der flachen Hand auf die Fensterbank. Wenner rieb sich die rotgeränderten Augen in seinem aschgrauen Gesicht. Lilo trat hinter Ernis Stuhl und knetete ihre Schultern, während sie blinzelnd vor sich hin starrte. Es schien viel Zeit zu vergehen, bis sie Maltes leichten Schritt auf der Treppe hörten. Er lehnte sich erschöpft an den Türrahmen und starrte wortlos auf das Tableau der Freunde.

Wenner sprach als erster. „Wir müssen sie aufhalten. Vorwarnen. Sie kann nicht morgen nach Hause kommen und ist auf einmal Vollwaise. Das darf auf keinen Fall geschehen."
„Aufhalten? Vorwarnen? Und wie?" Ott sah ihn hilflos an. „Willst du vielleicht nochmal anrufen und ihr mitteilen, daß ihre Mutter jetzt auch noch gestorben ist?"
In stummem Entsetzen richteten sie den Blick auf Wenner.
„Ott, ich bitte dich", sagte Werner gequält. „Wir müssen ihr das persönlich sagen. Wir müssen ihr das sagen, ehe sie überhaupt losfliegt. Sie braucht Unterstützung. Und sie muß sich ja gar nicht mehr so beeilen. Sie kann sich ein, zwei Tage Zeit lassen, um da unten alles zu regeln, und kann dann mit dem Auto kommen und ihre Sachen mitbringen. Sie wird jetzt eine ganze Weile hierbleiben müssen. Erst die Beerdigung. Die Beerdigungen. Und dann gehört ihr hier jetzt alles. Sie muß sich um tausend Sachen kümmern."
„Und wie willst du ihr das beibringen? Willst du ihr sagen, daß sie sich Zeit lassen soll, weil sie ihrer Mutter sowieso nicht mehr helfen kann? So etwas in der Art? Wie soll das denn gehen?" Lilo klang gepreßt.
Malte blieb stumm. Er war der Arzt. Er war der Freund, aber auch der Arzt. Seine Rolle stand fest, das war ja wohl klar.
„Nicht schon wieder Wenner. Jetzt bin ich mal dran, fürchte ich", sagte Ott. Er stand auf und leerte sein halbvolles Weinglas in einem Zug.

Arno wandte sich um. „Ich bin selbstverständlich jederzeit bereit –"
Ott trat neben ihn und legte ihm den Arm um die Schultern. „Laß mal, Arno, du wirst schon auch noch gebraucht. Bleib du mal hier, bei deinem Geschäft. Ich kann leichter weg."
Arnos gewöhnlich rötlich glänzendes Gesicht war jetzt dunkelrot. „Das war ein ernsthaftes Angebot, verdammt."
„Wir wissen, daß du ein guter Freund bist, Arno. Zicki wird deine Hilfe noch brauchen, wenn sie da ist. Verlaß dich drauf."
„Ich möchte auch mit", sagte Ernis Stimmchen unerwartet entschlossen. Sie sprang auf. „Auch als Verwandte. Sozusagen zusätzlich, ich meine –." Sie verstummte. „Ott, wenn du mich mitnimmst", murmelte sie schließlich.
„Komm, Erni", sagte Lilo in liebevollem Ton. „Wir holen deine Sachen. Komm du auch, Ott. Und dann fahren wir euch runter zum Flughafen. Nehmt das frühe Flugzeug, das ich letztes Mal genommen habe. Dann seid ihr auf jeden Fall rechtzeitig in Florenz und könnt sie am Flughafen abfangen. Kommt mal jetzt."
„Wenn ich euch vielleicht wenigstens zum Flughafen fahren dürfte?" Arno klang bitter.
„Wir fahren auch mit, dann mußt du nicht allein zurück", sagte Magda schnell.
„Auf jeden Fall," stimmte Marita zu „das ist für alle leichter."
„Na schön. Wir nehmen den Kombi", sagte Arno.
„Dann bleibe ich hier, bei Malte", erklärte Wenner, „wir warten zusammen auf … Ich meine, wir erledigen das alles zusammen."
Die anderen sechs drängten in die Diele.

„Danke, Ott", sagte Wenner.

„Nichts zu danken", antwortete Ott grimmig. „Was für ein Schlamassel." Er hob den Blick zur Decke und wies mit dem Zeigefinger empor. „Danke an alle, die es angeht."

Bis auf Malte und Wenner drängten die Freunde zur Haustür. Arno trat als Letzter hinaus.

„Bis daß der Tod euch scheidet", sagte er laut.

Lilo Lippelt, die unmittelbar vor ihm auf die Vortreppe hinausgetreten war, drehte sich ruckartig zu ihm um und starrte ihn an. Vor vielen Jahren hatte sie im Deutschunterricht neben Arno von Fiselek gesessen, als er seine Klassenarbeit zum Thema *Bis daß der Tod euch scheidet – ist die Ehe noch zeitgemäß?* auf den Schultisch geknallt bekommen hatte und am Ende der Deutschstunde zum Direktor zitiert worden war.*

Einer nach dem anderen wandten sie die Köpfe, bis ihm sämtliche Gesichter in stummer Mißbilligung entgegenstarrten.

Arnos Miene war aufsässig. Die Kränkungen der letzten Stunden fraßen an ihm.

„Laß das, Arno", sagte Lilo scharf, „laß das jetzt."

„Wir sind nicht mehr fünfzehn, Arno", erklang Wenners Stimme in seinem Rücken.

„Ich bin eben ein Scheidungskind", sagte Arno störrisch.

* Als Sitzenbleiber hatte Arno seinen Kleinkrieg gegen den Deutschlehrer Hinrich Klapproth fortgesetzt und einen aufsässigen Zweizeiler zum Thema *Bis daß der Tod euch scheidet – ist die Ehe noch zeitgemäß?* abgeliefert:

Paare solln zusammen bleiben
Oder sich zu zweit entleiben.

„Das ist ja lächerlich", sagte Marita.
„In deinem Alter", sagte Magda.
„Ist ja gut", sagte Arno schließlich. „Ist ja gut." Er hob die Rechte zum Mund und deutete einen Reißverschluß an.

Schöne Aussicht

Heute, drei Tage nach dem Tod der alten Backlas, steht Dr. Werner Liebig, der Lokalhistoriker, der er nicht mehr sein will, und zugleich der Wenner dieser Geschichte auf den Ravenklippen. Müßig ans rostige Klippenkreuz gelehnt, scheint er so gar nichts zum Tagesgeschehen beitragen zu wollen. Nicht einmal eine Pfeife klopft er aus. Überhaupt fehlen ihm sämtliche Accessoires. Jeder Mönch hat mehr davon vorzuweisen. Einem Accessoire am nächsten kommen noch die hochgerollten weißen Hemdsärmel, die an diesem vorfrühlingshaften Tag aus einer Weste herausschauen. Sie verheißen eine gewisse Tatkraft, die Wenner seinen Freunden zufolge in den letzten Jahren allerdings gänzlich vermissen läßt. Er trägt diese hochgerollten Ärmel wohl einfach weiter, wie er sie immer getragen hat.
Immerhin besitzt Wenner, frei von äußerlichen Beigaben und im Zustand vollkommener Untätigkeit, eine gewisse Ausstrahlung. Schwer zu entscheiden aus der Distanz, ob es vor allem Einsamkeit ist, die er ausstrahlt, oder ob es sich bei ihm womöglich um einen auratischen Langweiler, eine dieser gefürchteten verschlossenen Truhen handelt, die sich am Ende als leer erweisen.
Einsam ja, in der letzten Zeit mehr denn je, doch ein Langweiler keinesfalls, lautete wohl der hilfreiche Bescheid, wenn man sich unter den Tanner Freunden ein wenig um-

hörte. „Werner Liebig ist ergiebig!“ würden sie wahrscheinlich prompt beteuern und damit lächelnd den Slogan zitieren, mit dem sie ihn in der Schulzeit gelegentlich aufgezogen haben. Allerdings, könnte der eine oder andere der Freunde noch hinzufügen, reichlich verschlossen sei er ab einem gewissen Alter gewesen. Und eine Geduld verlange dieser Mensch zuweilen, mein Gott, was für eine Geduld der zuweilen verlange – Zicki Backla könne ein Lied davon singen. Wie auch immer, *einen* Wenner sollte sich eine gute Geschichte schon leisten können. Denn wenn sein Mangel an Accessoires für sich genommen noch kein haltbares Interesse zu erwecken vermag – Prädikate haften ihm an zuhauf. Ein kultivierter Mann sei er, sagt man ihm ohne Zögern nach, und hochgebildet, weitgereist, weltgewandt, dabei liebenswürdig und bescheiden im Auftreten ... diskret ... und humorvoll, durchaus ... Obendrein – und das verwundert nun doch ein wenig – sei er ein Galan. Hier oben? Ja, hier oben. Man brauche nur Gunilla Stark zu fragen, diese Geschichtslehrerin und Reiseführerin aus Gos. Die sei, nach allem, was man wisse, in längst vergangenen Zeiten einmal seine Freundin gewesen. Und über die dürfe man noch heute in Wenners Gegenwart kein abfälliges Wort sagen.
Nicht alle hier oben mögen offenbar Gunilla Stark, und sei es nur aus dem einleuchtenden Grund, daß sie die Harzer gern „schreckliche, schreckliche Menschen“ nennt. So etwas spricht sich herum, und die Retourkutsche des gekränkten Harzers Malte Warrentei ist denn auch nicht ausgeblieben: Gunilla Stark sei, zumindest äußerlich, selbst ein bißchen schrecklich, behauptet er. Mit dieser übertriebenen Brille und diesem Kopftuch und diesen Röcken, na! Einen Wenner scheinen derlei Äußerlichkeiten jedoch nicht zu scheren, und Malte glaubt auch zu wissen, warum das so ist: Mit Zicki

Backla in Wenners Hinterkopf, Verzicht hin oder her, hätte in extremis jede Brockenhexe ihren Besen bei ihm abstellen können. Es wäre ihm jede andere sowieso zutiefst gleichgültig geblieben. Wenner leide an gebrochenem Herzen, behauptet Malte unbeirrbar, auch wenn andere Freunde diese Überzeugung nicht teilen. Wenner sei so ein Mann, der irgendwann begriffen habe, wie alles im Leben zusammenhängt, widersprechen sie. Dem fehle nichts, gar nichts fehle dem. Dem sei doch längst wohlig mit seinem vermutlich allzu frühen, allzu bereitwilligen Verzicht.

Auch dieser scheinbar gegensätzliche Standpunkt ist zumindest erwägenswert: Ist denn nicht der Verzicht ein melancholischer Bruder des romantischen Liebessehnens und damit auch wieder so etwas Zartes wie gesponnener Zucker, nur eben um einiges herber? Würde eine leibhaftige Zicki da nicht hineinfahren als etwas allzu Handfestes, das die ganze zartgesponnene Verzichtstruktur zerfetzt?

Gerüchte, Spekulationen – verläßlich festzustehen scheint nach allem nur die ergiebige Unentschiedenheit einer Wennerschen Beziehung.

Was macht der Mann heute hier, am hellichten Arbeitstag müßig ans rostige Klippenkreuz gelehnt? Genießt er die Aussicht? Zugegeben, sie ist schön an diesem Morgen zwischen Sonne und Wolken, mit den schwarzgrünen Höhenzügen und der fernen Talsperre, die alle Augenblicke die Farbe wechselt, aber so schön, daß ein Mann auf Stunden in ihren Anblick versinken müßte, ist diese Aussicht nun auch wieder nicht. Sie bietet sich doch wohl eher als Hintergrund an.

Selbstverständlich steht Wenner nicht jeden Tag hier. Früher, ja früher einmal soll er eine Zeitlang mindestens einmal die Woche hier gestanden und das Herannahen seiner Freundin Gunilla beobachtet haben, doch was will er heute hier, wo doch die einstige enge Freundschaft zwischen beiden seit langem nicht mehr ist als ein intaktes Trockenblumensträußchen?

Und wenn auch der alte dunkelgrüne Bus, der eben die letzte Haarnadelkurve unter den Ravenklippen nimmt, tatsächlich das Gefährt ist, worin Gunilla Stark, das Mikrofon am Mund und ein Rudel Touristen im Rücken, samstagaus, samstagein – *Wichtelexpress – Wir haben immer Saison* steht in goldenen Lettern an seiner Flanke – nach Hohe Tannen hinaufgeklommen kommt, Wenner wird kaum annehmen, daß sich ihr Blick auch heute noch sehnsüchtig zum Klippenkreuz emportastet, um den Galan zu erspähen. Schließlich treffen die beiden sich hin und wieder in Gos zum Pizzaessen, wie Malte Warrentei zu melden weiß, denn er frequentiert dasselbe Lokal.

Doch so wie Wenner jetzt aufrecht steht, die Hände zu Fäusten schließt, die Schultern strafft, steht kein müßiger Mann, und nun erweist er sich als ein Wartender, der er die ganze Zeit schon gewesen sein dürfte. Sein Blick ist auf den weißen VW-Bus gerichtet, der, kaum daß der Wichtelexpress um die letzte Kurve verschwunden ist, die erste Serpentine unter den Ravenklippen erreicht hat. Wenner wartet noch ab, wartet noch eine zweite Serpentine ab, und erst als er, den weißen VW-Bus fast schon zu Füßen, endgültig Gewißheit hat, löst er sich von seinem felsigen Ausguck und macht sich mit zwei, drei juvenilen Sprüngen auf den Rückweg nach Hohe Tannen.

Zicki kehrt heim. Wenner hat sie gesehen, hat sie heimkommen sehen in diesem bis unters Dach beladenen Wagen,

worin sie bislang immer nur den Oleanderkübel für Irmi und das Dutzend Rotweinkartons für Siegfried herbeigeschafft hat. Für einen Augenblick wird Wenner zudem die seitliche Aufschrift gesehen haben, dieses *Vedi & vinci*, das angeblich soviel bedeutet wie *Wer hinsieht, gewinnt*, jedenfalls etwas, das zu einer kunsthistorischen Sommerschule und zu Zicki Backla paßt.
Zicki kehrt heim aus gegebenem, leider traurigem Anlaß.

Caleidoscope Eyes

Am Abend nach der Beerdigung steht Zicki am Fenster der Fabrikantenvilla, die nun ihr gehört, und schaut auf die mondbeschienene Landschaft des Sägewerks mit ihren kantigen schwarzen Hügeln und Steilhängen hinaus. Langsam, ohne sich dessen sofort bewußt zu sein, hebt sie die Rechte zum Auge und formt aus Daumen und Zeigefinger einen Ring, der genau davor paßt. Das linke Auge kneift sie zu. Sie beherrscht das. Sie kann das Auge vielleicht länger zukneifen als irgendjemand sonst, den sie kennt. Ihre Mutter hat, als sie sie früher immer wieder bei dieser Übung erwischt hat, behauptet, sie habe bereits ein Schiefgesicht. „Das kannst du doch nicht wollen, Zicki! Ein so hübsches Mädchen!" – „Gerade deshalb", hat Zicki geantwortet oder auch „Ich will kein so hübsches Mädchen sein. Ich will nicht heiraten, ich will schief aussehen und für mich bleiben!" Irma hat darüber herzlich gelacht. „Kind, Kind", hat sie nur gesagt und ist kopfschüttelnd hinausgegangen.
Zicki hat sich früher vorgestellt, sie setzte ein Kaleidoskop ans Auge. Damals hat sie allerdings noch keine rechte Vorstellung davon gehabt, was das eigentlich war. Bloß daß man

damit das Bild, das man vor Augen hatte, verändern konnte. Daß ein Kaleidoskop ein Verschönerungsglas war. Wie das genau funktionieren sollte, das wußte sie nicht, bis Wenner (der damals auf irgendeine Weise ständig um sie herum war, so wird ihr jetzt klar, als sie, auf einen Schlag elternlos, dafür aber mit Heimat reich gesegnet, am Fenster steht) eines Tages ein unscheinbares Röhrchen mitgebracht und ihr mit einer kleinen Verbeugung überreicht hat. „Das ist ein Kaleidoskop?“ hat Zicki gefragt und enttäuscht auf die billige Papphülse niedergeblickt. Sie war obendrein grau, erinnert sie sich, nicht mal für ein bißchen Buntpapier hatte es gereicht ... „Danke trotzdem“, hat sie gesagt, denn früher schon ist sie ihren Freunden meist auf dieser Ebene einer nicht weiter kränkenden Sachlichkeit begegnet. Wenner hat denn auch bloß gelacht; er selbst kannte das, seit er als Sechsjähriger seine ersten ernsthaften Gespräche mit Zicki geführt hatte.

Und dann das heißersehnte Erlebnis des Durchguckens selbst! Verblüffend, schier unglaublich – doch leider nicht das, was Zicki sich heimlich erhofft hatte! Was hatte sie sich denn damals erhofft? Am Abend nach der Beerdigung versucht sie, sich daran zu erinnern. Ja, doch, sie weiß es noch, und nun bewegt sie das Guckloch vor dem rechten Auge ein kleines Stück erst nach rechts, dann um eine halbe Drehung wieder nach links ... Das linke Auge hält sie noch immer geschlossen.

Sie hatte sich erhofft, die festgefügte Welt, wie sie sie gerade vor Augen hatte – die Holzstapel, den Sägeschuppen, die mächtigen Stämme im Hintergrund, gerade nur ein wenig oder womöglich entscheidend verrücken zu können.

von ihrem Platz bewegen, sie in eine gewisse Schräglage bringen, notfalls sogar auf den Kopf stellen zu können. Ihr mit Hilfe dieses Guckrohrs, dieses Blicks in ein Kaleidoskop soviel Fremdheit verleihen zu können, wie zu ihrem Verständnis, ihrer Verschönerung, ihrer Veränderung notwendig wäre. Man dreht so ein Kaleidoskop – hatte sie gedacht –, man dreht so ein rundes Ding vor seinem Auge, und sachte bewegen sich sämtliche Hügel, Steilhänge, hochaufragende Fichtenstämme im Hintergrund, eine Vierteldrehung schon lüftet sie aus tonnenschwerer Unbeweglichkeit, und Zicki hatte sich auszumalen begonnen, wie man sie doch, irgendwann, erfolgreich fortwünschen, fortbewegen können würde – mit leichter Hand und nicht, wie ihr Vater ihr kopfschüttelnd schon mehrfach erklärt hatte, allenfalls mit Hilfe von Rückepferden, Gabelstaplern, Baggern, Kränen, was immer es an schwerfälligem Räumgerät gab.

Heute denkt Zicki an ihren Kinderwunsch von einst zurück, an ihr Kaleidoskop mit seinen atemberaubenden, leblosen Trugbildern, das sie eines Tages im hohen Bogen auf den höchsten der Holzberge geschleudert und damit für immer verloren hat. Längst glaubt sie nicht mehr an das kaleidoskopische Levitationswunder – ein Stückchen drehen ... erst zum Schweben, dann zum Entschwinden bringen ... –, obwohl sie mit einem gewissen Interesse Berichte zum Beispiel über Telekinese liest, wenn sie darauf stößt. Doch ihr Interesse bleibt letztlich lau, und sie vergißt das Gelesene sofort wieder.

Sie nimmt die Finger vom rechten Auge, öffnet das linke und tritt seufzend ein Stück vom Fenster zurück, als wollte sie von der schwarzen Hügelwelt draußen nicht dabei beobachtet werden, wie sie an ihren zerstörerischen Plänen arbeitet. „Morgen“, sagt sie halblaut und schließt ganz schnell ein paarmal hintereinander die Augen, schließt sie, öffnet sie, schließt sie, bis ihr die festen Umrisse vor dem Fenster verfließen. „Morgen rede ich mit den Arbeitern. Und übermorgen fangen wir an, alles fortzuschaffen – erst die Stämme, dann das Brennholz und die Bretter, das Kleinzeug und die Maschinen. Und wenn alles weg ist und sauber gefegt, ein Stück freies Gelände vor einem dunklem Wald, werde ich ins alte Bergwerk gehen und Marcel rufen. Und ihn fragen, ob er mir jetzt nicht helfen will. Und dann wird dieser Blick auf das Sägewerk bewirkt haben, was das Kaleidoskop nicht bewirken konnte: daß die Dinge in Bewegung geraten, daß sie sich zu entfernen beginnen, schnell oder langsam, wie es gebraucht wird. Und ich brauche es schnell."

Unter der gerafften und gerüschten Fabrikantengardine blickt Zicki nun wieder hinaus, doch diesmal hält sie den Blick nach oben, ins sternen- und mondhelle Himmelsblau gerichtet. Sie hebt die Rechte wieder ans Auge und blickt noch einmal durch den Ring aus Daumen und Zeigefinger. „Mama, Papa", sagt sie, „ich nehme an, ihr seid dort oben. Ich weiß, Papa, das wird dir keine Freude machen, was ich mit dem Sägewerk vorhabe, aber es kann dich auch wieder nicht überraschen. Du weißt, immer schon wollte ich, daß du das Sägewerk von hier wegschaffen solltest, von diesem vermaledeiten Boden, und daß ich, als du das nicht tun wolltest oder konntest, am Ende selbst weggegangen bin. Im Grunde hast du mich sogar verstanden, jedenfalls ein bißchen. Oder nicht? Jedenfalls möchte ich hier etwas anderes, etwas Neues anfangen, und ich weiß, daß du damit gerechnet hast, sonst hättest du mir gewiß nicht die vielen Lohngelder im Tresor hinterlassen … Papa?"

Der klare Sternenhimmel hinter Zickis Hand hat sich erst kaum merklich zu verzerren begonnen und verfließt nun rasch und unaufhaltsam zu konturlosen Lichtflecken. Davor treiben schwärzliche Schlieren, Schwemmgut des tränenden Auges, und Zicki läßt beide Hände erst sinken und schlägt sie dann vors Gesicht und horcht auf das schmerzhafte Rauschen des Blutes in ihrem Kopf, das ihr, der Novizin der Verlassenheit, noch unvertraut ist.

Zicki übernimmt gleich mal sämtliche Arbeiter

Gleich am Morgen nach dem Tag der Beerdigung, an dem alle Räder still gestanden hatten, es war vielleicht eine Viertelstunde nach Arbeitsbeginn, hieß Zicki von der Vortreppe der Villa mit hocherhobenem Arm die Säge, ihr Gekreische unverzüglich und ein- für allemal einzustellen. Den nunmehr vom Arbeitsplatzverlust bedrohten und folglich zögernd, mit sorgenschmalen Mündern den kiesbestreuten und sägemehlbepuderten Vorplatz ansteuernden Arbeitern, elf an der Zahl, die sich die Hände an den Lederschürzen abwischten und im frühen Sonnenlicht zu Zicki emporblinzelten, erklärte sie kurzerhand, sie würden durchaus nicht entlassen, betriebsbedingte Kündigungen kämen für sie nicht in Betracht, und bediente sich im übrigen folgender Worte: „Liebe Belegschaft des Sägewerks, liebe Männer, seid unbesorgt. Niemand wird morgen ohne Arbeit sein. Und wie ich nicht frohlocke an diesem Tag, da sich mein Wunsch erfüllt, so solltet ihr mir nicht gram sein. Wie auch immer, ihr werdet nicht zu den Arbeitslosen gehören. Heute allerdings habt ihr einen freien Tag, damit ich in Ruhe nachdenken kann, was sich mit dem ganzen Holz hier anfangen läßt. Doch möchte ich euch bitten, mir morgen früh noch einmal mit allen Kräften zur Verfügung zu stehen."

Sie beschloß ihre Ansprache mit einer aufmunternden Handbewegung zwischen Wischen und Winken, was allerdings ohne sichtbare Wirkung auf ihre Zuhörer blieb, die, stumm vor Abwehr, zu ihr hinaufstarrten.

„Ich wünsche euch allen einen schönen Tag", sagte sie dann munter, drehte sich um und kehrte in die Villa zurück, während die Belegschaft sich mit verdruckstem Aufbegehren in Bewegung setzte, ruckweise wie ein beinah streikbereiter Proletariertrupp des klassischen Arbeitertheaters, nur daß diese Männer dabei nicht vorrückten, sondern von Anbeginn zurückwichen. Es war deutlich: Zufrieden war man nicht, aber ein Streik dort, wo einem gerade der Erhalt des Arbeitsplatzes versprochen worden ist, ist auch nicht gerade ein klassisches Motiv, und so kam es zu einer dieser gelegentlichen ungaren oder nur halbgaren Protestäußerungen in der Geschichte der Arbeiterbewegung, die denn auch zumeist alsbald im Sande des Konsens verliefen. Es schmeckte ihnen zwar nicht, daß Zicki, diese verdrehte, verwöhnte Fabrikantentochter, so von heute auf morgen Herrin über ihr Schicksal geworden war, aber was sollten sie tun?

„Ach Kacke", sagte unterdessen Zicki, die sich doch eben noch nach einer holderen Variante Marie Antoinettes angehört hatte, am Blumenfenster stehend und unter der gerafften und gerüschten Fabrikantengardine hinweg nach draußen blickend, „Was mach ich denn jetzt mit denen? Elf Mann. Immerhin liegen noch etliche Löhne im Lohntresor, das war wirklich vorausschauend von dir, Papa, grazie tante. Es tut mir leid, liebe Arbeiter", sagte sie dann noch ratlos und winkte ihnen unauffällig nach, „und ich muß jetzt ganz dringend ernsthaft nachdenken. Arbeitslose werden meinen Weg gewiß nicht pflastern, doch die Zwangsarbeitersäge will ich keinen Tag länger hören. Wir werden uns etwas einfallen lassen müssen."

Wenn die Gedanken fliehen

Zickis Ankündigung, ernsthaft nachdenken *und* sich etwas einfallen lassen zu müssen, ließ von vornherein nichts Gutes erwarten. Zumal die Voraussetzungen nicht eben die besten waren. Denn in Zuständen seelischer Aufgewühltheit fehlte es auch einer Zicki an logischer Unbeirrbarkeit, und ihren Einfällen waren dann Tür und Tor geöffnet. Ernsthafte Gedanken hatten gegen deren Anfliegen und Anfluten einfach keine Chance.

Und so geschah es in diesem Falle, daß Zicki sich noch kaum auf einen Stuhl niedergelassen und das ernsthafte Nachdenken mit dem Satz: „Ich stehe jetzt vor einer ganz neuen Situation und muß mir ernsthaft die Frage stellen, was ich daraus machen will" zu eröffnen versucht hatte, von Einfällen geradezu fortgerissen wurde und buchstäblich keinen klaren Gedanken mehr zu fassen vermochte. So schoß sie von ihrem Stuhl gleich wieder empor und stürmte vor das Blumenfenster. Ein leerer Platz – sie kniff die Augen zu, um ihn deutlich vor sich zu sehen – und elf entlassene Angestellte, denen sie Arbeitsplätze zugesagt hatte ... Die Einfälle kamen in rascher Folge und völlig unsortiert und reichten von einer Eisdiele mit dreihundert Plätzen über ein Thermalbad mit elf Bademeistern bis hin zur Harzer Kurklinik mit Mittelmeerdiät oder, bescheidener, so fand sie, Ferien auf dem Bauernhof, warum nicht, so ein paar Hühner wären doch rasch angeschafft – erneut kniff Zicki die Augen zu und erweiterte die pickende Hühnerschar vor ihrem inneren Auge um einige grasende braune Harzkühe ... Sie lächelte erfreut. Wie schön das aussah, wie friedlich. Ein Weilchen summte sie vor sich hin, bis sich angesichts ihrer elysischen Gemütslage die ersten ernsthaften Gedanken vorwagten. Sie dachte: Wird das denn überhaupt bezahlbar sein? Oder auch: Neuartig ist das alles ja nicht, und ließ sich von ähnlich realitätshörigen Einwänden ernüchtern, bis ihre Vorstellungskraft gänzlich erlahmt war. Und so mahnte sie sich schließlich: Eins nach dem anderen! Was soll denn aus dem ganzen Holz werden, wie? Und die Säge, die muß doch überhaupt erst fortgeschafft werden, sie ist ja noch gar nicht fort! Nun riß sie zur Abwechslung die Augen weit auf und starrte einer wieder einmal unverrückbar erscheinenden Realität ins Gesicht. Sie seufzte. Derb, befand sie. Dazu fiel ihr nun endgültig nichts mehr ein.

Nur ganz kurz regte sich in Zickis Hinterkopf, sie war bereits auf dem Weg zum Telefon, ein weiterer Gedanke – oder war das jetzt doch wieder ein Einfall? Eine Art Bastard, das trifft es schon eher, denn Zicki sah kurz, ganz kurz die Möglichkeit einer Schule aufblitzen. Ach nein. Das war ja weniger als ein Einfall, das war doch eher schon wieder dieser uralte Gedanke, eine Schule sei in jedem Fall etwas Sinnvolles und Vernünftiges ...

Wenn die Gedanken fliehen, wer wird da weinen?
Gibt es darunter doch stets den einen
Dem das zu bunt wird
Und der heimkehrt
In die angestammte Hütte
Und sichs bequem macht auf der alten Schütte

„So ist es!“ rief Zicki ärgerlich aus. „Und ich weiß auch, warum: Das Alte muß erstmal weg. Wie soll ich Neuartiges denken oder sehen, solange da unten noch alles vollsteht mit Altem? Der Blick ist mir verstellt. Jetzt rufe ich alle an. Wozu habe ich Freunde? So gewiß vier Augen mehr sehen als zwei, so gewiß denken neun Hirne doch mehr als eins. Aber ehe ich auch nur einen weiteren Gedanken daran verschwende, wie es denn nun weitergehen soll, muß ich mit Hedel sprechen.

Hedel?

„Hedel?“ fragte Zicki wenig später zaghaft ins Telefon, „Hedel, bist du dran? Hier ist Zicki.“
Zicki hatte ihr einstiges Kindermädchen, die spätere Haushälterin der Fabrikantenvilla, am Vortag bei der Beerdigung nur flüchtig begrüßen können. Bei den Worten „Schnell tritt der Tod den Menschen an“, mit denen Pastor Priebe seine Grabrede eröffnete, hatte eine den Blick der anderen gesucht und für ein paar schmerzliche Wimpernschläge festgehalten. Hedel, Hedwig Knechtel, eine immer noch stattliche Frau, hatte sich unauffällig vom Friedhof entfernt, noch ehe die letzte Handvoll Erde in die Grube geprasselt war. Sie war als Flüchtlingskind nach Schroffezarge und als Vierzehnjährige nach Hohe Tannen gekommen und hatte dem Sägewerksbesitzerehepaar gedient bis vor zwei Jahren, als sie wegen einer Lappalie hoch erhobenen Hauptes vom Hof geschritten und nicht mit Geld und guten Worten zur Rückkehr zu bewegen gewesen war.

„Was ist, Kindchen?“ sagte Hedel mit einem befriedigten Seufzer, denn was sollte schon sein? Dieser einstige Lieblingspflegling, Zicki, kam erwartungsgemäß nicht allein zurecht.

„Kommst du mir helfen, Hedel? Wenigstens ab und zu?“

„Ganz oder gar nicht“, antwortete Hedel. „Daß ich jedesmal rübergespritzt komme, wenn du deine Schuhe nicht zubringst, kommt nicht in Frage. Montag bis Freitag 8 bis 18 Uhr, Samstag bis 14 Uhr bzw. nach Bedarf, Sonntag frei, einmal monatlich zusätzlich Waschtag, zweimal jährlich eine Woche Urlaub, Sonderzulage an Weihnachten und bei Abendeinladungen. Also?“

„Ach, Hedel“, sagte Zicki, „ich bin vielleicht froh. Und könntest du nicht gleich mal rüberkommen?“

Macht zwölf, dachte Zicki erschaudernd, zwölf und noch kein Anwerbestop in Sicht, denn wer soll Verstopfungen beseitigen, Löcher bohren und solche Sachen? Vielleicht kann ich das alles selbst machen? Oh je. Doch sie schlug sich an die Stirn. Unsinn! Dafür hätte sie bald schon Marcel. Jedenfalls wenn alles gutginge ...

Machte dreizehn.

Noch ein Abschied

Wie viele Frühaufsteherinnen stürzt auch Zicki im Lauf des Nachmittags häufig in ein Loch der Unlust. Sie weiß das. Das ist eben so. Also heißt es, ernten, wenn andere noch nicht einmal gesät haben. Alles Notwendige unter Dach und Fach bringen, solange es noch leicht von der Hand geht. Unter solchen Umständen ist leider oft auch mit dem Abend nichts Handfestes mehr anzufangen. Da heißt es denn, früh-

zeitig sein Plätzchen gefunden, seinen Teller vorgewärmt, seine Lieben um sich geschart haben – Zicki seufzt.
„Ja, zähl du nur die Häupter deiner Lieben", sagt sie betrübt.
Das Plätzchen hingegen ist am Tag nach der Beerdigung bald gefunden und in Beschlag genommen. Nachdem Zicki pietätvoll die ersten zwei Nächte in ihrem Kinderzimmer verbracht hat, das sie über Jahre und Jahrzehnte hinweg einfach weiter genutzt und unverändert gelassen hat, ist sie, kaum daß sie Hedel auf dem Weg weiß, die Treppe ins Obergeschoß und dann die zweite, schmalere bis unters Dach hinaufgestürmt und hat ihre Kinderzimmertür aufgestoßen.
„Meine Lieben", hat sie mit einer verzeihungheischenden kleinen Handbewegung das Abschiedswort an ihre stummen Schutzgeister gerichtet, all die vergilbten Pilzköpfe und nachdenklich an ihren Pfeifen hängenden Geistesgrößen, die Urwalddoktoren und zu Saumtier sitzenden Asienforscherinnen, schließlich die patronengürtelbehängten Sozialrebellen und, Zicki ist offenbar eine an Treue kaum zu überbietende Frau, eine links in ihrer angestammten Ecke aus Zitrusfrüchten hervortanzende Caterina Valente, warum denn nicht, hat doch auch sie ihre Zeit in Zickis Leben gehabt.
„Meine Lieben", wiederholt sie nun und entschwindet noch einmal auf den Dachboden, um sogleich mit einem Wäschekorb wieder ins Zimmer zurückzukehren, „auch für uns schlägt nun die Stunde der Trennung. Ich will doch mal sehen, ob ich nicht noch ein bißchen mehr aus mir machen kann …" Sie macht eine Pause, als erwarte sie etwa Protestrufe oder auch nachsichtiges Gelächter, und als alles still bleibt, fährt sie fort: „Seht ihr – dazu fällt euch nun auch nichts mehr ein. Es ist einfach an der Zeit. Doch um es uns

nicht allzu schwer zu machen –", mit flinken Fingern klaubt sie Reißzwecken von der Tapete, reißt sie Postkarten mitsamt ihren Tesafilmstreifen herunter – „habe ich fürs erste an einen Umzug auf den Dachboden gedacht und zu diesem Zweck –" sie schiebt den Wäschekorb ein Stück weiter an der Wand entlang – „einen komfortablen Wäschekorb mitgebracht, worin ihr einerseits von lauter vertrauten Gesichtern umgeben seid, euch andererseits einer altersangemessenen Bequemlichkeit erfreuen und obendrein durch luftiges Geflecht hindurch aus einer nervenschonenden Distanz auch künftig am Lebens dieses Hauses, an *meinem* Leben, teilnehmen könnt." Sie lächelt, während sie zügig weiter Schutzgeister von den Wänden in den Wäschekorb fallen läßt, auf diese oder jene Abbildung nieder, spendet Luftküsse, ja, selbst zwei, drei richtige Küsse drückt sie auf gelblich klebrige Schwarzweißpostkarten, bis sie irgendwann, von leichtem Schwindel gepackt, in dem Gefühl, alle Beteiligten mit einem angemessen aufwendigen Ritual zufriedengestellt zu haben, entschlossen den Wäschekorb durch die Zimmertür bugsiert und mit dem hakenförmig nach hinten ausholenden Fuß, eine in Jahrzehnten perfektionierte Übung, im Hinausgehen die Tür hinter sich zuwirft. Lauschend verharrt sie auf der Stelle, während ihr die Augen heiß werden.
„Zicki, mein Gott", hört sie ihre Mutter vom Erdgeschoß, oder ist es heute das Obergeschoß?, heraufrufen, „wann willst du endlich die Tür mit den Händen zumachen?" Sich selbst hört sie entweder gar nichts oder etwas recht Pampiges oder aber ein gemurmeltes „Entschuldige, Mama" erwidern. Jetzt lächelt Zicki. Würde so das künftige Zusammenleben aussehen? Würde sie auch bügeln lernen müssen, um ins Bügelzimmer hinuntergehen und mit ihrer Mutter das Pro-

gramm für den kommenden Tag besprechen zu können? Hinaus auf den Hof gehen müssen, wo ihr Vater sich zu Lebzeiten fast den ganzen Tag aufgehalten hat, und ihm in die von allen Sägewerksreminiszenen befreite Stille hinein noch einmal (und immer wieder noch einmal) zu erklären, warum sie diesen Schritt hat tun müssen, diesen Schnitt vollziehen, diesen Akt der Läuterung und der Befreiung von den unerlösten Gespenstern der Vergangenheit, bis sie wieder einmal (und immer noch einmal) heftig zu streiten anfangen würden – Papa? Hastig setzt Zicki ihren Weg fort. Der Wäschekorb findet in Türnähe einen Platz auf dem Dachboden, nicht zu weit vom nächsten Fenster entfernt.
Schon während ihrer langen Heimkehr aus traurigem Anlaß hat sich Zicki des Gedankens nicht erwehren können, daß sie sich in ihrer Fabrikantenvilla ordentlich breit machen wird, obwohl sie den Augenblick für solche genießerischen Vorstellungen noch nicht für gekommen hielt. Denn erst einmal hieß es, ein Doppelbegräbnis auszurichten. Allein. Bei diesem Gedanken sind zwischen Mercatosaraceno und Cesena Nord endlich, endlich die ersten reichlichen Tränen geflossen und ab dort in Abständen immer wieder, gemäß ihrem tapfer beschlossenen Vorhaben, diesmal, anders als im Fall ihres Bruders, keinen Tag zu säumen und sich unverzüglich an die Trauerarbeit zu begeben. Über diese stramme Formulierung hat sie vom Brenner bis fast hinunter nach Innsbruck unter Tränen immer wieder vor sich hin gelacht und dabei dankbar verspürt, wie nah sie ihrem Vater, denn der hätte sich bestimmt genauso darüber gefreut, noch immer zu sein vermochte. Oder endlich wieder? Diese bloße Frage, der sie eines Tages nachgehen wollte, hat sie dann, immer noch fast 800 Kilometer von zu Hause entfernt, schlagartig sehr müde, ja, so müde gemacht, daß sie auf den

ersten besten Rastplatz gefahren ist, sich erschöpft auf der Sitzbank eingerollt und vier Stunden geschlafen hat.

Hurra für Hedel

Seitdem ist doch einiges geschehen, und wenn Zicki jetzt in Erwartung Hedels und der gemeinsamen Vorbereitungen für den Konvent der besten Köpfe, wie sie der Einfachheit halber die für den Abend geplante kombinierte Trauer-, Begrüßungs- und Inaugurationsfeier (Inauguration eigentlich wessen?) nennt, zielstrebig und nicht übermäßig tränenreich Quartier in ihrem Elternhaus macht, indem sie, immerhin noch ein wenig scheu, besitzergreifend von Zimmer zu Zimmer streicht, dann ist auch dies gewiß nicht zuletzt auf ihr tapferes Vorhaben zurückzuführen, unverzüglich! in einen schmerzhaften, aber vermutlich auch trostspendenden Kontakt mit den Verstorbenen zu treten. Sie läßt nicht locker. Soviel kann man jetzt schon sagen, wenn man es aus sämtlichen weitgeöffneten Türen der Villa ausgiebig murmeln, rufen, fluchen, lachen und, hin und wieder, ein wenig weinen hört – „Ich kann hier vor mich hinreden, soviel ich will", hat Zicki gerade erklärt. Wenn Hedel im Haus ist, so weiß sie, ist mit dem Vorsichhinreden sowieso erst einmal Schluß. Denn Hedel, in puncto Umgangsformen noch alte Schule, würde sich unweigerlich jedesmal angesprochen fühlen und folglich die halbe Zeit fragend den Kopf aus der Küchentür recken.

Die Türglocke geht. Ist das möglich, daß man eine Türglocke, die man tausendmal gehört hat, so scharf ins

Bewußtsein schneiden spürt, als ertönte sie zum erstenmal?
The bell rings. More and more relatives arrive for supper, fällt Zicki dazu ein, während sie die Treppen hinunterspringt. Sie erinnert sich daran so gut, weil sie ein Jahr früher als ihr Bruder Robert mit Englisch angefangen hat. Jeden Mittag nach Schulschluß hat sie ihm damals die neu erlernten Ausdrücke und Sätze vorgelesen, und er mußte sie nachsprechen. *The Men of Liliput.* Zement of Lillipatt. *The Men of Liliput!* Zement of Lillipatt. „Blödmann …" Erbost hat sie ihm an den Kopf geboxt, er ihr wutentbrannt ans Schienbein getreten. Learning by doing.
„Geht es nicht *etwas* weniger geräuschvoll, Kinder?" Manchmal ist es selbst der ewig langmütigen Irmi zuviel geworden.
„Es ist offen, Hedel, komm rein", schreit Zicki jetzt.
Groß, kantig, dunkel zeichnet sich Hedels Gestalt hinter dem Milchglas der hinteren Haustür ab.
„Nu nu", sagt Hedel, als sie, die Einkaufstasche noch in der Hand, Zicki gleich an der Schwelle am Hals hängen hat. Zicki will nun doch noch ein kleines bißchen weinen und läßt sich von Hedwig Knechtel im Arm halten, die währenddessen mit sich rötenden Augen über Zickis Schulter hinweg auf das Doppelporträt der verstorbenen Backlas blickt. Ernst nickend, signalisiert sie ihnen Bedauern, Versöhnungsbereitschaft und ein Versprechen. Eine Weile wiegt sie ihre Schutzbefohlene hin und her, die Einkaufstasche immer noch in der Hand, dann sagt sie: „So einfach wegzugehen. Und so schnell. Und dann gleich alle beide. Ach, ich weiß nicht."
Diese Hedel ist ein wahres Wundertier. Nicht von ungefähr ist sie eine Berühmtheit in Hohe Tannen und mindestens elf, zwölf Kilometer darüber hinaus, denn bis nach Schroffezarge

reicht die Fama. Zahlreich und erfolglos waren die Abwerbungsversuche, denen sie in fast vier Jahrzehnten widerstanden hat. Um sich schließlich zu überwerfen mit den Backlas, wegen einer Lappalie. (Ob die Tanner je erfahren werden, worin die denn nun bestand, diese angebliche Lappalie? Es ist viel gerätselt worden, doch sind die Aussichten nun, da man doch prinzipiell die Toten ruhen und die Lebenden in Ruhe arbeiten lassen soll, schlechter denn je zuvor.) Eine bekümmerte Hedel schüttelt jetzt immer wieder den Kopf. Wer konnte denn ahnen ... Nun. Sie setzt die Einkaufstasche ab.

Sie hat große Füße, viel größere als Zicki, deren Füße nur eine Spur zu groß geraten sind. Sie trägt Röcke, oft dunkelblaue, mit Kellerfalten vorn und hinten. Wegen der größeren Beweglichkeit in Haus und Garten, behauptet sie. Ihre Kusine in Schroffezarge näht sie ihr. Sie hat Humor. Das ist wichtig. Selbst ein feuerspeiender Drachen ist doch immer noch eine Bereicherung, wenn er nur ein bißchen Humor hat, nicht wahr? Dabei ist Hedel eigentlich nicht einmal ein Drachen. Nur ein bißchen kantig, manchmal, und etwas ungeduldig und mit der Zunge vorneweg, wie Irmi es ausdrückte. Das ist sie. Und sie hat ein wenig Bart, nur gerade diesen schattigen Anflug, der oft genug eine Zierde der Frau ist. Allerdings mehr in südlichen Ländern. Für Hedwig Knechtel ist das jedoch kein Problem. Süden oder Norden, ihren Platz muß eine Frau kennen. Suchen, finden, ausfüllen – wenn man sie fragt, und man fragt sie von jeher recht häufig. Denn die lokale Berühmtheit Hedel ist berühmt nicht nur für ihre tiefwurzelnde Gefolgstreue, ihre mehrstöckigen Torten und geradezu herrschaftlichen Pasteten, sie ist es auch für ihre geradezu herrschaftlichen Verlautbarungen. Und zwischen dieser Gefolgstreue, diesen Torten, Pasteten

und souveränen Äußerungen hat Hedel ihren Platz einst gesucht, alsbald gefunden und perfekt ausgefüllt, und ihn nimmt sie zu ihrem eigenen und zu Zickis Glück gerade in diesem Augenblick wieder ein.
Und sie hat eine für Westharzer Verhältnisse geradezu sensationell anspruchsvolle Frisur. Siegfried Backla hat in dieser seitlich mit Kämmen hochgesteckten und auf dem Schädel in einer Brandungswelle erstarrten Haartracht die in Kriegszeiten angeblich weit verbreitete Entwarnungsfrisur zu erkennen behauptet. Dann ist jedoch sein Sohn Robert eines Tages aus der Schule nach Hause gekommen und hat erklärt, was Hedel da auf dem Kopf habe, sei in Wahrheit eine Zonenrandfrisur. Da gebe es gar keinen Zweifel, er habe Zeugen.
„Zeugen inwiefern?“ hat Siegfried Backla entgegnet. „Haben die auch so etwas auf dem Kopf? Oder nur davon gehört?“
Hedel, die Kronzeugin überhaupt, ist schließlich hereingerufen und mit den widersteitenden Klassifikationen ihrer Frisur konfrontiert worden. Ihre Miene war eindeutig: So ein Blödsinn.
„Wie kann etwas eine Zonenrandfrisur sein, was schon länger besteht als die ganze Zone, von ihrem Rand ganz zu schweigen? Und wie kann hier oben in Hohe Tannen etwas eine Entwarnungsfrisur sein, wo es doch während des ganzen Krieges kein einziges Mal Alarm geschweige denn Entwarnung gegeben hat?“ Kopfschüttelnd ist sie wieder in die Küche verschwunden.

„Nu nu, Zicki“, sagt sie jetzt wieder, und es klingt wie: „Nun aber ans Werk“, als sie Zicki noch einmal bei den Schultern nimmt und kurz und schlußpunktartig beutelt.

Dann bückt sie sich, zieht eine blütenweiße Schürze aus ihrer Einkaufstasche und beginnt, sie umzubinden.
„Wieviele?“ fragt sie.
Zicki läßt es sich nicht nehmen, alle einzeln aufzuzählen. Hedel nickt jeden einzelnen Namen ab, nur als die Reihe an Arno von Fiselek – „Fiesel“, sagt Zicki natürlich – ist, verdreht sie die Augen, wie es nur recht und billig ist, denn noch verdrehen die meisten die Augen, wenn die Rede auf ihn kommt, weil von den Läuterungsbemühungen dieses berüchtigten Alimentenflüchtlings, dieses Gauners und schrecklichen Harzers noch kaum etwas an die Öffentlichkeit gedrungen ist. Sie sind ja auch noch keineswegs erfolgreich abgeschlossen.
„Neun, wenn ich richtig mitgezählt habe. Ich würd sagen, wir machen Papas Lieblingsessen, hm?“
Zicki nickt zustimmend. „Und Mamas.“
„Zwangsläufig“, sagt Hedel mit einem kleinen Lächeln, „zwangsläufig.“
„Und du, ißt du ausnahmsweise mit?“
„Das geht doch nicht. Einer muß sich nun mal ums Essen kümmern. Aber ich lasse die beiden Türen offen, dann kriege ich alles mit, und wenn es nötig werden sollte, schreite ich ein.“
„Und wann könnte das nötig werden, dein Einschreiten?“
„Du wirst schon sehen“, sagt Hedel. „Sogenannte Trauerhäuser sind bekanntlich eine Brutstätte von Zwistigkeiten, und sogenannte Trauerfeiern locken im allgemeinen das Schlechteste aus allen Beteiligten hervor. Das war schon immer so. Darum ist von vornherein ein fester und festlicher Rahmen angebracht und später am Abend häufig ein wenig zusätzliche Lenkung vonnöten.“
Zicki versucht sich zu erinnern, ob es bei Roberts Trauerfeier

auch Zwistigkeiten gegeben hat und ob damals wirklich das Schlechteste aus allen Beteiligten hervorgelockt worden ist. Sie kann sich an nichts dergleichen erinnern und schließt daraus, daß es bei Trauerfeiern für Kinder und Jugendliche noch einmal anders zugeht. Hedel überlegt einen Augenblick, als Zicki diese neugewonnene Überzeugung äußert.
„Es mag wohl sein, daß es anders ist, wenn ein Jüngerer vor den Alten stirbt. Der Tod eines jungen Menschen ist doch wohl schockierender als der eines alten. Und außerdem gibt es dann meist keinen Anlaß für Erbschaftsstreitigkeiten." Oder? Achselzuckend setzt Hedel ihren Weg durch die Küche fort. Sie weiß es doch auch nicht, woher denn.

Wer nun auf anständige Vertriebenenhausmannskost rechnet, der wird enttäuscht werden. Nicht nur, daß Siegfried Backla nicht zu denen gehört hatte, die man „erst hatte raustragen müssen", wie er es ausdrückte – für Gerichte wie Schlesisches Himmelreich, Moh-Kließla und wie sie alle hießen, hatte er eh nicht viel übrig gehabt. Zu üppig, zu viel, zu fett, zu süß, zu salzig, und das hatte Irmi denn auch gefunden. Zwangsläufig. Und Hedel wiederum hatte diese Abkehr von der Heimatküche nie gestört, denn sie wollte nicht immerfort kochen, was sie schon mit zehn Jahren gekocht und gegessen hatte.
„Geh jetzt mal in den Keller, Zicki, und hol Flaschen rauf. Und such eine schöne Tischdecke raus. Ich muß rasch Ragulla anrufen." Ragulla war der größere der beiden kleinen Supermärkte von Auerhahn-Geißensprung.

Inszenierung

„Wir klotzen", erklärt Zicki am frühen Nachmittag, nachdem sie einen Augenblick unschlüssig vor der Anrichte gekniet und dann die Leinendecke mit der Hohlsaumeinfassung wieder hineingelegt hat, ihre Lieblingsdecke, doch sie braucht Damast, etwas Schimmerndes, sie braucht Glänzendes, festlich Funkelndes, ach, überhaupt alles, was energisch auf sich aufmerksam macht. „Hedel, wir klotzen!" ruft sie also in Richtung Küche, und Hedel antwortet irgendetwas, das überm Töpfeklappern nicht genau zu verstehen ist, aber zustimmend klingt. Fieberhafte Betriebsamkeit überkommt Zicki. Für nachmittäglichen Leistungsabfall ist heute nicht der Tag. Tischtuch – Tischtuch. Servietten – Servietten? Neun Damastservietten – links unten die Schublade. Zicki schätzt den Vorrat ihrer Mutter auf sechzig, siebzig Stück. „Mama", murmelt sie kopfschüttelnd. Jetzt Leuchter. Kandelaber, das ist das Wort. Peitschenkerzen, vier Dutzend, wo waren die jetzt nochmal?

„Rechts unten, die Schublade", kommt Hedels Stimme von der Tür. In Abständen taucht sie im Türrahmen auf, weniger um den Fortgang der Vorbereitungen zu überprüfen – Zicki weiß, wie das geht, sie hat sich schon als Kind oft daran beteiligt, um länger aufbleiben zu dürfen –, als um mit geschultem Blick die Gemütsverfassung ihres Schützlings zu taxieren. Jedesmal kehrt sie jedoch beruhigt in die Küche zurück. Kein Anfall in Sicht. Nur aufgedreht. Irgendwann im Lauf des Abends würde Zicki sehr müde werden, glaubt Hedel. Das würde ihr guttun. Sie würde schlafen.

Nun steht Zicki in der Tür und nimmt das Bild in sich auf, das sie soeben vollendet hat. Ringsum schwimmen Lichtkreise über den Möbeln des riesigen Eßzimmers. Alles Theater, denkt Zicki zufrieden. Das ungleichmäßige Aufzucken der Flammen im Innern der Lichtkreise erzeugt Blitze, wo Kristallgläser und Karaffen stehen, Glänzen und Schimmern von Porzellan, Silber und Damast. Zicki weiß genau, was das hier ist: Das ist der Schauplatz einer Inszenierung, die sie schon kennt. Die sie genau so und nicht anders wiederholen will. Roberts Feier, heute Siegfrieds und Irmis Feier, allerdings mit stark veränderter Besetzung – oder soll sie sagen, mit verändertem Text? Sie kann das nicht voraussehen, aber sie weiß, daß heute alles in einem angemessenen Rahmen geschehen wird, diesem festen und festlichen Rahmen, den sie selbst bereitgestellt hat. Und der sie tröstet. Wie Hedels Geklapper, die durchs Haus strömenden Küchendüfte sie trösten. Zicki erwartet getrost, daß auf ein verborgenes Zeichen die Flügeltür auffliegen und Bewegung in die Szene geraten wird. Sie sich mit Leben füllen wird.

Inszenierung

Der Tag ist gekommen
Niemand verläßt das Lokal
Wir spielen das Ganze noch einmal
Das Ganze nun noch einmal

Auf fliegt die Tür zum Saal
Ja, das ist glänzend gemacht
Perlen und schimmernde Locken
Hellauf wird da gelacht

Schöne, du bleibst dort hocken
Was hat der Kellner gebracht?

Auftritt der spärlichen Locken
Ja, so ist das gedacht

Zu fliegt die Tür zum Saal
Doch, das war glänzend gemacht
Perlen und schimmernde Locken
Was hat der Kellner gebracht?

Kellner, die Münder sind trocken
Auf nun das ganze Lokal
Auf nun, und niemand bleibt hocken
Öffnet die Tür zum Saal

Der Konvent der besten Köpfe

Die Türglocke geht und reißt Zicki aus ihren Gedanken. Sie wendet sich um. Auf der anderen Seite der Diele steht Hedel in der Küchentür und schaut zu ihr herüber. Zicki macht eine kleine Geste der Unentschlossenheit. Hedel schüttelt den Kopf und deutet zur Eingangstür. „Nun geh mal", sagt sie freundlich. Zicki setzt sich in Bewegung; erst zaudernd, dann immer schneller setzt sie die Schritte. Schwungvoll reißt sie schließlich die Tür auf.
„Wenner", sagt sie.
„Zicki", sagt Wenner.
„Seit wann bist du der erste?" sagt Zicki. „Und wirst du mir auch eine Feier ausrichten, wenn ich nach oben entschwunden bin?"
„Manche Dinge ändern sich", beantwortet Wenner die erste Frage (nicht allzu genau, denn er hätte sagen müssen: Menschen, manche Menschen ändern sich) und: „Ich werde dir eine Feier ausrichten, wenn du das möchtest, aber

es wäre mir lieber, du würdest mir eine ausrichten", die zweite.
„Oh nein. Ich habe mit dem heutigen Tage mein Soll erfüllt, finde ich. Die Verbindung zum Jenseits steht. Jetzt möchte ich erst noch eine ganze Weile leben und dann in Würde verabschiedet werden. Und weil du der Erste bist, habe ich dich erwählt."(Was natürlich ebenso ungenau ist, denn einen anderen als Wenner hätte Zicki nie und nimmer erwählt, und wäre er auch als allerletzter über die Schwelle getreten.)
Wenner der Erwählte umarmt Zicki ungeschickt, ein Päckchen in der Hand. „Mach das erst morgen auf, bitte. Es gehört schon zu dem, was du leben nennst."
Die festliche Beleuchtung auch der geräumigen Diele, in der sämtliche zwölf Wandlämpchen und der Kronleuchter brennen, sorgt für klare Verhältnisse. Mutige Menschen mittleren Alters werden mit so etwas fertig. Zicki und Wenner sind mutig und mittleren Alters und werden damit fertig, einander erröten zu sehen. Es ist auch nicht das erste Mal. Wenner wird damit fertig, indem er über Zickis Schulter hinweg zu Hedel blickt.
„Hedel, oh Hedel", sagt er und setzt sich in Bewegung, während Zicki, ihr Geschenkpäckchen immer noch in der Hand, gleich drei Gesichter im Lampenschein der Vortreppe auftauchen sieht. Marita, Magda und Ott Polaczek. Immerhin noch zu dritt, denkt Zicki, jedoch ohne Schmerz, und wendet flüchtig den Kopf nach Wenner, dem Mann, der einst ihre Trauerfeier ausrichten soll.
Und nun, es stehen immerhin schon vier Gäste, die Gastgeberin und Hedel in der Diele, sollte sich doch wohl ein lebhaftes Hin und Her, ein Hallo, wenigstens eine mehr oder minder geschliffene Konversation anbahnen. Nun, ein leb-

haftes Hin und Her, ein Hallo darf man selbst bei der Rückkehr einer Wölfin zu ihrem Wurf erwarten, mehr oder minder Geschliffenes hingegen kommt in diesem speziellen Fall nicht in Frage. Nicht umsonst spielt sich diese Geschichte unter Freunden und in einem kleinen Ausschnitt eines waldigen Mittelgebirges ab. Was freilich nicht heißen soll, daß sie sich nicht auch andernorts würde abspielen können. Es ist nur so, daß diese Menschen, die nun einer nach dem anderen durch die Tür treten, nicht in der Anonymität und Unüberschaubarkeit einer großen Welt leben, sondern in der Intimität und Überschaubarkeit einer kleinen. Mag sein, eine gewisse Intimität läßt sich auch an großstädtischeren Orten antreffen, hier aber, im waldreichen Dreieck von Hohe Tannen und seinen Nachbarorten, *muß* man sie einfach antreffen. So daß der Schauplatz unserer Geschichte einerseits nicht von kategorialer Wichtigkeit, andererseits jedoch ungeheuer hilfreich ist. Denn so brauchen wir uns beispielsweise anläßlich einer solchen Trauerfeier, wie sie heute in der Fabrikantenvilla stattfindet, nicht mit einer Unzahl neuzeitlich-städtischer zweifacher, ja dreifacher Luftküsse und dem Überreichen mehrerer, dem Anlaß angemessener Sträuße und der Besorgnis abzugeben, wohin denn das Blumeneinwickelpapier zu legen oder zu werfen sei.

„Damit du nicht fusselig wirst, Zicki“, sagt Ott grinsend. Die Zwillinge nicken dazu und reichen Zicki eine Großpackung dieser Rolliboys, die sie am Vortag auf dem Friedhof schmerzlich vermißt hat, als erst der eine, dann der andere Zwilling, dicht an dicht neben ihr am offenen Grab stehend, ihrem schwarzen Jackett eine Ladung roter Katzenhaare verpaßt hat.

„Danke für die Blumen", sagt Zicki erfreut, und die Zwillinge kichern und erbitten gleich einen Rolliboy aus der Großpackung, weil sie doch tatsächlich schon wieder rote Katzenhaare an sich entdeckt haben. Also wirklich.
So geht es zu unter alten Freunden in einer kleinen Welt, und Ott steht bereits bei Wenner, um die Lage abzuklopfen.
„Bist du schon lange hier?" fragt er ungeniert.
„Ziemlich lange", lügt Wenner, ebenso hemmungslos.
„Und wieso? Ich meine, hoffentlich geht dir da nichts durchher – das ist hier eine Trauerfeier. Allenfalls auch eine Begrüßungsfeier. Vielleicht sogar eine Gründungsfeier." Wenner lacht nur.
Erni Backla, Lilo Lippelt und Malte Warrentei drängen gemeinsam durch die Eingangstür. Der kleine, bissige Arzt hat sich bei beiden Frauen eingehakt und sie offenbar bereits in den Zustand der Ekstase gestichelt.
„Entschuldige, Zicki", keucht die meist stille Erni, „aber du weißt, wie Malte immer redet. Und dann findet er kein Ende." Zicki legt den Arm um ihre ein klein wenig verwachsene Kusine. Lilo überreicht ihr eine aufwendig eingepackte Schachtel.
„Von Erni und mir. Mach es lieber erst morgen auf, es ist eigentlich für einen normalen Tag gedacht."
„Schuhcreme?" fragt Marita. „Schuppenwasser?" Marga, und damit nimmt das Begrüßungsgeplänkel seinen natürlichen Verlauf, denn Malte dreht sich wie aufs Stichwort um und nimmt seine für die Zwillinge reservierte Positur ein.
„Nein! Magda und Marita, die lustigen Zwillinge! Jetzt habe ich euch doch vorgestern zum letztenmal gesehen, und mir ist, als wäre es gestern gewesen. Weil ich wieder eine zuviel gesehen habe, das wird's sein. Ein ewiger Jammer, daß ihr keine Drillinge seid."

„Halt dein dummes Maul, Malte", sagt Marita mit Genuß, und Magdas Variation folgt auf dem Fuße: „Du würdest keine abkriegen, selbst wenn wir Zehnlinge wären, du Klon", sagt sie. Die beiden achten sorgsam darauf, in allem, was sie reden, ein wenig zu variieren. Das haben sie sich schon während der Schulzeit so vorgenommen. Sie möchten nicht langweilen wie Leute, die alles zweimal sagen. Aber sie müssen zugeben, es fällt ihnen von Mal zu Mal schwerer, Maltes Eröffnungsfloskel von den Drillingen in gleich zwei Variationen unterhaltsam zu parieren.

„Huh! Sind wir aber grob heute – ‚Halt dein dummes Maul, Malte!'" äfft Malte Marita nach, und Magda schlägt mit ihrer Handtasche nach ihm.

„Ich bin es manchmal so leid", sagt Marita seufzend, „wenn ihr wüßtet, wie leid."

„Fehlt noch unser Fiesel", sagt Malte. Tretelnd wie ein erwartungsfroher Kakadu späht er durch die offene Eingangstür nach seinem nächsten Opfer aus. „Das ist typisch. Wo sich keine Geschäfte machen lassen, fehlt ihm was. Da wird er ganz langsam."

„Natürlich", sagt Arnos Stimme laut vom Fuß der Vortreppe. Sein stets geröteter Kopf erscheint im Licht der Bogenlampe. „Und wie. Wenn du nur ein paar Pimperlinge mehr hättest als deine Kassenhonorare, wüßtest du, was das bedeutet, noch abends damit rechnen zu müssen, ausgezogen zu werden bis aufs Hemd. Denn genauso wird es wieder kommen zu Hohe Tannen im Elend. So etwas spürt man in meinem Alter und mit meiner Erfahrung. Wenn ich dieses Haus verlasse, werde ich nicht nur ein satter, betrunkener, sentimentaler alter Esel sein, sondern auch ein Goldesel, der gerade mal wieder allzu ausgiebig geschissen hat." Er klingt zufrieden und hat sich zur Abrundung seines Auftritts bereits eine

dicke Zigarre angezündet. „Zicki, mein Liebchen, habe ich nicht recht?" Zicki läßt sich von ihm umarmen und nickt.
„Ich bin nicht dein Liebchen, Arno. Aber du hast natürlich recht. Wir haben ja nur dich, und zahlreich sind die pekuniären Verpflichtungen, die auf eine Erbin zukommen. Ich zähle auf dich. Soll ich das leugnen?"
„Und die da –", Arno zeigt auf Ott und Wenner „wird auf die vielleicht auch mal gezählt?" Ott und Wenner zeigen wie auf Kommando leere Hosentaschen vor. „Ich sehe schon – der eine hat nichts, und der andere ist von Australien zurückgekehrt, wie er hingefahren ist – als größter Knicker aller Zeiten. Ich erinnere mich da an bestimmte Vorkommnisse während der Schulzeit – hah!" Arno wird daran gehindert, den größten Knicker aller Zeiten in ein recht abstoßendes Licht zu rücken, weil Hedel ein großes Tablett mit randvoll gefüllten Gläsern aus der Küche in die Diele bringt.
„Hedel, meine Angebetete", ruft Arno durch die Diele, „ich erhöhe mein Angebot auf 5000 brutto im Monat plus Appartement in Auerhahn-Geißensprung, dort wo es am schönsten ist …"
„Auerhahn-Geißensprung ist nirgendwo am schönsten, Hedel, hör nicht auf ihn", ruft Ott, noch ehe Hedel etwas hätte antworten können, selbst wenn sie das vorgehabt hätte. „Er bietet dir in Wahrheit ein schmuckes Grab auf einem der höchstgelegenen Friedhöfe Norddeutschlands an, Hedel, hör nicht auf ihn, hör auf mich – ich biete dir …"
„Oh, Hedel", erhebt sich Zickis Stimme, „Hedel, das ist Lufthansacocktail! Daß du daran gedacht hast … Aber den gibt es doch gar nicht mehr zu kaufen – der ist selbstgemacht!"
Lufthansacocktail! Wer wäre nicht hin- und hergerissen zwischen Grauen und wärmendem Zugehörigkeitsgefühl. Lufthansacocktail! Ihn hatte es seit der ersten Flugreise der

Backlas jahrzehntelang zweimal jährlich in ihrem Hause gegeben – am ersten Weihnachtsfeiertag und an ihrem Hochzeitstag. Und weil sich hier Freunde versammelt haben, beginnt schlagartig in diesem Augenblick, als alle neun die Hand nach der zuckerumrandeten Sektschale ausstrecken, die eigentliche Feier, tritt für einen Augenblick Stille ein.
„Mamas und Papas Lieblingscocktail", flüstert Zicki schließlich und hebt als erste das Glas. Gerade nur ein wenig Schnupfen und Tupfen sind zu hören, wie es die schlanke Dramaturgie der Veranstaltung vorsieht.
„Auf Siegfried und Irmi, unsere großzügigen Gastgeber in so vielen Jahren. Und natürlich auf Backala, der vermutlich ein wenig prominente Gesellschaft da oben nicht verschmähen wird", sagt Wenner herzlich und hebt das Glas erst zum Doppelporträt der Backlas und dann zur sepiabraunen Decke.
„Auf Irmi und Siegfried und Robert ..."
„Auf Siegfried und Irmi ..." Ein allgemeines Volksgemurmel dient der endgültigen Wiedergewinnung der Fassung, außer im Fall Ernis, die der Kummer seit der Beerdigung der Backlas nun schon zum zweitenmal überwältigt, so daß ihr ein Stühlchen untergeschoben werden muß, und außer im Fall Maltes und Arnos, die bekanntlich mit der Äußerung reifer Empfindungen ihre Schwierigkeiten haben.

Menschen, die gern lesen, haben oft gerade nichts Schönes gekocht und umgekehrt. Und so kann es sehr entbehrungsreich für einen Leser sein, ein Festessen bis ins Einzelne ausgemalt zu bekommen, an dem er nun einmal mit den dafür vorgesehenen Organen nicht beteiligt sein kann. Denn so wenig er lesend den Deckel einer Pastete oder einer Suppenterrine lüften und die unnachahmliche Duft-

mischung einatmen kann, die daraus emporsteigt, so sehr kann er doch lesend auf diesen Mangel mit allen Zeichen der Entbehrung reagieren.
Lassen wir also das Klappern, Klicken, Klirren, Kratzen der Gerätschaften durch die Gänge des Menüs hindurch, sagen wir: bis kurz vor dem Nachtisch eher als friedlich-freudvolle Hintergrundmusik an uns vorbeigehen. Wir warten auf anderes. Es wird doch anderes geben? – wenn man Arno so anschaut, könnte man daran zweifeln, und doch ist es ausgerechnet er, der nach einem nur flüchtigen Serviettenwedeln in Richtung seiner fettglänzenden Lippen – denn wir sind, wie gesagt, noch nicht ganz am Ende des Menüs – einen tüchtigen Schluck Rotwein nimmt und zu Zicki sagt: „Nun? Wollten wir nicht vom Geld sprechen? Darf ich als erster und vermutlich wieder einziger Zahlungsberechtigter mal langsam erfahren, worum es geht?"
„Das kommt jetzt doch ein bißchen plötzlich", sagt Zicki verlegen.
„Er hat doch recht, Zicki", widerspricht Wenner sanft, „noch zwei Gläser, und wir kommen heute abend zu nichts mehr. Sieh dir bloß Malte an – der steht kurz davor, das Thema Kinderlosigkeit anzuschneiden, und dann haben wir gleich wieder die schönste Schlägerei –."
„Richtig!" ruft Malte erfreut. „Was mir hier fehlt, sind ein paar junge Gesichter. Kann das sein? Ich meine, so wie es jetzt steht, sterben die Tanner aus, liebe Leute! Sind praktisch schon ausgestorben – wir sind die Letzten, liebe Leute! Da kommt nichts nach. Und soll ich euch sagen, wie es soweit kommen konnte …"
„Nein", unterbricht ihn Marita sauer. „Das sollst du uns nicht sagen, und es ist in deinem Fall wohl auch kein großer Verlust."

„Sprich bitte nur für dich, Malte“, beeilt sich Magda mit ihrem Beitrag. Sie hat schließlich zwei erwachsene Kinder.

„Nun, Kinderchen, sterben kann ich zwar nur für mich, aber aussterben müssen wir schon alle gemeinsam. Habe ich recht?“ Malte blickt animiert in die Runde.

„Ich habe kein Bedürfnis, das mit dir zu erörtern, du Stänkerzwerg“, sagt ein, warum auch immer, besonders aufgebrachter Ott.

„Höhö“, macht hingegen Arno. Mehr hat er, Alimentenflüchtling hin oder her, als vielfacher Vater nicht nötig, noch nicht, doch dann sagt Malte: „An sowas wie deine Brut dachte ich dabei allerdings nicht, Fiesel. Die hat doch der Esel im Galopp verloren, ich meine –“

Arno fährt empor, und sein gerötetes Gesicht färbt sich apoplektisch-tiefrot. „Paß mal auf, Kakadu, noch ein Wort über meine Kinder, und du bist der erste Tanner, der an seiner eigenen Trauerfeier teilnimmt!“

Arnos Stuhl kippelt bedenklich, und so braucht er beide Hände, um sich an der Tischkante festzuhalten, und bleibt vorerst, wo er ist. Erni, die gewöhnlich noch das meiste Verständnis für Malte aufbringt, allerdings auch die einzige ist, die er gewöhnlich verschont, schüttelt ununterbrochen den Kopf. Lilo fächelt ihren hochroten Wangen mit der Serviette kühlende Luft zu. Zicki tritt Wenner, der ihr gegenüber sitzt, unter dem Tisch.

„Warum fängst du denn jetzt davon an, Wenner ...“, flüstert sie ihm zu.

Wenner grinst. „Keine Sorge. Die Eingreiftruppe wartet bestimmt bereits mit dem Nachtisch in der Diele“, flüstert er zurück.

„Ein Arsch bist du“, legt Ott noch einmal nach, „und ich sage

dir auch warum …“ Er beugt sich vor, um dieses Prädikat ausführlich zu begründen.
„Nachtisch“, ruft Hedel prompt von der Tür, und alle Köpfe fahren herum.

„Au, war das gut“, sagt ein besänftigter Ott. „Und jetzt laßt uns zum gemütlichen Teil übergehen und endlich vom Geschäft reden.“ Er wendet sich Zicki mit allen Zeichen der Gelassenheit zu, wähnt er sich als notorischer Knicker doch auf der sicheren Seite.
„Du weißt doch, Arno“, sagt Zicki, die sich eilends noch den nötigen Mut angetrunken hat, in festem Ton „daß ich das Sägewerk abreißen lassen will. Alles wegschaffen lassen. Ich muß das tun. Wir haben früher viel darüber gesprochen. Und wenn wir uns über diese Frage, wie einer mit einem einstigen Zwangsarbeiterbetrieb umgehen soll, auch niemals einig werden konnten, so habt ihr mir doch alle versichert, ihr würdet mir helfen, wenn es so weit wäre. Alle. Aus Freundschaft. Um der alten Zeiten willen. Und, wer weiß, vielleicht auch der künftigen.“ Sie wendet sich kurz an Malte. „Das gilt auch für dich, Malte. Also halt ein einziges Mal den Mund, halt einfach bloß den Mund.“ Und das Wunder geschieht: Malte Warrentei hält ihn. Jedenfalls solange ihm niemand querkommt, ja? Und diesmal kommt die Wortmeldung, die den mühsam gewonnenen Burgfrieden wieder ins Wanken bringt, ausgerechnet von Erni.
„Von mir bekommst du jede Unterstützung, Zicki. Ich möchte so einen Nazibetrieb auch nicht auf meinem Grundstück haben.“ Sie kraust die Nase, als wäre sie, die vermutlich auf alle Zeiten Grundstückslose, vor ihrer Haustür auf einen besonders gemeinen Hundehaufen gestoßen.

Maltes Oberkörper fährt über den Tisch, und er hält Erni zwei Finger unter die Nase, die er wie einen Schnabel öffnet und schließt.
„Quak quak quak“, sagt er und noch einmal: „Quak quak quak.“
„So geht das nicht!“ Das ist Wenner der Galan, der aus einem Rüpelspiel ums Haar ein Mantel-und-Degen-Stück macht. „Du entschuldigst dich umgehend bei Erni, oder wir gehen auf den Hof und klären das, Freundchen.“
Malte kichert hysterisch, sagt jedoch nichts.
„Na, was ist?“ fragt stattdessen ein erneut sehr erboster Ott, dem ein mittlerweile leicht sprachbehinderter Arno nicht nachstehen will: „Ja, wwas ist? Oder ssoll ich mit der Ssäge nachhelfen?“ Zicki hat Ernis Blick eingefangen. Erstaunlicherweise scheint sie nicht sonderlich beeindruckt. Sie versteckt bloß das Gesicht hinter der hohlen Linken und dreht langsam den Zeigefinger der Rechten an der Schläfe hin und her.
„Zum Abschluß ein bißchen Käse“, sagt Hedel laut von der Tür.
„Käse“, sagt Arno erschöpft, aber nicht uninteressiert, und einige Mitstreiter tun es ihm nach.
„Käse“, sagt Lilo.
„Käse“, sagt Ott, „das ist schön. Käse.“
Wenners Blick sucht Zickis und findet ihn. Diesmal verdreht sie nur die Augen, und er zieht die Brauen hoch.

„Ist gut“, sagt Malte plötzlich in die Gesprächspause hinein.
„Was ist gut?“ fragt Ott argwöhnisch.
„Ich helfe ihr. Habe ich ja gesagt.“ Er wendet sich Zicki zu.

„Und wenn du die Reste der alten Sprengstoffabrik in Altencell-Graberfeld gleich auch noch weghaben möchtest – bin schon unterwegs."
„Nun hör dir den an", sagt Ott.
„Unterwegs womit? Mit dem Bollerwagen?" sagt Arno, dessen Sprache wieder völlig klar ist.
Zicki lächelt Malte zu. „Keine Angst. Ich möchte nur vor meiner eigenen Tür kehren. Wenn man das so sagen kann. Und du, Arno, hast doch immer gesagt, du übernimmst das Praktische. Tust du das?"
„Das tue ich, Herzblatt. Wann?"
„Ich bin nicht dein Herzblatt, Arno. Morgen. Ginge das?"
„Morgen – das paßt ganz ausgezeichnet. Morgen hatte ich sowieso nichts Besseres vor, als ein Sägewerk abzubauen. Und was, bitte, macht die Intelligenzia unterdessen?" Arno ist jetzt hellwach.
„Nun wart's mal ab, Fiesel. Mit dem Abräumen ist es doch längst nicht getan. Wir kommen schon auch noch dran, was glaubst du denn? Übermorgen stellen wir uns auf den geräumten Hof und überlegen, was werden soll. Samstagnachmittag. Aber eins könnten wir eben schnell noch klären", erwidert Ott und pickt ein Krümchen vom Tischtuch auf.
Ein ahnungsvoller Arno hängt sich die Serviette vor das Gesicht und stöhnt schmerzlich. „Jetzt wird es richtig teuer. Soll ich mal raten? Es tut weh und hat – fünfzehn Buchstaben?" Er hat sie im Nu an den Fingern abgezählt.
„Wenn der erste ein L ist, liegst du richtig", sagt Ott.
„Und der letzte ein N", sagt Wenner grinsend.*
„Wieviele kommen auf mich?"
„Na ja, wir dachten, wo du doch der einzige bist, der wirklich

* Es könnte sich um das Wort *Lohnnebenkosten* handeln.

Arbeit zu vergeben hat, für Männer, du weißt schon, ob du die nicht vielleicht alle ..."
Das ist Arnos Stunde, er weiß das, und die anderen wissen es auch.
„Wieviele?" fragt er nochmal.
„Alle zusammen sind es elf", flüstert Zicki in die gespannte Stille. Sie weiß, daß jetzt nichts schiefgehen darf. Beschwörend hält sie den Blick auf Malte gerichtet, der jedoch vollauf damit beschäftigt scheint, Ernis Blick zu suchen.
Erni aber ist damit beschäftigt, das Wort zu erraten, das mit L anfängt. Und mit N aufhört. Das schlimme Wort. Es muß etwas äußerst Unsympathisches und Kostspieliges sein. Sie flüstert mit Lilo Lippelt und nickt dann heftig.
Arno ist ernsthaft erschüttert. „Elf! Eine ganze Fußballmannschaft! Warum auch nicht – *Inter Schroffezarge*, aber gern ... Nee, Zicki, elf nicht. Das ist einfach nicht drin. Sechs ist das Äußerste, und da hast du schon Glück, daß ich gerade den Schrottplatz um den ehemaligen Schützenplatz erweitern will. Und Kaul, der alte Knabe von der Tankstelle, in Rente geht. Aber nun ist Schluß."
„Arno, ich bin dir wahnsinnig dankbar. Ich habe ja nur dummerweise versprochen, daß es keine betriebsbedingten Kündigungen geben wird. Ich meine, ich bin doch kein Luxusgeschöpf, das sich aus einem Spleen heraus die Schließung eines funktionierenden Betriebes leistet." Einige Mienen scheinen, zumindest was den Spleen angeht, leise Zweifel auszudrücken.
„Das ist schon in Ordnung, Zicki", sagt Wenner, der sie am Rand der Tränen sieht. „Ich denke mal, Ott fällt dazu noch was ein. Der ist doch schon fast zwei Wochen hier und kennt inzwischen halb Altencell-Graberfeld. Der kommt doch rum, unser Ott, stimmt's nicht?"

Ott lächelt ihm säuerlich zu. „Ich bin mal gespannt, worin dein Beitrag am Ende bestehen wird. Der Rentier Liebig braucht wohl nicht zufällig einen Sekretär …“ Wenner findet das aus irgendeinem Grund offenbar zum Schießen, denn er lacht Tränen. Die Frauen lachen dankbar mit, ganz gleich worüber. Ott holt unterdessen seinen Kugelschreiber aus der Brusttasche und bekommt von Hedel, die diesmal praktischerweise gleich im Türrahmen stehen geblieben ist, im Handumdrehen ein Stück Papier gereicht.

„Also“, sagt Ott, „da wären Gluck und Söhne, Gärtnerei. Lattwein, Schneeräumdienst und Bestattungsinstitut. Pank und Co., Metallwarengroßhandel.“ Er notiert die Namen, seufzt und klemmt sich den Kugelschreiber wieder in die Brusttasche. „Junge, Junge, Zicki, das wird aber knapp. Aber wenn du selbst zufällig Hedel entbehren könntest, sozusagen als Vermittlungsgebühr – ich erhöhe mein Angebot …“ Hedel schlägt ihm mit einer Damastserviette auf den Kopf.

„So“, sagt Arno, „jetzt sind mal andere dran. Wobei man doch konstatieren muß, daß die Frauen mal wieder zu arm und zu unbedeutend sind, um auch nur einen einzigen klitzekleinen Arbeiter zu übernehmen.“

„Nicht aber zu unbedeutend, um elfe auf einen Streich zu entlassen“, stimmt Ott zu.

„Ich glaube, die stellen sich einfach dumm“, sagt Arno und zieht vorsichtshalber den Kopf ein.

„Im gehobenen Management war hier oben gerade nichts frei“, sagt Lilo, einst Personalchefin bei Bludau & Nocke Metallwaren in Braunschweig, „und deshalb habe ich nur einen klitzekleinen Andenken- und Zeitschriftenladen für Erni und mich. Sonst gern. Sonst würde ich gern alle elf übernehmen.“

„Ich auch“, sagt Magda Polaczek.

„Und ich auch. Das wären allein schon zweiundzwanzig", pflichtet Marita ihr bei.
„Ein Jammer, daß wir keine Drillinge sind", sagt Magda. Die Zwillingsschwestern schauen zu ihrem Vetter Ott hinüber. Ott betrachtet sie wohlgefällig, als wollte er sagen: „Na, was sagt ihr? Meine Familie!"
„Dummheit ist die Überlebensdecke der Frauen", schlägt ein nun völlig betrunkener Malte Warrentei vor. Er hat erhebliche Schwierigkeiten mit dem Wort Überlebensdecke. Sie kommt etwa als „Üwellehmsecke" heraus. Es dauert einen Augenblick – Hedel klappert gerade in Türnähe mit den Kleiderbügeln der Flurgarderobe herum, vermutlich in der Hoffnung, bei den Gästen gewisse motorische Reflexe auszulösen –, bis die fünf Frauen darauf antworten können, ein sehr enggeführtes kleines Oratorium weiblichen Überdrusses:
„Ach, Malte, hör doch auf!"
„Ach, hör doch auf, Malte!"
„Ach, Malte!"
„Ach, hör doch auf, Malte!"
„Ach, Malte, hör doch auf!"
Malte ist es endlich gelungen, Ernis Blick einzufangen.
„Du bist der ewige Hinterwäldler", sagt sie zu ihm.
Malte erinnert wieder einmal an einen Sittich, als er lauschend den Kopf schieflegt.
„Ewigindewäller?" fragt er bittend. Er ist fertig.

Es ist sehr spät geworden. Wieder steht Zicki unter der gerafften und gerüschten Fabrikantengardine.
Sie ist gewärmt worden, wie sie es sich insgeheim erhofft hat. Sie hat Trost gefunden, wo sie ihn gesucht hat. Nur für alle Fälle, als kleine Zusatzversicherung ruft sie einmal nicht

sehr laut: „Hedel?“ Und Hedels unbeirrbares Geklapper in der Küche ist genau das, was man von einer kleinen Zusatzversicherung erwarten kann.

Die Säge

Den ganzen Morgen schon sind Lastwagen und Sattelschlepper mit schwerem Gerät oder aber Fichtenstämmen, Bauholz und Kaminholz beladen die Große Straße hinauf- oder hinabgebrummt. Gedämpft wird ihr unablässiges Gedröhne durch den Fichtenwald, der sich um das Sägewerk legt wie ein schmiegsamer kleiner Kragen, sich dann zu einer Art Schulterpelz auswächst und die Orte Hohe Tannen, Auerhahn-Geißensprung und Schroffezarge umfängt, bis von seinem Saum entwaldete Höhen abfallen, hinunter nach Altencell-Graberfeld, wie eine nackte Brust.
So entfernt sich die Säge am Tag nach dem Konvent der besten Köpfe Stück für Stück durch den fichtendichten Kragen, durch den Schulterpelz und über den sonnengewärmten Torso hinunter nach Altencell-Graberfeld und, wer will das so genau wissen, womöglich weit darüber hinaus … (Noch Monate nach dem Abriß des Sägewerks sollten diejenigen, die in dieser Gegend für eine gewisse Streuwürze sorgen, allen voran Malte Warrentei, munkeln, Arno von Fiselek habe die sogenannte Zwangsarbeitersäge mit sämtlichem Zubehör komplett weiterverkauft an einen gewissen Pérez, einen Spanier, der angeblich betagte Industrieanlagen aufkaufte, wie sie lagen und standen, und containerweise nach Spanien versandte … Abgesehen davon, daß man das angesichts all dieser verheerenden Waldbrände nicht so recht zu glauben vermag, denn wieviel Bäume fällt man wohl all-

jährlich in Spanien? Lohnt sich da überhaupt die Einfuhr eines kompletten Sägewerks?, abgesehen also von der Abenteuerlichkeit dieser Geschichte – irgendwann, irgendwo in der Handelskette verliert sich doch wohl das Odium des Bösen, denn Herkunftszertifikate, wo es sie überhaupt gibt, verbürgen schließlich nicht auch noch die moralische Reinheit von Gerätschaften. Ein Siegfried Backla hätte es vermutlich für vertretbar, ja geboten gehalten, das Böse nur dort zu bekämpfen, wo es sich gerade zutrug, nicht aber ihm nachzusetzen bis ins dritte und vierte Glied seiner Produktionsmittel ...)

Zicki hingegen wird, als sie mit schweren Lidern und Gliedern schon früh schon aus dem Bett gekrochen ist und sich auf ihren Ausguck im Erker unter der Fabrikantengardine geschleppt hat, wohl kaum triumphierend ausgerufen haben: „Fahr hin, Sägewerk, fahr hin – aus den Augen, aus dem Sinn!“ Das sähe ihr gar nicht ähnlich, und wehe dem Zuträger, wenn ihr die Pérez-Geschichte zu Ohren kommen sollte!, nein, sie wird einfach nur ihren Augen getraut haben, wie sie es immer schon getan hat, und wenn sie jahrzehntelang auf dem Hof ihres Vaters eine Zwangsarbeitersäge und nicht einfach eine Säge gesehen hat, so wird sie jetzt dort nicht einfach den Abtransport von Holz und Maschinen beobachten, sondern die Wiederherstellung, die Befreiung ihres Bodens von Schmach und Schande.

Längst dürften angesichts eines derart konkreten Exorzismus, wie Zicki ihn gerade betreibt, einige wackelnde Leserköpfe erhebliche Bedenken signalisieren, wie von jeher die Familie Backla, ein Teil der Freunde und darüberhinaus noch etliche andere Tanner Zickis Herzensanliegen aus unterschiedlichen Gründen und in unterschiedlichem Maße eher ablehnend gegenüberstanden. Nun ja. Es bleibt abzuwarten, welchen Fortgang und Ausgang dieses Unternehmen nimmt. Einfach weiterzusägen konnte ja auch nicht die Lösung gewesen sein, denn sonst hätte beispielsweise eine Zicki keine Alpträume haben, ein Marcel Raplan-Fitsche nicht in einem stillgelegten Bergwerk hausen müssen. Und an eine schlichte Gedenktafel hat niemand gedacht? ist der wahrscheinlichste Einwand. Daß – irgendwann – jemand daran gedacht hätte, ist keineswegs sicher, denn bei weitem nicht alle vergleichbaren Stätten der einstigen Kriegsgüterproduktion im Harz sind heute mühelos an ihren Gedenktafeln zu erkennen, aber eine Gedenktafel neben einer übergangslos weiterschaffenden Säge? Einfach so? Soll das alles gewesen sein? Doch wird es nicht, wenn alles getan und versucht worden ist, am Ende ohnehin auf eine Gedenktafel hinauslaufen? Ist Zicki, sind Wenner, Ott, und wie sie alle heißen, vielleicht Menschen, die für die Ewigkeit planen und bauen? Sind nicht gerade sie eben wieder einmal mit der Vergänglichkeit des Menschen und gar schon der Dinge konfrontiert worden?

Was sagt also Zicki in diesem Augenblick, der ein erhebender hätte werden sollen und auch können, wäre ihr Haupt nicht von einem Säckchen Eiswürfel beschwert gewesen, hätten sich in ihrem Kopf nicht gerade widerstrebende Gedanken, widerstreitende Eindrücke in heilloser Ungeordnetheit bekämpft, nicht Freunde wie Otterngezücht gewogt und gezischt, mühevoll nur gebändigt durch einen festlichen Rahmen, dessen strahlende Lichter in Zickis überdrehtem Hirn heute früh allerdings zu kreisenden Pfützen zerlaufen und bewirken, daß sie sich ein bißchen am Fensterbrett festhalten muß? Wie Otterngezücht gewogt und gezischt dieselben Freunde, die wenig später schon an ihrer Seite gestanden und sich an Hilfsbereitschaft geradezu überboten haben?

„Ach Kacke", sagt Zicki auch heute wieder an prominenter Stelle. „Warum fühle ich nicht das Richtige? Ist daran nur der Suff schuld? Die Erschöpfung? Beides? Immerhin habe ich in so kurzer Zeit meine Eltern zu Grabe getragen. Meine Schutzgeister in den Wäschekorb geworfen. Meine Kissen im Bett meiner gerade verstorbenen Erzeuger aufgeschüttelt. Meine sämtlichen Freunde nicht nur festlich bewirtet, sondern auch an ihr Versprechen früherer Jahre erinnert. Und, ach ja, zuvor Papas sämtliche Arbeiter vor die Tür gesetzt und doch nicht vor die Tür gesetzt. Einen großen Teil meines Hausstandes erst eingeladen, dann über die Alpen gekarrt, dann wieder ausgeladen ... Das ist doch nicht wenig für einen einzigen Menschen. Das ist eher ein bißchen zuviel."

Schon stellt sich, wohl auch infolge eines wütenden Katers, wieder dieser Schmerz in Zickis Kehle, dieses Brennen in ihren Augen ein, als eine weit ausschreitende Hedel auf den Hof gebogen kommt. Auch das gehört zur Fama des Wundertiers Hedwig Knechtel: sie kommt immer zur rechten Zeit.

„Hedel!" ruft eine gerade heillos überforderte Zicki kläglich und gleich noch einmal: „Hedel!", und trotz allem, was von gestern auf heute anders geworden ist – wieder hängt sie Hedel schon auf der Schwelle am Hals, noch ehe die ihre Einkaufstasche abgestellt hat. „Nu nu", sagt Hedel kopfschüttelnd. „Heute ist aber ein anderer Tag, Kindchen." (Es sollte denn auch tatsächlich das letzte Mal gewesen sein.)

Und so steht wenig später, als Arno zum zweiten, oder ist es schon zum dritten Mal?, mit seiner Limousine auf den holzstaubverhangenen Hof einbiegt, eine halbwegs würdevolle Zicki auf ihrem Ausguck, wie es dem großen Augenblick angemessen ist. Ihr mattblondes Haar schimmert noch feucht, sie trägt die Zuchtperlenkette ihrer Mutter, deren blaßgelbes Twinset (mit allerdings schiefgeknöpfter Jacke und kleinem Tintenfleck, wie Hedel zu monieren gehabt hat). Aber immerhin. Sie lächelt für Arno, als gälte es ihr Leben. Hedel, die einen Schritt hinter ihr steht und ein Glas poliert, sagt: „Da ist er ja, der alte Gauner. Also lächle nur feste, lächle, du wirst ihn noch brauchen. Ihn und alle anderen, aber da ist ja auch nichts verkehrt dran." Arno ist inzwischen ausgestiegen und winkt strahlend zu Zicki empor. „Einen schönen guten Tag, meine Hübsche!" Man muß glauben, er holt seine Braut zur Sonntagsspazierfahrt ab. Zicki hat für einen Augenblick das Fenster geöffnet. „Ich bin nicht deine Hübsche,* Arno. Guten Morgen!" ruft sie hinunter. „Wie hast du das bloß geschafft?"

„Was denn, das Aufstehen heute früh? Das war ein Klacks verglichen mit der Telefonierererei hinterher. Diese Maschinchen stehen nämlich nicht einfach so rum – „er weist auf zwei gelbe Ungeheuer, die ihre Zähne gerade in einen gewaltigen Haufen Kaminholz schlagen. „Ich muß gleich weiter. Es geht gut voran. Mittags holen wir die Säge. Wie siehst du denn heute aus? Wie ein heißgeduschtes Karnickel, würde ich sagen. Mach's gut, Zicki. Sag Hedel nochmal – ach, sag ihr nichts. Ich sag's ihr nachher selbst, wenn ich sowieso schon schlechte Laune habe."

* Es ist offensichtlich, daß dieses Geplänkel zwischen Zick und Arno rituell verfestigt und ihnen selbst wie den Freunden ganz selbstverständlich ist. Für den Fortgang einer Geschichte wäre dessen durchgängige Wiedergabe hingegen eher hinderlich. Eine gelegentliche Ausnahme könnte das bestätigen und zugleich dezent darauf hinweisen, daß dieses Ritual weiter fortbesteht (sofern es das tut).

„Danke, Arno", ruft Hedel aus dem Zimmerinnern nach draußen, und Arno bietet prompt die alte Nummer des ertappten Knaben, indem er auf Zehenspitzen seinen Wagen umrundet und dazu übertrieben furchtsame Gesten macht, als erwartete er ein paar hinter die Löffel.

„Gauner", sagt Hedel. „Obergauner." Das ist vermutlich schon das krasseste Schimpfwort, das sie für ihn erübrigen kann.

„Aber hilfsbereit", sagt Zicki, „einmalig hilfbereit."

„Für wen hältst du den?" widerspricht Hedel prompt. „Für einen Minnesänger? Wart's mal ab. Aber irgendwie wird's schon nicht so schlimm werden. Du hast ja schließlich die Auswahl."

„Auswahl?" fragt Zicki stirnrunzelnd. „Von wem sprichst du denn? Vielleicht von Malte Warrentei?" Diese Vorstellung finden die beiden Frauen ungeheuer erheiternd.

„Ich habe euch beide gestern beobachtet, Wenner und dich. Also, wenn ich es mir recht überlege –"

„Laß es, Hedel, laß es."

„Wenner war gestern wie ausgewechselt. Wie soll ich sagen – ein bißchen so wie als Kind, als er es lustig fand, den Frauen den Rock hochzuheben –"

„Also vielen Dank!" Zicki schaut einigermaßen verblüfft an ihren Hosenbeinen hinunter.

„Du wirst schon sehen. Aber wenn, ich sage: *wenn* sich da doch noch etwas ergeben sollte, dann geht Ott vielleicht wieder weg. Das hält der vielleicht nicht aus. Also überleg's dir gut …"

„Hedel!" Zicki schreit jetzt richtig. „Was redest du da nur? Arno, Wenner, Ott, Malte –"

Hedel steigt mit einem Korb leerer Flaschen die Kellertreppe hinunter. „Von Malte habe ich nichts gesagt", ruft sie hinauf.

„Das denkst du dir doch nur aus“, sagt Zicki laut, aber Hedel kann sie nicht hören.

Es ist bereits schwarze Nacht, als Zicki leise die Haustür hinter sich zuzieht und die Vortreppe hinuntergeht. Gedämpft hört sie Hedel in der Küche hantieren, und sie wendet sich noch einmal flüchtig um. Hedel hat ihr gerade eröffnet, daß sie in der Villa übernachten werde, solange es noch so früh dunkel wird. Zicki weiß, daß Hedel dies früher nur ungern getan hat und bietet ihr an, sie abends nach Hause zu begleiten. Hedel lehnt das ab. „Früher, als dein Vater mit dem Hund rausmußte, da war das etwas anderes.“ Aber Noisi, die Dackelhündin, die vierte Noisi, gibt es nicht mehr. Den Vater gibt es nicht mehr. Sie könne die paar Schritte doch wohl allein zurückgehen, hat Zicki erstaunt widersprochen. Oder das Auto nehmen. „Ach, und beim Aussteigen?“ hat Hedel darauf leicht mokant gesagt. Das Böse sei mit der Entfernung des Sägewerks nicht aus der Welt. Leider. Und wie das Wasser keine Balken habe, so kenne das Böse keinen Ort und keine Stunde.

„Also Hedel!“ hat Zicki ausgerufen. „Es ist doch in Hohe Tannen noch nie etwas passiert!“ Aber sie weiß natürlich, daß das kein überzeugender Einwand ist.

„Keinen Ort und keine Stunde“, hat Hedel gesagt und ihr ernst blickend zugelächelt.

Hinter der durchscheinenden Küchengardine sieht Zicki nun die ruhigen und zielstrebigen Bewegungen ihrer Gestalt. Dann setzt sie sich selbst in Bewegung. Angstlos entfernt sie sich in die Dunkelheit. Zügig. Sie weiß, da ist nichts mehr, wogegen sie stoßen, worüber sie stolpern könnte. Sie kann sich bewegen wie eine Sehende. Sie *ist* sehend.

Als sie glaubt, die Mitte des Hofes erreicht zu haben, bleibt sie stehen. Sie atmet tief durch die Nase. Täuscht sie sich, oder riecht es schon anders? Zumindest der Duft des frisch geschnittenen Holzes hat sich schon ein wenig verflüchtigt. Ist aufgesogen von den stärkeren Düften von Harz, von Motoröl und Holzstaub. Sie wird ruhiger und aufgeregter zugleich. Ruhiger, weil sie weiß, daß kein Rückepferd der Welt hier je wieder Fichtenstämme hereinbringen wird. Das ist vorbei. Und aufgeregter, weil sie Siegrid Backla ist und etwas Neues beginnen wird. Sie dreht sich langsam im Kreis und lauscht in die Dunkelheit. „Marcel?" ruft sie schließlich leise. „Marcel, bist du da?" Es bleibt still. Sie ist ein bißchen enttäuscht, nur ein bißchen, denn sie *weiß*, daß er da ist. Irgendwo dahinten, an der Pforte des Gemüsegartens. Und sie weiß auch, daß sie nichts von ihm erwarten darf. Jedenfalls nicht so schnell. Trotzdem – im Tagtraum wie im Traum hat er für sie von Anbeginn eine wichtige Rolle gespielt. „Marcel?" ruft sie ein drittes Mal, diesmal laut. Sie gewahrt die hysterische Note in ihrer Stimme. Ihr geht plötzlich auf, daß sie seit langem nichts Neues erfahren hat über ihn, über Hohe Tannen, daß sie nur diesen einen festen Vorsatz im Kopf behalten hat: das Sägewerk abzubauen. Der Nagel in ihrem Kopf. Sie übersetzt sich das, ohne es zu merken, fast wörtlich aus dem Italienischen. Ihre fixe Idee.

„Und?" sagt sie laut. „Es ist abgebaut. Geht's dir jetzt besser?"

In ihrem Rücken macht Hedel das Küchenfenster auf und ruft nach ihr. „Morgen, Zicki", sagt sie. „Du wirst schon sehen. Komm nur ins Haus." Und Zicki kehrt bereitwillig ins Haus zurück.

In dieser Nacht träumt Zicki wieder einmal von den im Dunkeln arbeitenden Männern, diesen fast umrißlosen, gesichtslosen Gestalten auf dem Hof des Sägewerks. Sie führen alle Arbeiten aus, wie Zicki sie seit der Kindheit tausendmal bei Tage beobachtet hat, nur daß sie dies in einer lautlosen, fast vollkommenen Finsternis tun. Meist gibt es in ihrem Traum immerhin ein wenig Mondlicht, das die huschenden Gestalten schwach erhellt, gerade nur soviel, daß Zicki den Eindruck hat, immer dieselben Männer zu sehen. Wenn der Tag kommt und der Himmel über dem schwarzen Saum der Tannen sich zu entfärben beginnt, fallen sie plötzlich alle zu Boden, wo sie gerade stehen oder gehen, und rühren sich nicht mehr. Schreckstarr sitzt Zicki dann jedesmal im Bett und umklammert den Rand ihrer Steppdecke. Manchmal ruft sie nach ihrer Mutter oder ihrem Vater. Meist sitzt sie jedoch nur und legt die Hand an den heißen, pochenden Hals. Am anderen Morgen bittet sie ihren Vater, sowie er das Eßzimmer zum Frühstück betritt, meist, das Sägewerk fortzuschaffen. „Wie stellst du dir das denn vor, Kind?" Siegfried Backla erklärt ihr kopfschüttelnd ein ums andere Mal, daß das ein Ding der Unmöglichkeit sei. Als sie älter ist, beginnt Zicki heftig zu streiten.

Eigentlich ist das ein allzu simpler Traum, findet sie heute. Eindeutig. Fast wie banale Tagesgedanken. Er kommt ein paar harten Tatsachen sehr, sehr nahe, fast so nahe wie das ebenso schlichte unterbelichtete, verzitterte Schmalfilmchen aus Kriegszeiten, das einst sein Auslöser gewesen ist.

Sie seufzt. Sie zweifelt nicht daran, daß es richtig war, das Sägewerk abzubauen. „Es war mir ein Bedürfnis", hat sie

Hedel gestern vor dem Zubettgehen noch einmal erklärt. Skeptisch hat Hedel hat einmal mehr den Kopf hin und her gewiegt.
„Die Frage ist nur, ob das jetzt erst einmal reicht", hat Zicki, schon auf der Schwelle zum Schlafzimmer, hinzugefügt.
Nun, die Frage ist längst beantwortet. Es war nicht falsch, doch es reicht nicht. Natürlich nicht. Weder erst einmal noch überhaupt.
Aus der kindlichen Erwartung war längst eine kindische geworden, weiß sie. „Es war mir ein Bedürfnis", murmelt sie und ist erleichtert, trotz allem.

Hinter den Fenstern in Zickis neuem Schlafzimmer verbleicht das Nachtschwarz sehr langsam zu einem wolkenlosen Grau. Sie hat sich schon eine Weile im Mahagonisarg, wie sie und ihr Bruder das Bett ihrer Eltern genannt haben, hin und hergewälzt, als sie sich plötzlich aufsetzt und lauscht. Alle Käuzchen sind verstummt. Noch kein Vogel singt. Was sie hört, ist eher ein leises Scharren, ein rhythmisches Kratzen. Sie springt aus dem Bett und läuft zum Fenster. Im Dämmer des kahlen, großen Hofgevierts sieht sie die Gestalt Marcel Raplan-Fitsches, der die Sägemehlhaufen, die sie gestern abend am Zaun entlang aufgehäuft hat, auf eine Schubkarre schaufelt.
„Marcel", sagt sie, und die heiße Aufwallung der Freude, die sie empfindet, ist so stark, daß sie die Hände zu Fäusten ballt und an den Mund hebt. Noch einmal sagt sie: „Marcel", und als könnte er sie hören, blickt er in diesem Augenblick von seiner Schubkarre auf und richtet den Blick auf ihre Fenster. Rasch tritt sie vom Fenster zurück, und ihr Herz klopft stark. Sie weiß nicht, ob sie sich besser zeigen soll oder besser nicht.

Sie weiß nicht, wie er das empfindet. Sie weiß, hat sie am Abend zuvor begriffen, einfach fast nichts mehr von ihm. Für sie ist er immer das Opfer geblieben, ein halbes Kind noch heute, ein Außenseiter, ja Ausgeschlossener, der gerade nur die Hand nicht beißt, die ihn nährt. Er nimmt das Essen, er nimmt zuweilen den alten Pullover an, solange er nicht sehen muß, von wem diese Wohltaten kommen. Ein Fluchttier, jederzeit bereit, sich zwischen die Fichten zurückzuziehen. So hat er es sich eingerichtet, seit jeher, und Zicki weiß nicht, ob sich für ihn mit den Jahren daran etwas geändert hat oder nun, da sie eine unbeholfene Sühne versucht, etwas ändern wird. Sie kann es nicht wissen. Er hat sich diese Stunde doch wohl ausgesucht, weil er sich nicht zeigen, wohl aber sich – erkenntlich zeigen will? Marcel hat den Blick längst wieder gesenkt. Methodisch fegt er die Reste der Sägemehlhaufen zusammen, schaufelt sie in die Schubkarre, rückt ein Stück weiter, macht bei dem nächsten Haufen halt. Am hinteren Ende des Hofes, vor dem Zaun des Gemüsegartens, ist ein Loch in der Erde. Irgendetwas hat man gestern dort aus dem Boden gerissen. Und nun füllt Marcel dieses Loch mit dem Sägemehl und legt am Ende etwas darüber, das aussieht wie Futtersäcke. Ob er die mitgebracht hat? Zicki stellt sich zum ersten Mal vor, was Marcel in der alten Silbermine in langen Jahrzehnten an Besitztümern angehäuft haben könnte. Sind das nur Dinge, die er im Wald und am Wasser, in der Schlucht von Schroffezarge gefunden hat? Hübsche Dinge, wie sie selbst sie früher gesammelt hat – Häherfedern, besonders schöne Tannenzapfen, Bachkiesel und Gneisbrocken, Halbedelsteine? Oder hat er längst einen Resopalküchentisch, eine Kaffeemaschine, einen riesigen Fernseher – was weiß sie denn? Ob er ordentlich ist? Oder ob sie auf eine unbeschreibliche Unordnung treffen wird, falls er ihr eines Tages einen Besuch erlauben wird? Womöglich in seiner Abwesenheit, so als wüßte er nichts davon? Marcel stapft jetzt zum hinteren Ende des Grundstücks, dem Waldrand zu. Zicki starrt seine Stiefel an. Sie sind geschnürt bis hoch zu den wadenlangen Hosen und wirken, als hätten sie nichts mit ihm zu tun. Fremde Stiefel, hart, übergroß und fest ans Bein geschnürt. Hinten in der linken Ecke, wo einiges an Gerätschaften aufgehäuft ist, lehnt Marcel die Schubkarre an den Zaun.

„Dieses ganze Zeug hier wirst du noch brauchen", hat Arno ihr gestern am frühen Abend erklärt.

„Danke, Arno, vielen Dank für alles."

Arno hat diabolisch gegrinst. Unverschämt. „Hattest du mir nicht irgendeine Belohnung versprochen? Oder habe ich mich da verhört?"

„Ich habe dir nichts versprochen, Arno. Du hast es gern und aus freien Stücken für mich getan, laß mich nichts anderes glauben müssen."

„Aber woher denn. War nur ein kleiner Versuch, mich ins rechte Licht zu rücken, ehe die Geistesarbeiter wieder die ganze Dankbarkeit einsacken." Er hat ihr zugewinkt und ist gegangen.

Hat Zicki jetzt ein schlechtes Gewissen? Nein. Doch sie ist dankbar.

Lauter Ornamente

Es ist Samstag und den ganzen Morgen nicht richtig hell geworden. Die Freunde haben sich für nachmittags zum Lokaltermin verabreden können, weil dann die meisten nichts vorhaben. Nur Lilo und Erni halten den Andenken- und Zeitschriftenladen in Auerhahn-Geißensprung wie jeden Tag bis sieben Uhr geöffnet. Sie wollen später noch zu den anderen stoßen. Hedel, die heute nachmittag ihre Kusine in Schroffezarge besuchen will, stellt gegen vier Uhr ein riesiges Tablett mit Thermoskannen, Bechern und Prasselkuchen auf das steinerne Geländer der Vortreppe. „Selbstbedienung", sagt sie lächelnd und winkt noch einmal hinauf zu Zicki, die bereits Posten bezogen hat. Eine Woche wird die gerüschte und geraffte Fabrikantengardine noch hängen bleiben, hat sie im ersten Bügelzimmerzwiegespräch mit ihrer Mutter Irmi ausgehandelt. Dann ist sie fällig. Zicki läßt ihre Mutter nachsichtige und nachgiebige Worte finden, zu ihrer beider Zierde. „Glaub doch nicht, Zickilein, daß ich nicht manchesmal selbst gedacht habe: Jetzt kommt sie weg, die alberne Gardine. Die hatten da neulich in einem Versandhauskatolog so wunderschöne Voilestoffe – da wäre ich fast schwach geworden. Aber irgendwie unterbleibt so etwas dann doch, wenn keiner richtig mitmacht. Und wo Hedel nicht mehr da war und du nur so selten gekommen bist – also mach du nur, Zicki, meinen Segen hast du." Gestärkt durch diesen nagelneuen autogenen Segen ihrer Mutter, blickt Zicki jetzt kurz hinauf zum Rüschenvolant der noch kaum vergilbten Gardine. „Eine Woche", sagt sie.

Als sie wieder auf den Hof hinausschaut, ist der erste Teilnehmer am Lokaltermin bereits eingetroffen. Vor dem Kuchenteller sitzt Waller, der Hund, und blickt beschwörend zu ihr hinauf. Waller heißt eigentlich Walter wie Wenner Werner, und wie es eine Noisi nach der anderen gegeben hat, so auch eine stattliche Abfolge von Walters, sämtlich klassische Schäferhunde, sämtlich „von drüben“, wie die alten Krupkas, ihre Besitzer, noch heute sagen, wo es ein Drüben schon seit über sechs Jahren nicht mehr gibt, und sämtlich vom alten Schlage: robust, kastenförmig, gutmütig, anhänglich, klug und schwarzgelb. Schon immer hat Zicki die Freundschaft der Wallers gesucht und gefunden, schon immer gemeint, sie hätten besonders große delikate, glänzend schwarze Nasen. Wie gesagt, Waller ist klug, er behandelt seine engeren Freunde unter den Tannern alle mit fein abgestuften diplomatischen Verfahrensweisen. Also käme er, Selbstbedienung hin oder her, nicht auf die Idee, sich vielleicht ein klitzekleines Stück Prasselkuchen gleich selbst zu nehmen, hat er doch eben noch Hedel am Hoftor getroffen. Sie hat ihm das Tor aufgehalten. „Wehe, Waller“, hat sie zu ihm gesagt, und ihm lächelnd mit dem Finger gedroht. Waller hat kurz gewedelt, und Hedel hat sich auf ihn verlassen. Konnte sie auch, wie man nun sieht, denn Waller hat, den Kuchen etwa dreißig Zentimeter vor der Schnauze, wieder einmal ein diplomatisches Kunststück abgeliefert. Er hat gewartet. Doch nun ist ihm anzumerken, daß er die ganze Angelegenheit gern etwas beschleunigen würde. Er rutscht hin und her, und wenn Zicki richtig sieht, tropft es ab und zu ein wenig aus seiner Schnauze. „Ich komme, Waller, ich komme ja.“ Sie setzt sich auf die Vortreppe, ohne darauf zu achten, wie kühl die Stufen noch sind. Methodisch zerteilt sie Stück um Stück Prasselkuchen in zwei Hälften und reicht sie Waller. Da er richtig kaut und nicht schlingt, findet sie Zeit zu einem kleinen Schwätzchen, das er allerdings nur durch lebhafte Bewegungen seiner großen Ohren und ent-

sprechende Blicke aus seinen goldgrundigen Augen unterstützen kann.
Zickis Blick wandert einmal rund um den riesigen leeren Hof, der an drei Seiten von Wald eingefaßt wird. Diese Kulisse, die bei flüchtigem Hinsehen einförmig wirkt, geschlossen, flachgrundig, einfarbig wird unter ihrem tastenden Blick vielgestaltig, vielfach gefältelt, gefächert und färbt sich mal heller, mal dunkler. Es wird schön, denkt Zicki. Es ist schön so. Endlich.
„Waller", sagt sie nach einer Weile, „ich wohne jetzt wieder hier, nur damit du es weißt. Mein Haus in Italien habe ich vermietet, erstmal nur für ein paar Monate. Aber ich kann jederzeit wieder hinfahren, wenn mich die Sehnsucht packt, weil ich im Schweinestall wohnen kann. Das ist so ein kleines Gästehaus, verstehst du." Sie zerteilt ein weiteres Stück Prasselkuchen und ißt zur Abwechslung die eine Hälfte selbst. „Waller", sagt sie schließlich, „wieso kommst du ohne Wenner?" Waller erkennt im Wort Wenner den Namen des Nachbarn, mit dem er die meiste seiner üppig bemessenen Freizeit verbringt. Waller hat den ganzen Tag Zeit, erst mit Einbruch der Dunkelheit kehrt er nach Hause zu den alten Krupkas zurück und bewacht über Nacht ihren Schlaf. So ist das geregelt. Als Zicki nach Wenner fragt, fegt sein Schwanz ein bißchen über den Kies hin und her. Mehr kann er allerdings zu dem Thema, wo Wenner denn stecken mag, auch nicht beitragen. Wenner war nicht zu Hause, als er ihn abholen wollte. Zicki stellt fest, daß der arg dezimierte Prasselkuchen auf der großen Platte keinen dezenten Anblick mehr bietet. Sie steht auf und geht hinauf, um eine weitere Lage zu holen. Als sie wieder auf die Vortreppe hinaustritt, hört sie Wallers helles Freudengebell hinter der Hausecke. Auch der Hund lebt nicht von Kuchen allein, denkt Zicki, jeden-

falls nicht Waller, und winkt Wenner und Waller zu, die gemeinsam um die Hausecke biegen.
„Er ist eben ein kluger Hund", sagt Wenner und küßt Zicki auf die Wange. „Statt vor meinem Haus zu warten, geht er schon mal vor, um die Lage zu peilen. Mit Erfolg offenbar. Richtig dicke Backen hat er gekriegt." Wenner klopft Waller ordentlich ab und sieht sich nach einem Stück Holz um. Er findet keins.
„Vorgestern nur Holz, heute gar kein Holz", sagt er anerkennend. Zicki läßt den Blick über das Gelände schweifen.
„Marcel war hier. Heute früh. Er hat die Sägemehlhaufen weggekarrt", sagt sie. Wenner weiß, daß ihr diese Tatsache fast mehr wert ist als das Verstummen der Säge. Schweigend läßt er den Augenblick der Rührung vorübergehen.
„Danke für das Kaleidoskop", sagt Zicki dann und fährt lächelnd zu ihm herum. „Es war fantastisch. Alles Grüntöne. Prächtige grüne Sterne, grüne Kristalle, lauter Ornamente. Und nichts dahinter. So wie ich es mir immer gewünscht habe. Du erinnerst dich doch?"
Wenner setzt den Fuß auf die unterste Treppenstufe und sieht Zicki an. „Du hast schon immer gewußt, was du wolltest", sagt er lächelnd, „und manchmal etwas länger gebraucht, um ans Ziel zu gelangen. Aber lockergelassen hast du doch nie. So habe ich mir das auch mit dem Kaleidoskop vorgestellt."
Stimmengewirr erhebt sich neben dem Haus, und eine ganze Menschentraube schiebt sich um die Hausecke. Zicki eilt ihr entgegen. Sie spürt eine leise Hitze ihren Hals emporkriechen und ahnt, daß er sich rötet. Wenner, denkt sie, der Rockhochheber. Nun weiß ich, was Hedel sagen wollte. Die Legende lebt.
Doch jetzt ist nicht der Augenblick, um über Wenner nach-

zudenken. Er selbst weiß das offenbar am besten, denn er eilt den anderen voraus, auf die Mitte des leeren Platzes zu. „Kommt, kommt“, ruft er, „Zicki will hier etwas Grandioses hinstellen. Sie weiß nur noch nicht was, doch übermorgen ist Eröffnung …“

„Ohne mich“, sagt Arno gut gelaunt. „Ohne mich.“

Grüne Baracken

So ein leerer Platz

„Einfach nur durchwirbeln, reicht nicht", sagte Ott, nachdem das erste Stimmengewirr sich gelegt hatte. Die besten Köpfe, soweit sie nicht verhindert waren, hatten gleich nach ihrem Eintreffen auf dem leeren Hof hinter der Fabrikantenvilla ein echtes Brainstorming initiiert. Wunderbar! Animiert und animierend, was da alles aus den Falten des kollektiven Brägens herausgeweht wurde, dazu brauchte man sonst vermutlich Monate – aber ach! Mehr als drin war, ließ sich aus den versammelten sieben lokalen Spitzenhirnen auch durch einen Wirbelsturm nicht herausholen.

„Letztendlich hätten wir das Ganze auch langsam denken können", maulte Malte.

„So siehst du aus!" widersprach Arno. „Soviel Zeit haben wir eben nicht. So sind wir nach zwanzig Minuten zwar völlig ausgebrannt, aber dafür wissen wir genau, was wir haben."

„Nichts", sagte Wenner.

„Das nun auch wieder nicht", sagte Ott, „ich habe nur gesagt: durchwirbeln reicht nicht. Was jetzt fehlt, ist –"

„Struktur", vollendete Wenner den Satz für ihn.

„Genau", sagte Ott.

„Also ich weiß ja nicht", widersprach Arno erneut. „Strukturiertes Nichts bleibt immer noch Nichts. Was wir haben, ist eine kilometerlange Liste der Dinge, die wir nicht wollen."

„Eine Negativliste", meinte Ott.

„Genau", sagte Arno.
„Wir wollen es mit keiner Art von Schule probieren", sagte Wenner.
„Keiner Art von Sommerschule", präzisierte Ott.
„Also wollen wir auch keine große Weltkarte", sagte Magda.
„Und kein Skelett", ergänzte Marta, mit einem Seitenblick auf Malte, der eins hatte stiften wollen.
„Pfui", sagte Wenner.
„Wir wollen nicht nur unterhalten", sagte Ott lahm.
„Und nicht nur belehren", sagte Malte nachdrücklich.
„Ach verdammt und zugenäht", unterbrach ein hörbar gereizter Ott das lustlose Pingpong des Ideenmangels, „mir fällt zu diesem Zeitpunkt, an diesem Ort einfach nichts ein. Es reicht einfach nicht, zu wissen, was man nicht will. Tut mir leid, Zicki."
„Zicki, mein Liebling", sagte Arno, „fällt dir nicht auf, daß unsere Hirne stürmen, während du einfach nur gut aussiehst?" Er grinste Zicki aufmunternd an, die in der Tat schon länger geschwiegen hatte. „Was ist, Zicki?"
Alle Blicke waren mittlerweile auf die schweigsame Frau gerichtet, der hier alles gehörte.
„Dabei gehört dir hier alles", krähte Malte, der sich dafür einen vernichtenden Blick von Ott einfing.
„Besitz an sich wäre noch nicht verwerflich", sagte Arno.
„Besitz an sich gibt es nicht", sagte Wenner.
„Das meine ich doch", stimmte ein immer noch wohlgelaunter Arno zu. „Es ist also an der Zeit, daß die Besitzerin des Besitzes sagt, was sie damit anfangen möchte. Du siehst ja, Zicki, daß wir ungefähr so produktiv sind wie ein erschöpftes Mutterschwein." Dieser ungewohnte Vergleich trug Arno einige erfreute Blicke ein.
Zicki hatte sich aus dem möglicherweise gehobenen Anlaß –

man wußte ja nie, was so ein Brainstorming abwarf – nicht etwa festlich gekleidet, überhaupt nicht. Sie trug etwas, das gar nicht erst auffiel, also etwas fabelhaft Angemessenes, das Gegenteil etwa eines auffällig geschnittenen Aufsichtsratkostüms. Aber Zicki sah heute wirklich sehr gut aus, besonders gut. Da hatte Arno völlig recht gehabt. Sämtliche diskreten Galane, Kakadus, Alimentenflüchtlinge, Ott „Crocodile" Polaczeks und zickiliebenden Zwillingsschwestern blickten romantisch auf deren klassische Erscheinung. Zicki, traumverloren, unterließ es seit wer weiß wievielen Jahren zum erstenmal, Arno darauf hinzuweisen, daß sie nicht sein Liebling sei.

Es gibt diese gewissen Augenblicke. Denn Arno wiederum bemerkte die ungeheuerliche Unterlassung nicht. Magische Momente nennt man so etwas wohl. In einem kleinen windstillen Gesprächsloch, das sich unversehens mit dem lauteren Quellwasser freundschaftlichen Verstehens füllte, nahm träge ein namenloses weißes Papierschiffchen Fahrt auf und kreuzte lautlos unter aller Blicken, die wiederum einander kreuzten – ein liebendes Septett, wann hatte man das zuletzt gesehen?

(Ein Nonett wäre das gar gewesen, wenn Lilo Lippelt und Erni Backla nicht den Andenken- und Zeitschriftenladen hätten offen halten müssen!)

An Zicki selbst war es nun, diesen Magischen Moment zu beenden.

„Ich möchte gern", begann sie, noch träumerisch, „ich möchte gern …" sie kniff kurz die Augen zusammen und blickte dann zwischen Wenners und Otts Köpfen hindurch auf die grüne Kulisse am fernen Ende des Platzes.

„Ja? Ja?" Malte bewegte tretelnd die Arme auf und ab, als wollte er ihrer Rede Flügel verleihen.

„Ja, Zicki, ja", Arno stupste sie ein-, zweimal ganz zart mit dem Finger, „Sag's uns, genier dich nicht, ich bin ja da ..."
„Ich möchte", setzte Zicki erneut an, diesmal in deutlich festerem Ton, „daß hier etwas stattfindet, das in irgendeiner Weise die besondere Geschichte dieses Ortes durchscheinen läßt ..."
„Onnäh", sagte Arno prompt.
„Oh doch", widersprach Zicki ebenso prompt. Hier stand sie und konnte offensichtlich nicht anders – mit beiden Füßen fest auf ihrem Boden. „Man kann sich so vieles vorstellen. Doch hier stand ja schließlich nicht irgendein Sägewerk, hier stand ein –"
„Nervensägewerk", bot Malte an und fing sich dafür Blicke ein, die ihn einen Kopf kürzer gemacht hätten, hätte er ihn nicht vorsorglich eingezogen, kaum daß er mit seiner ungeheuerlichen Sottise herausgeplatzt war. Wenner verpaßte ihm, gewissermaßen a conto für spätere Entgleisungen, einen gehörigen Rippentriller.
Zicki lächelte beiden ein wenig verlegen zu.
„Jetzt denkt ihr wohl: Kann diese Frau denn niemals Ruhe geben? Nun hat sie ihr Ziel erreicht und ist immer noch nicht zufrieden. Das stimmt. Wie sollte ich auch zufrieden sein? Hinter dem Ziel ist wieder das nächste Ziel. Ist das nicht immer so? Und ganz besonders in den Bergen?"
Je nach Temperament und Einstellung nickten und wackelten, zögernd noch, die Köpfe der Freunde, Zustimmung und Bedenken mischend, wie es guter Tanner Brauch war.
Wenner, der sich am schnellsten wieder fing und zu den zögernd Nickenden gehört hatte, wie hätte es anders sein sollen, sagte: „Vielleicht hast du ja recht, Zicki. Es lohnt sich auf jeden Fall, darüber nachzudenken. Es geht doch auch

nicht in erster Linie ums Kommerzielle, oder?" Er sah Zicki einen Augenblick unsicher an.

„Nein nein. Es ist noch Geld da. Von Papa. Deshalb möchte ich auch nicht einfach irgendetwas hier hinstellen. Nichts, was man überall hinstellen könnte."

„Na, ich weiß nicht", sagte Arno schließlich. Er klang tiefenttäuscht. Es war deutlich, daß ihm genau das Gegenteil vorgeschwebt hatte.

„Man kann sich auf den Kopf stellen, es wird doch immer eine Schule draus", sagte Ott resigniert.

„Keine Schule, haben wir gesagt!" Malte war auf Schadensbegrenzung aus.

„Da gibt es doch soviele Aspekte", sagte Zicki beschwichtigend, „Dazu braucht man doch nicht gleich eine ganze Schule. Oder?"

„Ach iwo", stimmte Malte sofort zu, „da eröffnen sich unendliche Möglichkeiten. Nehmen wir nur mal den gastronomischen Aspekt. Gegessen wird schließlich immer. Ich habe zum Beispiel ein uraltes Kochbuch, phantastisch – da klebt noch eine Rosine von meiner Großmutter drin."

„Ekelhaft", sagte Marita.

„Eine tote Fliege", sagte Magda.

„Was willst du denn jetzt *damit,* Malte?" knurrte Arno. „Laß doch mal die Mätzchen. Es wird schon dunkel."

„Wir kommen", „wir kommen" war von der Hausecke her zu hören. Lilo und Erni strebten über den dämmrigen Hof auf die siebenköpfige Gruppe zu.

„Frische Kräfte", sagte Malte erfreut.

„Antonella hat uns abgelöst", rief Erni ihnen entgegen. Antonella war die Frau des Eismanns Gianni Pirlo.

„Nun, was habt ihr erreicht?" fragte Lilo.

„Nichts", sagte Arno und beeilte sich hinzuzufügen: „Ich

„Und dem alten Sitzsack", vollendete Marita das Angebot.
„Nun wartet doch mal", Arno ließ sich nicht beirren. „Wie wär's, wenn wir die Baracken nett anstreichen würden? In einer geschmackvollen Farbe, einer, die hierher paßt?"
„Grün, meinst du", sagte Marita.
„Grüne Baracken", sagte Magda.
„Die ideale Tarnfarbe", sagte Wenner.
„Genau, und das hat mich darauf gebracht, daß wir doch wenigstens so tun könnten, als wär das hier eine Schule. Waldschule, ihr versteht schon. Dann könnten wir nämlich Zuschüsse beantragen."
„Zuschüsse? Das schmink dir mal ab. Da gibt es schon alle möglichen Sommer- und Herbst- und Winterakademien, alles im Wald. Das ist längst inflationär." Lilo Lippelt verkaufte nicht nur Zeitungen, sie las sie auch selbst.
„Zuschüsse sind sowieso das Ende von allem", sagte Wenner.
„Ach nee! Du weißt offenbar, wo Bartel den Most holt – das schminkst jetzt *du* dir mal ab." Arno klang gereizt.
„Wir reden doch gar nicht vom Geld – wir haben nichts, gar nichts bisher, und streiten schon über die Finanzierung. Und überhaupt, Arno, was willst du denn mit deiner Tarnorganisation – sowas ist doch kein Selbstzweck." Ott war hörbar am Ende seiner Geduld.
„Mein Gott, das war doch nur so eine Idee. Was wir nachher damit machen, ist eine ganz andere Sache."
„Ich weiß jetzt, warum wir nicht weiterkommen", sagte Zicki plötzlich laut. „Wir wollen schnell machen. In Hohe Tannen! Das geht doch gar nicht. Wir stehen hier mitten im Wald und tun so, als müßten wir zum Bahnhof. Tut mir leid, das war meine Schuld. Das ist doch unsinnig, hier in Hohe Tannen …" Sie kicherte.

„Hier in Hohe Tannen!", „In Hohe Tannen!" Ihr Gekicher war ansteckend.

„Guten Abend, ihr Lieben!" tönte eine weibliche Stimme über den Platz. Eine große Frau im hellen Regenmantel war soeben um die Hausecke gebogen und schwenkte grüßend den Handstock.

Lellek. Lellek! Und hier ist es nun wirklich angebracht, das Bild von der Wölfin, die zu ihrem Wurf zurückkehrt.

„Lellek!"

„Lellek ist da!"

„Oh, Lellek!" etc.

Ein aufgeregtes Stimmengewirr, neunfach, denn das war mal ein großer Wurf, erhob sich, ein Losstürzen, ein staubaufwirbelndes Trappeln sämtlicher Füße folgte, während die offenbar lang schon Herbeigesehnte hinkend zwar und mit Hilfe des Stockes, aber doch zügig auf die Tanner Freunde zusteuerte.

„Da bin ich, Kinderchen", rief sie ihnen munter entgegen und ließ sich von allen gleichzeitig umarmen, so gut das eben ging.

Lieselotte „Lellek" Hermann, seit Jahrzehnten Stammgast in Hohe Tannen, hatte sich kürzlich einer Hüftoperation unterzogen, über deren Ausgang die Tanner Freunde im Ungewissen geblieben waren bis zu diesem überraschenden Auftritt, ihrem ersten seit dem Herbst vergangenen Jahres. „Es ist zwar nur eine Lappalie", hatte sie ihnen bei der Abreise erklärt, „aber sie kostet doch einige Zeit. Außerdem werde ich demnächst dreiundsiebzig. Es nützt ja alles nichts. Und da sollte ich vielleicht einmal ein bißchen über meine Zukunft nachdenken. Also seid unbesorgt, bitte. Ich komme wieder,

sobald ich es zu Fuß von Hohe Tannen nach Auerhahn-Geißensprung schaffe. Und zurück, natürlich."
Und da war sie nun.
„Ich habe schon einiges gehört seit meiner Ankunft heute nachmittag", sagte sie, während der Pulk sich langsam wieder in Richtung Platzmitte bewegte. Zur Bekräftigung legte sie den Arm um Zicki. „Es tut mir wirklich sehr leid, Zicki", murmelte sie.
„Und dann das hier –" in der Mitte des Platzes angekommen, hob sie den Stock über den Kopf und beschrieb mit ihm einen vollen Kreis. „Schön, sehr schön", sagte sie und legte erneut den Arm um Zicki, „ich freue mich für dich."
Eine Weile verharrten die zehn Menschen in Schweigen.
„Was macht ihr denn hier, vollständig versammelt und unter Flutlicht?"
„Zicki möchte irgendetwas Neues hinstellen", sagte Erni.
„Sofort?"
„Sofort. Aber etwas, das das Alte nicht einfach nur ablöst. Es soll noch etwas davon durchscheinen, sagt sie."
„Jedenfalls, Zicki mischt hier in einer Weise den Wald auf, es ist schwindelerregend", sagte Ott und zwinkerte Zicki zu.
„Wird schon Mischwald", wagte Malte sich vor.
„Und was ist euch dazu eingefallen?"
„Nichts", sagte Arno, „bislang noch nichts."
Allgemeines Achselzucken begleitete seine Worte.
„So ein großer leerer Platz, auf dem man nichts falsch machen darf, ist doch etwas beängstigend", erklärte Lilo.
Lellek lachte. „Mutige Menschen mittleren Alters werden mit so etwas fertig", sagte sie und stupste Wenner mit ihrem Handstock. „Haben wir das nicht schon öfter gesagt?"
„Ja, haben wir", Lilo nickte, „bloß womit? Womit werden sie fertig?"

„Warum quält ihr euch so? Was treibt euch?"
„Du hast es gehört – ich bin daran schuld. Diese ewige Unruhe. Dabei haben wir doch alle Zeit der Welt, jedenfalls bis Mai", sagte Zicki zerknirscht.
„Typisch", sagte Arno, „typisch. Erst mit nem Ruck und dann mit der Harzquerbahn. Und dann doch wieder nur Zeit bis Mai. Was seid ihr eigentlich für welche, ihr Heimkehrer?"
„Heimkehrer", sagte Ott matt. „Erstmal einfach nur Heimkehrer."
„Das ist doch nicht wenig", sagte Lellek.
„Es ist eher ein bißchen viel, Lellek. Ruhe, ein bißchen Ruhe. Ich bin ja noch halb in Australien."
„Aber die Baracken ... und die Sitzgelegenheiten, die könnte man doch schon mal ...", Arno sah Zicki mit schiefgelegtem Kopf an.
„Mensch, Arno", sagte Wenner, „nun hör schon auf mit deinen Baracken. Du wirst wohl noch ein Weilchen Platz für sie haben. Das verstellt doch den Blick, wenn hier schon wieder alles Mögliche rumsteht."
„War nur gut gemeint. Entschuldigung." Niemand konnte auf so beängstigende Weise gekränkt sein wie Arno.
„Und wenn nachher hier Mooshütten stehen sollen und du alles wieder wegschaffen mußt?"
„Hab ich mich je beklagt?"
„Das stimmt", sagte Zicki, „du beklagst dich eigentlich nie. Das ist schön, Arno."
„Und wenn ich jetzt ein Schlückchen zu trinken bekäme", sagte Ott, „wäre das sogar sehr schön."
„Harzfeuer", sagte Lellek freudig, „es hat mir richtig gefehlt, das schreckliche Zeug."
„Wir gehen zu uns", erklärte Marita sofort.
„Da können wir wenigstens sitzen", bekräftigte Magda.

„Langsam denken geht im Sitzen einfach besser", sagte Lilo.
„Schnell trinken, langsam denken", sagte Arno, von der Aussicht auf einen geselligen Umtrunk halbwegs besänftigt, und rieb sich erwartungsfroh die Hände. „Da paßt alles zusammen. Das ist sozusagen das Gegenteil eines Brainstormings."
„Hirne im Nebel", sagte Wenner und nahm Lelleks Arm.
„Ob nun im Sitzen oder im Stehen, es wird sowieso eine Schule draus", flüsterte Malte Erni zu.
Erni versuchte es wieder einmal mit Strenge und antwortete: „Was weißt du schon vom Leben, Malte?"
Sie näherten sich der Hausecke, und Ott hatte gerade das Licht ausgeschaltet, als Zicki sich umwandte und lauschte. Auch die anderen wandten sich um und blickten in das Dunkel des Platzes.
„Was ist, Zicki?" fragte Wenner.
„Ich glaube, ganz dahinten ist Marcel. Ich habe ein Geräusch gehört", sagte sie.
„Marcel!", sagte Arno ärgerlich. „Diese Anschleicherei, wie ich die hasse. Mit dem würde ich gern mal ein Wörtchen reden. Ich erwische ihn bloß nie."
„Du kannst ihn ja mal auf ein Glas einladen", schlug Ott vor.
„Ich denke doch gar nicht daran. Unser Höhlenmensch ist nämlich ein Snob."
„Ein Snob!" Lellek lachte laut auf.
„Wie kommst du denn darauf?" fragte Wenner.
Arno schwieg verstimmt.
„Nun sag doch, Arno – hast du denn mal mit ihm zu tun gehabt?"
„Eben nicht. Der Herr der Silbermine redet nämlich nicht mit jedem."
Das stimmte allerdings, wie Zicki sehr wohl wußte, doch sie schwieg.

„Das ist doch ein armer Hund, Arno", schaltete Ott sich ein.
„Das weiß ich auch", sagte Arno grimmig.
„Und darf ein armer Hund nicht auch seinen Stolz haben?"
„Darf er. Er seinen, ich meinen. Und jetzt laßt mich damit in Ruhe. Ihr könntet komplett in die Heilsarmee eintreten. Macht hier doch gleich eine Suppenküche auf. Wo ihr die Baracken herbekommt, wißt ihr ja."
„Oi oi oi", sagte Ott und grinste in die Runde.
„Jetzt hör doch auf, Arno", sagte Erni.
„Um Marcel kommst du sowieso nicht herum, das sage ich dir gleich", erklärte Wenner.
„Das wollen wir doch noch sehen", sagte Arno.

Und nun geht alles ganz langsam

Hohe Tannen und Auerhahn-Geißensprung liegen tief im Wald. Jeder Vogel kann das bestätigen, wenn er sich nur hoch genug schwingt. Denn dann sieht er die beiden Orte gerade nur als eine winzige (Hohe Tannen) oder kleine (Auerhahn-Geißensprung) Ansammlung unregelmäßig verteilter Flecken und Ecken, der schiefergrauen der Dächer, der weißen oder dunkelbraunen der Hausmauern, die, häufig von Tannen halb verdeckt, mal ein Stückchen Gras, mal ein Stückchen Garten an sich zu drücken scheinen, als müßten sie es gegen die andrängende schwarzgrüne Masse des Waldes verteidigen. Auch Schroffezarge liegt im Wald, doch hat es die Besonderheit, daß man an seinem südlichen Ortsausgang ins Freie hinaustritt. Schlagartig endet der Wald und wird von einer gewaltigen, sanft abfallenden Matte abgelöst. Sie ist völlig baumlos, doch verraten die zahllosen Baumstümpfe, die sie sprenkeln, daß das nicht immer so war. Wo

ste Fortbewegung und kann mittlerweile kaum noch die wenigen Meter in Hohe Tannen zu Fuß zurücklegen. Es steht ihm denn auch das Gehen nicht so besonders – Wenner behauptet, er sehe aus wie ein abgestiegener Jockey.

Bei Zicki

Seit langem schon taucht Marcel Raplan-Fitsche, wenn es dunkel wird, nicht mehr an der hinteren Gartenpforte des Backlaschen Grundstücks auf, um dort, von niemandem gesehen, an sich zu nehmen, was in einem Henkelkorb für ihn bereit liegt – Essen vor allem, aber auch warme Pullover, Handschuhe, wenn die Jahreszeit es erfordert. Schon lange nicht mehr. Marcel ist längst schon ein Mann, der sich selbst ernähren und kleiden kann, ein Mann, der stolz auf die Vielzahl von Fertigkeiten und Fähigkeiten ist, die ihn zu einer begehrten Arbeitskraft in Hohe Tannen und Umgebung gemacht haben. Wenn er dennoch immer wieder einmal nach Einbruch der Dunkelheit vom Wald her über den Zaun des Gemüsegartens springt, dann ist das für ihn nur natürlich – der Backlasche Garten ist einer seiner Plätze, so lange er denken kann, und wenn er nach der Arbeit dort eine Weile rastet – im Sommer hinter dem Komposthaufen mit dem Rhabarber, den dicken gelben Kürbissen, im Winter in dem offenen Unterstand mit dem sauber gestapelten Kaminholz –, folgt er zugleich dem Bedürfnis, aus angemessener Entfernung sein Zugehörigkeitsgefühl auszukosten und ein wachsames Auge auf Haus, Grundstück und sämtliche Backlas zu haben. (Arno kann froh sein, daß das böse Wort Anschleicherei niemals an Marcels Ohren dringen wird.)

Marcel hat sehr wohl verstanden, was Zicki ihre *unbeholfene Sühne* genannt hat. Er versteht das Gutwillige daran, das Verlangen, wiedergutzumachen – wie oft hat er Vater und Tochter Backla nicht erbittert darüber streiten hören, was mit dem Sägewerk zu geschehen habe, sommers wenn ihre Stimmen aus dem geöffneten Eßzimmerfenster zu ihm hinausdrangen, winters, wenn sie auf dem Hof unversehens zu streiten begonnen hatten ... Da hatte dann ein Wort das andere gegeben, wobei Zicki die Lautere von beiden gewesen war. Kriegsgewinnler ... Kriegsgewinnler! Immer wieder dieses Wort. Pastor Klages hatte ihm eines Tages erklärt, was genau es bedeutete. Wenn man ihn gefragt hätte, er hätte wohl eingeräumt, die nüchternen Argumente des Vaters ebenso zu verstehen wie die Empfindungen der Tochter. Die Entfernung des Sägewerks hätte er gewiß nicht befürwortet, denn es war für ihn ein gutes Sägewerk gewesen, eine sinnvolle, verläßliche Einrichtung. Der Ort aber, an dem es gestanden hatte, war für ihn ein schauriger Ort geblieben bis heute. Es war nun einmal ein Ort, an dem zu Tode erschöpfte Menschen gearbeitet hatten und sein Vater Claude Raplan sich die Lungenkrankheit zugezogen hatte, an der er, als Marcel zwei war, gestorben war. Und Zicki schämte sich dafür, obwohl sie keine Schuld daran trug. Sie nahm das persönlich. Ihr Vater hingegen hatte das nicht persönlich genommen. Kriegsgewinnler ... Siegfried war ein guter Mann gewesen, fand er, ein guter Arbeitgeber. Ein Mann, der sich kümmerte. Was er in den Augen seiner Tochter darüberhinaus noch hätte sein oder tun sollen, hatte er nicht einsehen können. Die beiden hatten sich angeschrien. Am Ende hatte der Vater gesagt: „Wenn du weggehen willst, Zicki, dann mußt du das wohl tun. Obwohl mir das weiß Gott nicht gefällt.“ Und Zicki war erst als Schülerin für ein halbes

Jahr nach Italien gegangen. Später hatte sie dort studiert. Dann war sie dort geblieben. Sie war immer wieder gekommen und immer wieder gegangen. Sie hatten sich schließlich nicht mehr angeschrien. Wohl auch Irmi zuliebe, dachte Marcel. Nun, man hatte ihn selbstverständlich nicht nach seiner Meinung gefragt. Er hatte sich nur sein Teil gedacht. Zicki hatte er allerdings schon immer gemocht, schon, als sie für viele noch „dieses gräßliche Backla-Mädchen“ gewesen war. Und als sie sich nun, nur wenige Tage nach dem Tod der Eltern, über die Säge hergemacht und ihren Abriß veranlaßt hatte, als gelte es, keinen einzigen Tag zu verlieren, hatte er das Sägewerk mit demselben Gleichmut verschwinden sehen, mit dem er jahrzehntelang seine Existenz hingenommen hatte. Zickis stürmisches Vorgehen aber hatte ihn doch berührt. Sehr wohl hatte er ihren nächtlichen Rundgang über das leergeräumte Gelände beobachtet, hatte er sie nach ihm rufen hören, diese Unsicherheit in ihrer Stimme gehört, als brauche sie nun, nach getaner Tat, ein Zeichen von ihm. Nun, er hatte ihr dieses Zeichen gegeben, gleich früh im Morgengrauen des nächsten Tages, als er den Platz für sie gefegt und das Sägemehl fortgekarrt hatte.

Danach war alsbald diese Ruhe eingetreten, die er sich nicht recht zu deuten wußte. Was hatte sie vor? Was würde sie tun? Würde sie hierbleiben? Er hätte sie gern gefragt, aber das stand nicht in seiner Macht. Er hatte sie nie etwas gefragt. Wie sollte das gehen? Doch er fühlte sich fortan ein wenig unbehaglich, ein wenig unruhig, mußte er sich eingestehen. Konnte es sein, daß sie mehr von ihm erwartete? Anderes? Und die anderen, die Freunde, was hatten die vor? Er würde es herausfinden, nach und nach. Er kannte sie so gut, jeden einzelnen von ihnen.

Jetzt, drei Tage vor Ostern, hatte er seit fast zwei Wochen

allabendlich seinen Platz im Gemüsegarten eingenommen. Er hatte Zickis Kopf im Schein der Eßtischlampe gesehen, über irgendeine Arbeit gebeugt, die er allenfalls erahnen konnte. Schrieb sie? Zeichnete sie? Was tat sie da Abend für Abend, während er zugleich hinter den Scheibengardinen im Untergeschoß den Umriß der bügelnden oder nähenden Hedel oder, im Obergeschoß, ihren Hinterkopf im blauschimmernden Fernsehzimmer erblickte? Und dann war Zicki aufgestanden, hatte die Stirn an die Fensterscheibe gelehnt und hinauszublicken versucht. Doch selbst als sie ein paarmal für kurze Zeit das Licht auf dem Hof angeschaltet hatte, wußte er sich in Sicherheit – sie würde ihn niemals erspähen können, so wie er aus seinem Unterstand zu ihr hinblickte. Dann wieder war sie im Zimmer umhergelaufen, er hatte schon geglaubt, sie würde hinausgehen, vielleicht sogar aus dem Haus gehen. Ihre Unruhe hatte ihn irgendwann angesteckt, und er hatte seinen Beobachtungsposten verlassen und war nach Hause getrabt. Morgen, hatte er gedacht, morgen würde sie sich doch wohl beruhigt haben? Und sie hatte sich wirklich beruhigt. Irgendwann am gestrigen Abend war sie ganz langsam aufgestanden, hatte sich ausgiebig gereckt und ohne Eile das Zimmer verlassen.

Und heute waren die Eßzimmerfenster dunkel geblieben. Er hatte sich dem Haus bis auf wenige Schritte genähert. Zicki war fort. Nur Hedel saß oben im Fernsehzimmer hinter dem Erkerfenster und machte die kleinen regelmäßigen Schulterbewegungen einer Frau, die ihre Hände mit irgendeiner Arbeit beschäftigte.

Marcel reckte sich und wandte sich um, dem Wald zu. Er würde nach Hause gehen. Alles war ruhig.

Bei Magda und Marita

Ott und Wenner waren gerade nach Gos gefahren, als Zicki ihren gewohnten Platz am Eßtisch der Zwillinge einnahm und vorsichtig ihre Schätze vor ihnen ausbreitete. Sie hatte ein Dutzend ausgeblasene Eier mit vorwiegend grünen Ornamenten bemalt. Ostereier für Lilos und Ernis Laden.

Magda und Marita hatten ihre eigenen Kunstwerke in einem flachen Korb arrangiert.

„Eine Schlange soll das sein", sagte Magda stolz.

„Wir können nicht einfach drauflospinseln wie du", erklärte Marita, „da haben wir uns eben auf ein einziges Muster beschränkt."

„Durchlaufendes Zackenband", erläuterte Magda.

Zicki stand über den Korb gebeugt und strich behutsam über den Rücken der Schlange. „Das sieht sehr schön aus", sagte sie. „Was kosten die?"

„Stück zwei Mark fünfzig, hat Erni gesagt. Das wäre dann etwa eine Mark Stundenlohn – wenn wir einen bekämen." Sie kicherte.

„Oh, Zicki", rief Marita, „die sind ja wunderschön –", sie nahm eins der grünverzierten Eier zwischen Daumen und Zeigefinger und wendete es nach allen Seiten.

„Stundenlohn etwa zwanzig Pfennig – wenn sie einen bekäme", sagte Magda.

„So ungefähr", gab Zicki zu, „pro Ei ein Abend in Hohe Tannen. Man gewöhnt sich dran – fast. Die ersten Abende habe ich mich noch gefragt, was ich hier eigentlich mache. Wie kannst du, wenn die Welt sich dreht wie verrückt, hier sitzen und Eier verzieren? Wie? Gibt es wirklich nichts Wichtigeres für dich zu tun? Doch die Welt stand still. Ihr wißt doch, wie das im Dunkeln dort hinten ist, in unserem Haus. In meinem Haus. Von draußen kommt kein Laut. Die Stille saugt. Hedel ist entweder ganz unten oder ganz oben. Und ich sitze mittendrin ... Und mein Herz schlug so laut. Einmal habe ich ein Ei zerstört. Einfach so –." Sie schlug mit der Faust auf den Tisch, so daß die Schlange in ihrem Korb erbebte. „So unruhig war ich. Fast wäre ich aufgesprungen und hergekommen. Oder zu Lellek gelaufen. Hiergeblieben, habe ich mir gesagt. Du machst diese Eier fertig. Du läufst nirgendwohin. Ei für Ei habe ich fertiggemacht. Pro Abend ein Ei. Aber ich habe noch längst keinen klaren Gedanken fassen-können. Alles aufgesogen von dieser Stille. Manchmal bin ich aufgestanden und habe das Licht im Hof angemacht. Ich habe es bald wieder ausgemacht. Denn da war nichts. Da war nichts zu sehen. Dabei hatte ich die ganze Zeit das Gefühl, mir Klarheit verschaffen zu müssen. Über jetzt – und morgen. Über gestern. Über mich selbst. Doch mein Kopf sprang einfach nicht richtig an. Kennt ihr das auch?"

Die Zwillinge hingen stumm an ihren Lippen. Zicki erwartete auch gar keine Antwort. „Wohl nicht? Ihr seid ja auch zu zweit. Und jetzt sogar zu dritt. Und dann seid ihr hier mitten in Hohe Tannen, das ist schon ein Unterschied."

„Oh ja", sagte Marita, „dieser Ort schläft nie."

„Wir machen die Nacht zum Tage", stimmte Magda zu.

„Trotzdem", sagte Zicki. „Ihr versteht mich schon. Aber nun ist es ja erst einmal vorbei. Die Eier sind fertig. Es wird langsam wieder heller. Gedanken werden kommen. Alles wird anders werden, wenn ich erst einmal selbst etwas anders geworden bin. Denke ich mir. Der Gedanke ist mir immerhin schon gekommen." Sie lachte erfreut.

„Geh nicht wieder weg, Zicki." Magda legte den Arm um ihre Freundin.

„Es ist manchmal so schrecklich in Hohe Tannen", flüsterte Marita.
Zicki grinste. „Es ist manchmal so schrecklich überall!" flüsterte sie zurück. „Kommt, wir bringen die Eier zu Lilo und Erni. Und dann gehen wir groß aus. Ich lade euch ein."
„Wie groß?" fragte Magda. „Lütje Lage oder Lichtburg?"
„So groß, wie man in diesem Aufzug ausgehen kann." Zicki blickte an sich hinunter.
„Also Lütje Lage." Ein Blick hatte Marita genügt.
„Wenigstens stehst du hier nicht in Hausschuhen. Wo findest du diese molligen Säcke bloß immer noch? Das hört ja gar nicht mehr auf."
Zicki lächelte ein wenig verlegen. „Die sind alle noch von Mama. So etwas werfe ich doch nicht weg – ist doch gute Qualität."
„Furchtbar zeitlos, würde ich sagen. Wir kommen nächste Woche mal rum und sichten die Bestände, wie findest du das?"
„Ach ja, bitte. Aber nicht einfach wegwerfen!"
„Wo denkst du hin!" sagte Magda. „Wir sind doch Könnerinnen. *Twin Scissors. Wir nähen für Sie – um, ab, an.* Hast du das etwa vergessen? Zwei komplette Studiengänge mit Hilfe einer einzigen Nähmaschine. Wir nähen dir sämtliche Nachkriegsgewänder mit verbundenen Augen. Das ist wie Radfahren. Das verlernt man nie."
„*Twin Scissors*", sagte Zicki. „Wie könnte ich das vergessen."

„Ott", sagte Marita, als sie wenig später auf die Lange Straße hinaustraten, „redet bald schon wie Malte. ‚Das Beste am Zusammenleben mit Zwillingen ist, daß man praktisch nie allein ist', sagt er. ,Wenn die eine rausgeht, ist immer noch die andere da.' So redet er. Man sollte die Bigamie zulassen, meint er. Du weißt ja – erst ist seine Frau gestorben. Lizzie. Dann ist die nächste Frau ihm abgehauen. Charlene. Schon war er wieder allein. Vielleicht will er es sich ja noch nicht eingestehen – aber er fühlt sich ganz wohl hier. Ist für ihn wie ein Nest. Immer wer da."

„Und wenn das eine Ei rausfällt, hat er immer noch das zweite", ergänzte Magda.

„Da fällt schon keins raus", sagte Zicki schnell.

„Ich glaube nicht, daß Ott sich nochmal an eine einzelne Frau rantraut, Zicki", sagte Marita ernsthaft, „und das vereinfacht die Lage. Auch für dich, meine ich."

„Ein Bewerber weniger", versicherte Magda treuherzig.

„Jetzt fangt ihr auch noch an!" rief Zicki, und ihr Eierkorb geriet in eine gefährliche Schräglage. „Bewerber! Davon müßte ich doch wohl als erste etwas wissen –"

„Man will ja nicht neugierig sein –" Marita unterbrach sich mitten im Satz und blieb ruckartig stehen.

„Doch, das will man. Aber ich habe nun mal nichts Neues –"

Marita hielt Zicki am Arm fest. „Bleibt mal stehen. Seht mal da!" Alle drei blickten die Lange Straße hinunter.

„Da kommt Arno. Was macht der denn bei Malte? Und um diese Tageszeit?", sagte Magda.

Die drei Frauen machten lange Hälse. Arnos Ungetüm von einem Pick-up hielt gerade vor Maltes Häuschen.

„Was für ein Viech von einem Auto", sagte Marita. „Fehlt nur noch ein alter Kühlschrank hintendrauf."

„Und ein verrostetes Bettgestell. Man denkt an einen Schrotthändler", sagte Magda.

„Aber Arno ist doch auch Schrotthändler!" rief Zicki. In der

Tat gehörte Arno von Fiselek nicht nur das schmucke Autohaus Oberharz, sondern nach und nach waren erst der angrenzende Schrottplatz und nun auch der einstige Schießplatz in seinen Besitz gelangt. Jetzt stieg er aus und warf die Wagentür zu. Er stieß einen Pfiff aus, während er die vier Stufen hinabeilte, durchquerte den Vorgarten und verschwand in Maltes Haus.

„Ich wüßte schon gern, was Arno um diese Zeit bei Malte will." Magda schielte zu Maltes Haus hinüber, als die drei Frauen kurz darauf die Lange Straße hinuntergingen.

„Ich wüßte noch lieber, was Zicki uns gerade eben erzählen wollte", sagte Marita und musterte Zickis Miene, die undurchdringlich blieb.

„Man will ja nicht neugierig sein", sagte Zicki.

Bei Erni und Lilo

„Jedenfalls", setzte Lilo ihren Monolog fort, während sie hinter dem Tresen kauerte und die Reste des weihnachtlichen Verpackungsmaterial hervorkramte, „habe ich irgendwann feststellen müssen, daß ich sowohl die scheußlichsten Seiten meines Vaters als auch die meiner Mutter geerbt habe – ist sowas zu glauben? Ich habe mich eine Zeitlang wie falsch zusammengeschraubt gefühlt. Nichts hat gepaßt ..." Sie rumorte eine Weile im Innern des Tresens herum. „So was glaubt man doch nicht! Und dann habe ich mich gefragt, wo da eigentlich noch *irgendetwas* von mir ist, verstehst du, wo ich unter dieser ganzen unerwünschten Erblast abgeblieben bin. Aber nach und nach habe ich doch noch das eine oder andere entdeckt, Gott sei Dank! Es kann ja wohl nicht sein, daß am Ende immer nur das Schlechteste weitergereicht und wieder weitergereicht wird ... Und alles so zusammengestoppelt, die reinste Lumpenpuppe ..." Lilos Kopf tauchte auf, und sie legte eine Faustvoll Geschenkband in allen möglichen Farben auf dem Ladentisch ab, ehe sie sich hochstemmte und zu voller Größe aufrichtete. „Erni?" fragte sie und wandte sich nach dem Vorhang um, hinter dem sich das sogenannte Kabuff verbarg.

„Ich bin hier vorn, Lilo." Ernis Stimme kam aus der entgegengesetzten Richtung, wo sie im Schaufenster kniete und ein Stück grellgrünen Kunstrasen an die Seitenwand tackerte. Lilo ging zu ihr.

„Hast du mir überhaupt zugehört?" fragte sie.

„Ja, habe ich. Du beschwerst dich über deine Erblast."

„Seelische, Erni, seelische Erblast!"

„Das habe ich schon verstanden." Erni wandte sich zu Lilo um. „Aber weißt du noch, wie du mir mal deine Hand hingehalten hast, mit dem Handrücken nach oben, und mir gezeigt hast, was daran genau von deinem Vater war und was von deiner Mutter? Die Adern vom Vater, die Haut von der Mutter, die Finger vom Vater, der Daumen von der Mutter – so war es doch? Und dann hast du noch gesagt: ‚Zornesadern auf den Händen. Bei der Tochter!' hast du ganz empört gesagt. Weißt du das noch?"

„Ja, ich erinnere mich. Und weißt du noch, was du damals geantwortet hast: ‚Deine Sorgen möchte ich haben', hast du gesagt. ‚Du weißt wenigstens, was dein Vater für Hände hatte.' Dann hast du so ein winziges gelbliches Foto aus deinem Portemonnaie geholt, da war nur der Kopf eines Mannes drauf, mit Uniformmütze. Und dann hast du so traurig gelächelt und gesagt: ‚Wollen mal hoffen, daß er das wenigstens wirklich ist. Die haben bestimmt viel verwechselt im Krieg.' ... Oder so ähnlich. Ich war in der Abiturklasse, und

du warst zwei Klassen unter mir ... Erni!“ rief Lilo. „Dreh dich mal um!“
Erni richtete sich auf den Knien auf und sah durch die Schaufensterscheibe nach draußen. Malte Warrentei stand im Nieselregen auf der anderen Straßenseite und sah zu ihnen herüber.
„Wie ein begossener Pudel!“ sagte sie befriedigt. „Das geschieht ihm ganz recht.“
Malte hatte Erni zwei Tage zuvor in betrunkenem Zustand einen Besuch abzustatten versucht. Spätabends hatte er mit der Faust an die Tür des Häuschens gehämmert und ihr einen Heiratsantrag gemacht. Erni hatte im Nachthemd in der Diele gestanden, die Zahnbürste noch im Mund, während Lilo vom Obergeschoß heruntergegrinst und gelauscht hatte.
„Willst du mich heiraten, Erni?“ hatte er mit schwerer Zunge durch die geschlossene Tür gerufen.
„Nein“, hatte Erni an der Zahnbürste vorbei geantwortet.
„Warum nicht?“ hatte Malte gefragt.
„Weil Lilo schon da ist. Das weißt du doch. Und weil du sowieso nur zwanzig Meter weit weg wohnst und jeden Sonntag zum Essen kommst. Das sollte doch reichen.“
„Aber sie ist drin, und ich bin draußen“, hatte er lamentiert.
„Sie wohnt ja auch hier“, hatte Erni geantwortet. „Und jetzt hör auf, Malte, du weckst wieder Waller auf.“ Und tatsächlich – Wallers mächtiger Anschlag war bereits aus dem Nebenhaus zu hören.
„Na gut, dann komme ich morgen nochmal vorbei“, hatte Malte plötzlich friedlich gesagt, schon auf dem Hosenboden auf der untersten der vier Stufen sitzend, die er wieder einmal halb heruntergerutscht, halb -gefallen war.
„Nur noch eine Frage – was hat Lilo, was ich nicht habe?“

„Nichts, Malte“, hatte Erni beschwichtigend gesagt. „Sie war nur schon vor dir da, Malte. Das weißt du doch.“
„Genau“, hatte er gesagt, „das weiß ich doch. Immer war schon wer vor mir da. Das ist aber gar nicht schön.“
Die beiden Frauen hatten sich kichernd in die Küche geflüchtet, während ihr Nachbar Krupka die Lampe über der Haustür angemacht und gerufen hatte: „Ist da jemand? Hallo?“

„Ich verschwinde mal lieber nach hinten“, sagte Lilo jetzt, „und du holst ihn besser rein. Er erkältet sich noch da draußen. Wenn ich hüstele, fragst du ihn, ob er Kaffee will, denn ewig will ich da drinnen nicht hocken. Wir müssen doch noch soviel machen bis morgen.“
Erni schlug mit der flachen Hand an die Schaufensterscheibe und winkte nachdrücklich zu Malte hinüber, der sich zögernd in Bewegung setzte.
„Er kommt“, rief sie über die Schulter. Malte betrat den Laden mit einer Pralinenschachtel in der ausgestreckten Rechten.
„Tachchen, Erni“, sagte er forsch, „ich dachte, ich schau mal vorbei. Und wo Frauen doch so gern knabbern –“
„Ist das alles, was du mir mitzuteilen hast? Daß wir gern knabbern?“ fragte Erni kühl und tackerte ein bißchen.
„Ich fürchte, nein“, sagte Malte seufzend und ließ sich auf den Schemel vor dem Schaufenster sinken. „Wie war ich diesmal?“
„Wieder scheußlich“, sagte Erni. „Mach dich nur weiter zum Narren.“
„Ach, Erni, nun sei doch nicht so“, sagte Malte. „Ist doch alles nur Liebe!“
„Liebe ist, wenn Malte blau ist“, sagte Erni unerbittlich.

Als weiter nichts kam, fragte er: „Womit kann ich dich denn versöhnen, gestrenge Erni?“ Erni wandte sich um.
„Jedenfalls nicht mit Pralinen. Das habe ich dir voriges Mal schon gesagt. Das wird jetzt jedesmal teurer. Zieh dir mal die Schuhe aus und tacker hier weiter. Ich bin schon ganz lahm.“
Malte zerrte sich bereits den ersten Stiefel vom Fuß. „Das ist eine allzu milde Strafe für einen Wiederholungstäter“, sagte er, schon wieder obenauf. „Da wäre eine Tasse von eurem Kaffee schon die härtere Gangart. Hörst du mich, du Lilo hinter dem Vorhang, du kannst das Wasser aufsetzen!“
„Und danach“, Erni hatte offensichtlich ihren Vorteil erkannt, „wenn du mit dem Tackern fertig bist, kannst du die Schrauben reindrehen. Da kommen die Ostereier dran. Die handbemalten. Sei vorsichtig damit. Und dann hängst du die Brockenhexen auf, an der Schiene oben. Aber nur die kleinen. Die sollen schweben.“
„Schweben“, wiederholte Malte und kroch ins Schaufenster. „Aber gern.“

Bei Wenner

Am Ostersamstag um die Mittagszeit durchquerte Zicki das Waldstück zwischen der Fabrikantenvilla und den Häusern am Ende der Langen Straße, zu denen auch das von Wenner und den Polaczeks gehörte. Der Regen hatte endlich aufgehört, und es war ein wenig milder geworden. So ging sie ohne Hast und hob ab und zu den Blick zu dem blaßblauen Streifen Himmel über der ungeteerten Straße. Es war ihr erster Spaziergang seit ihrer Heimkehr vor gut einem Monat. Auf der Höhe von Wenners Haus blieb sie stehen

und spähte in seinen Vorgarten. Die Primeln waren noch winzig, doch sie waren da. Sie hatte gerade die Gartentür geöffnet, als Wenner in seiner Haustür erschien. „Ich wollte dich zum Spaziergang abholen – kommst du mit? Es ist doch ganz schön heute", rief sie.
Wenner winkte ihr lächelnd zu und schloß die Tür hinter sich. Es war, als hätte er abholbereit hinter der Tür gewartet. Seinen Schal hatte er auch bereits um. Er umarmte sie flüchtig, und sie traten auf den Bürgersteig hinaus.
Gleich neben der Gartentür stand Waller. Noch einer, dachte Zicki, der gestiefelt und gespornt bereitsteht. Wie machen die das bloß? Stehen sie da ihr ganzes Leben?
„Er hätte da mal eine Frage", sagte Wenner.
„Kannst mit, Waller", sagte Zicki. Waller deutete mit den Vorderpfoten den entsprechenden Hüpfer an und raffte den armlangen Knüppel vom Boden empor, den er vor sich abgelegt hatte.
„Ein Arbeitstier", sagte Wenner wohlgelaunt. „Ewig schleppt er was."
„Ich weiß, was der will", sagte Zicki und strich dem Hund über den Kopf. „Wir sollen werfen. Das wird ja wieder ein lauschiger Waldspaziergang." Sie seufzte, doch es klang zufrieden.
„Vom Hündchen aufs Stöckchen", sagte Wenner.
Gleich hinter dem Waldparkplatz begannen sie unter Wallers durchdringendem Freudengebell zu werfen. Außer Atem lehnten sie schließlich an einem der dicken Tannenstämme, die ihn umstanden.
„Was ich dich noch fragen wollte", begann Zicki und warf Wenner einen Seitenblick zu. „Ich muß nachher nach Auerhahn-Geißensprung, einen Besuch machen. Hast du Lust mitzukommen?"

„Ja, gern", sagte Wenner sofort. „Und wer soll besucht werden?"
„Laß dich überraschen." Zicki setzte sich in Bewegung. „Ich hole dich mit dem Wagen ab. Kannst deinen Schal gleich umbehalten."

Bei Pastor Klages

„Sagst du mir jetzt, wen du besuchen willst?" fragte Wenner, als sie in Zickis VW-Bus den Ortseingang von Auerhahn-Geißensprung erreichten.
„Warte nur ab."
Er lehnte sich zurück und wartete ab. Das konnte er gut.
Zicki bog in die Haseltwiete ein, die letzte Seitenstraße, die von der Ortsdurchfahrt abging, und fuhr im Schritttempo, den Blick durch das Seitenfenster gerichtet, bis zu einem kleinen braunen Haus, das in einem großen Garten lag.
Wenner zog fragend die Brauen hoch. „Pastor Klages?"
„Pastor Klages." Zicki hielt und öffnete die Wagentür. „Es ist lange her, willst du sagen?"

„Guten Tag, Lenchen", begrüßte Zicki die Frau mit der weißen Schürze, die vielleicht ein paar Jahre älter war als Wenner und sie. Sie war bereits das zweite Lenchen, das dem seit langem pensionierten Pastor Klages den Haushalt führte.
„Guten Tag, Zicki, guten Tag, Wenner", sagte Lenchen überlaut. Dann flüsterte sie: „Er sieht jetzt sehr schlecht."
„Ich weiß", flüsterte Zicki zurück. „Hast du dem Pastor ge-

sagt, daß wir kommen? Hat er ein bißchen Zeit? Ich meine, geht es?"
Lenchen schloß die Augen und machte eine beruhigende Geste.
„Herr Pastor, Sie haben Besuch!" rief sie und führte die beiden einen dunklen Flur entlang bis zu einer halbgeöffneten Tür. Lenchen stieß sie auf und schrie: „Zicki Backla und Wenner Liebig sind gekommen!" Wieder flüsterte sie, als sie erklärte: „Er hört jetzt sehr schlecht." Zicki nickte.
„Flüstere nicht, Lenchen. Kommt rein, Kinderchen." Pastor Klages hatte Zicki und Wenner getauft und konfirmiert. Er hatte beide danach wer weiß wieviele Male auf der Hauptstraße von Auerhahn-Geißensprung in ein Gespräch verwickelt. Er war der „Hungerpastor" gewesen in Kriegs- und Nachkriegszeiten. Ein großer Organisierer vor dem Herrn. Überall war er aufgetaucht mit seinem Satz: „Wenn ich nur die Hälfte von dem für meine hungernden Kinder hätte, ich wäre froh." Kein soeben ergattertes Brot, kein mühsam erkungeltes Huhn war vor ihm sicher gewesen. „Und wohin schleppt er das alles?" – „In die Baracken zu den Polacken." Zicki war ihm als Kind manchmal hinterhergetrödelt, um zu sehen, wie er das machte, „organisieren". Viele murrten, doch fast alle gaben. Wenn es ihnen nicht gelungen war, sich rechtzeitig zu verdrücken.
Dieser Mann, der jetzt angeblich halbblind und halbtaub, aber hellwach in seinem Lehnstuhl saß, in Hemdsärmeln, das weiße Haar sauber gescheitelt, war mit den Jahrzehnten zu einer Legende geworden, sein Häuschen zur Pilgerstätte von Abgesandten aufklärungswilliger Gruppen, einheimischer und von überallher angereister – bis hin nach Japan schien seine Fama gedrungen, denn einige Male wurden Trüppchen von Japanern gesichtet, die Kurs auf die Hasel-

twiete nahmen. Japaner waren im reizvollen Oberharz sonst unverhältnismäßig selten anzutreffen, muß man dazusagen. In den letzten Jahren erst hatte der stete Strom der Besucher erheblich nachgelassen, und die Ortsansässigen hatten allenfalls noch die eine oder andere Nachhut beobachtet. Das Geschäft einer verspäteten Aufklärung hatte seinen Höhepunkt überschritten, und was Pastor Klages' Anteil daran betraf, hieß das – in seinen eigenen Worten: Die Zitrone war endgültig ausgepreßt, Gott sei Dank. In den letzten Jahren waren denn auch fast nur noch Publikationen erschienen, die sich aus dem originären Wissen ihrer Vorgänger speisten. Zitate von Zitaten wurden zitiert, und von da an waren die Dinge ihren eigenen Gang gegangen. Bis hin nach Japan. Was da wohl so alles drinstand, in solchen japanischen Büchern! Nun ja. Pastor Klages hatte beschlossen, diesbezüglich die Hände im Schoß zu falten. Er hatte seinen Teil geleistet, damals und in vielen Jahren danach. Es war ein freundlicher, versöhnlicher Mann, der Zicki und Wenner nun gegenübersaß.

„Ich glaube, ich weiß, was euch zu mir führt", sagte er. „Das Sägewerk, dieser ewige Kriegsgrund, ist weg, und nun steht die Kriegerin und weiß nicht recht, was sie mit sich und dem großen, leeren Platz anfangen soll."

„Ja, das stimmt", sagte Zicki. „Sie haben also davon gehört?" Sie schien aufrichtig erstaunt, daß die Kunde vom Abriß des Sägewerks den Weg bis ins drei Kilometer Luftlinie entfernte Auerhahn-Geißensprung gefunden haben sollte. Ach Zicki, wir sind hier nicht in New York, wir sind, wie Wenner sagt, beim Deibel auf der Rinne, wo sich alle Neuigkeiten, die über die Anschaffung eines Wintermantels hinausgehen, wie ein Lauffeuer verbreiten! Kein Wunder also, daß Pastor Klages über Zickis Frage herzhaft lachte.

„Kindchen, wie sollte ich nicht vom Verschwinden eines ganzen Sägewerks hören, wo doch in einem Ort wie diesem, der umgeben ist von noch mehr Orten wie diesem, Tag und Nacht die Buschtrommel geht und obendrein eine der markanteren Persönlichkeiten der Gegend gelegentlich hereinschaut, um einem alten Mann etwas unter die Arme zu greifen?" Der alte Mann beobachtete grinsend die Mienen seiner Besucher.

„Marcel?" fragte Wenner.

„Marcel."

„Was hat er denn gesagt?" Zickis Neugier war sofort geweckt.

„Er glaubt, daß eine Schule eröffnet werden soll, eine Waldschule, dort wo das Sägewerk stand. Stimmt das?"

„Eigentlich nicht", sagte Zicki. „Es soll eigentlich keine Schule eröffnet werden. Und wie findet er das?"

„Er hat erklärt, daß er im Sommer wahrscheinlich nur samstags vorbeikommen könne, da er keinesfalls den Unterricht schwänzen wolle. Hah!" Pastor Klages lehnte sich lachend zurück. „Das habe ich in früheren Zeiten schon genau andersherum gehört. Brav. ‚Braver Junge', habe ich gesagt. ‚Wenn der Schüler nicht aus dem Wald kommen will, muß die Schule eben in den Wald kommen.'"

Zicki und Wenner sahen sich an.

„Wie kommt er bloß darauf?" sagte Zicki.

„Vielleicht hat er sich neulich verhört, als wir auf dem dunklen Platz standen", schlug Wenner vor.

„Das glaube ich nicht. Ich kann mir schon denken, wer dahintersteckt – Malte mal wieder. Ich habe Marcel neulich bei ihm im Garten gesehen."

„Da wird er aber enttäuscht sein", meinte der Pastor. „Dann weißt du also tatsächlich noch nicht, was du mit dem vielen Platz hinterm Haus anfangen willst? Seid ihr deshalb hier?"

Zicki schluckte. „Nein ... Doch. Ich hatte gedacht ... Ich wollte eigentlich nur ...“ Sie sah Wenner hilfesuchend an.
„Zicki möchte damit nicht gern irgendetwas anfangen, das so gar nichts mit dem Sägewerk zu tun hat. Also mit der Vorgeschichte des Ortes. Sie sollte schon ein wenig durchscheinen, findet sie.“ Auf Wenner war wie immer Verlaß, doch ein leiser Zweifel war nicht zu überhören.
Pastor Klages betrachtete die beiden nachdenklich. „Durchscheinen klingt gut. Doch dann braucht man auch die Menschen, die so etwas wahrnehmen können und wollen. Das liegt nicht in eurer Macht. Das ist Sache des einzelnen. Soviel kann ich euch jedenfalls mit auf den Weg geben.“
Zicki dachte über seine Worte nach. „Sie meinen, ich soll es gut sein lassen? Es sollte jedem selbst überlassen bleiben?“
„Ja und nein. Geh mal rüber, Wenner, zu dem Teewagen da –“ er wies auf ein hochbeiniges zerschrammtes Möbel, auf dem sich die Bücher türmten.
Wenner trat an den Teewagen und nahm zwei der Bücher von ihrem Stapel. *„Das Kriegsgeschehen im Westharz, Die Harzer Rüstungsindustrie“*, las er laut und hielt die Bücher in die Höhe, um Zicki die Titel zu zeigen. „Die kenne ich“, sagte Wenner.
„Ich auch“, sagte Zicki.
„Seht ihr. Was immer es an Fakten über die Zeit gibt, in der das Sägewerk mit Hilfe von Zwangsarbeitern betrieben wurde, steht da drin. Jedenfalls fast alles, nehme ich an. Ihr wißt, ich habe meinen Beitrag dazu geleistet. Die meisten Ereignisse haben sich aufklären lassen. Nur eins, weiß ich heute mit siebenundachtzig Jahren, werden wir daraus nicht erfahren – was im einzelnen Menschen in solchen Zeiten vor sich geht. Jeder ist sich selbst der Nächste, heißt es. Aber es heißt auch: Liebe deinen Nächsten wie dich selbst. Dazu müßte man sich allerdings erstmal selbst lieben. Und jeder

Mensch ist wieder anders. So ist das. Das ist jedenfalls meine Erkenntnis aus all den Jahren, in denen ich unbegreifliche Dinge zu begreifen versucht habe. Und ich bin wieder dazu zurückgekehrt, mich hauptsächlich um den Einzelnen zu kümmern. Nötig haben es alle, soviel steht fest." Er sah nachdenklich zur Decke empor und richtete dann den Blick auf Zicki.

Sie sah ihn aufmerksam an. „Denken Sie gerade an jemand Bestimmten, Pastor Klages?"

„Ich habe mir angewöhnt, immer an den zu denken, der gerade vor mir steht", sagte er freundlich. „Damit kann man überhaupt nichts falsch machen." Und er wandte sich mit einem bedauernden kleinen Lächeln an Wenner.

„Dich habe ich vor vielen Jahren darüber aufgeklärt, Werner, daß dein Vater zu den Flakhelfern gehörte, die in den letzten Kriegstagen vom Schulhof des Gymnasiums weg in den Wald gezerrt wurden, um den Harz gegen die amerikanischen Truppen zu verteidigen. Wie diese ungeheuerliche Geschichte ausging, ist bekannt. Steht alles da drin –" er wies wieder auf die Bücher. „Ich bin damals der Bitte deiner Mutter gefolgt, die den Mut dazu nicht aufbringen konnte. Ich habe dich aufgeklärt, den großen Jungen von fünfzehn Jahren, und dir dabei die Hand auf den Kopf gelegt. Dann habe ich mich anderen Aufgaben zugewandt. Es gab ja soviel zu tun. War es nicht so, Werner?"

„Ja, so war es", sagte Wenner leise. Sein Gesicht war weiß geworden, und er sah Zicki nicht an.

„Nun, heute weiß ich – und nicht erst seit heute –, daß das nicht genügt hat. Der wichtigere Teil meiner Aufgabe wäre gewesen, mich um dich zu kümmern. Zu erfahren, wie es in deinem Innern aussah. Wie ich mich später um Marcel zu kümmern versucht habe", er lachte leise. „Was die weit schwierigere Aufgabe gewesen sein dürfte. Er ist mir immer wieder entwischt, wenn ich ihm meine Wohltaten erweisen wollte. Bis ich verstanden habe, daß ich an ihm nicht gutmachen konnte, was ich an dir versäumt hatte, Werner. Weil er wieder ganz anders war. Ich habe es dann auch anders gehalten – ich habe ihn erstmal in Ruhe gelassen. Was für einen professionellen Wohltäter wohl noch schwerer zu schaffen ist als für einen wohlmeinenden Menschen, der aus persönlichen Gründen helfen will." Er sah Zicki liebevoll an. „Du verstehst mich doch, Zicki?"

„Ja, Pastor Klages", sagte sie leise.

„Das freut mich sehr, Zicki. Und falls da irgendwo in deinem Hinterkopf doch diese Idee herumgespukt haben sollte, daß dein alter Pastor dir vielleicht deine edlen Absichten mit dem alten Amateurfilm entlohnen könnte, der einst auf dem Hof hinter eurem Haus entstanden ist, dann bin ich froh, jetzt nicht lügen und sagen zu müssen, ich hätte ihn nicht mehr in meinem Besitz. Denn er ist vor Jahren bei einem Rohrbruch in meinem Keller zerstört worden – wie vieles andere auch. Leider auch meine Karl-May-Ausgabe", setzte er betrübt hinzu. „Die hätte ich gern in Ruhe noch einmal von Anfang bis Ende gelesen." Er schloß die Augen und sagte: „Ich werde in letzter Zeit schneller müde. Trotzdem würde ich mich freuen, wenn ihr noch einen Apfel mit mir essen würdet. Um diese Zeit esse ich immer meinen Apfel." Er sah prüfend in die Gesichter seiner Besucher und rief dann laut: „Lenchen, bring uns doch mal drei Äpfel. Ich esse heute in Gesellschaft!"

Zicki und Wenner schwiegen, bis sie die Ortsausfahrt erreicht hatten.

„Er meinte den Film, den sie uns bei der Schulaufführung gezeigt haben, stimmt's? Und der dich damals so erschreckt hat?"
„Ja. Er hat ihn irgendwann an sich gebracht. Ihn aus dem Verkehr gezogen. Weil er nicht gut für Kinder wäre, hat er gesagt." Sie bog in die große Straße ein, die durch den Wald nach Hohe Tannen führte. Sie fuhr jetzt sehr langsam. „Womit er ja recht hatte. Dieser Film ist mir im Hals steckengeblieben wie der berühmte vergiftete Apfel."
Wenner dachte schweigend über diesen Vergleich nach.
„Doch weißt du, Wenner," sagte Zicki dann, „eigentlich wollte ich schon gar nichts mehr davon wissen. Ich kann es noch nicht so genau sagen, aber in den letzten Tagen hat sich einiges für mich verändert." Sie kämpfte einen Augenblick gegen die Tränen an, ehe sie ihnen freien Lauf ließ. Wenner tastete in seinen Jackentaschen nach einem Taschentuch.
„Ich hätte mich lieber mit Papa versöhnen sollen, solange noch Zeit war. Es tut mir so leid, für uns beide." Wenner überließ sie eine Weile dem bitteren Gefühl der Reue, ehe er ihr die Tränen abzutupfen begann. Schließlich wandte sie lächelnd den Kopf.
„Ich hatte einfach das Gefühl, ich sollte Pastor Klages noch einmal sehen. Er ist doch so alt. Und du auch – ich meine, du solltest ihn auch sehen. Das war doch richtig?"
„Oh ja. Ich bin froh darüber. Seit einer Ewigkeit wollte ich bei ihm vorbeischauen. Warum fällt einem so etwas bloß immer so schwer? Ich bin froh, daß wir ihn besucht haben."
„Und Marcels Schule? Das ganze verdammte Projekt? Die grünen Baracken?"
„Das kriegen wir hin. Ich helfe dir doch. Wir helfen dir doch."

„Gut, daß du da bist."
„Gut, daß *du* da bist. Ich bin doch sowieso immer da."
„Ab jetzt werde ich wieder die meiste Zeit im Jahr da sein. Das freut dich doch? Ich meine, das freut dich doch noch?"
Zicki konzentrierte sich jetzt ganz auf den Verkehr, der allerdings gerade gänzlich zum Erliegen gekommen zu sein schien. Es war, als befänden sie sich im tiefsten Kanada.
„Das freut mich doch noch, oh ja", sagte Wenner und freute sich.

Bei Wenner

Am Sonntagmittag, es war eine Woche nach Ostern und mittlerweile richtiges Frühlingswetter, stand Wenner am geöffneten Fenster seines Wohnzimmers und blickte den Weg zwischen den Taxushecken hinunter. Es gab nichts zu sehen, am Sonntag zu dieser Stunde gab es nie etwas zu sehen, und das würde ihm helfen, seine Gedanken zu ordnen. Da sie zuvor nie gedacht worden waren, waren sie wirr, und da sie deshalb nie gedacht worden waren, weil sie unliebsame Empfindungen aufgerührt hätten, war Wenner gerade von unliebsamen Empfindungen bewegt. Mehrmals strich er sich über das Haar. Mehrmals fuhr er sich mit dem Finger durch den offenen Hemdkragen. Doch er hatte Zicki nun einmal versprochen, ihr zu helfen, und in den letzten Tagen immer wieder an den Besuch bei Pastor Klages zurückgedacht. Im Grunde, so hatte er sich eingestehen müssen, stand er dort immer noch, ein Fünfzehnjähriger, den man gerade über den grausamen Tod seines Vaters aufgeklärt hatte und der nun sehen mußte, wie er damit fertig wurde. Im Grunde, dachte Wenner jetzt, war er seit damals nicht viel weiter-

gekommen – er hatte die Worte des Pastors in sich verschlossen – „Einfach verbuddelt für irgendwann später“, sagte er halblaut.
Später, hatte er sich gesagt, wann immer seine Gefühle, seine Gedanken sich unversehens in seine Kindheit verirrt hatten, später würde genau der richtige Augenblick kommen. Und nun war später, der richtige Augenblick war da. Es war an der Zeit, daß er Herr wurde im eigenen Haus, ein Mann mit einer vollständigen Biographie. Wie sollte er, so halbfertig, wie er war, Zicki sonst helfen können? Sie mochte ihn immer noch, das wußte er. Seit ihrer Rückkehr, zuletzt auf der Heimfahrt von Auerhahn-Geißensprung, hatte sie ihn das schon mehrfach spüren lassen – ja, sie hatte es, auf ihre Art, sogar *gesagt*! Sie brauchte ihn jetzt! Mann Wenner, ermanne dich! Er hatte noch eine Chance, er mußte nur endlich – und in diesem Augenblick wurde das ausdruckslose Stilleben vor seinem Blick zu einem bewegten Bild, einem verheißungsvollen, so empfand er es, denn Lellek Hermann, hochgewachsen und hellgekleidet, öffnete seine Gartentür und kam auf ihn zu. Ausschreitend, wie sie es vor ihrer Hüftoperation getan hatte und mittlerweile auch ohne Handstock. Sie hatte es endgültig geschafft. Wenner erfreute sich an ihrem Anblick. Die fade Mittagsszenerie eines Tanner Sonntags füllte sich mit Erwartungen und erlöste ihn für den Augenblick aus seiner quälenden Lage. Sie füllte sich, vage noch, mit angenehmen Erwartungen, denn Lellek war ein kostbarer Teil seiner Gegenwart, und, kaum verzögert, mit der Verheißung angenehmer Erinnerungen, denn schließlich war sie es auch in vielen Jahren seiner Vergangenheit gewesen. Der Vergangenheit des Erwachsenen, denn in seiner Jugend und Kindheit hatte sie noch keine große Rolle gespielt. Er hatte sie nur aus der Ferne bewundert. Daran erinnerte er sich jetzt,

als sie auf das Haus zukam und er die Diele durchquerte, um ihr die Haustür zu öffnen.
Wenner trat aus der Tür, und Lellek blieb an der Vortreppe stehen. Sie hatte einen dicken braunen Umschlag unter dem Arm und sah lächelnd zu ihm empor.
„Störe ich dich, Werner?"
„Überhaupt nicht, Lellek. Im Gegenteil, du erlöst mich aus einer Situation, die mir gar nicht angenehm ist. Ich versuche gerade, mich an die weniger erfreulichen Dinge in meinem Leben zu erinnern."
„Das tut doch niemand gern."
„Gern vielleicht nicht, aber viele tun es, oder?"
„Wenn es unbedingt sein muß, ja."
„Es muß aber unbedingt sein. Heute. Jetzt. Und jetzt fällt es doppelt schwer. Denn mittlerweile muß ich mich nicht nur an die unerfreulichen Dinge erinnern, sondern auch noch an das Leben eines Mannes, der sich nicht daran erinnern wollte."
„Dann schickt mich dir ja der Himmel", Lellek hob die Hand mit dem braunen Umschlag.
Wenner stieg die Treppe hinunter und nahm den Umschlag entgegen. Er erkannte ihre Handschrift *„Haus Klempe"*, las er und sah sie fragend an.
„Mhh. Ich habe es ziemlich lange für dich aufgehoben. Irgendwann wird der richtige Augenblick gekommen sein, und dann wird er vielleicht etwas damit anfangen können. Vielleicht sogar sein Vergnügen daran haben, habe ich mir gedacht. Ich weiß, daß du als Kind zuerst in diesem Haus gewohnt hast. In der Villa Arkadia – so hieß es doch damals?"
Wenner nickte und sah zögernd auf den Umschlag hinab.
„Keine Bange – der Inhalt ist völlig harmlos, und er kann dir auch nicht entscheidend weiterhelfen. Doch er könnte im-

merhin ein kleines Trostpflaster sein. Das sind nur so kleine, persönliche Geschichten von meiner Nichte, Erinnerungen an die Zeit, als sie zwei Jahre hier oben, in Haus Klempe, gewohnt hat."
„War das die mit dem langen Mantel – die Miniaturausgabe von dir? Die als Kind einmal mit dir in Hohe Tannen war?"
„Nein, die Geschichten sind von der anderen, der etwas wilderen. Sie war ein bißchen wie Zicki. Zicki früher. Auch deshalb liegt mir vielleicht an Zicki soviel."
Wenner wäre schon nicht mehr Wenner gewesen, wenn er an dieser Stelle – „Doch nicht so zwischen Tür und Angel!" wird er das später vor sich selbst rechtfertigen – nicht lieber das Thema gewechselt hätte.
„Wolltest du mir nicht erzählen, wie deine Zukunftspläne aussehen?" fragte er also.
„Später, Werner, später. Das hat Zeit bis zum Ende unserer Liebesaffäre mit den grünen Baracken." Sie lachte. „Mach diesen Umschlag aber erst auf, wenn du neugierig bist, was aus der Villa Arkadia geworden ist, bitte. Denn das bist du vermutlich noch nicht?"
„Noch nicht sehr", gab Wenner zu. „Im Augenblick versuche ich noch, eine schlichte Bestandsaufnahme meiner lebenslangen Versäumnisse zustande zu bringen."
„Nicht zu schlicht, Werner, nicht zu schlicht", sagte Lellek ernst. Sie drückte ihm kurz die Hand und wandte sich zum Gehen.
„Was denn – du willst doch nicht schon wieder gehen?"
„Doch. Ich bin auf dem Weg zu Zicki. Kleines Damenessen." Sie zwinkerte ihm zu.
Kleine Einzelbehandlung trifft es wohl eher, dachte Wenner, während er ihr nachblickte.
„Und kriegt Zicki auch so eine braune Tüte?" rief er, als sie

ihm von der Gartentür zuwinkte. Sie drohte ihm mit dem Zeigefinger und entfernte sich hoch erhobenen Hauptes.
„Danke, Lellek", sagte Wenner leise und kehrte ins Haus zurück. Einen Augenblick war er versucht, die kleinen Geschichten der Nichte aus dem Umschlag zu holen, um wenigstens einen Blick darauf zu werfen. Doch dann legte er ihn ins Küchenregal. „Haus Klempe", murmelte er, „Die harmlosen Erinnerungen einer Nichte. So weit sind wir noch lange nicht. Jetzt erinnert sich erst einmal Werner Liebig."

Aber die Erinnerung ist nun mal ein äußerst mutwilliges Tier. Und so ging der Esel auch keineswegs stracks über die Brücke, sondern folgte eigensinnig dem abwegigeren Angebot, verlockt in diesem Fall durch den Nachklang der Worte, die Wenners Überraschungsgast in seinem Ohr hinterlassen hatte. „Nicht zu schlicht, Werner", hatte Lellek gesagt. Das war nach etlichen Jahren einmal wieder ihre mahnende Stimme gewesen. Seine ältere Freundin wußte dieses Mittel weiß Gott sparsam einzusetzen. Wenn sie es jetzt gerade wieder getan, wenn sie ihm überraschend einen Besuch abgestattet hatte, um ihm diesen Umschlag zu überreichen, und ihm mit ihren mahnenden Worten so nahe getreten war, wie das zwischen ihnen beiden überhaupt denkbar war, dann war das gerade eben ein entscheidender Augenblick in seinem Leben gewesen.
Wenner überließ sich nun widerstandslos der Erinnerung an eine Begegnung, die vor sieben, acht Jahren auf der Lichtung bei der alten Silbermine stattgefunden hatte. Sie lag auf halbem Weg zwischen Hohe Tannen und Auerhahn-Geißensprung, und Wenner war seiner Freundin häufig ein Stück entgegengegangen, wenn sie von ihrer Zeitungslektüre in

der Kurhalle zurückkehrte. Dieses eine Mal, das sich ihm nun, nach Lelleks Besuch, in den Sinn drängte, hatte er auf sie gewartet, weil er ihr am Vortag das Manuskript seines neuen Büchleins überreicht und sie um Korrekturvorschläge gebeten hatte. Gleich am nächsten Morgen wollte er es zu Omnibus Patria, seinem Verlag in Seesamte, bringen. Wenner sah die Szene vor Augen, als hätte sie sich gestern zugetragen, während er blicklos aus dem Fenster starrte.
Mit einem kleinen Lächeln war Lellek damals über den lichtgetüpfelten Waldboden auf ihn zu gekommen, das Manuskript bereits in der ausgestreckten Hand, und er hatte sich von seinem Sitzplatz, einem Baumstumpf, erhoben.
„Ach Werner“, hatte sie gesagt und sich, während er auf das Deckblatt des Manuskripts und den Titel *Bergbau im Mittelharz – eine kritische Schatzsuche* blickte, niedergebeugt und eine Handvoll staubtrockenen Nadelwaldboden aufgehoben. „Es ist wieder sehr gut gelungen, Werner, besser kann man ein solches Thema wohl nicht behandeln –“
„Aber?“ hatte Wenner gefragt. Er hatte auf Lelleks Hand geblickt, durch deren halbgeschlossene Finger der feine braune Waldboden niederrieselte. Sie hatte ihn mit gerunzelten Brauen gemustert und ihm eine Tannennadel von der Schulter gezupft, und ihm war klar gewesen, daß ihre Einwände diesmal über ein paar kleine Korrekturvorschläge hinausgehen würden.
„Zu trocken“, hatte sie gemurmelt, „zu trocken, Werner.“
Langsam hatten sie den Weg nach Hohe Tannen angetreten. „Du könntest – was weiß ich, hunderttausend Leser haben. Es ist nur alles zu trocken.“
Wenners Auflachen hatte sich in seinen eigenen Ohren ebenfalls trocken angehört, fast wie ein Startschuß.
„Lellek“, hatte er inmitten des anhaltenden Heiterkeits-

ausbruchs, der darauf folgte und von dem seine Freundin sich schließlich anstecken ließ, geantwortet: „Lellek, und wenn ich daraus ein richtiges Sahnetörtchen machen würde – hast du mal an das Thema gedacht? Wer soll denn das lesen?"

„Eben, Werner, eben!" Lellek war wieder ernst gewesen, als sie nun, zum ersten Mal in vielen Jahren, ganz allgemein die Trockenheit seiner Bücher bemängelte. Ob er sie denn nicht verstehe, hatte sie ihn gedrängt. Es gehe doch nicht nur darum, daß es besser rutschen sollte, wie man so sage. Ob es nicht an der Zeit sei, seinen Büchern etwas von seiner sonstigen Lebendigkeit einzuhauchen? Er nehme doch lebhaft Anteil an allem, was sich überhaupt nur regte und bewegte, weshalb er denn dann immer diesen gnadenlosen Faktenkult treiben müsse? „Bist du etwa doch Autodidakt?" hatte sie ihn plötzlich argwöhnisch gefragt und sich ihm ruckartig zugewandt.

Wenner hatte fast bis zur Langen Straße gebraucht, um sich von diesem neuerlichen Angriff auf sein Selbstbild zu erholen. „Du meinst, ob ich ein getürkter Akademiker bin ... ach Gott ..." Erneut hatten ihn Wellen der Erheiterung durchlaufen.

Lellek hatte ein Weilchen an seinem Ärmel gezupft, um ihn zum Zuhören zu bewegen. „Man erwartet noch etwas mehr von dir, Werner", hatte sie mahnend gesagt.

Wenner hatte, wieder ernst, die Schultern gehoben. Ist ja gut, Lellek, hatte er, noch halb abwehrend, gedacht, doch was willst du von mir?

Das war es also. Wenner tauchte aus seiner Erinnerung auf. *Man erwartet noch etwas mehr von dir.* Er hatte eine

Zeitlang gemeint, diese Erwartung in den darauf folgenden Jahren halbwegs erfüllt zu haben. Es immerhin ernsthaft versucht zu haben. Er hatte versucht, dem Faktenhuber den Dichter Werner Liebig beizugeben. Wie immer seine poetischen Versuche im Vergleich mit anderen zu bewerten waren, Lellek hatte dieser, wie er fand, mutigere Werner offensichtlich nicht überzeugen können. (Von Zicki ganz zu schweigen. Daran mochte er im Augenblick noch gar nicht denken.) Man erwartete immer noch etwas mehr von ihm. Und deshalb war Lellek gerade heute gekommen.
„Mach was draus", sagte er plötzlich laut in die Mittagsstille. Unmittelbar neben dem Fenster, im Laub eines Ligusterbuschs, begann eine Drossel zu zetern. „Ist ja gut, ist ja gut", sagte Wenner in ihre Richtung. Er schloß das Fenster.

Bei Marcel

Als Zicki in der Woche nach Ostern auf dem Rückweg von Auerhahn-Geißensprung in die Lange Straße einbiegen will, sieht sie Marcel an der Kreuzung stehen. Er steht dort, als warte er auf jemanden, und in der Tat stoppt er sie mit der Hand wie mit der Polizeikelle und ruft:„Geh jetzt hin, Zicki, jetzt gleich. Ich fahre mit Krupka Kies holen. Also geh jetzt gleich hin, ja, die Tür ist offen."
„Ja, Marcel, das ist nett, sofort, danke, gleich", haspelt Zicki vor lauter Verblüffung hervor und reißt das Lenkrad herum. „Ich fahre jetzt gleich hin, ja! Die Tür ist offen", wiederholt sie laut und prescht das kleine Stückchen Straße bis zum Waldparkplatz entlang, als käme es auf jede Sekunde an.
Vom Waldparkplatz hat sie nur wenige hundert Meter bis zur alten Silbermine zu laufen. Marcel hat mich eingeladen,

denkt sie. Eine Einladung aus Anlaß der Abwesenheit des Gastgebers, so muß man das wohl sehen. Wie sollte man eine solche Veranstaltung sonst wohl nennen? Eilig nähert sie sich dem Stolleneingang.

Der Stolleneingang ist zugleich die Haustür von Marcel dem Venediger. Alle wissen das. Seine Haustür ist immer noch die alte Brettertür der einstigen Silbermine. Wenn Marcel weggeht, hängt er das Schloß von außen an die Tür und schließt ab, und wenn er zu Hause ist, hängt er es von innen an und schließt ebenfalls ab. Man muß rufen oder klopfen, dann kommt Marcel entweder heraus oder nicht. Herein kommt eigentlich niemand. Niemand hat die vermeintliche Zwei-Stollenwohnung besichtigt. Doch, Wenner, erinnert Zicki sich jetzt auf ihrem Weg zu Marcels Behausung, er hat es immerhin einmal auf einen kurzen Aufenthalt im Vestibül (Wenners scherzhafte Bezeichnung) gebracht, als er sich vor etlichen Jahren mit dem Schnitzmesser verletzt hat und von Marcel verarztet worden ist. Wenner war beim Anblick des vielen Blutes ohnmächtig geworden, und Marcel, der ihn nicht im Freien liegenlassen und den Blicken der vorbeiwandernden Kurgäste hatte aussetzen wollen, hatte ihn in seine Wohnung geschleppt, auf den bordeauxroten Teppich gebettet und ihn, nachdem er die Wunde verarztet hatte, durch kleine Klapse auf die Wangen zu sich gebracht. Wenner, den zurückhaltenden, freundlichen Mann, so in seiner Wohnung liegen zu sehen, so ramponiert in seinem Blut liegen zu sehen, das Haar seltsam verschoben, hochgeschoben fast wie toupiert, hat Marcel alle Scheu genommen, die er gegenüber dem fast Gleichaltrigen bislang an den Tag gelegt hatte.

„Tag, Wenner“, hat er im normalsten Ton der Welt das Wort an ihn gerichtet und dabei die Hände zu einer entschuldi-

genden Geste erhoben. Und Wenner, bisweilen selbst ein halbes Fluchttier, hat sich ruckartig aufgesetzt und sofort Haltung angenommen.
„Entschuldige, Marcel", hat er gesagt. Und Zicki hat jetzt die ganze Szene vor Augen. Als erstes holt Wenner einen Taschenkamm aus der Brusttasche und ordnet sich das Haar. „Bin umgekippt, was?" Marcel lächelt schweigend auf ihn nieder.
„Geschieht mir ganz recht", sagt Wenner und stützt sich auf die unverletzte Rechte, um aufzustehen. „Ich kann mit diesem Messer nun mal nicht umgehen. Ist ein Erinnerungsstück. Schöne Erinnerung, hm? Danke für die Hilfe. Und nun habe ich dir alles eingesaut."
Wenners Blick ist strikt auf den Boden gerichtet geblieben, der von einem bordeauxroten, jetzt dunkel gefleckten Stück Auslegeware bedeckt ist.
„Mach dir keine Sorgen", sagt Marcel nonchalant. „Von dem Teppich habe ich noch viel. Das ist der aus dem Hotel Tänzer. Ich habe mir damals ein Riesenstück geholt, als es abgerissen wurde."
„Ach, deswegen kam er mir gleich so bekannt vor", sagt Wenner. Er hat diese verständnisinnige Art zu scherzen, die selbst einen Marcel aus der Reserve locken kann.
„Genau." Marcel strahlt Wenner an.
Wenner hat zum ersten Mal Gelegenheit, die unglaubliche Augenfarbe Marcels zu bemerken. Blaubraun, wenn es so etwas gibt.
Blaubraun! denkt Wenner. Wo gibt es denn so etwas! Ein blaues und ein braunes Auge, das hatte er schon gesehen, bei Elsbeth, einer Tante. Aber Blaubraun, das war etwas Erstaunliches. Und dieser Glanz, denkt Wenner, er scheint unmittelbar aus dem Innern gespeist zu werden, dem Innern

eines erfreuten Menschen. Er nahm sich vor, daran zu denken (was er dann künftig auch tun sollte). Wenner drückt Marcel beim Hinausgehen kurz die Hand. Er hat es geschafft, auch nicht den verstohlensten Blick durch das Vestibül schweifen zu lassen, wird er Zicki später erzählen – er habe das Gefühl gehabt, das gehöre sich nicht für einen ungebetenen Gast.

Zicki hat sich dem Stolleneingang, während ihr diese Erinnerung an Wenners unfreiwilligen Besuch bei Marcel durch den Kopf gegangen ist, bis auf wenige Schritte genähert. Ich bin ein gebetener Gast, denkt sie, doch nun überkommt sie ein plötzliches Schamgefühl. Gebetener Gast oder nicht, denkt sie, was anderes führte sie eigentlich hierher als pure Neugier? War es zu glauben, daß sie mit solcher Ungeniertheit darauf aus war, in die Privatsphäre eines Menschen einzudringen, der aus Gründen, für die sie sich zeitlebens geschämt hat, das Leben eines Waldschrats führte? Und warum bot er ihr das an? Woher wußte er das überhaupt? Sprang ihr die Neugier aus dem Gesicht?
Zicki schämt sich. Sie steht an die aus dicken Brettern gefügte Eingangstür vor dem Stollen gelehnt, und ihr heißes Gesicht sucht Kühlung am feuchten Holz. Ihr ist klar, daß sie wieder einmal unbedacht gehandelt hat. Oder jedenfalls gleich handeln würde, wenn sie jetzt die Tür öffnete und den Stollengang beträte. Das käme überhaupt nicht in Frage. Allerdings, denkt sie, als sie sich schon wieder halb abgewandt hat, muß ich Marcel meine Kehrtwende erklären, irgendwie, und wie soll er mir glauben, daß plötzlich das Schamgefühl über die Neugier gesiegt haben soll? Und überhaupt, denkt sie, und wendet sich zögernd wieder der Tür

zu, ich *bin* ja neugierig gewesen bis jetzt und werde wieder neugierig sein, später, und das wissen wir beide, Marcel ebenso wie ich. Fest steht: Zicki Backla ist neugierig, Marcels Wohnung kennenzulernen – ob ich nun hineingehe oder nicht. Entschlossen zieht sie die Tür ein Stück auf.

Ein Sesam hätte sie nicht in größere Verwunderung versetzen können. Marcels Höhle strahlt im Schein einer Vielzahl von Gasfackeln. Jetzt ist ihr endgültig klar, daß er für heute fest mit ihr gerechnet hat. Unausdenkbar, daß sie ihren Skrupeln gefolgt und wieder umgekehrt wäre! Einsam vor sich hin strahlende Begrüßungsfackeln eines Höhlenbewohners – was für eine traurige Vorstellung.

„Marcel!" ruft Zicki in die strahlende Leere des Vestibüls hinein – denn was Wenner, der überaus Diskrete, damals in Marcels Vestibül nicht gesehen hat, ist, daß es dort nichts zu sehen gab außer dem Tänzerschen Teppich, denn die Fackeln hat Marcel, wird er später erklären, erst beim Umbau des Bestattungsinstituts Lattwein in Altencell-Graberfeld ergattert.

„Marcel, ich fasse bestimmt nichts an, glaub mir. Und es ist auch nicht gewöhnliche Neugier, verstehst du das? Doch, das verstehst du, sonst hättest du mich gar nicht hereingelassen, glaube ich."

Es ist ungewöhnliche Neugier, ist ihr gerade erst aufgegangen. Ungewöhnliche Neugier hat sie hierhergetrieben. Stumm setzt sie den an Marcel gerichteten Monolog fort.

Ich habe in den letzten Wochen immer wieder so ein Bedauern verspürt, das mir die Kehle zugeschnürt hat. Ich weiß doch gar nichts mehr von dir. Und ich will mich jetzt auch nicht in dein Leben drängen, ich möchte nur sicher sein, daß dieses Eigenleben, das du führst, dieses Leben so ganz für dich, für dich das richtige Leben ist. Nicht nur ein

trauriges Leben, meine ich. Ich mache mir nicht wirklich Sorgen um dich, denn du wirkst stark und unabhängig, Marcel, aber ich habe mich doch geschämt, daß ich in den letzten Jahren so wenig Neugier für dein Leben empfunden habe. Und vorhin hat mich plötzlich diese Neugier selbst mit brennender Scham erfüllt. Doch jetzt freue ich mich darüber, daß du bereit bist, ein wenig von deinem Leben preiszugeben. Danke, Marcel, ich weiß deine Gastfreundschaft zu schätzen, wirklich, auch wenn du nicht da bist.
Sie schiebt den grünen Filzvorhang beiseite, der die eigentliche Wohnung verbirgt. (Ihn hätte Wenner, wenn er nur ein wenig den Kopf gehoben und über die Schulter zurückgeblickt hätte, damals schon sehen und behaupten können, er sei ihm, wie schon der Teppich, gleich so bekannt vorgekommen, hatte er doch ewige Zeiten im Windfang der Bierstube Lütje Lage gehangen, seit jeher die Stammkneipe der Tanner Freunde, und lange noch seinen Rauch- und Biergeruch bei Marcel verströmt.)
„Oh“, sagt Zicki und gleich noch einmal: „Oh.“
Gleich hinter dem Vorhang weitet der Stollengang sich zu einem großen rechteckigen Raum, der sich an seinem dämmrigen Ende wieder zu einem Gang zu verengen scheint. Nicht Fackeln erhellen ihn, sondern das milchige Gaslicht weißer Glaskugeln. Zicki verharrt eine lange Weile gleich hinter dem Vorhang und nimmt das Ganze in sich auf, die Wandlampen, das weinrote Meer der Tänzerschen Auslegeware. Sie kann sich nicht helfen, doch Marcels gute Stube erinnert sie vage an gewisse französische Postkarten, das Flair frivoler Etablissements, dem man automatisch Servierschürzchen, Champagnerkübel und chrysanthemengeschmückte Smokings von Lebemännern zuordnet.
Also, Marcel! denkt Zicki, plötzlich erheitert. Da bricht doch

tatsächlich tief im Stollen einer alten Silbermine, tief im waldigen Versteck eines Sonderlings das Postkartenfranzösische durch – dem allerdings, wie sie gleich darauf feststellt, speziell Deutsches als Erbteil der Mutter Ines Fitsche die Waage hält. Im hinteren, schummrigeren Teil des Zimmers erblickt sie eine Puppe, die in einem blauen Samtkleid an die Wand gelehnt am Boden sitzt und in der sie auf den ersten Blick die Schildkrötpuppe Gerda erkennt.

Genau die von Mama, denkt sie. Dicht neben der Puppe entdeckt sie noch einen kleinen, fast haarlosen Plüschbären.

„Ach herrje!“ sagt Zicki.

Angesichts dieser beiden wie ermattet an die Wand gesunkenen, lautlosen Lebensgefährten Marcels überkommt sie tiefes Mitgefühl. Sie wendet sich ab und läßt den Blick schweifen.

Fotos gibt es nicht, denkt sie. Es gibt überhaupt nicht viel. In dem großen, wie auch immer aus den Stollenwänden gekratzten Zimmer gibt es außer dem ergreifend stillen Paar nur noch ein Dutzend Gartenstühle, die ihm gegenüber zusammengeklappt an die Wand gelehnt stehen wie das Gestühl eines Biergartens, der für den Winter dichtgemacht hat. Daneben deutet sich hinter einem halbgeschlossenen Vorhang ein Nebengelaß an. Nur von nebenan fällt ein wenig Licht hinein, und Zicki erkennt eine Kochnische, die sich das tunnelartige Zimmerchen mit einer Schlafecke teilt. Säuberlich, ist das Wort, das Zicki auf Anhieb einfällt. Die graubraune Wolldecke liegt gefaltet am Fußende eines eisernen Bettgestells. Die Bettwäsche ist blauweiß kariert. Zicki erinnert sich, daß Marcel nach dem Verschwinden seiner Mutter noch eine Zeitlang in einem Schülerheim verbracht hat, bis er mit der Schule fertig war und sich seine Schlafplätze selbst suchen konnte.

Sie atmet hörbar aus und läßt den Vorhang los. Ganz am Ende des großen Raumes, dort, wo er sich wieder verengt, vermutet sie den Eingang zu einem weiteren, womöglich ebenso großen Zimmer.

Er hat aufgeräumt, geht Zicki plötzlich auf, er hat dieses piekfeine Etablissement für mich so hergerichtet, daß ich keinen Einblick in sein Privatleben gewinnen kann. Hah! Wahrscheinlich türmen sich weiter hinten in einem Labyrinth von blinden Stollengängen die wahren Schätze seines Lebens und fügen sich zu einer ganzen Sprache seiner Neigungen zusammen.

„Ach Marcel!" sagt sie. „Alles aufgeräumt! Das wäre wirklich nicht nötig gewesen."

Sie kehrt zum Stolleneingang zurück und zieht die Tür hinter sich zu. Sie ist froh, nicht vor der Zeit umgekehrt zu sein, auch wenn Marcel ihrer Neugier unmißverständlich Grenzen gesetzt hat. Es beruhigt sie auf seltsam familiäre Weise, daß Marcel Raplan-Fitsche es, wenn Besuch kam, hielt, wie die meisten Menschen – auch er stopfte sozusagen alles unters Sofa. Wenn es sie auch ein wenig betrübt, daß sie für ihn ein solcher Besuch ist, der sorgsam von aller privaten Unordnung ferngehalten werden muß – einiges hat er ihr doch immerhin gezeigt. Sie ist sein Besuch gewesen. Marcel hat Besuch gekommen. Sie fühlt sich ihm nah, wie seit vielen Jahren nicht mehr.

Bei Malte

„Marita, bist du da?" rief Magda ein paar Tage später, während sie einen schweren Einkaufskorb absetzte. Ott, möglicherweise aus einem Nickerchen aufgestört, denn sein

Haar war wirr, und er rieb sich die Augen, erschien hinter dem Treppengeländer des oberen Stockwerks.
„Sie ist bei Zicki", sagte Ott, „wegen irgendwelcher Kleider. Du wüßtest schon. Sollst nachkommen, hat sie gesagt."
Als Magda ihr Fahrrad um die Hausecke schob, standen Zicki und Marita am Zaun und musterten den Boden.
„Der Mutterboden ist gekommen", erklärte Marita.
„Ich habe Arno schon wieder bei Malte gesehen", sagte Magda.
Sie hatte ihren Korb aus dem Kofferraum gehoben, als sie Arno im Rückspiegel des Wagens erblickte. Er war gerade mit dem Oberkörper in seinem Pick-up verschwunden und dann mit einem großen braunen Umschlag in der Hand wieder daraus aufgetaucht. Sie hatte ihn beobachtet, bis er in Maltes Haus verschwunden war.
„Röntgenbilder", sagte Zicki.
„Ich frage Malte", erklärte Marita sofort.
„Der sagt doch nichts. Der hat ärztliche Schweigepflicht", widersprach Zicki.
„Aber Arno nicht. Dann frage ich eben ihn."
„Willst du nicht warten, bis er es selbst erzählt?"
„Arno? Der doch nicht. Wie der immer redet, wenn es um Krankheiten geht – ein kranker Mann ist ein toter Geschäftsmann oder so ähnlich hat er gerade neulich wieder gesagt."
„Aber wenn es etwas Ernstes ist, sollten wir das schon wissen", sagte Magda. „Arno meint immer, er kann vor sich hin mauscheln, weil er die meiste Zeit in Schroffezarge ist."
„Mauscheln kann man das wohl nicht nennen, wenn er am hellichten Tage einen Besuch bei Malte macht. So ein Auto fährt doch sonst kein Mensch weit und breit. Der will gesehen werden! Von uns!" sagte Marita und zog die Brauen zusammen.

„Das ist kein gutes Zeichen“, sagte Zicki.
„Laßt uns bloß nicht mehr schlecht von ihm reden, vielleicht hat er ja ganz was Schlimmes!“ Magda kaute nervös auf der Lippe.
„Bitte nicht“, sagte Zicki, „nicht schon wieder einer.“

Bei Ott

Am ersten fast sommerlich warmen Tag des Jahres, es ist Anfang Mai, überquert Wenner spätnachmittags die Straße und öffnet das Gartentor der Villa Polaczek.
„Ist Ott schon da?“ ruft er den Zwillingen zu, die, eine im Obergeschoß, eine im Erdgeschoß, dabei sind, Geranien in die Blumenkästen zu pflanzen.
„Er ist hinten im Garten“, rufen Magda und Marita, ausnahmsweise wie aus einem Munde.
Ott hängt mehr, als er sitzt, auf dem orangefarbenen Sitzsack, den er gerade noch vor einem weiteren Entrümpelungsanfall Magdas für sich gerettet hat. Er hat die Augen geschlossen und reckt das Gesicht der Sonne entgegen.
Wenner mustert ihn in aller Ausführlichkeit, bis Ott die Augen öffnet und auf den Korbstuhl neben sich zeigt.
„Du bist verschratet!“ sagt Wenner mit Kennermiene.
„Woran merkst du das?“ fragt Ott, der die Augen bereits wieder geschlossen hat.
„An Äußerlichkeiten, mein Freund. Allein schon diese Mütze –“
Ott streicht sich träge über die flache, blaßblaue Schirmmütze.
„Was ist mit der?“
„Sie ist – sie ist so schön. Sitzt du die morgens in Form?“

„Sie entspricht meinem Gemütszustand. Es ist alles so – so ruhig hier. Nichts rührt sich. Nicht wirklich."
„Malte rührt sich", schlägt Wenner vor.
„Malte zappelt. Aber er ist tüchtig."
„Und Zicki? Was ist mit der?"
„Ah, Zicki. Ich weiß nicht. Ist sie nicht, wie sie immer war? Ist sie nicht in Bewegung? Aber das weißt du ja wohl am besten." Ott „Crocodile" Polaczeck macht seinem Beinamen wieder einmal alle Ehre, als er die Augen gerade nur einen Spalt öffnet und einen starren Echsenblick auf Wenner richtet.
„Na, was ist?" fragt er schließlich, als Wenner nicht antwortet.
„Was soll sein? Ich weiß es noch nicht genau. Sie ist ja noch nicht lange wieder hier." Wenner legt die Hände an einander und blickt den Gartenweg hinunter.
„Und nun hast du dir gedacht: Ich nehme einen neuen Anlauf?" Ott hält die Augen wieder geschlossen.
„So weit habe ich noch nicht gedacht. Aber du weißt doch: Menschen ändern sich." Wenner lächelt zu seinem Freund hinüber.
Ott wirft ihm einen ungeheuer skeptischen Blick zu, scheint das Thema jedoch nicht weiter vertiefen zu wollen.
„Und wer sind *wir*, die Heimkehrer?" fragt er nach einer Weile.
„Wir sind das Wasser, das den Berg hinaufläuft."
„Zurück zu den Quellen. Meinst du das?"
„Mmh. So etwas in der Art. Aber ob das geht –"
„Es ist anstrengend, findest du nicht?"
„Auf jeden Fall anstrengender als damals bergab."
Wenner lehnt sich zurück, und beide halten die Gesichter der Spätnachmittagssonne zugewandt, bis sie, Augenblicke

später, hinter einem Wipfel verschwindet und den Garten in einen vergoldeten Schatten taucht.
Wenner stemmt sich aus seinem Korbstuhl empor.
„Komm jetzt, Ott", sagt er.
„Was ist?"
„Stammtisch ist, mein Freund."
„Richtig. Und Mai ist. Du hast nicht zufällig einen Einfall gehabt, den wir uns teilen könnten? Du weißt schon – es eilt nicht bis Mai, hat Zicki gesagt." Ott erhebt sich träge von seinem Sitzsack.
„Ich dachte, du hättest einen – ich war in letzter Zeit sehr beschäftigt, weißt du."
„Oh ja, den Eindruck hatte ich auch. Ich habe dich oft stundenlang aus dem Fenster starren sehen. Dem fällt bestimmt bald was ein, habe ich gedacht."
„Das heißt, du hast selbst oft stundenlang aus dem Fenster gestarrt. Da wirst du doch irgendetwas gedacht haben."
„Ich habe gedacht: Was denkt der da drüben bloß die ganze Zeit?"
„Vielleicht erzähle ich es dir mal. Aber nicht jetzt. Wir holen Magda und Marita, und dann brechen wir auf. Wir wollten doch zu Fuß gehen."
„Und zurück?"
„Nehmen wir Maltes Auto."
„Alle?"
„Alle. Das geht schon."
Sie gehen ums Haus.
„Das mit Arno weißt du?" fragt Wenner.
„Ja, ich habe mit den Zwillingen darüber gesprochen. Zicki hat mit Lilo und Erni darüber gesprochen. Und du hast vermutlich mit Zicki darüber gesprochen."

„Ja. Und was haben wir davon zu halten? Ist Arno sehr krank?"
„Vielleicht. Ich bin mir noch nicht schlüssig. Aber wir sollten uns darauf einstellen. Sagen wir mal: Wir sollten es in unserem Verhalten gegenüber Arno berücksichtigen."
„Heißt?"
„Nett zu ihm sein. Netter als gewöhnlich. Was weiß ich?"
„Das meint Zicki auch. Für alle Fälle, hat sie gesagt. Hoffentlich verträgt er das."

Stammtisch

Wie einladend ist doch der Stammtisch an sich! Man reißt oder drückt die Tür auf, winkt kurz zur Theke hinüber, geht ein paar Schritte nach rechts oder links, vielleicht auch geradeaus durch bis ins Hinterzimmer und setzt sich auf seinen bevorzugten Platz am Stammtisch. Einfach so. Feierabend! Möglicherweise hat man ja obendrein einen Stammplatz. Heute, im Lütje Lage, steht der Stammtisch gleich rechts vom Eingang in einer Nische. Es ist ein großer Tisch mit abgerundeten Ecken für zehn Stammtischbrüder und -schwestern. Bis auf die drei Stühle gleich vorn gibt es nur eine umlaufende Bank, auf der reichlich Platz für sieben Leute ist. Der Tisch glänzt erwartungsvoll. In einer Linie aufgereiht stehen geräumige Aschenbecher mit Streichholzbriefchen. Akkurat in der Mitte stapeln sich die Bierfilze. Namensschild oder Wimpel fehlen allerdings. Es steht nur ein Pappschildchen mit dem Wort *reserviert* darauf. Aber alles in allem ist das der Stammtisch an sich. Daran ändert sich noch nicht sehr viel, sollte man annehmen, wenn Arno, der heute der erste – und häufig der einzige ist –, sich mit einem befriedigten Ausschnaufen daran niederläßt. Soll er dort sitzen, ein Mann nach getaner Arbeit, und besinnlich über sein erstes Bier hinweg auf die Straße hinausschauen, von der die Gittertüllvorhänge nicht zuviel und nicht zu wenig preisgeben. Gerade richtig für einen, der die Entspannung sucht und nicht den Ausblick auf Kurgäste und Feinkost Ragulla. Doch Arno ist anders. Er hat noch kaum auf seinem Stuhl Platz genommen und bei Kutti, dem Wirt, durch ein kurzes Heben des Zeigefingers das erste Bier in Auftrag gegeben, als er auf seinem blanken Holzstuhl so weit herumrutscht, daß er den Eingang, die Theke und Kutti gleichzeitig im Blick hat. Das linke Bein weggestreckt, den rechten Arm über die Stuhllehne gehängt, sagt Arno: „Und wie läuft's so, Kutti?" und führt, obwohl am Tisch selbst noch allein, damit den Stammtisch seiner Bestimmung zu.

Kutti zapft Arnos erstes Bier und schaut an der Zapfsäule vorbei zu ihm hinüber. „Könnte schlechter sein", sagt er und macht ein schnalzendes Geräusch.

Einer von beiden wird demnächst das erste Gespräch in Gang bringen. Heute ist es Kutti. Immer weiter mit Arnos Bier beschäftigt, sagt er: „Was ich schon immer mal fragen wollte – vom Fall der Grenze habt ihr hier oben wohl nichts mitgekriegt, wie?" Kutti spricht ein wertneutrales Hochdeutsch. Nur ab und zu pflanzt er sein Fähnchen auf. *Nischt* hat er gerade gesagt.

„Wie kommst du denn darauf?" sagt Arno sofort. Das Thema liegt ihm offensichtlich.

„Ihr seid doch sowieso die ganze Zeit immer weiter zu Fuß über die grüne Grenze gegangen", sagt er. Schon steht Kuttis zweites Fähnchen.

„Jrüne Jrenze, jrüne Jrenze", äfft Arno den Wirt nach. „Wo denn? Wie denn?"

Kutti umrundet zum ersten Mal die Theke und stellt das Bier an Arnos Platz auf den Stammtisch.
„Na, ihr seid doch abends immer Bier holen gegangen im Osten, oder?“
Arno trinkt den ersten Schluck und blickt sekundenlang durch die Gardine auf die Straße hinaus. Dann nimmt er Kutti wieder ins Visier.
„Hah! Jetzt kommen die Harzer Volks- und Heldensagen. Die Bierholer. Erstens –“, Arno hebt einen Finger, „war das eine ganze Ecke weg und –“,er reckt den zweiten Finger empor, „zweitens auch nicht jeden Abend. Genau genommen war es nur an einem einzigen Abend. Und hier bei uns war weit und breit sowieso keine Grenze.“
„Na, dann habt ihr ja auch nischt davon mitkriegen können. Sage ich doch. Habt wahrscheinlich noch gar nicht gemerkt, daß sie weg ist.“
„Wir haben es im Fernsehen gehört, Kutti, und hören es immer noch. Täglich. Reicht das nicht?“
Erni, Lilo und Malte drängen durch die Schwingtür herein und schieben sich auf die Bank. Gleich darauf folgen Wenner, Ott und die Zwillinge. Kutti nickt ihnen freundlich zu. Gemächlich poliert er ein Bierglas.
„Wie der Berliner sagt –“
„Jetzt komm doch nicht damit schon wieder“, sagt Arno. „Wer hat je wissen wollen, was der sagt, der scheiß Berliner?“
„Ooch jut“, sagt Kutti und setzt damit das dritte, das entscheidende Fähnchen.
„Einstecken können sie wenigstens“, sagt Arno und wendet sich den anderen zu. „Unsereiner wäre da zehn Jahre lang beleidigt.“ Er trinkt und wischt sich den Schaum vom Mund.

„Nun sag schon, was er sagt, der Berliner“, ruft er in Richtung Theke. Doch Kutti eilt gerade hinaus, weil der Bierlieferant vorgefahren ist.

Ott hebt die Gardine ein Stück hoch, um besser hinaussehen zu können. „Roll out the barrel“, sagt er halblaut. Läßt er nun plötzlich doch den Weitgereisten durchschimmern? Die Zwillinge werfen einander einen fragenden Blick zu. Doch Ott hat nur zu sich selbst gesprochen. Er schaut immer noch hinaus.
„Du bringst mich drauf, Ott“, sagt Arno nach einem Weilchen. „Zicki ist zwar noch nicht da, aber wir können ja schon mal anfangen.
Ott läßt die Gardine fallen und wendet sich Arno zu. „Womit willst du anfangen?“ sagt er unwirsch.
„Du bist doch schon eine ganze Weile wieder hier und die Zwillinge und Wenner und Lilo schon ziemlich lange.“
„Ja, und?“
„Was habt ihr uns denn nun mitgebracht, ihr Heimgekehrten? Irgendwas werdet ihr doch mitgebracht haben? Sonst hättet ihr ja gleich hierbleiben können. Außerdem gehört sich das doch wohl so – Mitbringsel für die Daheimgebliebenen, die treue Wacht gehalten haben.“
„Treue Wacht – hah!“ Das spöttische Gelächter der Heimgekehrten zeigt Arno, daß ihm der erste Zug gelungen ist. Er öffnet den Mund, um den nächsten zu tun tun, doch Erni ist schneller. Erni macht keine Züge. Sie hat einfach nur etwas auf dem Herzen.
„Ich wäre auch gern ein wenig weiter weggegangen als bis Hildesheim“, sagt sie. „Ich meine, ich wäre selbst gern richtig weggegangen und hätte ein ganz neues Leben angefan-

gen. Aber ich mußte mich doch um Mutter kümmern. Darum habe ich auch nichts Richtiges gelernt."
„Nichts Richtiges gelernt? Du hast doch die Hauswirtschaftsschule in Hildesheim abgeschlossen, Erni. Das ist doch nicht nichts!" Lilo tätschelt ihrer Freundin die Hand.
„Ja, schon. Ich hätte nur gern etwas Richtiges gelernt – nicht auf der Puddingakademie, meine ich. Seht euch doch mal Hedel an – die kocht zehnmal besser als ich. Ohne Puddingakademie."
„Und seht euch mal die Zwillinge an", sagt Malte, doch es klingt zahm, und er hebt sofort die Hände zum Zeichen des Verzichts. Zu spät.
„Ja?" fragt Marta.
„Wir hören", sagt Marita.
„Ich wollte nur sagen – ihr habt doch beide studiert, richtige Vollakademikerinnen seid ihr. Ist dabei denn nun auch doppelt soviel herausgekommen – ich meine, hat sich das denn nun gelohnt, gleich zweimal und zweimal beinah dasselbe?"
Erstaunlicherweise sehen die beiden Zwillinge sich bloß an und kichern.
„Na, was denn nun? Das würde mich jetzt doch auch mal interessieren", sagt Arno.
„Nö", sagt Marita und kichert weiter.
„Hat einfach Spaß gemacht", sagt Magda und kichert mit.
„Das will ich doch hoffen", sagt Ott, ganz der wohlwollende Vetter.
„Verstehe, Mädels – außer Spesen nichts gewesen. Und dann habt ihr einfach geheiratet, wie?"
„Genau", sagt Marita, „jede hat einfach einen geheiratet." Nun prusten sie beide los.
„Haltlos", sagt Malte und verdreht die Augen.

„Und Kinder gekriegt?“ Arno bleibt gern noch ein bißchen bei seinem Thema. Man sitzt ja schließlich am Stammtisch.
„Und Kinder gekriegt, Arno, genau wie du.“
„Nur umständlicher.“
„Das ist doch ehrenwert“, sagt Ott. „Eine Sache angefangen – eine Sache zu Ende gebracht. Die nächste Sache angefangen. So geht das gewöhnlich, Arno“, sagt Ott.
„Und dann habt ihr euch wieder scheiden lassen?“ Arno überhört Otts Spitze.
„Genau“, sagt Magda und wischt sich die Lachtränen aus den Augenwinkeln.
„Und jetzt findet ihr das alles nur noch zum Kichern, oder wie?“
Die Zwillinge kreischen vor Lachen. Arno schüttelt den Kopf.
„Ich geb's auf. Kann mir mal einer erklären, was in die gefahren ist? Und dann wundert ihr euch, daß ich nie geheiratet habe.“
„Das wundert uns schon lange nicht mehr, Arno“, sagt Wenner. Er hat sich sich an die hölzerne Trennwand zurückgelehnt und das Geplänkel entspannt verfolgt.
„Das war ja auch gar nicht das Thema. Ich wollte nur mal hören, was euch die langen Jahre in der Ferne gebracht haben. Als persönlichen Gewinn, von dem auch wir – Malte, Erni und ich – vielleicht etwas profitieren könnten.“
„Ja, was ihr uns mitgebracht habt“, bekräftigt Malte.
„Entschuldigt“, sagt Marita, „aber darüber haben wir noch gar nicht nachgedacht. Wir dachten, es reicht, daß wir wieder da sind.“
„Reicht das nicht?“ fragt Magda und blickt in die Runde.
„Doch, doch“, sagt Malte. „Mir reicht das vollkommen. Ihr

seid die Sonne meines Alters, gar keine Frage. Das ist ja auch ein Geschenk."

„Zwei Frauen, eine Sonne", sagt Arno. „Und du, Ott Crocodile, du hast wohl nicht zufällig etwas dazu beizutragen? Oder kicherst du auch nur noch?"

„Ich kichere viel, aber nicht nur. Ich bitte jedoch um etwas Bedenkzeit. Wer ahnt denn, daß wir hier heute gegrillt werden sollen."

„Von denen, die die ganze Zeit treue Wacht gehalten haben", sagt Wenner.

„Jetzt fang du auch noch an, die Seßhaften anzuschießen", sagt Arno. „Ich habe nun mal mehr Sinn fürs Geschäftliche. Da muß ich doch nicht hunderte oder tausende von Kilometern weit weggehen, um mir etwas aufzubauen. Wo ich hier jeden Meter Boden kenne."

„Wo er hier jeden armen Tropf kennt, dem er einen Gebrauchten andrehen kann", sagt Ott.

„Oder einen Neuen", sagt Arno selbstzufrieden. „Das Neuwagengeschäft ist das Kerngeschäft, liebe Freunde. Und das läuft. Und ich habe zwar nichts mitgebracht, aber eisern den Beutel zugehalten. Damit ich mit vollen Händen würde austeilen können, wenn die staubigen, durstigen, abgebrannten Akademiker zurückkehren würden. Ist es nicht so?"

„Staubig, durstig, abgebrannt – so ist es Arno. Du bist ein echter Gönner", sagt Wenner.

„Und ein wahrer Freund", beeilt Ott sich hinzusetzen.

„Und wenn ich dazu auch mal was sagen dürfte", sagt Malte. „Ärzte werden überall gebraucht. Und besonders hier oben, wo alles so weit verstreut ist. Ich bin ganz schön nützlich, wißt ihr!"

„Arzt ohne Grenzen", sagt Ott.

„Kann man so sagen. Ihr habt es doch irgendwie schlau an-

gefangen – habt euch ausgelebt, und nun kommt ihr wieder heraufgeschnauft und rennt mir die Bude ein."
„Heraufgeschnauft! Ich hab mir von dir noch nicht mal den Blutdruck messen lassen, du Urwalddoktor!" Auch Maltes Selbstanpreisung sorgt für Heiterkeit.
„Wirt Kutti", ruft Arno, „Wirt Kutti –"

Grüne Baracken e.V.

Ein Schwall milder Abendluft dringt herein, als Lellek und Zicki die Schwingtür aufstoßen.
„Na, endlich", sagt Ott. „Uns gehen allmählich die kontroversen Themen aus."
„Herr Wirt", ruft Arno lauter, „wir hätten gern fünfzig Lange und fünfzig Kurze – in fünf Runden über den Abend verteilt. Fang schon mal an, ja? Die erste Runde geht auf mich. Und die restlichen vier dann vermutlich auch – über den Abend verteilt."
„Die erste ist schon in Arbeit", sagt Kutti.
„Und was waren bisher die kontroversen Themen?" fragt Lellek, die am hinteren Ende des Tisches auf der Bank Platz genommen hat.
„Ach, es war eigentlich nur ein kleiner Informationsaustausch zwischen Heimgekehrten und ...", wiegelt Ott ab.
„... und Zurückgebliebenen", vollendet Arno den Satz.
„Das hast aber du jetzt gesagt", sagt Lilo.

Wenn zehn Menschen eine Minute stumm um den Tisch herum sitzen, kommt schon ein ganz beachtliches Schweigen zusammen. Am Stammtisch zumal, wo, wie man

gerade erleben konnte, gewöhnlich ein Wort das andere gibt. Nun, dieses eine Wort vor dem anderen bleibt solange aus, bis Wenner die Brauen hochzieht und Ott auffordernd anstarrt.
„Was ist, Ott? Wolltest du nicht eine Erklärung abgeben?"
„Eigentlich ungern", sagt Ott und sieht Zicki verlegen an. „Also, was die Geschichte mit deinem … mit dem freien Platz hinter der Sägewerksvilla angeht, so muß ich gestehen, daß mir die zündende Idee noch immer nicht gekommen ist."
Das Gemurmel allgemeiner Zustimmung bewirkt, daß er sich aufrichtet und mit fester Stimme sagt: „Ich beantrage Fristverlängerung."
„Abgelehnt", sagt Wenner prompt. „Wer jetzt keinen Einfall hat, der kriegt auch keinen mehr."
„Wenn wir bis Ende Juni fertig sein wollen, müssen wir langsam zur Tat schreiten", stimmt Lilo zu.
„Gott, ist das peinlich", sagt Erni.
„In der Tat", sagt Malte. „Zehn Personen haben sechs Wochen lang keinen einzigen Einfall. Das ist mehr als peinlich."
„Was ist mit unseren Gehirnen geschehen?" sagt Magda.
„Sind die geschrumpft?" sagt Marita.
„Auf die Größe einer Erdnuß", sagt Ott. „Das kommt von der Waldesruhe."
„Nach etwa vier Wochen Ruhe erschlafft alles. Und schrumpft", sagt Lilo und sieht Zicki bittend an. Zicki nickt zustimmend.
„Als ob man in Gips läge", empört sich Magda.
„Davon kommen unsere Defizite. Das ist wissenschaftlich erwiesen, habe ich recht, Malte?" Erni sucht fachlichen Beistand.
Malte entblößt nur kurz seine großen Zähne, ehe er nickt. „Ich schätze mal, die kommen vom Flüssigkeitsmangel.

Dehydrierung nennt man das – Kutti, wo bleibt unsere Runde?" Für Arno ist die Waldesruhe offensichtlich kein Thema.
„Ist unterwegs", sagt Kutti und naht mit einem vollbeladenen Tablett.

„Ich habe eine halbe Idee", sagt Wenner irgendwann. „Ich möchte darüber jedoch noch nicht sprechen. Es soll eine Überraschung werden. Nichts Riesiges, nichts Besonderes. Nur eine kleine Überraschung."
„Überraschung für wen eigentlich?" fragt Malte.
„Vor allem für uns, dachte ich. Wir überraschen uns selbst, wenn man so will." Wenner bedenkt Zicki mit einem raschen Blick, die ihm ermunternd zulächelt.
Alle Blicke bleiben auf ihn gerichtet. Doch Wenner scheint dem nichts hinzufügen zu wollen.
„Mein Gott, Wenner, nun sag schon." – „Was soll das denn sein, eine halbe Überraschung?" – „Eine halbe Idee, hat er gesagt, nicht eine halbe Überraschung." – „Nichts Riesiges, nichts Besonderes?" – „Und für uns selbst?" – „Der sagt es nicht, der Kerl."
„Jetzt sag du doch mal was, Zicki", sagt Malte schließlich.
Zicki legt die Hände auf den Tisch und blickt bescheiden darauf nieder.
„Ich? Ich stelle doch nur den Platz. Und außerdem habe ich schon etwas gesagt – zu Wenner neulich."
„Wie schön! Was hat sie denn neulich zu dir gesagt, Wenner?"
„Das kann ich leider nicht sagen. Das ist schon Teil der Überraschung. Wie gesagt – nichts Großes, nichts Besonderes ..."

„Das wissen wir schon, Wenner. Geht es nicht etwas genauer?"
„Eins scheint mir allerdings unumgänglich – gewisse, wie hast du neulich so schön gesagt, Arno? –, gewisse Kommoditäten werden wir mit Sicherheit brauchen. Deshalb ist dein Vorschlag –"
„Seht euch mal Arnos Gesicht an!" ruft Malte.
„Er wittert Morgenluft", sagt Ott.
„Grüne Baracken", sagt Arno voller Genugtuung, „e.V."
„Schon wieder diese Baracken –". Wie auf ein vereinbartes Zeichen treten die Zwillinge Malte unter dem Tisch auf den Fuß, als er dazu ansetzt, seinem Barackenabscheu Ausdruck zu verleihen. Er verstummt. „Was wollt ihr denn?" murmelt er und blickt Magda und Marita verständnislos an.
„Das kann doch auch etwas sehr Schönes sein, solche grünen Baracken", sagt Zicki schnell.
„Sowas braucht man doch immer. Dafür sollten wir Arno eher dankbar sein", sagt Lilo und sieht Malte durchdringend an.
Arno sieht sich durch die unerwartete Rückendeckung dazu ermutigt, die Sache in seinem Sinne voranzutreiben. „Und ein Verein sollte das werden!" fordert er.
„Also nee, Arno, jetzt ist mal Schluß", protestiert Ott. Wenner tritt ihm sofort auf den Fuß.
„Na schön, im äußersten Notfall ...", korrigiert sich Ott.
„Was denn für ein äußerster Notfall?" fragt Malte.
„An sich hasse ich Vereine", sagt Lilo, die Maritas Fuß bereits auf ihrem spürt. „Aber wenn es dir sinnvoll erscheint, Arno ..."
„Was für eine gute Idee, Arno", sagt Zicki, „Das ist doch nur vernünftig. Dann bekommt das Ganze eine gewisse Form, findet ihr nicht auch?"

„Und einen Kassenwart, wie schön", sagt Malte spöttisch.
„Betrachte dich als gewählt", sagt Ott.
„Nee, laß mal, ich bin viel zuviel unterwegs."
„Das klingt richtig gut: Grüne Baracken e.V." Marita läßt sich nicht lumpen.
„Freust du dich, Arno?" fragt Erni und fängt sich für ihren übertriebenen Eifer einen kleinen Tritt von Lilo ein.
„Ja", sagt Arno, und sein Gesicht färbt sich wieder einmal dunkelrot. Alle Blicke richten sich auf ihn. „Ich leugne es nicht: Ich will diesen Verein. Ich wollte immer schon einen Verein. Keinen Traditionsverein, das gibt mir nichts. Mir geht's auch nicht mehr so doll, und ich möchte etwas Bleibendes schaffen, nicht einfach nur Kinder ..."
„Also Arno!" – „Nun hör aber auf!"– „Was soll das denn heißen?"
Arno setzt eine scheinheilige Miene auf und zeigt wie zum Beweis die leeren Handflächen vor. „Bleiben Kinder denn etwa? Nee. Die gehen. Das ist ja auch der Sinn der Kinderaufzucht, oder nicht?"
„In Italien bleiben sie oft bis vierzig, habe ich gelesen", sagt Lilo abwiegelnd. „Jedenfalls die Jungs. Stimmt das, Zicki?"
Zicki überlegt. „Bis achtunddreißig, glaube ich. Bis dahin müssen die Eltern zahlen. Habe ich jedenfalls gehört."
„Ich fände es schön, wenn meine beiden so lange geblieben wären", sagt Magda.
„Ja, spinnst du jetzt?" Marita ist fassungslos. „Mit fast dreißig sollten die immer noch bleiben? Du hast doch ständig gesagt: Wenn sie irgendwann zurückkommen, meinetwegen – aber erst müssen sie raus."
„Das finde ich auch immer noch. Trotzdem fände ich es schön, wenn sie noch geblieben wären. So im Nachhinein,

meine ich. Ich weiß selbst, wie furchtbar das in Wirklichkeit geworden wäre."
„Ich war zeitlebens in keinem Verein und wollte schon gar keinen gründen. Im Gegenteil, ein gewisses Vereinssterben erschien mir geradezu erstrebenswert. Doch Arno wünscht sich nun mal diesen Verein, und weil er sich sonst nie etwas wünscht, bekommt er ihn. Ich bin dabei, Arno." Wenner prostet Arno zu.
Arnos Augen glänzen. Er drückt das Kinn an die Brust und winkt Kutti herbei.
„Hast du sonst noch irgendwelche Wünsche, Arno? Ich meine außer den Baracken und einem Verein?" fragt Ott mit halbgeschlossenen Augen und läßt den Echsenblick auf Arno ruhen.
„Keine weiteren Wünsche." Falls ein Hauch von Ironie in Otts Worten gelegen haben sollte, hat Arno jedenfalls nichts davon mitbekommen.
„Oder doch – ich wünsche mir, daß dieser Verein die Killerbiene unter den Harzer Vereinen wird. Werde ich verstanden?"
Das verblüffte Schweigen, das sich um den Tisch ausbreitet, zeugt eher vom Gegenteil.
„Killerbiene", sagt Wenner schließlich. „Was soll sie denn killen, deine Biene?"
Arno schweigt. Womöglich weiß er das selbst noch nicht so genau.
„Ja, Arno, weih uns mal ein – was soll sie killen? Alle anderen Vereine? Alle Akademiker vielleicht?" schlägt Ott vor.
Arno grinst breit bei dieser Vorstellung.
„Dann hättest du wirklich etwas Bleibendes", sagt Wenner.

„Einen bleibenden Schaden", sagt Lilo.
„Oder killt sie sich selbst?" schlägt Malte vor.
„Nur im äußersten Notfall", meldet sich Lellek zu Wort und schlägt die Hände vors Gesicht, um ihr Lachen zu verbergen.
„Nun nehmt ihn doch nicht so in die Zange." Erni kommt Arno zu Hilfe. „Er ist doch bestimmt selbst überrascht von … von seiner Überraschung."
„Es geht mit Riesenschritten voran", sagt Wenner und reibt sich die Hände. „So ein Verein ist doch vielseitig verwendbar. Das kommt dann schon alles von selbst."
„Von selbst? Hast du gekokst, Wenner?" sagt Malte.
„Es soll ja nichts Riesiges, nichts Besonderes werden. Ein Gründungskomitée wäre allerdings hilfreich."
„Betrachte dich als gewählt, Wenner", sagt Ott.
„Laß mich jetzt nicht hängen, Ott", sagt Wenner.
„Lellek hat auch noch eine halbe Idee", sagt Zicki.
„Dann laß ich mich am besten mal überraschen", sagt Arno erleichtert. Harte Fakten sind geschaffen worden. Halbe Ideen sind nicht so sein Fall.
„Und daß ihr ja erstmal Stillschweigen bewahrt und nichts nach außen dringen laßt", mahnt Wenner.
„Soll ich mal lachen?", sagt Ott. „Und jetzt bitte den Leichenzug, Kutti. Die nächste Runde geht auf mich."
Arno legt die Hand ans Ohr, als habe er nicht richtig gehört.
„Es geschehen noch Zeichen und Wunder", sagt Wenner.
„Wer fährt eigentlich?" fragt Malte.
„Du", sagt Ott. „Aber wir helfen mit. Und es geht eigentlich immer geradeaus. Am besten im Schrittempo."
„Wir dürfen jetzt keinen verlieren", sagt Magda.

„Das wäre fatal“, sagt Marita.
„Dann mal zum Wohl“, sagt Kutti.

Wir wolln im grünen Wald ein freies Leben führen

Gemeinhin gilt die Stammtischphilosophie nicht als etwas sehr Feines, was wohl an der stammtischinhärenten Neigung liegen dürfte, im Laufe eines langen Abends immer wieder einmal eine Philosophie der kurzen Wege hervorzubringen.

Am Stammtisch im Lütje Lage, an dem die Freunde seit wer weiß wievielen Jahren endlich einmal wieder vollständig versammelt gewesen sind, hat es heute keine Philosophie der kurzen Wege gegeben. Da hat weiß Gott ein anderer Wind geweht. Doch der Stammtisch hatte auch andere Zeiten gesehen. Zeiten, in denen es härter zugegangen war. Zeiten, in denen sie zu viert, fünft oder sechst oder gar nur zu zweit erbittert gestritten hatten. So hatte es beispielsweise, wenn Zicki sich zu Besuch in Hohe Tannen aufhielt, oder auch kurz danach immer wieder Auseinandersetzungen wegen des Backlaschen Sägewerks gegeben.

„Je mehr du hier reibst, desto mehr scheint es durch, Arno. Verdammt, nun sieh es doch endlich ein.“ Doch, verdammt, er sah es nicht ein. Er sah überhaupt wenig ein, Arno von Fiselek, das war schon immer so gewesen und hatte sich mit den Jahren, da er sich unter Wert behandelt fühlte, nur noch verstärkt. Dann war er eine Zeitlang tatsächlich derjenige gewesen, der treue Wacht gehalten hatte. Er meist allein, dann wieder einmal mit Malte Warrentei. Er hatte den Stammtisch freigehalten, wenn man so sagen kann. Oder besetzt.

Und wir haben gesehen, welche Fertigkeit Arno darin erlangt hatte, ihn notfalls auch allein in Gang zu setzen, indem er eine, ja, so etwas wie eine kleine Filiale aufmachte und den Wirt kurzerhand einbezog. Sehr wacker, Arno, aber ein bißchen trist war es doch, wenn so gar keiner von den Freunden kam, wie?
Nun, jetzt sind wieder andere Zeiten.

Die Freunde stellen während ihrer gefahrvollen Heimfahrt solche Überlegungen an, sofern sie dazu noch imstande sind. Die körperliche, in unterschiedlichem Maß auch die geistige Verfassung der sieben, die sich in Maltes alten Volvo Kombi hineingezwängt haben, ist nicht gut, besonders die von Ott nicht, der offenbar ein Opfer der letzten Runde geworden ist, die obendrein auf ihn gegangen war – na! Das wird er sich künftig noch mal überlegen. Jedenfalls hat er sich auf dem kurzen Weg vom Lütje Lage zum Auto schon an der einen Frage festgeklammert: „Soll ich mal lachen?" Und „Soll ich mal lachen?" hat er auch im Auto noch ein paarmal gesagt, bis er sich endlich eingelullt hat und an Lilos Schulter gesackt ist. Wenn es um die Verfassung der sieben allgemein nicht so gut bestellt ist, so tut das der besonderen Stimmung doch keinen Abbruch. Das gilt für Erni, die „mitten in Maltes Krempel", wie sie naserümpfend festgestellt hat, im Gepäckraum hockt und irgendetwas vor sich hinsummt, ebenso wie für die übrigen Insassen, sofern sie noch wach sind, und durchaus auch für Malte, einst ein leidenschaftlicher Chorknabe, dessen Traum vom Heldentenor so lange schon ausgeträumt ist und der nun immer mal Fetzchen des Liedes *Wir wolln im grünen Wald …* laut heraussingt, ehe er wieder in seine Gedanken versinkt oder prüfende

Blicke in den Rückspiegel wirft, in dem sich sowohl der Scheitel der summenden Erni als auch das mondblasse Gesicht Zickis am Steuer ihres VW-Busses betrachten läßt. Malte, der die Spur für sie macht, wie er prahlerisch angekündigt hat, sieht dort hinten in keinem Augenblick etwas wie auch immer Bedrohliches. Zicki blickt angestrengt geradeaus und hält das vorgegebene Beinah-Schritttempo, während Lellek auf dem Beifahrersitz gestenreich durch den spärlich belaubten Mahonienstrauch hindurchplaudert, der zwischen ihnen thront. Bis auf den letzten Zentimeter haben die beiden am Nachmittag den VW-Bus mit Sträuchern und Bäumchen beladen, die Zicki – „nur, um schon mal anzufangen", wie sie erklärt hat – rund um den Hof hinter der Villa pflanzen will.

Jetzt denkt sie darüber nach, wie Wenner sich heute abend präsentiert hat. Hoffentlich hält das auch an, denkt sie.

Lellek sagt: „Ich sehe Werner in großer Form. Hoffentlich hält das an."

Durch den Mahonienstrauch hindurch streckt sie die Hand aus, um Zicki über die Wange zu streichen.

Was machen die denn jetzt da?, denkt Malte. Ach, natürlich, Zicki ist ja seit kurzem verwaist. Da konnte man jede Art von Zuspruch gebrauchen. Er selbst ist zwar nicht richtig verwaist, seine Eltern leben nur auf Mallorca, aber ein bißchen Zuspruch ab und zu – „Erni, ich brauche Zuspruch", ruft er nach hinten.

„Du fährst wie ein junger Gott", antwortet Erni prompt. „Aber ein bißchen weniger kleinlich mit Arno hättest du heute abend schon sein können. Ausgerechnet du solltest doch Verständnis haben!"

„Mein Gott, geht das schon wieder los – die reinste Arnomanie! *‚Das kann doch etwas sehr Schönes sein, solche grünen*

Baracken, Arnolein … Du wünschst dir einen Verein, Arno – ich bin dabei … Hast du noch einen Wunsch, Arno? …'" Aus dem Gepäckraum und von der Hinterbank ist Kichern zu hören. „Und wieso soll ausgerechnet ich Verständnis haben – ich wünschte, ich fände mal selbst soviel Verständnis bei euch!"
„Findest du schon, Malte, wenn es soweit ist. Immer der Reihe nach", sagt Lilo.
Malte denkt darüber nach. Irgendwie hat er den ganzen Abend lang das Gefühl gehabt, nicht ganz im Bilde zu sein. Mit der haltlosen Albernheit der Zwillinge hat es schon angefangen. Ein geschlossenes System. Aufreizend. Da paßt kein Blatt Papier dazwischen, denkt Malte. Außer Ott natürlich. Aber der war ja schon vorher da. Er wirft einen kurzen Blick in den Rückspiegel und sieht Magda selig lächelnd auf den Knien Maritas. Selig sind die Bekloppten, hätte er fast gesagt, aber nur fast. Er ist wohl selbst etwas selig heute abend, muß er sich eingestehen. Und etwas bekloppt, zweifellos. Arno ist aber noch bekloppter gewesen, findet er. Was fällt dem ein, sich ständig mit seinen Baracken ins Gespräch zu bringen? Und jetzt will er auch noch einen Verein. Einfach so – was ist bloß in den gefahren? Was ist überhaupt in alle gefahren – erst die Zwillinge, dann Lilo und Erni, die ihn plötzlich zu treten angefangen haben, Wenner, der jede Bodenhaftung verloren zu haben schien, Zicki mit dieser nie erlebten Schafsgüte, mit der sie Arnos irrwitzigen Wünschen entgegengekommen ist, und ach ja, gleich zu Anfang Ott – was hat der denn plötzlich gehabt, als der Bierkutscher kam? Nur Lellek, die war als einzige – nein, Moment mal! Selbst Lellek hat plötzlich die Hände vors Gesicht geschlagen, um ihr Lachen zu verbergen. Das wird sich alles aufklären, denkt Malte. Es eilt ja gar nicht so – alle sind ja da und werden da-

bleiben. Das muß er erst einmal begreifen. Doch schon diese Einsicht stimmt ihn froh.

„Wir wolln im grünen Wald ein freies Leben führen", singt Malte, diesmal aus voller Kehle. Wenner neben ihm fährt zusammen und selbst Ott schreckt von Lilos Schulter empor. „Soll ich mal lachen?" sagt er mit schwerer Zunge. Doch niemand achtet darauf. Malte ist jetzt wieder ein Sänger, das wissen alle. Das ist zu respektieren. Ein fahrender Sänger, oder ein singender Fahrer. Das ist auf jeden Fall zu respektieren.

Großwetterlage

Ein kurzes schönes Frühjahr war alsbald in einen ungewöhnlich warmen Frühsommer übergegangen. So etwas bleibt nicht unbemerkt und nicht unbesprochen. Das ist in Hohe Tannen und Umgebung nicht anders als irgendwo sonst auf dem Erdball.

Die anfängliche Freude der Tanner darüber, daß sie im April schon die dicken Mäntel, im Mai schon die Jacken ablegen konnten, wich allmählich der Besorgnis über den „irgendwie übertriebenen" Mangel an Regen, und der Blick der Freunde richtete sich immer häufiger nach oben, auf das unerhörte Himmelsblau.

„Wie gemauert", sagte Arno und meinte das unverrückbare Hoch. Jeden Morgen warf er schnaufend sein Jackett auf den Beifahrersitz.

„Wenn man bloß nachher nicht alles wieder auf einmal runterkommt", sagte Erni, die bereits so früh im Jahr jeden

Morgen ihre Vorgartenbeete wässerte, ehe sie mit Lilo nach Auerhahn-Geißensprung aufbrach.
„Beschrei's nicht, Erni“, sagte Lilo, die auf der Vortreppe stand und ihre nackten Zehen musterte. Zum ersten Mal trug sie heute Sandalen.
„Nun sieh dir den an“, sagte Magda gegen Mittag zu Marita, die neben sie ans Fenster trat. „Wie ein Pottwal.“ Ott lagerte fast reglos unter einem Sonnenschirm auf seinem Sitzsack. Sein Hemd lag neben ihm am Boden, Socken und Schuhe hatte er abgestreift. Ab und zu lupfte er die Beine seiner geräumigen Shorts.
„Er verschafft sich Luft von unten“, sagte Marita.
„Viel mehr kann er auch nicht ausziehen“, sagte Magda.
„Ich glaube, die Hitze hier oben mag er nicht so. Er schläft nicht gut, glaube ich. Ich höre ihn in letzter Zeit nachts immer wieder im Haus herumwandern.“
Malte als einziger kannte kein Wetter, kein zu warmes und kein zu kaltes. Ohnehin hielt er sich alltags kaum im Freien auf. „Er hat nichts zum Schwitzen“, sagte Erni, wenn sie ihn dieser Tage sah. Wie aus dem Ei gepellt sah er noch nachmittags aus, wenn er im Laden vorbeischaute.
Und Zicki hatte diesmal keine Zeit, sich um das Wetter zu kümmern. Sie nahm es als selbstverständlich hin, was es nicht war, und pflanzte. Sie pflanzte, hackte und goß wie im Rausch. Ende Mai war sie zur Hälfte herum, bereits ganz hinten an der Pforte zum Gemüsegarten. Manchmal gegen Abend, wenn sie sich aufrichtete, um zum Wasserhahn zu gehen, kam Marcel durch den Garten auf sie zu. Er nahm den Schlauch und sagte: „Das sieht schön aus, Zicki“, und Zicki freute sich. Manchmal, wenn sie sich aufrichtete, sah sie auch Wenner auf der Vortreppe sitzen und zu ihr hinüberschauen. Wenn er ihr zuwinkte und rief: „Das wird

sehr schön, Zicki!“ oder „Ich bin schwer beeindruckt, Zicki!“, freute sie sich fast noch mehr und dachte an das neue Kaleidoskop, das er ihr im März geschenkt hatte. Und wenn sie dann den Blick auf das Küchenfenster richtete, hinter dem Hedel an ihrem Herd stand und aufmunternd zu ihr hinablächelte, dachte sie: Da freust du dich, du alte Kuppelmutter.

Der Mann mit dem hölzernen Schwert

Häufig fahren alle drei Polaczeks nach Auerhahn-Geißensprung, um einzukaufen. Nur so das Nötigste, denn den Wocheneinkauf machen sie in Altencell-Graberfeld, den Monatseinkauf in Gos. Seit die Tage wieder länger sind, fahren sie nachmittags. Vormittags haben die Zwillinge ziemlich viel im Haus zu tun, während Ott „da oben irgendwas macht“, wie sie sagen. Aber Hausfrauendasein hin oder her, für zwei flinke Frauen reicht die Arbeit dann eben nur für einen halben Tag. Da können sie zweimal wischen und wedeln und Teekuchen backen und saisonale Aufgaben – Einmotten! Ausmotten! – aufspüren vom Keller bis unters Dach, irgendwann wird die Arbeit knapp. Dann müssen sie raus, dann wollen sie raus. Sie machen Besuche. Sie machen Besorgungen. Sie tun das in aller Ruhe und mit Genuß. Und Ott nehmen sie mit. Ott muß auch raus, finden sie, damit er nicht komisch wird. So ganz trauen sie dem Frieden nicht. Neulich zum Beispiel – „Roll out the barrel“, hat er plötzlich beim Anblick des Bierkutschers gesagt. Zwar nur für sich, aber er hat es gesagt. Magda und Marita wissen, was das heißt: Roll out the Barrel, das ist die Bierpolka, das ist eine Erinnerung an Australien. Nun gut, daran darf sich jemand, der dort als Bräutigam einst die Bierpolka getanzt hat, schon einmal erinnern. Alarmiert sind seine Kusinen noch nicht. Doch sie haben ein Auge auf ihn. Nur so ganz nebenher. Geht das jetzt wieder los? Magda und Marita möchten das nicht. Sie möchten den Vetter im Haus haben. Sie finden das schön. Und deshalb haben sie, ganz nebenher, ein Auge auf ihn.

Und so fragt Marita, nachdem sie vergeblich in der Kurhalle nach Ott Ausschau gehalten hat, wo er zumeist sitzt und Zeitung liest, während sie das Nötigste einkaufen: „Wo ist Ott?" Magda hebt die Schultern. „Vielleicht spazieren. Es ist doch so schön heute." Es ist schön, noch schöner als all die Tage zuvor in diesem ungewöhnlich schönen Frühjahr. Noch wärmer. Doch die Sonne steht bereits hinter den Wipfeln, denn die Zwillinge haben sich, wie so oft, bei Erni und Lilo ein wenig verplaudert. Sie wenden der Kurhalle den Rücken zu und schlendern zum Kurpark. Die Schwäne hat man längst wieder in den Kurteich gesetzt, die rotblühenden Rabatten glühen im Abendlicht. Kurgäste wandern gemächlich der Straße zu, denn die Tischzeit naht. Magda und Marita stehen auf dem Wildschweinhügel, einer Erhebung von einigen Metern, auf der ein bronzener Keiler steht.

„Siehst du ihn?"

„Nein. Die Sonne blendet so. Oder – warte mal. Da drüben links, neben der Bank, auf der die beiden alten Männer sitzen. Der, der da steht – ist er das?"

„Das ist er." Ott hat seine Mütze abgenommen und streicht sich gerade über das lichte Haar.

„Ott! Huhu!" schreit Magda, und als er sich nicht rührt, noch einmal: „Oooottt!" Jetzt wendet er den Kopf und schaut zu den beiden herüber.

Marita winkt ihn mit beiden Händen heran, zum Zeichen, daß sie nach Haus fahren wollen.
„Kommst du, Ott?“ schreit sie.
Ott schüttelt den Kopf und macht ebenfalls eine Bewegung mit beiden Händen. Zwei-, dreimal bewegt er sie in ihre Richtung.
„Der scheucht uns weg“, sagt Magda verblüfft.
„Wie die Hühner“, sagt Marita.
„Dann fahren wir ohne ihn. Er möchte eben noch etwas bleiben.“
„Aber das kann er uns doch auch anders mitteilen. Uns einfach so wegzuscheuchen wie die Hühner!“
„Komm schon“, sagt Magda. „Vielleicht kann er gerade nicht anders. Er muß da neben der Bank stehen, und da kann er eben nicht anders. Er kann ja zu Fuß nachkommen. Oder sich von Erni und Lilo mitnehmen lassen.“
Die Zwillinge wenden sich ab und gehen zum Auto. „Muß man sich jetzt schon Sorgen machen?“ fragt Magda.
„Das hoffe ich doch nicht“, sagt Marita „Wir sollten nur weiter ein Auge auf ihn haben.“
„Aber ganz nebenher.“
„Ganz nebenher.“

Ott steht noch eine Weile neben der Bank. Er steht so, daß die alten Männer ihn nicht sehen können. Er hat schon ziemlich viel mitbekommen, obwohl sie nicht sehr gesprächig sind und lange Pausen machen. Sie wohnen schon einige Jahre hier oben, der eine privat, der andere in der Residenz, wie er das Heim am Gehege nennt. Ott kennt diese Residenz vom Sehen. Er hat die langgezogenen Glasveranden im Vorbeigehen gemustert. Viele weiße und kahle

Häupter hinter den Scheiben, Blumenvasen, Ballgymnastik unter den Bäumen. Schmuck, hat er gedacht. Schmuck herausgeputzt. Früher, als Schüler, haben sie das bescheidene Altersheim „Mottenkiste“ genannt. So ist man als Schüler, hat er gedacht und gegrinst.
Die beiden Männer auf der Bank im Kurpark haben sein Interesse geweckt, weil sie stumm nebeneinander gesessen haben, bis der eine aus seinem Schweigen emporgefahren ist wie ein Kampfhahn. Mit heftigen Kopfbewegungen hat er den anderen bedrängt, doch der hat mit seinem Spazierstock weiter Kreise in den Sand gezeichnet und nichts gesagt.
Ott hat eine weitere Runde um den Kurteich gedreht und sich dann wieder der Bank mit den beiden alten Männern genähert. Sie haben gar nicht auf ihn geachtet, und so hat er sich unbemerkt in Hörweite neben die Bank stellen können.

Wie kahl Sie sind!
Hört mir denn niemand zu
Wenn ich sage
Wie kahl jemand ist?
Ist das denn nichts:
Jemand sei kahl?

Mein Gott, wie kahl Sie sind!

Welche Sprache ist denn erlaubt?
Ist denn hier alles zu spät?

Oh, wie still sind Sie geworden
Einsam bläst ein Wind von Norden

Sie sind ein schlimmes Reptil
Stumm und träge
Und kahl Sie sind

Diesmal kann Ott hören, was der Kampfhahn dem Banknachbarn zu sagen hat: „Ich meine, Sie können doch nicht im Ernst hier sitzen wollen, bis Sie endlich vom Stengel fallen! Wenn ich nicht wüßte, daß meines Bleibens hier oben nicht ewig sein wird, ich würde mich aufhängen. Hängen Sie sich doch gleich auf!"
Der Banknachbar hebt kurz den Kopf und sagt: „Das nun auch wieder nicht."
Jedenfalls meint Ott, das verstanden zu haben. Dann lehnt der alte Mann sich zurück und faltet die Hände über seinem Spazierstock.

Ott flüchtet. Er ist jetzt sehr zornig. Er hat das Gefühl, keine Luft zu bekommen, und reißt an seinem Hemdkragen, während er mit langen Schritten zur Straße hinaufeilt. Er wendet sich nach links und stapft die Hauptstraße entlang bis zum Herolf-Klempe-Weg, der an seinem Ende in den Waldweg nach Hohe Tannen mündet. In Poppes Waldschänke, dem ersten Haus am Herolf-Klempe-Weg, raucht er mit heftigen Zügen drei Zigaretten und trinkt drei doppelte Harzfeuer. Dann macht er sich wieder auf den Weg. Am Anfang des Waldwegs, wo die Laternen aufhören und der weiche Waldboden beginnt, bleibt er stehen. Bis auf einen blassen Streifen Himmel ist es hier fast dunkel. Er atmet tief durch.
„Scheiße, Ott", sagt er laut. „Du hast das Weite gesucht und gefunden. Was machst du hier, was zum Teufel machst du hier?" Er ist etwas betrunken, stellt er fest. Dieses Zeug ist ihm noch nie gut bekommen.
Er stapft weiter. Ab und zu bleibt er stehen. Er will sich nicht beruhigen. „Hier, wo man die Hand vor Augen nicht sieht",

sagt er. Oder wie das nun hieß – wo man den Wald vor Bäumen nicht sieht, hat er möglicherweise sagen wollen. „Mach doch mal einer Licht hier!" Und später: „Mehr Luft!" Irgendwann hebt er einen dicken Ast vom Wegesrand auf. „Noch bin ich nicht tot", sagt er drohend, „noch bin ich nicht lebendig begraben. Noch führe ich das Schwert wie ... wie" – er beginnt, kräftig gegen die Tannenstämme zu schlagen. Verschnauft. Läuft ein Stück weiter und teilt wieder kräftige Hiebe aus.

Er lauscht. „Hör zu, Backala, alter Freund, ich erledige das für dich. Ist das in Ordnung? Und für mich, ist doch klar. Jetzt beginnt das große Tannensterben!" Er hebt drohend den Ast zu dem Streifchen Himmel über dem Weg. „An alle die es angeht – für alle Tannenopfer führe ich das Schwert ..." Fünf-, sechsmal führt er einen wuchtigen Hieb gegen einen Stamm, der unmittelbar am Weg steht.

„Nimm den – der ist für Backala. Der auch. Und der ist für mich und der und der ..."

Irgendwann ist er sehr müde. Daß er seinen Angriff unter Zornestränen geführt hat, merkt er erst, als er sich Rotz und Wasser mit dem Handrücken abwischt.

„Ich bin zwar noch sehr wütend, aber auch sehr müde und hungrig. Ich gehe jetzt nach Hause. Doch das letzte Wort ist noch nicht gesprochen", erklärt er und wirft den Ast ins Unterholz. Er sieht die Bogenlampen vom Waldparkplatz durch die Bäume schimmern und bleibt noch einmal stehen. Aus der Jackentasche holte er seine Mütze, streicht sich über den Schädel und schleudert sie schwungvoll hinter sich.

„Meine Haare sind ausschließlich meine Angelegenheit", erklärt er laut, während er mit Riesenschritten über den Parkplatz läuft.

„Hör zu, Polaczek", sagt er am Straßenrand und atmet tief

durch. „Die Mädchen sind unter allen Umständen zu schonen. Das sind gute, alte Kusinen. Feine, alte Kusinen." Rasch überquert er die Straße.
Marcel, der durch die anhaltenden dumpfen Schläge von Otts hölzernem Schwert aus seiner Höhle gelockt worden ist, hat sich dem lärmenden Passanten bis auf ein paar Schritte genähert.
„Das ist Ott", hat er gemurmelt. „Ott verprügelt die Bäume. Wie früher."
Er ist ihm gefolgt, bis Ott den Parkplatz erreicht hat. Mitten auf dem Waldweg, wenige Schritte vor seinem Ende, findet er Otts Mütze. Er hebt sie auf und klopft sie ab. Er wird sie mitnehmen, dorthin, wo er alles aufbewahrt, was ihm irgendwie von Wert zu sein scheint. Aufsetzen wird er dieses Ding allerdings nie, das weiß er. Er hat es schon einmal auf Otts Schädel gesehen. Der reinste Schrat, hat er gedacht.

Überraschungen

Am Samstagmorgen, es war Ende Mai, schritt Arno zur Tat. Am Abend zuvor hatte er mitbekommen, daß Zicki mit Wenner und Ott gleich morgens nach Gos fahren wollte, um sich mit Gunilla Stark zu treffen. Geheimtreffen, ganz klar. „Und dann essen wir am besten in Gos", hatte Zicki dann noch gesagt. „Hedel ist morgen bei ihrer Kusine. Da gibt's sowieso nichts."
Ah! Sollten sie nur klüngeln – Arno hatte den Tag gefunden, seinen Tag, denn morgen früh, gleich nach dem Aufbruch der drei, würde er die grünen Baracken herschaffen und aufstellen lassen. Und dann, gegen Mittag, würden Erni und

Malte die Sitzmöbel in Empfang nehmen, die aus Altencell-Graberfeld herübergebracht werden sollten. Verraten würde er denen natürlich vorher nichts. Er würde sie nur anrufen und auf den Hof der Fabrikantenvilla bestellen. Sie sollten eine Lieferung in Empfang nehmen. Kleine Überraschung, würde er sagen. Die beiden würden den Mund nicht wieder zukriegen, daran hatte er keinen Zweifel. Und abends würde er dann alle zur Einweihung bitten, ganz informell – „nur wir und noch ein paar besondere Flaschen."
Nun stand er und dirigierte. Sage einer, daß die zuviel Platz wegnehmen, dachte er, die verlieren sich geradezu. Und gut sehen die aus, gut! Ganz symmetrisch sollten die da hinten stehen, schnurgerade ausgerichtet nebeneinander, in gebührendem Abstand, damit sich dazwischen bequem herumlaufen ließe.
„Ein Gedicht!" sagte Arno, als er seine Großspende zum letzten Mal betrachtete.

Nun muß man zugeben: der noch ganz frische Anstrich hatte unleugbar einen Stich ins Olivgrüne. „Die Farbe hat er bestimmt aus Armeebeständen günstig erworben", sagte Erni denn auch zu Malte, als sie beide in Erwartung des Transporters aus Altencell-Graberfeld die Baracken umschlichen wie die Katzen den neuen Kratzbaum. Sie flüsterte, als könnte Arno sie hören, was auf gar keinen Fall geschehen durfte. Das wußten mittlerweile alle. Arnos Glück hatte oberste Priorität. „Und groß sind die Dinger", sagte Malte. „Riesig, findest du nicht?" – „Ja, das stimmt. Der Hof aber auch, Gott sei Dank. Wenn sie quer stünden, sähe das noch scheußlicher aus, glaube ich."
Und nun war sie da, die Bestuhlung, wie Erni beim Nahen

des hochschwankenden Kleingebirges auf dem von Fiselekschen Pritschenwagen eben noch freudig ausgerufen hatte – doch kaum war er herangeächzt bis auf wenige Meter, ließ sie das Klemmbrett sinken. Fassungslos stand sie und sah zu, wie Arnos Männer ruckzuck die gesamte Ladung sperriger Möbel auf die linke und die mittlere Baracke verteilten und im Nu wieder vom Hof fuhren.

„Schulbänke", sagte sie schließlich tonlos.

„Klassisch", sagte Malte.

Schulbänke, die, wie sich am Abend herausstellen sollte, aus einer Grundschule in Altencell-Graberfeld stammten. Dort hatte man sie vor etlichen Jahren ausrangiert, weil sie „der durchschnittlichen Körpergröße heutiger Grundschüler nicht mehr gerecht wurden". Ernis Blick wanderte ratlos zwischen Klemmbrett und Bänken hin und her. Malte, wie oft in diesen Tagen an ihrer Seite, rettete den schwierigen Augenblick, indem er wendig den Idealfall ausrief. Ideal, erklärte er, sei eine solche „Bebankung" – völlig unbrauchbare Sitzmöbel auf letztlich unbespielbarem Gelände: Man habe keine Schule gewollt, und man habe ja auch gar keine bekommen. Ein Showroom oder besser gesagt: zwei seien das doch, der idealtypische Nachbau einer veralteten Oberharzer Volksschule. Originalgetreu. Die Gäste würden es lieben.

„Ideal!" rief er wieder und noch einmal: „Ideal!" während er, Erni im Schlepptau, an den Bänken entlangstreifte. „Wehtun muß es!"

„Was denn, mein Gott?" fragte Erni entnervt, doch als Malte ihr hocherfreut den ersten sorgfältig gearbeiteten Phallus auf einer der tintenfleckigen, schrundigen Tischflächen zeigte und gleich darauf auf einer anderen die krakelige Aufforderung: *Hau ihn rein, Olaf!*, war sie, nach einem raschen Blick auf Maltes Miene, schon halb beruhigt und setzte in ihrer Eigenschaft als Komiteemitglied einen großen Haken neben die Rubrik *Sitzgelegenheiten* auf ihrem Klemmbrett.

Als Zicki und Lellek am Nachmittag um die Hausecke bogen, standen die grünen Baracken in strahlendem Sonnenlicht auf dem menschenleeren Hof.
Zicki schlug die Hand vor den Mund und blieb ruckartig stehen. „Arno, Arno, was hast du getan!" flüsterte sie. Lellek neben ihr nahm das ungewohnte Bild in sich auf und sagte: „Seinen Freunden verzeiht man bekanntlich alles."
„Ja", sagte Zicki resigniert, „aber auch wirklich alles."

Zufrieden qualmte Arno am Abend vor sich hin, nachdem er reihum Lob und Anerkennung für seine Tat eingetrieben hatte. Da zuckte kein Muskel, wurde kein Auge verdreht, als die Baracken, vom Abendlicht mild umflossen, bestaunt wurden. Die spontan vorgebrachten Einwände, die Ott und Lilo beim Anblick der Schulbänke immerhin entfuhren – „Schulbänke! Arno, das kann nicht dein Ernst sein!" rief Ott, „Wer soll sich denn da reinzwängen?" stöhnte Lilo –, wischte der Mäzen, bereits in Champagnerlaune, großzügig beiseite: „Was denn, was denn? Die paar Bänke machen doch noch keine Schule. Seht ihr hier Lehrer, seht ihr Schüler? Die Bänke sind doch nur für den äußersten Notfall."
Da war er schon wieder, der äußerste Notfall. Zicki tauschte einen raschen Blick mit Wenner. „Du hast recht, Arno, im äußersten Notfall kann man sich auch obendrauf setzen."
„Genau. Außerdem gibt es ja auch klein – also, kleiner

gewachsene Menschen." Sein Blick vermied gerade noch seine kleiner gewachsenen Freunde Erni und Malte. „Und Kinder – Kinder kommen doch auch."
„Richtig, die Kinder", sagte Malte und entblößte seine großen Zähne. „Bestimmt, Arno, das wird ein Gewimmel geben. Ich freu mich schon drauf."
„Und außerdem", sagte Arno, der sich partout nicht den Abend verderben lassen wollte, „die Bänke sind ja noch nicht das Ende. Ich komme demnächst selbst noch mal rüber und bringe den Rest. Für den Aufenthaltsraum vor der Küche –" er zeigte auf die dritte Baracke und grinste Erni an, „da hast du deine Puddingakademie, Erni – hatte ich sowieso an richtige Stühle gedacht. Die sind noch vom Hotel Tänzer, aus dem Speisesaal. Die haben richtig Stil. Na, was sagst du jetzt, Zicki?" Er sah sie erwartungsvoll an.
„Das ist eine wundervolle Idee, Arno", sagte Zicki. „Stilvolle Stühle aus dem Hotel Tänzer."

Hedels Herd

Als Malte gereizt von Arnomanie gesprochen hatte, hätte Wenner bereits die Alarmglocken schrillen hören können, wenn er nicht mit geschlossenen Augen auf dem Beifahrersitz gesessen und seit Beginn der Heimfahrt immer wieder die eine Frage umgewälzt hätte: „Was habe ich bloß für eine halbe Idee? Was habe ich bloß für eine halbe Idee? Wie könnte meine halbe Idee aussehen?" Begleitet von Otts leierndem Refrain: „Soll ich mal lachen? Soll ich mal lachen?", hatte sich Wenners Frage alsbald einschläfernd auf sein daunenweiches Hirn ausgewirkt, und so war ihm nicht einmal aufgegangen, daß kein Zwilling, keine Erni und keine

Lilo auf seinem Schoß Platz genommen hatte. Bequem zurückgelehnt und von weiblichem Schenkeldruck unbehelligt, hatte er auf seinem Sitz gesessen und auf Malte erst wieder geachtet, als der sein Lied schmerzhaft laut herauszusingen begann.

Wenners alkoholisierte Selbstversunkenheit rächte sich nun insofern, als sich in den folgenden Tagen und Wochen herausstellte, daß Arno von Fiselek sich nicht so ohne weiteres zum Wohltäter, Gründervater, hochsinnigen Freund vergolden und unter die Leuten bringen ließ. Oh nein.

„Was denn, ausgerechnet für Fiesel, diesen Obergauner?" hatte Hedel ausgerufen, als Zicki ihr frohgemut am Tag nach dem Stammtisch verkündet hatte, man wolle nun doch die Baracken aufstellen lassen und einen Verein gründen und eine Gründungsfeier ausrichten, für Arno – „Hedel, das ist alles nur für ihn. Er wünscht sich das so sehr. Könntest du nicht die Bewirtung der Vereinsmitglieder und der anderen Gäste übernehmen? Bitte, Hedel!"

Ganz ähnlich war es Zicki, Wenner und Ott ergangen, als sie am darauffolgenden Samstag nach Gos gefahren waren, um sich mit Gunilla Stark zu treffen.

„Gunilla", hatte Wenner aufgrund seiner einstigen näheren Bekanntschaft mit Gunilla Stark zuversichtlich das Wort ergriffen, „wir haben eine große Bitte an dich. Könntest du das musikalische Rahmenprogramm bei einem größeren Fest übernehmen, das wir für einen Freund ausrichten wollen? Bitte, Gunilla!" Gunilla, geschmeichelt und hilfsbereit zugleich, hatte ohne Zögern zugesagt und dann lächelnd den Kopf schiefgelegt. „Und für wen wollt ihr dieses üppige Fest ausrichten?"

„Für Arno", hatte Wenner gesagt und die anderen beiden hatten genickt.

„Was, für den? Diesen unflätigen Kerl? Das ist doch der schrecklichste Harzer überhaupt!"
Kurz, es hatte die drei Tanner Freunde alle Überredungskunst gekostet, sie bei der Stange zu halten. Die schon nicht mehr diskret zu nennende Andeutung, daß Arno – nun ja, kein gesunder Mann sei – „du verstehst doch, Gunilla?" – und die mehrfache Beteuerung, wie sehr dieser Mann doch bei allen seinen weniger einnehmenden Seiten … Arno sei ein wahrer Freund, da gebe es gar nichts. Einmalig hilfsbereit, ein großzügiger Mensch, wirklich. Außerdem gebe es Anzeichen, daß er sich in vielem zum Besseren gewandelt habe oder doch im Begriff sei, sich zu wandeln, sie werde schon sehen …
„Puh", hatte Wenner gesagt, als sie nach dem Mittagessen auf der Straße standen und der davoneilenden Gunilla nachblickten.
„Man kommt sich vor wie ein Schweinehirte", hatte Ott gemurrt, und Zicki hatte gesagt: „Armer Arno, keiner will ihn feiern!"
Ott hatte sich jedoch rasch wieder gefangen. „Doch wir, wir wollen unsern alten Arno feiern. Und das werden wir tun. Außerdem glaube ich sowieso nicht recht daran."
„Woran?" fragten Zicki und Wenner gleichzeitig.
„An neue Arnos", sagte Ott. „Immerhin haben wir jetzt schon Gunilla mit ihren – wie hieß noch der Chor?" Ott war schließlich noch nicht wieder so vertraut mit den regionalen Stützen der Musik.
„Goser Roller heißt er, Ott, Goser Roller."
„Und wir haben Hedel", sagte Zicki. „Essen, Trinken und Musike. Der reinste Rummelplatz. Papa hätte seine Freude daran gehabt." Zicki hatte, zum Zeichen, daß sie gar nichts dagegen hatte, gar nichts, Papa, kurz den Blick zum Himmel gehoben.

„Jetzt müssen wir aber mal langsam aus den Puschen kommen", hatte Ott gefordert. Puschen! Dieses Wort war nun allerdings die nasse Wolldecke, die es gebraucht hatte, um das schwächelnde Feuerchen hochsinniger Freundesliebe gänzlich zum Erlöschen zu bringen – doch nein, Wenner trat dieser Gefahr unverzüglich entgegen, indem er verkündete, er werde zu Lellek gehen, sowie sie von ihrem Ausflug nach Kassel zurück wäre, und sie fragen, was es mit ihrer halben Idee auf sich habe.

„Meine halbe und ihre halbe macht eine ganze."

„Hoffentlich passen die beiden halben halbwegs zusammen", sagte Ott.

„Was nicht paßt, wird passend gemacht!" rief Wenner von frischer Zuversicht erfüllt.

„Ja ja, auf dem Papier", sagte Ott. „Und außerdem – langsam wüßte man doch gern mal, was es mit *deiner* halben Idee auf sich hat."

„Morgen", versprach Wenner, „morgen hat das Kind einen Namen."

Und nun stand Hedel am Herd. Es war ein riesiger Herd, achtflammig und zudem ausgestattet mit drei Backröhren und Warmhaltevorrichtungen von unterschiedlicher Größe. Wie alles Überdimensionierte, Ausgefallene in Tanner Wohnhäusern und -höhlen stammte er, woher sonst, aus dem Hotel Tänzer, vor dessen Abriß offenbar alle etwas großstilig denkenden Menschen der Umgebung vorbeigeschaut und die Hand auf dieses oder jenes gelegt hatten. Herd und Gefriertruhe von gastronomischen Ausmaßen hatte Siegfried Backla damals für Hedel günstig erstehen und ihr zum Geburtstag präsentieren können. Hedel hatte zwar an ihrem normalen Haushaltsherd und ihrem Gefrierschrank nichts auszusetzen gehabt, aber natürlich sofort begriffen, daß man ihr durch die schiere Größe dieser Geräte eine Ehrung bereiten wollte, die ihrer Person gerecht wurde. Also hatte sie sich gebührend gefreut und das Herdungetüm ebenso unermüdlich bedient wie die abgrundtiefe Gefriertruhe, die ihren Platz im Backlaschen Vorratskeller gefunden hatte.

„Armer, armer Arno! Das hat er nun auch wieder nicht verdient", hatte sie Zickis beängstigender Begründung für Arnos Aufstieg zum Augapfel der Tanner Freunde schließlich nachgegeben und in bewährter Manier sogleich ihren Platz eingenommen.

„Wann?" hatte sie gefragt.

„Am besten an Arnos Geburtstag, hatten wir gedacht. Der ist diesmal am Sonntag. Dann schlagen wir zwei Fliegen mit einer Klappe", hatte eine erleichterte Zicki geantwortet.

„Also wann?"

„Am 23. Juni, Hedel", hatte Zicki verschämt bekannt, denn so lange war das nun auch nicht mehr hin.

„Wieviele?" Hedel war keineswegs am Ende ihrer Pragmatik angelangt.

„Oh", hatte Zicki, neuerlich in Verlegenheit, gehaucht und war erst einmal überfragt gewesen. „Da bin ich überfragt, Hedel. Aber es müssen sehr viele werden, verstehst du, sonst ist der Zweck verfehlt. Du bekommst natürlich jede erdenkliche Hilfe – und ein ganzes Gebäude nur für dich", hatte sie eilends versichert.

„Also wieviele?" Hedel wollte keine mauen Versprechungen – das kannte man ja –, sondern Planungssicherheit. Sofort.

„Ich fürchte, nicht unter sechzig Personen. Oder eher achtzig. Gunilla kommt bestimmt mit dem ganzen Chor, weißt du, und dann die künftigen Vereinsmitglieder, das müssen doch auch viele sein, sonst wird das kein richtiger Verein, und dann noch wir und einige zahlende Gäste. Ist das schlimm?"

Mit dem Offensichtlichen hielt Hedel sich nicht auf. Und gerade in diesem Augenblick begann sich das Wundertier in ihr zu regen, das allzu lange in gramvoller Unterforderung vor sich hin vegetiert hatte. Das Wundertier, das die Lockstoffe der Herausforderung zu wittern begann und sich bereits den Vorruhestand aus den Gliedern schüttelte.

„Das heißt, nicht unter hundertzwanzig. Sagen wir hundertfünfzig. Und was soll es geben?"

Zicki sah an diesem ganz besonderen Blick in Hedels dunklen Augen, daß sie gewonnen hatte. Wahrscheinlich würde sie heute zum letzten Mal ein Wort über die Bewirtung von Arnos unzähligen Gästen verlieren müssen. Sie griff nach Hedels Händen und drückte sie. „Danke, Hedel, ich bin so froh, daß du da bist!"

Hedel ließ sie nur kurz gewähren. „Was soll es geben?" fragte sie wieder.

„Das bleibt dir überlassen. Was du schaffen kannst, was du willst – das bleibt alles dir überlassen."

Hedel schien diese Auskunft zufriedenzustellen, denn sie ging zum nächsten Punkt über.

„Wovon wird das alles bezahlt? Ich meine, ist diese Frage schon aufgetaucht? Arno kann ja wohl nicht selbst bezahlen, wenn ihr ihm eine Überraschung bereiten wollt. Also – ist die Frage schon aufgetaucht? Soll es möglichst anspruchslos und preiswert werden? Ich muß das doch wissen."

„Ja. Ich meine, nein, die Frage ist noch nicht aufgetaucht, und es soll auch nicht möglichst anspruchslos und preiswert werden. Es soll vielleicht preiswert werden, aber man soll es nicht merken – ginge so etwas?"

Hedel lachte ihr Drachenschnauben. „Und wie preiswert ungefähr, ohne daß man es merkt?“
„Wir könnten zehn Mark Unkostenbeitrag nehmen oder aber zehn Mark Jahresbeitrag von den Vereinsmitgliedern. Das könnten wir beides nehmen, und dann würde davon alles bezahlt. Oder das meiste. Ein paar Sach- und Geldspenden kommen bestimmt dazu. Was meinst du?“
„Na, ihr seid mir ja ein schöner Verein!“ sagte Hedel. „Nehmt Jahresbeiträge und verfreßt sie gleich am ersten Tag. Aber kosten muß es schon etwas, das ist klar. Sonst wird das Ganze nicht richtig gewürdigt. Bleibt natürlich das Risiko, daß – ach was. Was meinst du? Ich habe so eine halbe Idee …“

Und nun stand Hedel am Herd. Die halbe Idee – ganze Ideen waren derzeit offenbar Mangelware –, die sie Zicki sogleich offenbart hatte, bestand darin, die Bewirtungskosten dadurch erheblich zu senken, daß man bevorzugt anbot, was da war.
„Du meinst Reste?“ hatte Zicki entsetzt gefragt.
„Das nun auch wieder nicht“, hatte Hedel sie beruhigt.

Nun wissen wohl viele Menschen, daß es wesentlich einfacher ist, eine Gefriertruhe zu füllen, als sie wieder zu leeren. So etwas kann sehr quälend werden, wenn die neue Reifezeit von Obst und Gemüse oder auch die Jahreszeit der Enten, Gänse und Rehkeulen herannaht und die alten Päckchen und Beutel kein Ende nehmen. Die meisten Menschen behelfen sich wohl, indem sie Gastgeschenke aus dem vom Verfall bedrohten Gefriergut machen. Manche etikettieren auch um. Andere geben ein Fest. Und geradeso war es

in diesem Fall, denn durch den Niedergang der Gastlichkeit im Hause Backla erst als Folge von Hedels zornigem Abgang, dann als Folge altersbedingt bescheidener Häuslichkeit und schließlich als Folge des unerwartet raschen Ablebens der beiden Backlas hatte sich zur Entlastung der übervollen Gefriertruhe allzu wenig getan, und so stapelten sich weit über den Füllstrich hinaus längst pralle Beutel mit den Vorräten der letzten Saison, die Hedel bereits schwer auf dem Gemüt zu liegen begonnen hatten.
„Was meinst du, Zicki? Papa und Mama wäre es bestimmt nicht recht gewesen, das alles verkommen zu lassen, und so könnten wir gleich nochmal zwei Fliegen mit einer Klappe schlagen." Bei Zicki hatte sie mit ihrem Vorschlag, „ordentlich etwas wegzukochen", begeisterte Zustimmung gefunden.

Und nun stand Hedel am Herd.
Sie kochte gerade Ragouts. Gleich im Anschluß würde sie das Obst und das Gemüse verarbeiten. Sie würde überhaupt nicht mehr aufhören, alles wegzukochen, bis der Boden der Gefriertruhe freigekocht wäre, weil sie alles bis heute Rohe schnellstmöglich als Gekochtes erneut in der Gefriertruhe stapeln mußte. Den übrigen Platz – Gekochtes nimmt nun einmal weniger Platz weg als Rohes – würde sie mit Pfannkuchen, Kuchen und Pasteten füllen.
Alle acht Flammen waren in Betrieb. Sie rüttelte, schüttelte, rührte, goß ab, um und aus. Ab und zu blickte sie hinaus auf den Hof, der in wenigen Wochen von Menschen wimmeln und von Düften erfüllt sein würde. Sie blickte hinaus auf ihr „eigenes Gebäude", die rechte der drei grünen Baracken, und ließ wieder einmal ihr Drachenschnauben hören. „Eine

Küchenbaracke“, sagte sie, „und ein Fest für Arno. Das Leben schlägt manchmal schon Kapriolen. “

Wer wollte da widersprechen? Man sieht es sogleich vor Augen, dieses Kapriolen schlagende Leben, ein anmutiges, ein mutwilliges Böckchen. Überhaupt steckt in den vielen, vielen Bildern für das Leben, die der Mensch ersonnen hat, immer wieder einmal so ein Schüßchen oder ein ganz gewaltiger Schuß Mutwilligkeit. Da verspringt mal die eine Liebesperle, das ein oder andere Mokkabohnchen beim Abwiegen oder Eintüten im Kinderkaufladen eines kleinen Lebens, ist es nicht so?, springt mal ein saurer Drops in die falsche Richtung, weil alles so kleinteilig und eng beieinander und dadurch doch wieder schwer zu ermessen und abzumessen ist. Oder denken wir an den ollen Puppenspieler, denken wir an die Bühne des Lebens, auf der die Menschen nach Marionettenart agieren – hat denn nicht noch der luzideste Puppenspieler einmal so einen Tag, da er Arm denkt und Bein zieht, mit dem denkbar unordentlichen Ergebnis?

Hedel, die alterfahrene Köchin an ihrem Herd, hat heute wahrhaftig ihr Tun. Fast, aber nur fast wäre ihr doch tatsächlich gerade das Rehragout ganz rechts hinten, gleich darauf fast das Rinderragout ganz links vorn angebrannt – behende birgt sie erst den einen, dann den anderen Topf aus unmittelbarer Gefahr. Wieder schaut sie hinaus und sieht, daß Zicki, die ihre frischgepflanzten Sträucher und Bäumchen mit dem Schlauch vor dem Dürretod zu bewahren sucht, Besuch von den Zwillingen bekommen hat. Alle drei

stehen und gestikulieren. Zicki spült sich die Hände mit dem Schlauch ab, dann eilen die drei vom Hof.
Hedel denkt: Wenn Menschen in diesem Alter sind, wo es auf der Kippe steht, ob sie noch einmal wild werden oder sich bescheiden, kann man wohl kaum Ruhe erwarten. Irgendetwas brennt immer beinahe an, denkt Hedel, und zieht hastig den hinteren Topf in der Mitte vom Feuer. Ein wenig Wasser gießt sie dazu. Kalbsragout, sehr schön in der Farbe, stellt sie fest. Sie rührt und blickt dabei hinaus auf den menschenleeren Hof. Sie erinnert sich, wie Siegfried Backla, die Kinder waren damals in der ersten oder zweiten Klasse, immer wieder das Fenster aufgerissen hat: „Robert, was habe ich dir gesagt – weg von der Säge, sofort! Öttchen, geh sofort runter vom Kaminholz, wie oft muß ich das noch sagen!" Zicki, Robert und ihre Schulfreunde haben dort unten getobt und geschrien. „Ein Sack Flöhe", hat Siegfried damals zu ihr gesagt. Eines Tages hat der Sack Flöhe es allerdings allzu bunt getrieben. Unter Anleitung von Zicki haben sie „Bombenangriff" gespielt und glühend vor Eifer so lange Holzscheite gegen die Säge gepfeffert, bis sich eins davon irgendwo verklemmt und die ganze Säge lahmgelegt hat. Seitdem haben die Flöhe striktes Hofverbot gehabt und sich nur noch vor dem Haus aufhalten dürfen.
Hedel denkt: Heute kann man von einem Sack Flöhe nicht mehr sprechen. Sie wirken schon eher wie die die Töpfe auf meinem Herd. Kaum hast du den einen vor dem Schlimmsten bewahrt, gerät der nächste in irgendeine Verlegenheit. Irgendetwas ist immer.

Nun wußte Wenner „das mit Ott", wie er zuvor „das mit Arno" erfahren hatte. Zicki war am Nachmittag mit den Zwillingen bei ihm erschienen und hatte erklärt, Ott gehe es offenbar nicht so gut. Ob er mal nach ihm sehen könne?
„Er wird doch nicht plötzlich abhauen, während wir beim Einkaufen sind?"
„Er wird doch nicht wieder einfach das Weite suchen?"
Die Zwillinge blickten Wenner bittend an, doch ein resignierter Unterton war nicht zu überhören. Sie waren nun mal gebrannte Verwandte, und was sich in den letzten Monaten an neuen Hoffnungen im Hause Polaczek entwickelt haben mochte, war, so zeigte sich jetzt, noch nicht mehr als eine dünne Heilhaut gewesen.
„Glaubst du wirklich, er wird es genauso wieder tun, sowie ihm hier alles zu eng wird – „Magda hatte an ihrem Pulloverausschnitt gerissen, wie sie es in früheren Zeiten immer wieder bei ihrem Vetter gesehen hatte.
„Dann soll er doch abhauen. Dieses Rein und Raus ist unerträglich. Das ist so unreif, Magda. Unreif war er, und unreif bleibt er, und wenn er den Erdball noch zehnmal umrundet." Marita war bereits gehörig in Harnisch gewesen, wie sie es brauchte, wenn alte Vetternliebe, gerade erst wieder geweckt, abermals mit Füßen getreten zu werden drohte.
„Nun warte doch, Marita, du bist immer gleich so radikal – er hat doch noch gar nichts gemacht. Er wirkt nur ein bißchen komisch neuerdings", hatte Magda abzuwiegeln versucht.
„Wenn er etwas gemacht haben wird, wirst du einen Zettel auf dem Küchentisch vorfinden wie damals, als er uns ein-

fach mit Onkel Bruno und Tante Zita hockengelassen hat, dieser Verräter."

Die Zeit heilt offenbar doch nicht alle Wunden. Und im Fall der Zwillinge, die seit dem frühen Verlust ihrer Eltern in der Obhut von Zita und Bruno Polaczek aufgewachsen waren, mochte hinzukommen, daß sie damals keinen weiteren Verlust hatten verkraften können, schon gar nicht den ihres Vetters, an den sie in der dürren Atmosphäre des Hauses Polaczek ihr Herz gehängt hatten.

Manchen Wunden legt die Zeit nur ein Pflaster auf, das zudem gelegentlicher Erneuerung bedarf – so hat es den Anschein. Nicht daß den Zwillingen das nicht längst bekannt gewesen wäre – der Ottsche Verrat war insgesamt ein häufiges Gesprächsthema zwischen beiden gewesen, durchaus. „Von selbst heilt so etwas jedenfalls nicht", hatten sie im Wechsel jedesmal festgestellt. „Da müßte Ott Polaczek sich schon einmal persönlich drum kümmern."

Und nun dieses! Maritas Lippe hatte gebebt, Magdas sanftmütiger Blick sich verschleiert. Dennoch tapfer entschlossen, noch nicht alles aufzugeben, waren sie erst zu Zicki und dann an deren Seite zu Wenner getrottet.

„Versuch du doch dahinterzukommen, was er hat, Wenner." – „Du bist doch trotz allem sein bester Freund, Wenner."

Und sein bester Rivale, dachte Wenner. Womöglich ist es das?

„Ich mach das", sagte Wenner der Tatkräftige. Zicki warf ihm einen kurzen Blick zu, schlug jedoch sogleich Augen nieder, denn sie dachte: Es hält an. Seine Form hält an, Gott sei Dank.

„Ich rede mit ihm. Gleich morgen früh. Ich hole ihn ab. Er wird doch da sein?"
„Er ist immer da in den letzten Tagen. Immer ist er oben und macht da irgendwas", sagte Magda.
„Aber sagt ihm nichts, hört ihr! Sonst wird er womöglich störrisch. Ich werde ihn überraschen."
An diesem Abend versagte Wenner es sich, am Fenster stehend seinen Gedanken nachzuhängen. Heute starrst du vergebens zu mir herüber, dachte er mit leiser Genugtuung. Und morgen nehm ich dich in den Schwitzkasten, Ott Polaczek.

Jetzt steht Wenner an der Gartenpforte der Polaczeks. Seinen alten Fleischermercedes hat er mit geöffneter Tür direkt vor dem Haus geparkt. Mit dem altvertrauten Pfiff – zweimal kurz auf den Fingern – hat er Ott vor ein paar Minuten ans Fenster gelockt.
„Was gibt's?" hat Ott heruntergerufen.
„Eine Überraschung. Zieh das Nachthemd aus und komm runter. Wir machen einen Ausflug, du und ich."
„Um diese Zeit? Ich habe noch nicht mal gefrühstückt."
„Nachher ist es zu warm. Du bist eine Diva, Ott. Und Diven frühstücken nicht."
„Spinner", hat Ott gesagt und das Fenster geschlossen.
Nun kommt er die Vortreppe herunter. Hinter dem Küchenfenster sieht Wenner die Zwillinge die Daumen heben.
„Ich habe meine Botanisiertrommel in der Eile nicht finden können", erklärt Ott und grinst Wenner an. „Was denn – mit dem Fleischermercedes sollen wir fahren?" In diesem Fall handelt es sich tatsächlich um einen Fleischermercedes, denn Wenner hatte ihn vor sieben Jahren von Spieker-

mann jun. Wurst- und Fleischwaren ff. preisgünstig erworben.
„Siehst du hier irgendwo Schweinehälften? Also steig ein."
„Darf ich erfahren, wohin wir wollen?" fragt Ott, als sie auf die große Straße einbiegen.
„Wart's ab", sagt Wenner, doch anders als er kann Ott das gar nicht gut. Er hat's nie abgewartet. Er ist ungeduldig. Jetzt rutscht er auf seinem Sitz hin und her.
„Na gut", sagt er schließlich. „Alles ist besser, als hier zu hocken."
Der verliert keine Zeit, denkt Wenner, doch er schweigt dazu. Er darf sein Pulver nicht vorzeitig verschießen.
Es ist ein strahlend heller Morgen und noch frisch. Als sie die große baumlose Senke vor Altencell-Graberfeld durchfahren, seufzt Ott und entspannt sich sichtlich. Noch immer ist die Senke über und über gesprenkelt von Baumstümpfen.
„Weißt du noch, wie die Tommies Ski laufen wollten mit ihren weißlackierten Skiern? Wir haben uns schiefgelacht. Und abgeholzt haben die!" sagt Ott.
„Ja", sagt Wenner nach einer Weile. „Aber hier nicht. Hier waren die Amerikaner."
Ott wirft ihm einen Seitenblick zu und sagt nichts weiter.
Eine Zeitlang fahren sie schweigend.
„Weshalb bist du eigentlich zurückgekommen?" fragt Ott schließlich. „Du hast dich doch wer weiß wo herumgetrieben. Ich habe eine ganze Ansichtskartensammlung von dir. Erst kamen die Karten aus der ganzen Welt, dann irgendwann aus dem ganzen Harz. Wie soll ich mir das erklären?"
Der dreht den Spieß einfach um, denkt Wenner. So haben wir nicht gewettet, Freundchen. Er antwortet: „Ich war noch

längst nicht fertig mit der Erforschung der nächsten Heimat, ging mir irgendwann auf. Besuche haben da wenig geholfen. Auch wenn sie viel häufiger und länger waren als deine."
„Und jetzt erledigst du das, was noch zu erledigen war?" Zum ersten Mal trifft Wenner heute morgen Otts Echsenblick aus den halb geschlossenen Augen.
„Ich versuche es. Doch es ist ein schwieriges Unterfangen, hier wieder anzufangen, mit dem ganzen Gepäck, was man so mit heraufgeschleppt hat."
„Es geht um Zicki, sag's ehrlich." Ott hat die Augen nun ganz geschlossen und den Kopf zurückgelegt.
„Auch", sagt Wenner. „Aber nicht nur."
„Paß mal auf, Wenner", sagt Ott unerwartet lebhaft und wendet sich Wenner zu. „Wo wir schon ein Tête-à-tête haben. Ich will nicht sagen, ich verzichte, denn um auf etwas verzichten zu können, müßte man erstmal etwas haben. Doch um das klarzustellen: Ich habe nicht die geringste Absicht, mich wieder an Zicki heranzupirschen. Heute nicht und morgen nicht. Da ist nur so ein – ein Nachhall aus früherer Zeit, als ich noch dachte, ich hätte so meine Chancen. Sogar ein Anrecht, warum nicht? Es war die Zeit, wo man sich alles zugetraut hat. Besser gesagt – wo ich mir alles zugetraut habe. Du ja nicht – du hattest ja etwas, worauf du verzichten konntest. Du hast dir das damals nicht zugetraut. So, und nun wirst du forsch, und ich trau mir so etwas schon längst nicht mehr zu. Ich habe zwei Frauen verloren, und nun ist es genug. Ich muß mir auch nichts mehr beweisen – ich habe gefunden, was ich gesucht hatte, und es wieder verloren. Jetzt ist die Motivation weg." Er lacht ohne Bitterkeit.
Wenner schweigt. Er hat mich überrumpelt, dieser Spätheimkehrer, denkt er, und sucht nach einer passenden Antwort.

„Ja", sagt er schließlich nur und biegt von der großen Straße in eine schmale Teerstraße.
„Ja was?" sagt Ott. „Ist das alles, was du zur Lebensbeichte deines alten Freundes und Erzrivalen zu sagen hast?"
„Nein", sagt Wenner, „eigentlich wollte ich *dich* fragen, was du hier oben, wie du es nennst, eigentlich vorhast."
„Du wolltest mich überraschen, und nun bist du selbst überrascht. Und jetzt wüßte ich wirklich gern, wo die enden soll, deine Überraschung für mich. Wo sind wir hier, zum Teufel?"
„Du erkennst es nicht wieder, weil die Bäume, während du weg warst, einfach weitergewachsen sind, stell dir vor! Das war mal eine Schonung. Die Straße war auch nicht geteert damals. Das Ausflugslokal aber ist noch dasselbe – mit dem üblichen häßlichen, modernen Anbau, versteht sich. Und dem selben freien Blick."
„Habe ich etwas übersehen? War da ein Schild?"
„Ja, da war ein Schild, aber du hast dich gerade nicht für den Weg interessiert."
Sie kommen aus dem Waldstück heraus und sehen auf einer baumlosen Kuppe unmittelbar vor sich ein kleines weißes Haus. Von dem angekündigten Anbau ist von hier aus kaum etwas zu sehen. Der Parkplatz vor dem Haus ist noch leer. Wenner hält, und sie steigen aus.
„Mensch", sagt Ott, „daß das noch steht! Das sah damals schon so ramponiert aus, weißt du noch? Tausende von Schulausflüglern müssen da über die Veranda getrampelt sein. Wie wir."
Das Schild neben dem Eingang ist dafür gründlich modernisiert. Der Namenszug deutet eine schwungvolle Handschrift an. „Aber der Akzent steht noch da, wo er hingehört", sagt Ott. *„Ràdau-Baude. Durchgehend warme und kalte Küche. Tägl. Geöffnet. 2 Gehminuten bis zum Wasserfall."*

„Das war schön damals. Wir waren so laut wie möglich."
„Und während wir so laut wie möglich waren, habe ich die ganze Zeit zu euch beiden rübergeschielt, zu Zicki und dir. Damals hieß ich noch Öttchen. Öttchen! Wer wollte schon ein Öttchen. Das wollte ich nicht auf mir sitzen lassen.
Mein bester Freund – außer Backala, natürlich –, und dieses dünne, wütende Mädchen, das mich keines Blickes würdigte. Und so ist es geblieben, wenn man es genau betrachtet. Du hast die Braut, und ich habe die Erfahrungen."
„Noch habe ich gar nichts. Ich versuche nur, mich wieder ein wenig beliebter zu machen. Das ist auch dringend nötig, denn sie fand mich –" Wenner zögert, hat jedoch das Gefühl, Ott eine halbwegs ehrliche Antwort schuldig zu sein: „Ehrlich gesagt, ich hatte es gründlich mit ihr verdorben. Sie fände mich zum Kotzen, hat sie einmal gesagt. Zum Kotzen! Was sagst du nun?"
Ott schweigt beeindruckt. Sie setzen sich auf die hölzerne Veranda und blicken den Hang hinunter.

„Und was ist mit den ganzen Verlobten in Italien? Man hört ja doch so einiges." Ott hat noch die eine oder andere Frage in petto, das ist deutlich.
„Das waren gar keine richtigen Verlobten, hat Zicki gesagt. In Italien heißen alle Verlobte, die keine Freunde sind. Also, ich meine –" Wenner stößt Ott mit dem Ellenbogen in die Seite, als er sein Grinsen sieht. „Nun hör schon auf. Ich hab diese Geschichten nicht in die Welt gesetzt. Und jetzt habe ich ganz andere Sorgen."
„Und deshalb starrst du die ganze Zeit aus dem Fenster! Hab ich's mir doch gedacht."

„Und du, neugieriger Ott, weshalb starrst du die ganze Zeit aus dem Fenster? Dürfte ich das auch mal erfahren?“
„Ich muß weg von hier, Wenner. Ich geh wieder weg.“
Es stimmt also, denkt Wenner. Was sage ich jetzt?
„Und Magda und Marita?“ fällt ihm als erstes ein.
„Die Zwillinge sind unter allen Umständen zu schonen.“
„Während der Fahrt sind Türen und Fenster geschlossen zu halten – wie redest du denn? Was meinst du damit?“
„Ich meine damit, daß ich ihnen keinen unnötigen Kummer bereiten möchte.“
„Ah. Hast du aber schon. Du hast ihnen bereits den unnötigen Kummer bereitet, daß du sie im Ungewissen darüber läßt, was mit dir los ist. Du wirkst so, als würdest du dich demnächst am Bettlaken abseilen und das Weite suchen. Alles wie gehabt. Du bist aber freiwillig zurückgekommen. Also weshalb mußt du jetzt wieder weg, verdammt!“
„Weil mir hier oben alles zu eng wird. Weil mir hier oben das Enge von früher wieder die Kehle emporsteigt. Sag mir nicht, daß du das nicht verstehst!“
„Nein, das verstehe ich nicht. Du bist doch hoffentlich nicht immer noch der von früher? Warum bist du zurückgekehrt, Ott?“
Heimkehrer Ott tut sich schwer. Er ist, als er sich zur Rückkehr entschlossen hat, einem unbestimmten Gefühl gefolgt. Auch früher war er einem unbestimmten Gefühl gefolgt, halb gezogen, halb getrieben, und nun, dreißig Jahre später, ist es nicht anders gewesen: Es hatte ihn fortgetrieben, nun hat es ihn hergezogen. Und jetzt … Er seufzt.
„Es war Heimweh, meinetwegen.“
„Und nun stellst du fest, daß das Heimweh schöner war als das, was du hier gefunden hast? Ist es so?“
„Ja. Nein. In den letzten Jahren hat mir vieles gefehlt. Dieses

ganz gewöhnliche Dazugehören. Frühere Gewohnheiten. Und Menschen. Bestimmte Menschen."
„Bestimmte Menschen – nun sag doch, daß deine Freunde dir gefehlt haben. Deine beiden Kusinen."
„Meine Freunde und meine beiden Kusinen haben mir gefehlt. So. Bist du jetzt zufrieden?"
„Natürlich nicht, auch wenn du jetzt wenigstens sprichst wie ein Mensch. Ich bin nicht zufrieden, weil wir dir alle gefehlt haben und doch alle gemeinsam nicht ausreichen, um dich am Ort zu halten. Soll mich das befriedigen? So kann man doch mit Menschen nicht umgehen – man kommt doch nicht irgendwo unverbindlich vorbei und testet die Herzlichkeit. Die Herzlichkeit ist groß, aber leider, leider liebe Freunde, liebe Kusinen, mir reicht das nicht. Ich muß wieder weg. Du bist 'ne Diva, Ott."
Wenner ist jetzt ungeheuer verstimmt.
„Ich denke darüber nach. Es tut mir leid. Ich bin wohl etwas ... dürftig ausgestattet, was Anhänglichkeit angeht. Ich meine, ich kann das alles noch nicht so offen handhaben – ich war sehr lange weg, Wenner. Sehr lange."
„Du brauchst Entwicklungshilfe, verstehe. Doch da bist du nicht der Einzige. Aber nun such sie auch und verschaff dir Luft, mein Gott. Du kannst doch nicht wie als Junge gegen die Bäume treten, wenn du mit dir nicht klar kommst."
„Beruhigend zu wissen, daß die Buschtrommel immer noch funktioniert", sagt Ott säuerlich.
„Es war doch deine eigene Buschtrommel. Ganz Hohe Tannen hat die gehört."
Die beiden Männer stehen auf und machen sich auf den kurzen Weg zum Wasserfall. Es wird langsam warm.
„Prinzipiell", sagt Ott plötzlich, „will ich ja auch bleiben."
„Ach! Dann führen wir hier also nur Bleibeverhandlungen?"

„Nenn es, wie du willst. Ich möchte nur rasch noch mal weg, ja? Nach Arnos verdammter Feier. Ich möchte noch ein paar Sachen verkaufen, die ich da unten herumliegen habe, weißt du."
„Liegenschaften nennt man sowas."
„Kommt hin. Ich brauche das Zeug jetzt nicht mehr. Und hier oben könnte ich vielleicht irgendwas Gescheites damit anfangen. Muß ja nicht mitten im Wald sein. Ich bin nun mal kein Dunkelkeimer. Und deshalb muß ich nochmal weg."
„Und die Zwillinge? Wie sollen die glauben, daß es diesmal stimmt, wenn du sagst, du kämst bald wieder? Fast zwei Jahre haben die beiden bei deinen Eltern ausgeharrt, ehe sie es aufgegeben und sich selbst auf den Weg gemacht haben. Die lieben dich, die Zwillinge, schon wieder lieben sie dich."
„Die Zwillinge – die Zwillinge nehme ich doch mit! Die sind doch die Rückkehrgarantie. Habe ich das noch nicht gesagt?"
Wenner fährt herum und sieht den Freund fassungslos an. „Nein, hast du nicht gesagt! Daß du immer noch so ein aalglatter Scheißkerl sein kannst, Ott! Was spielen wir hier eigentlich? Rate mal, wer mit mir nach Australien fährt? Gott, wie ich das früher an dir gehaßt habe! Diese Diva! Dabei hast du erst einen ganz seriösen Eindruck gemacht nach deiner Rückkehr."
„Das gehört alles zum Prinzip Ott", sagt Ott frech. „Nein, mal im Ernst, das gehört alles zum Problemkreis späte Heimkehr. Wir waren uns doch einig – wir sind das Wasser, das den Berg rauffließt. Ich tue mich schwer damit, wirklich."

Die beiden stehen auf einer Aussichtsplattform. Die Kuppe, auf der das Ausflugslokal steht, endet hier abrupt in einem Steilhang, der von Felsbrocken übersät ist. Eine Seilbahn führt darüber hinweg, doch die Gondeln hängen noch still. Links von ihnen, eingezwängt in eine tiefe Kerbe zwischen zwei grauen Wänden, fällt der Wasserfall hinab. Sie betrachten ihn eine Weile. Wenner hört Ott neben sich kichern. Wahrscheinlich denkt er gerade an die australische Version der Niagara-Fälle.

„Lütt", sagt Ott.

„Größer ist er nicht geworden", bestätigt Wenner. „Doch für uns war das schon was – was hatte man schon gesehen in unserem Alter?"

„Rimini", sagt Ott. „Rimini mit dem VW. Das war auch aufregend. Als Wasserfall brauchte der Ràdauer sich damals noch nicht zu verstecken."

„Dieses Wasser kommt jedenfalls nie wieder hoch", sagt Wenner.

„Nie wieder", sagt Ott. „Aber das ist ja auch eine Wand und kein Berg."

Klassenfahrt

Steht das hölzerne Haus?
Am Wasserfall weiß und klein
Die Bahn schwebt drüber hinaus
Ràdauer Wasserfall, kehren Sie ein

Nägel halten die Bank
Bringen Sie Sprudel heraus!
Schweben tut man nicht lang
Schön das hölzerne Haus

Geht es nur mit Geschrei?
Das schöne Haus ist ganz weiß
Von Latten; der Garten ist heiß

Wanderer gehen vorbei
Jetzt Kaltes trinken mit Schaum
Kameltanne hieß hier ein Baum

„Nach hinten raus Reue und Wehmut, nach vorn raus unstillbare Sehnsucht – was spielt sich eigentlich dazwischen ab?" sinniert Wenner vor sich hin.
„Ein erfülltes Dasein", sagt Ott fromm und faltete die Hände auf dem Tisch.
Dieser Art lebensphilosophische Betrachtungen garnieren die gemischte Aufschnittplatte, die, flankiert von je einem Kännchen Kaffee, vor ihnen auf dem Tisch steht.
„Wir kehren ein", hatte Ott kurz zuvor gesagt, als sie wieder vor der Veranda der Ràdau-Baude standen, und es ist ihm anzumerken gewesen, daß er sich wieder einmal einen heimatlichen Ausdruck auf der Zunge zergehen ließ.
„Wo hast du das bloß in der kurzen Zeit alles aufgeschnappt?" hat Wenner grinsend gefragt.
„Ich lebe mit Zwillingen zusammen, mein Freund. Da geht schon so einiges Wasser über die Mühle", hat Ott ihn aufgeklärt.

Ihre Heimfahrt wird von kurzen Zwischenstops und erinnerungshaltigen Ausrufe- und Fragesätzen unterbrochen.
„Na, das sieht ja aus hier!"
„Daß das noch steht!"
„Warum mußten wir eigentlich immerzu Gedichte auf alles

machen – war das Klapproths Marotte? Sowas macht heute bestimmt kein Mensch mehr!"
„Hat damals auch schon kein Mensch mehr gemacht."
„Hat uns aber vermutlich im Leben nicht ernsthaft behindert, wie?"
„Nein, aber veredelt vermutlich auch nicht." Wenner weiß, wovon er spricht.
„Arno jedenfalls nicht! Diese Dichterei hat das Schlimmste aus ihm hervorgelockt."
„Stell dir mal vor, du bleibst sitzen wie Arno und mußt alles noch einmal dichten …"
Gegen Mittag biegen sie in die Lange Straße ein.

Nudelhölzer

In der Villa Polaczek war alles für Otts Empfang bereitet. Und wie man mit Zwillingen im Haus alles Schöne doppelt haben und genießen kann, so wird man, wenn es an der Zeit ist, auch alles weniger Schöne doppelt haben und über sich ergehen lassen müssen.
Die Zwillinge waren vor geraumer Zeit an die Decke gegangen.
Tätig wie jeden Vormittag, hatten sie sich mit dem Dahinschwinden ihrer häuslichen Pflichten nach und nach in einen wahren Ott-Entrümpelungsrausch hineingesteigert.
Als die beiden, deren Wege sich natürlicherweise im Fortgang der Alltagsarbeit immer wieder kreuzten, „endlich mal Otts Bude in Angriff" nahmen, war es zu einem ersten Eklat in absentia Otti gekommen.
„Nun sieh dir das hier an", sagte Marita noch in der Tür zu Otts Zimmer.

„Man faßt es nicht", bestätigte Magda und schickte den Staubsauger mit einem kleinen Tritt in die Zimmermitte.
Marita schnappte sich das Kabel und holte den Staubsauger wieder heran, noch ehe er ausgerollt war.
„Nee", sagte sie. „Ich putze ja gern mal für jemanden. Macht mir nichts aus. Aber putzen für einen, der die ganze Zeit bloß daran denkt, wie er sich wieder abseilen kann – da hätte ich ja gleich bei Edgar bleiben können. Komm."
Magda verharrte noch einen Augenblick unschlüssig auf der Schwelle.
„Pottwal", sagte sie dann, „dicker, fauler, gestörter Pottwal."
Das hatte sie schön gesagt, muß man anerkennen. Gestörter Pottwal. Darüber war bisher wenig gesagt und geschrieben worden. Wenn man nicht gerade an diese Wale dachte, die urplötzlich infolge irgendeiner Störung küstenwärts statt hinaus aufs offene Meer schwimmen und dort kläglich stranden. Diese traurigen Geschichten. Aber warum hätte man gerade in diesem Fall daran denken sollen? Heh, wir sind hier im Gebirge!
Wie tief mußte die Kränkung der Zwillinge in der Vergangenheit gegangen sein, wenn sie daraus noch immer eine solche Kraft zur Vergeltung beziehen konnten, sowie sich ein Anlaß dazu auch nur ahnungsweise ergab!
Nehmen wir den konkreten Augenblick – die Eckdaten der weiblichen Vergeltungssucht liegen längst vor, wir müssen nur alles im Einzelnen ausmalen und dann verdoppeln. Statt eines auf die Straße hinausgestellen Koffers mit den Habseligkeiten des Treulosen stünden dann dort gleich zwei, statt des einen etwas demodierten Nudelholzes, das, hinter der Tür bereit gehalten, gewöhnlich auf das Haupt des Ehebrechers niederkracht, krachten in diesem Falle zwei,

denn andere Formen engen Zusammenlebens können heute jederzeit den Platz des ehelichen Verhältnisses einnehmen; statt einer gehörigen Kopfwäsche oder eines verweinten Gesichts am Eßtisch erlebte man zwei und immer so weiter – es ist gar nicht auszudenken.
Magda und Marita waren an die Decke gegangen.
„Was machen wir jetzt, Marita?" fragte Magda irgendwann, denn sie war dieses Zustands überdrüssig. Große Müdigkeit kündigte sich an, depressive Verstimmung war bereits eingetreten, wo zuvor gewaltiges Wüten seine wohltätige Wirkung getan hatte.
„Gott, bin ich erschöpft", sagte Marita. „Aber das war mal gut, glaube ich."
„Das war mal gut, ja", stimmte Magda zu und ließ sich von der Decke herabfallen wie ein fatalistischer Käfer.
Mit einem dezenten Plumpslaut ging ihre Zwillingsschwester neben ihr nieder.
„Das war gut, für den Fall, daß er es wirklich wieder tut. Dann werden wir jedenfalls irgendetwas davon gehabt haben", sagte Marita.
„Komm, wir machen uns etwas frisch", sagte Magda. Der Anblick ihrer zerzausten und entkräfteten Zwillingsschwester ließ keinen Zweifel daran, wie es um ihr eigenes Äußeres bestellt war. „Und dann mache ich uns Kaffee, und wir setzen uns an den Küchentisch und reden von etwas ganz anderem."
„Wer's glaubt, wird selig", sagte Marita.

Etwa eine Stunde später hält Wenners Wagen vor der Villa Polaczek. Wenner sieht die Zwillinge hinter dem Küchenfenster lange Hälse machen und nutzt den Augenblick, als Ott ihm den Rücken zudreht und die Haustür aufmacht, um den Daumen zu heben.

„Hat Ott wenigstens *irgendetwas* gesagt, als er nach Hause gekommen ist?“ will Zicki am Nachmittag wissen.

Die Zwillinge verneinen das kopfschüttelnd. Oder doch – er werde sich ein Motorrad anschaffen, habe er verkündet, sagt Marita mit einem halben Lächeln.

„Wie wir das fänden, hat er uns gefragt und gestrahlt, dieser Clown“, sagt Magda.

„Und was habt ihr gesagt?“ will Zicki wissen.

„Wenn du meinst, Ott, haben wir gesagt, und: Wir finden das gut, Ott.“

„Was zum Teil auch stimmt, schließlich kann er mit dem Motorrad schlecht nach Australien fahren. Also hat er das wohl nicht vor, wie?“

„Nicht mehr“, sagt Marita nüchtern, „oder noch nicht.“

„Er braucht das offenbar. Er sah richtig glücklich aus.“

Und Magda sieht selbst schon richtig glücklich aus, findet Zicki.

„Er braucht das, um schnell mal ins Freie zu können, glaube ich“, sagt Marita.

Zicki läßt sich erleichtert auf einen Stuhl fallen. „Den haben wir gerade nochmal mit dem Lasso eingefangen. Oder vielmehr Wenner, Wenner hat ihn eingefangen.“

„Wenner ist mit dem Lasso ein Könner. Schade nur, daß wir wahrscheinlich nie ein Sterbenswort darüber hören werden, wie. Wie er das gemacht hat.“

„Maulfaul“, sagt Zicki.

„Es ist trostlos“, stimmt Magda zu.

„Arno“, sagt Ott etwa zur selben Zeit am Telefon. „Ich brauche ein Motorrad. Sofort. Gebraucht, aber gut, schnell, schwer, du weißt schon.“

„Man erlebt doch immer wieder Überraschungen“, sagt Arno. „Und ich weiß auch schon, wo ich auf die Schnelle eins herbekomme. Kannst dich morgen herfahren lassen und es abholen – ich weiß in diesen Tagen nicht, wo mir der Kopf steht.“

„Ich verlasse mich ganz auf dich, Arno. Nur gelb sollte es möglichst nicht sein“, sagt Ott und kling erfreut.

„Gelbe Motorräder sind hier ungefähr so verbreitet wie die Blaue Mauritius“, sagt Arno.

Heiße Luft

„Was willst du nur andauernd damit?“ fragte Zicki ärgerlich. Ott hatte gerade wieder einmal geltend gemacht, daß ein Verein ein Ziel haben müsse. Ein Vereinsziel.

Er, die Zwillinge und Zicki hatten sich unter das Sonnensegel hinter der Puddingakademie gesetzt. Sie warteten auf Wenner, der sich beim Mittagessen mit Lelleks halber Idee vertraut machen wollte.

„Du weißt doch, daß wir keine Zeit mehr haben, um ein Vereinsziel zu finden. Wir *hatten* Zeit, doch jetzt haben wir keine mehr. Wir wollten keinen Verein, wie sollen wir da ein Vereinsziel wollen? Wir wollen etwas für Arno tun. Und überhaupt, warum machst du nicht einfach einen Vorschlag?“

„Weil vor dem Vorschlag der Einfall kommen muß, und der Einfall kommt nicht. So ist das.“

„Siehst du.“

Gereizte Töne, muß man sagen. Es war einfach zu heiß. Es war heiß, und das schlaffe Segel wollte sich nicht füllen.
„Jetzt gebt doch mal Ruhe", sagte Marita, die seit Otts Motorradkauf zu alter Gelassenheit zurückgefunden zu haben schien.
„Gebt Ruhe und trinkt meinen Eistee", sagte Magda. „Wenner kommt gleich mit den zwei halben Ideen. So lange können wir doch wohl noch warten."
Ott verstand sich nicht aufs Warten, wir wissen es, doch immerhin hatte er heute etwas, das ihm die Wartezeit verkürzte. Etwa zehn Zentimeter von ihm entfernt stand seine blaue Harley. Er wandte sich um und musterte sie stumm.
Marita deutete eine Knutschszene an. Die anderen beiden gaben leise Stöhnlaute von sich.
Ohne sich umzuwenden, sagte Ott: "Glaubt bloß nicht, daß ich nicht weiß, was hinter meinem Rücken vorgeht."
„Es gibt sie noch, die geschlechtliche Liebe", sagte Marita, nun ganz ungeniert, da sie erkannt hatte, daß Ott sie im Rückspiegel beobachtete.
Ott wandte sich flüchtig um. „Ja, Marita", sagte er. „Es gibt sie noch. Und sie ist schön, diese Liebe. Irgendwelche Einwände gegen die Braut?"
„Nein nein!" – „Aber nein!" – „Ganz im Gegenteil!" riefen die Frauen.

Wenner kam um die Ecke der Küchenbaracke. Er schwenkte ein Stück Papier, das sich als Zeitungsartikel herausstellte.
„Sag schon, Wenner – was hat sie gesagt?"
„Wir haben einen Namen für die Veranstaltung: *Finkenmanöver*! Wie findet ihr den?"

„Finkenmanöver?" Zicki runzelte die Stirn. „Ist das nicht diese gemeine Veranstaltung, bei der sie den Vögeln die Augen zubinden, damit sie besser singen?"

„Das versuch mal!" Ott lachte laut heraus.

„Nicht die Augen zubinden – die Finken werden in abgedunkelten Käfigen gehalten, damit sie besser singen. Das ist eine Veranstaltung von einem Verein. Ein Wettsingen von Finken. Da kommen jedesmal die Tierschützer." Magda als Ornithologin zeigte sich gut informiert.

„Genau", sagte Wenner, „das ist eine uralte Tradition, steht hier. Lellek hat diesen Artikel für uns ausgeschnitten. Sie fand den Namen so schön und so geeignet."

„Ein schöner Name für eine gemeine Veranstaltung, das kommt hin", sagte Ott.

„Laß uns jetzt nicht hängen, Ott", sagte Wenner wieder einmal.

„Sind das eigentlich Harzer Roller?" fragte Zicki.

„Nein, das sind Buchfinken. Jedenfalls Finken. Lellek findet, wir sollten uns da einfach dranhängen an den Namen und die Grundidee. Auch einen kleinen Wettstreit abhalten, und Arno verleiht am Schluß den Finkentaler. Oder so ähnlich."

„Denen graben wir einfach das Wasser ab", sagte Magda befriedigt.

„Arno wird begeistert sein – erst Suppenküche und jetzt auch noch Tierschutz." Ott war so leicht nicht zu überzeugen. „Und wer singt hier um die Wette?"

„Du zum Beispiel. Du singst mit anderen um die Wette. Irgendetwas wirst du doch beitragen können", sagte Marita.

„Das vergiß mal gleich wieder", sagte Ott sauer. „Hat Lellek vielleicht außer dem Namen noch etwas Konkretes beitragen können?"

„Leider nicht", sagte Wenner. „Das müssen wir schon selbst schaffen."

„Heiße Luft", sagte Ott, „alles wieder nur heiße Luft."

„Was erwartest du – daß wir hier im Handumdrehen einen fliegenden Teppich knüpfen?"

„Einen fliegenden Flickenteppich kannst du haben", sagte Magda.

„Jeder macht Arno ein kleines persönliches Geschenk – reicht das nicht?" Marita lehnte sich zurück. „Dieser Verein ist doch bislang der reine Bluff – wir tun doch im Grunde nur, als gäbe es ihn. Wo ist also das Problem?"

„Arno hat sich nun mal keinen Bluff gewünscht, sondern er möchte sich todkrank, wie er ist, ein Denkmal setzen. Mit unserer Hilfe. Da ist das Problem."

„Wir machen das so, daß es echt wirkt." Wenner klang zuversichtlich.

„Und wie weit soll das gehen – aufblasbare Gummipuppen als Vereinsmitglieder?" Otts Laune wollte sich nicht bessern.

„Du verwechselst da was, Ott", sagte Marita ungehalten. „Ein Mann am Rande des Todes dürfte andere Vorstellungen haben."

„Vielleicht fragen wir ihn doch besser nochmal selbst", sagte Zicki seufzend. „Ich habe nur solche Angst, daß er weitere Wünsche anmeldet."

„Die ersticke ich im Keim, Zicki, sei unbesorgt." Ott stand bereits.

„Sag ihm am besten, daß wir die Gründungsfeier gern auf seinen Geburtstag legen und deshalb ein bißchen privater halten wollen. Sag ihm das, und er wird geschmeichelt sein."

„Sag ihm, wir wollten ihn überraschen."

Ott zog den Reißverschluß seiner Jacke zu. „Arno ist doch

kein Trottel. Er ist der Gerissenste von uns allen. Der hakt bestimmt nach und läßt sich nicht einfach mit einem Kindergeburtstag abspeisen. Ehe ich mich wieder aufrege – Wenner, hol den zweiten Helm raus. Du kommst mit. Du kannst sowas."

Wenn sprang widerspruchslos auf die Füße und holte den Helm aus der Packtasche.

„Ach, da fällt mir ein –", Ott wandte sich zu ihm um, „wenn das Lelleks halbe Idee war, wo ist denn nun deine eigene halbe geblieben?"

„Die war so ähnlich, fast identisch, kann man sagen. Ich dachte an eine Art Tanner Leistungsschau, speziell für Arno –"

„Leistungsschau! Das klingt aber nicht so gut", sagte Marita.

„Noch mehr heiße Luft", sagte Ott und schnaubte verächtlich.

„Und weg sind sie", sagte Magda.

„Ott ärgert sich immer noch scheckig über diesen Verein. Er will Arno feiern, doch der Verein geht ihm einfach gegen den Strich. Bis zum Schluß wird er an allem etwas zu mekkern finden. Das Motorrad ist unsere Rettung. Wir können ihn jederzeit irgendwohin schicken", sagte Marita.

„Süß", sagte Magda.

„Was ist denn daran süß?" fragte Zicki.

"Dieser alte Kerl."

„Und jetzt schreiben wir mal etwas auf." Zicki griff zu Block und Bleistift.

„Was denn?"

„Wie wir dieses Finkenmanöver würdig gestalten. Du wirst doch etwas beitragen?"

„Bestimmt. Frag mich nur nicht, was. Mach mal ein Fragezeichen hinter meinen Namen."

„Und was machst du, Magda?" Marita sah ihre Zwillingsschwester hoffnungsvoll an.

„Ich mache auch was. Mach mal zwei Fragezeichen hinter unsere Namen."

„Und Erni? Lilo? Ott? Wenner? Schon wieder vier Fragezeichen."

„Du hast Malte vergessen."

„Großes Fragezeichen." Zicki malte kunstvolle Fragezeichen.

„Da fällt mir ein: Lilo war doch mal bei Wotans Töchtern, diesem Harzmythenclub. Dann haben sie sich verkracht – aber sie hat doch so ein Stück eingeübt. Vielleicht kann sie das schnell noch zu Ende proben? Dann hätten wir eine Welturaufführung für Arno."

„Ich weiß, wie das hieß. *Rübezahl Revue*. Obwohl Rübezahl gar nicht aus dem Harz stammt."

„Das ist nicht hundertprozentig geklärt. Jeder kleine Höhenzug reklamiert den für sich."

„Ob Lilo da mitmacht, ich weiß nicht. Malte hat sie doch eine Weile Wotans Ehemalige genannt. Seitdem macht sie das höchstens noch heimlich weiter. Diese Ausflüge an mythische Orte im Harz."

„Wir fragen sie. Arno würde das bestimmt ungeheuer schmeicheln."

„Wenn sie sich dazu überreden läßt, machen wir die Kostüme, Magda. Die alten Stoffreste sind doch noch da?" Marita sah ihre Zwillingsschwester argwöhnisch an.

„Alles noch da, auf dem Boden."

„Und dazu eine Keule, bitte." Zicki zog eine angewiderte Grimasse.

Marita schrieb bereits mit.
„Und Erni macht doch immer diese niedlichen Bauklötze aus Ton. Die hat sie früher beutelweise im Laden verkauft. Da sind bestimmt noch welche von da."
„Und dann schenkt sie Arno einen Baukasten?"
„Nicht so etwas, das viel Zeit beansprucht, Zicki. Die hat er doch womöglich nicht mehr. Sie könnte ihm doch gleich das Autohaus Oberharz und sein Haus und alles nachbauen. Wir fragen sie."
Das war doch schon etwas. Eine Welturaufführung und ein Modell der von Fiselekschen Besitztümer, keine alltäglichen Gaben, weiß Gott nicht.
„Und Malte mit dem großen Fragezeichen?" fragte Zicki.
„Malte hat heute Praxistag in Gos. Heute können wir ihn nicht fragen. Außerdem darf der nur so wenig wie möglich wissen. Er bringt das sofort unter die Leute. Und Arno erzählt er bestimmt auch alles."
„Unter dem Siegel der Verschwiegenheit", sagte Magda.
„Dem hundertfach gebrochenen", sagte Zicki. „Das darf auf keinen Fall passieren. Stellt euch mal vor, wer sich dann hier alles einfindet."
„Die Unterwelt vom Oberharz", sagte Marita.
„Und außerdem wollen wir ihn doch überraschen."
„Um Malte muß Erni sich kümmern", sagte Marita. „Auf die hört er manchmal."

Arno stand auf dem Hof des Autohauses, offensichtlich in ein Verkaufsgespräch vertieft, als Ott und Wenner das Motorrad am Straßenrand abstellten. Arno, dem bekanntlich wenig entging, hob sofort grüßend den Arm und winkte einen älteren Angestellten heran. „Mach mal hier weiter,

Prause“, rief er. Mit seinem eiligen, kurzen Schritt kam er auf Ott und Wenner zu.
„Na, ihr Künstler?“ rief er. „Kleiner Ausritt? Ich hab leider nur einen Moment Zeit.“ Er kam gar nicht erst auf die Straße hinaus, sondern blieb hinter dem Zaun stehen. Schweratmend fuhr er sich mit der Hand über die Stirn. „Leide nur ich so unter der Hitze, oder ist euch zufällig auch gerade ein bißchen warm?“
Ott und Wenner sahen Arnos tiefrotes Gesicht und schnauften solidarisch.
„Wir haben nur eine Frage, Arno“, sagte Wenner. „Eine Frage und einen Vorschlag. Der Vorschlag ist, daß wir die Gründungsfeier für den Verein auf den 23. legen – das ist der letzte Sonntag vor Ferienbeginn und zufällig dein Geburtstag.“
Vermutlich wäre Arno errötet, wenn das noch möglich gewesen wäre.
„Gewöhnlich würde ich sagen: Nee, laßt mal, ich feiere meinen Geburtstag schon ewig nicht mehr. Aber der Termin liegt nun mal auf dem einzig vernünftigen Sonntag, ehe alle Leute in die Ferien abhauen. Doch müßt Ihr das ja nicht an die große Glocke hängen, wie?“
„Natürlich nicht, Arno, im Gegenteil – wir wollten die ganze Veranstaltung nur ein bißchen persönlicher halten, als anfangs gedacht. Ein paar kleine Geburtstagsüberraschungen für dich, wo wir schon beim Feiern sind. Gäste, die nichts davon wissen, kriegen das gar nicht mit.“
„Ich lasse mich überraschen“, sagte Arno sofort. „Aber nichts Aufwendiges, ja?“
„Nein, nein, das schaffen wir auf die Schnelle sowieso nicht – aber etwas angemessen Festliches soll es schon sein.“

„Und die Frage – ihr hattet noch eine Frage?“ Arno war offenbar auf den Geschmack gekommen.
„Wir wollten für alle Fälle nochmal nachfragen, ob du mit dem Verein Grüne Baracken inzwischen irgendwelche konkreten Vorstellungen verbindest.“
„Ob du nicht doch so etwas wie ein konkretes Vereinsziel im Sinn hast?“ Ott, zuvor doch fest entschlossen, jeden weiteren Wunsch Arnos im Keim zu ersticken, folgte der Regung seines Gewissens, als er den Freund, den leibhaftigen Arno, vor sich sah, seine leidende Verfassung, seine Bedürftigkeit, seine Freude. Ach verdammt, dachte Ott, tu uns das nicht an, Arno.
„Du verstehst – das ist der letzte Augenblick, um konkrete Wünsche zu äußern. Wir haben doch nur noch so wenig Zeit. Bis zur Gründungsfeier, meine ich. Danach eilt es dann ja wieder nicht mehr so sehr.“ Irgendwann wird jedes Wort zweideutig, dachte Ott nervös. Der reinste Eiertanz.
Arnos Blick wanderte prüfend von Ott zu Wenner, als wolle er ganz sicher gehen, daß diese beiden Künstler, diese windigen Brüder etc., es ernst meinten. Die Prüfung verlief offenbar zu seiner Zufriedenheit, denn er sagte: „Es ist alles ein bißchen holterdipolter gegangen – Zicki ist da, die Säge ist weg, so rasch wie möglich sollte dort etwas hingestellt werden ... Und die Baracken haben mich hier gestört. Ja also, ich möchte, wie soll ich sagen – einen *schönen* Verein. Keinen Allerweltsverein. Einen Verein mit einem gewissen Niveau, stilvoll – verdammt, ihr wißt schon, was ich meine. Ich dachte, das wäre für euch überhaupt kein Problem, das ist doch euer Fach – Kultur, Spinnereien und anspruchsvolle Unterhaltung ...“Arno hatte sich abgewandt.
Ott und Wenner tauschten einen kurzen Blick.
„Das ist ja auch kein Problem, Arno!“ rief Wenner. „Wozu hast du solche wie uns! Wir wollten uns nur nochmal ver-

gewissern. Und wenn du sagst, es soll ein schöner Verein werden, dann wird das ein schöner Verein. Schön liegt uns. Wir freuen uns darauf, Arno."

Ott beteuerte: „Wir haben bereits ein paar bildschöne Ideen, Arno. Und damit eins klar ist – du gibst diesmal keinen Pfennig aus. Die Finanzierung steht bereits."

Arno kniff die Augen zusammen und bedachte sie mit einem weiteren prüfenden Blick. „Ist gut", sagte er dann. „Danke. Und sagt Zicki, daß ich sonntagfrüh die Stühle vorbeibringe, ja?" Er hob die Hand und ging weg, ohne sich noch einmal umzusehen.

„Machen wir das eigentlich richtig?" sagte Ott. „Richtig für ihn?"

„Wir versuchen es. Was für ein armer Hund – scheffelt die ganze Zeit Geld, und nun vermißt er das Schöne im Leben."

„Offenbar ist es schwer, einen mittleren Kurs zu steuern zwischen gar kein Geld und nur Geld."

„Das ist ein bildschönes Thema", sagte Wenner. „Wie geschaffen fürs Lütje Lage. Doch das muß warten bis nach dem Finkenmanöver. Alles muß warten." Er verzog das Gesicht. Ott grinste.

„Weißt du, was wir vergessen haben zu fragen", sagte er, während er den Helm aufsetzte. „Wie paßt denn das alles mit dieser Killerbiene zusammen? Sag, was du willst, aber so ganz geheuer sind mir Arno und dieser Verein immer noch nicht."

„Du bist der Skeptiker", sagte Wenner achselzuckend, „ich bin der Mann, der alles kann."

„Auf dem Papier", sagte Ott.

„Ist alles gut gegangen?“ fragte Zicki.
„Ja und nein“, sagte Wenner. „Konkrete Wünsche hatte er zwar nicht, aber wünscht sich einen *schönen* Verein.“
„Ach herrje!“ – „Was versteht er denn darunter?“ riefen die Zwillinge. Zicki hielt den Blick fragend auf Wenner gerichtet.
„Pflanz Rosen, Zicki“, sagte Wenner.

Arno – ein Mann wird besser

Der erste Mensch, der am nächsten Sonntagmorgen auf Zickis Hof erschien, war Arno. Es war noch nicht acht. Er stieß das Hoftor auf, fuhr mit seinem Pritschenwagen knirschend über den Kies und rollte dann in einem sauberen Bogen vor der Küchenbaracke aus.
Der allererste Mensch auf dem Hof aber, Marcel, hatte sich nach einem Blick über die Schulter mit ein paar schnellen Schritten bereits durch das Türchen des Gemüsegartens davongemacht und hinter dem Komposthaufen in Sicherheit gebracht. Den Besen, mit dem er gerade die letzten Fetzchen Papier weggefegt hatte, ließ er einfach gegen die Barackenwand fallen.
Zwischen Kürbisblättern hindurch verfolgte Marcel jeden Schritt und jeden Handgriff des Mannes, den er nicht mochte, weil er ihm nicht traute.
Arno aber ist, wie wir längst gemerkt haben, nicht dumm. Er macht sich so seine Gedanken, und seine flinken Äuglein sorgen dafür, daß es in seinem runden Schädel unablässig klingelt wie in einer Registrierkasse. So daß er jetzt sehr wohl wußte, wer hier irgendwo stecken mußte, nur wo, das wußte er noch nicht. Sein piekfeiner Anzug, einige Schattierungen zu dunkel für den strahlenden Frühsommermorgen

– Malte hatte seine Farbe bei anderer Gelegenheit als „warmes Kackbraun“ bezeichnet – stach auffällig ab gegen die verschmutzte Flanke seines Fahrzeugs, von deren Aufschrift *von Fiselek* nur noch die Buchstaben Fisel halbwegs lesbar waren.

„Hah“, sagte Marcel halblaut.

Arno legte das Jackett ab und warf es auf den Fahrersitz. Den gelben Schlips lockerte er, die Ärmel seines zimtfarbenen Hemds rollte er auf, ließ die Seitenwand des Kleinlasters herabkrachen und sprang mit erstaunlicher Behendigkeit auf die Ladefläche. Vor sich hin pfeifend, befreite er die Stühle, seine Morgengabe, aus ihrer Vertäuung und begann sie abzuladen, immer zwei auf einmal. Marcel schätzte ihre Anzahl auf etwa vierzig.

Keine Sekunde versäumte es Arno während seiner Arbeit auf dem Pritschenwagen, den Blick schweifen zu lassen. Irgendwo steckte der Kerl. Und irgendwie ärgerte es Arno, der ihm noch niemals allein begegnet war, daß nur er, so sah es aus, seiner Gesellschaft immer noch nicht für würdig befunden wurde. Könnte ruhig mit Hand anlegen, dieser anspruchsvolle Waldmensch. Arno geriet natürlicherweise ein wenig in Rage, denn im feinen Zwirn so am frühen Morgen zu schuften, allein, das kam ihm plötzlich lachhaft vor. Er schloß die Seitenwand, schwang sich auf den Fahrersitz und setzte zurück, bis der Kleinlaster unter den beiden Kastanien neben der Villa seinen Platz gefunden hatte. Das Jackett über der Schulter, stapfte Arno zurück zu den Baracken.

„Marcel!“ rief er. „Ich weiß, daß du da bist. Komm doch mal raus.“

Marcel blieb schön hinter seinem Komposthaufen sitzen.

„Ich weiß, daß du mich nicht leiden kannst. Womöglich hast

du auch noch recht damit. Ich bin schließlich zeitlebens das Paradearschloch der ganzen Region gewesen. Das verlernt sich nicht von heute auf morgen. Aber ich gebe mir Mühe. Das mußt du doch sehen."
Arno drehte sich einmal im Kreis, um sich wenigstens ein Bild von den denkbaren Verstecken Marcels zu machen.
„Und dann will ich mal eins klären", fuhr er unbeirrt fort, „wo wir schon so nett am Plaudern sind. Ich war ungefähr drei, als diese Scheißsäge den letzten Zwangsarbeiter gesehen hat. Das geht also mit Gewißheit nicht auf mein Konto. Ich weiß ja nicht, was für einer ich damals gewesen wäre, als Erwachsener, meine ich, aber heute wäre ich mit Sicherheit keiner von denen. Nur daß du das weißt. Und darum habe ich auch diesen Hof hier leergeräumt bis auf ein paar Krümel Sägemehl. Auch wegen Zicki, na gut, aber doch nicht nur. Man reißt doch wegen einer Frau keinen funktionierenden Betrieb ab, da kann sie noch so attraktiv sein. Das siehst du doch wohl genauso?"
Arnos Gesicht war mittlerweile ziemlich rot. Entweder sah Marcel hinter seinen Kürbisblättern das nicht, oder es war ihm gleichgültig. Jedenfalls kam von ihm auch jetzt noch kein Ton.
Ruhig, Arno, ruhig, sagte Arno zu sich, doch es half nichts. „Marcel!" schrie er los. „Marcel! Was verlangst du von mir, verdammt?"
Langsam erhob sich Marcel hinter dem Komposthaufen. „Ist ja gut." Er machte eine abwiegelnde Geste und kam langsam aus seiner Deckung. „Geh Kaffee trinken, Arno, Hedel und Zicki warten schon. Ich räume die Stühle rein."
Arnos Schultern sackten nieder. Er hob unentschlossen die Hand und sagte: „Gut, Marcel, danke. Ich geh dann mal einen Augenblick ins Haus."

Da sieht man, was das Besserwerden aus einem Menschen macht, räsonierte Arno vor sich hin. Wenn ich daran denke, daß ich dem schon mal Arbeit angeboten habe, denn arbeiten kann er ja, das sagen alle ... Der hat getan, als hätte ich ihm einen unsittlichen Antrag gemacht. Fehlt nur noch, daß ich mich vor diesem Höhlenmenschen verneigt hätte, murmelte er zähneknirschend. Wenn man gleich von vornherein gut ist, mag das ja angehen, dachte er dann. Aber als Späteinsteiger, ich weiß nicht. Das war jetzt gerade Marcel, na schön, der ist ja trotzdem ein armer Hund. Doch weiter möchte ich nicht gehen. Eigentlich möchte ich nicht mal so weit gegangen sein wie gerade eben, dachte Arno und hielt mit gesenktem Kopf am Fuß der Treppe inne.

„Arno", sagte Zicki von oben. „Danke."

Arno straffte die Schultern und blickte zu ihr empor. „Ach, Zicki, die Stühle. Das war kein Problem, wirklich nicht. Die standen alle noch da, wo man sie hingestellt hatte."

„Danke auch für die Stühle, Arno. Aber ich meinte eigentlich dein Gespräch mit Marcel."

„Mein Gespräch mit Marcel, natürlich", antwortete Arno spöttisch. Langsam stieg er die Stufen empor. „Vielleicht hätte ich doch lieber bei meinem Leisten bleiben sollen. Dann hätte ich dem Kerl was erzählt." Er klang deprimiert.

„Du machst das ganz richtig, glaub mir. Hab noch ein bißchen Geduld."

„Wenn du meinst. Ich kann ihm ja mal ein paar Blumen mitbringen ..." Er kicherte. „Jedenfalls erstmal guten Morgen, meine Schöne!" Er lächelte Zicki versöhnlich zu.

„Guten Morgen, mein Schöner." Zicki legte ihm den Arm um die Schulter und gab ihm einen Kuß.

„Manche Belohnungen, die man als besserer Mensch so

bekommt“, sagte Arno etwas außer Atem, „möchte ich allerdings nicht missen. Dafür rutsche ich gern noch ein paarmal auf den Knien über den Hof, wirklich.“

Über den Zaun

Seine überaus nützlichen, überaus zahlreichen Touren als Kurier im Auftrag des Festkomitées, dem er zugleich selbst angehörte, legte Ott Polaczek häufig großzügig als Besichtigungs-, Kontroll- und Eroberungsfahrten aus. Gelegentlich, wenn ihm der Sinn danach stand oder er Unterstützung brauchte, klemmte er ein weiteres Komitéemitglied hinter sich, meist Wenner oder, in diplomatischer Mission, auch einmal eine Kusine, die dann, die Arme fest um ihn geschlungen, zu einem einzigen seligen Polaczekschen Riesengenom mit ihm verschmolz. Zicki allerdings weigerte sich standhaft, das „Ding“ zu besteigen, während Hedel mindestens zweimal gesehen wurde, wie sie, unbekümmert um ihre anspruchsvolle Frisur, helmbewehrt mit Ott nach Schroffezarge brauste, um von ihrer Kusine und Beiköchin Elisabeth erste Terrinen für Arnos Feier abzuholen und ihr, wozu hatte man Packtaschen, neue Rohstoffe anzuliefern. Das sei ja herrlich, sagte sie und entlohnte Ott mit einem Plätzchen wie einen braven Hund. Kauend preschte Ott vom Hof. Das ist ja herrlich! fand auch er. Wenn er, was täglich geschah, noch ein, zwei unnütze Schleifen fuhr, hatte er das Gefühl, die umliegenden Berge und Ortschaften regelrecht aufzufressen, sich den Bauch mit Harz vollzuschlagen bis zum Platzen, der Riese Ott – Einverleibungsfantasien, eindeutig, diagnostizierte er grinsend. Und wohl bekomm's!

Wenn er besichtigte, verlangsamte er und fädelte sich durch kleine Kurorte oder graste, lieber noch, das umliegende Hochland nach weiten Ausblicken ab. Wenn er kontrollierte, bremste er unvermutet vor einem Tanner Haus oder Häuschen und traktierte seine Bewohner über den Zaun mit seinen Marschbefehlen.

Gleich am Sonntagnachmittag nahm er nach einem Blick auf die frisch angelieferten stilvollen Stühle vom Hotel Tänzer mit ihren verschossenen bordeauxroten Sitzpolstern das lustvolle Geschäft in Angriff, überall aufzutauchen, um „die Dinge in Gang zu bringen und zu halten." Er kniete sich richtig rein.

„Was denn, ihr liegt hier einfach im Liegestuhl und laßt den lieben Gott einen guten Mann sein!" schrie er Lilo und Erni über den Zaun hinweg zu, als die ihre wenige Freizeit dazu nutzten, auf dem schmalen Streifen Gras neben ihrem Häuschen vor sich hin zu dösen. „In einer Stunde tagt das Festkomitée – wenn ich also mal bitten dürfte!" Mit diesen Worten und wedelnden Armen scheuchte er die Frauen hoch, wendete, bremste vor seinem eigenen Zaun und bedeutete den Zwillingen, die sich gerade mit ihrer Teekanne neben der Eibe niedergelassen hatten, mit beiden Händen, sie sollten bitte ihren Hintern lüften. „Das gesamte Komitée pflegt den Müßiggang, und wer treibt die Dinge voran? Wie heißt es doch so schön: Die Ernt' ist groß, die Zahl der Knechte klein. Wir treffen uns in einer Stunde, also keine weiteren Allüren, bitte!" Magda und Marita zeigten ihm in perfekter Synchronizität den Vogel, während ihr Vetter bereits zu Wenner unterwegs war. Er fuhr ein sauberes U und pfiff vor dessen Fenster, was allerdings vorerst nur Waller herbeilockte, der ein wenig Remmidemmi offenbar gerade gut gebrauchen konnte. „Nee, Waller, das ist nichts für dich,

Motorradfahren. Geh du mal zu Fuß." Er zeigte in Richtung Fabrikantenvilla, und Waller trottete los.

„Wenner!" rief Ott ungeduldig, „Wo steckst du denn?" Wenner erschien mit nacktem Oberkörper im oberen Stockwerk am Fenster. „Zicki meint, in einer Stunde, also richte dir die Haare und dann schieb los! Wir haben keine drei Wochen mehr!" Wenner, ganz offensichtlich aus der Siesta gerissen, zeigte ihm einen trägen Vogel, während Ott seine Mission unverzüglich wieder aufnahm. Er fuhr in Richtung Pension Waldesruh, um Lellek abzuholen, die, wie er es für sich ausdrückte, noch gar nichts von seinem Motorrad gehabt hatte, die Arme.

So hatte es am Sonntagnachmittag begonnen, und so sollte es, entsprechend den schöpferischen Aktivitäten des Festkomitées, während der nächsten Tage und Wochen weitergehen.

Wenn Ott nach Gos fuhr, wozu sich zu seiner Freude mehrmals ein Anlaß fand, hielt er auf dem Rückweg zu kurzer Zwiesprache am Fuß der hohen Tannen. Er hätte es selbst nicht für möglich gehalten – nach so vielen Jahren! –, doch Backala fehlte ihm.

„Sieh mal, alter Freund, ich hab dir was mitgebracht, nur eine kleine Aufmerksamkeit, damit es ein bißchen freundlicher aussieht unter diesen räudigen alten Tannen!"

Er legte einen Strauß Anemonen vor das hölzerne Kreuz und nahm in den nächsten Tagen befriedigt zur Kenntnis, daß noch andere gosfahrende Freunde auf denselben Gedanken gekommen sein mußten, denn binnen kurzem hatten sich seinem eigenen zwei weitere Sträuße hinzugesellt, einer sogar mit Vase.

„Siehst du, Backa, siehst du", sagte er, „du bist nicht vergessen." Und er tippte mit seiner kleinen, für diesen speziellen

Ort reservierten Geste an seinen Helm. Ott kniete sich richtig rein.

Doch kaum hatte der vielspännige Festkarren sich, sonntäglich-geruhsam, in Gang gesetzt, mußten die Freunde erkennen, daß auf jeden kleinen Fortschritt drei unerwartete Schwierigkeiten kamen.

Gleich am Sonntag, als Ott die faulen Knechte und Mägde auf Trab gebracht hatte, stellte sich das erste größere Problem. Malte! Wo der denn sei, fragte Erni, und Ott wußte zu melden, daß er ihn nicht angetroffen habe. Auf Patientenbesuch sei der, habe der alte Krupka ihm über den Zaun zugerufen.

„Nur gut, daß er nicht ins Festkomitée wollte, dann kann er wenigstens nicht beleidigt sein, weil wir schon angefangen haben."

„Ja, aber wir müssen ihn schleunigst ins Bild setzen. Er muß doch wissen, daß die Gründungsfeier zugleich Arnos Geburtstagsfest werden soll. Und daß er nichts rumerzählen darf."

„Der kriegt zuviel. Noch mehr Arnomanie!"

„Und wenn er dann noch hört, daß er einen Beitrag liefern soll!"

„Übernimmst du das, Erni?"

„Ja, mach ich. Ich fahre am besten gleich nochmal hin. Damit er sich nicht wieder ausgeschlossen fühlt. Er kann ja später noch herkommen." Erni war bereits auf dem Weg zu ihrem Fahrrad, als Zicki sie noch einmal zurückrief.

„Warte mal. Wo du sowieso mit ihm sprichst – ich finde, wir sollten Malte für alle Fälle fragen, ob man Arno das alles überhaupt zumuten kann, so schlecht, wie es ihm geht. Die Hitze, der ganze Rummel, das wird doch anstrengend für ihn."

„Nicht, daß wir ihn am Ende noch umbringen mit seiner Feier und –" Magda verstummte mitten im Satz. Diese Vorstellung war doch gar zu grausig.

„Du hast recht, Zicki. Fragen wir den Arzt. Das fällt doch noch nicht unter die ärztliche Schweigepflicht."

„Und vielleicht, wenn du schon mal dabei bist, kannst du ja doch noch – ich meine, du kannst doch ganz gut mit ihm umgehen, Erni ..." Ott wollte jedenfalls nichts unversucht lassen.

„Was? Ihn fragen, wie seine Diagnose genau lautet? Wieviel Zeit er Arno noch gibt? Das vergiß mal. Das schaffe ich nicht. Aber ob er sich schonen muß, wird er mir ja wohl sagen können. Ich fahr jetzt mal los. Bis gleich."

Während Erni in heikler Mission unterwegs war, ergab sich die nächste ernsthafte Schwierigkeit. Lilo lehnte es rundheraus ab, die unvollendete Rübezahl-Revue, diese Altlast aus ihrer Zeit mit Wotans Töchtern, zur Welturaufführung zu bringen.

„Nein, ganz entschieden nein, und dabei bleibt es. Das ganze Ding trug die Spuren des Zerwürfnisses. Ich habe es einfach zusammengeknüllt und in den Papierkorb geworfen."

„Lilo, liebe Freundin", sagte Wenner und konnte sich ein Grinsen nicht verkneifen, so daß sie ihm vorsorglich mit dem Finger drohte, „ich würde dich jetzt zu gern fragen, welcher Art dieses Zerwürfnis eigentlich gewesen ist. Ein Zerwürfnis mit Wotans Töchtern, das klingt wirklich interessant – doch reg dich gar nicht erst auf. Ich frage nicht. Das gehört ja auch gar nicht hierher. Aber, liebste Lilo, du wirst doch noch irgendein klitzekleines Dramolett in der Schublade haben?

Irgendetwas Halbvollendetes oder gar Vollvollendetes? Sag jetzt nicht nein – ich *weiß* es nämlich. Du hast mir doch vor längerer Zeit von einer Sage erzählt, die du für Antenne Freier Hochharz zu einem kleinen Hörspiel umarbeiten wolltest. Na, was sagst du nun?"
Lilo errötete, halb ärgerlich, halb geschmeichelt. „Du hast wirklich das Gedächtnis eines lokalhistorischen Elefanten, Wenner", sagte sie. „Aber ich –"
„Oh nein, Lilo", sagte Ott und umarmte sie sehr fest. „Keine Ausreden, oder hast du dich etwa auch mit Antenne Freier Hochharz überworfen? Nicht, daß ich wüßte. Nun laß uns nicht lange bitten, sonst brauch ich Gewalt –" Ott hatte noch Reserven und drückte ein wenig fester.
„Au – nun laß das doch, Ott. Ich habe ja noch gar nichts gesagt." Sie atmete durch, als Ott seinen Klammergriff löste, und sagte dann: „Gut. Ich mache es. Es ist nicht sehr aufwendig. Ich brauche nur wenige Darsteller. Drei Sprechrollen, zwei stumme Figuren. Wer von euch spricht am besten Platt?" Die Erheiterung war groß und steigerte sich noch, als Lilo erklärte, mit ein paar Nachhilfestunden sei jeder von ihnen in kürzester Zeit imstande, die männliche Hauptrolle in den *Moosweiblein* zu übernehmen.
Moosweiblein! Für Harzfremde ist vielleicht nicht unmittelbar einsichtig, was daran schon wieder so ungeheuer erheiternd sein sollte. Es ist aber auch möglich, daß die Hitze, die allgemeine Erleichterung über Lilos Einverständnis zu einer derart ausgelassenen Stimmung beitrugen. Vielleicht kam auch hinzu, daß man den Augenblick, da Lilo sich einverstanden erklärt hatte, Arnos Kulturprogramm zu krönen, möglichst lange auszudehnen versuchte, ehe sie mit der Darstellerfrage ernst machen würde. Irgendjemanden mußte es ja treffen! Und wer wollte jetzt so kleinlich sein und wegen

der paar Worte Plattdeutsch die ganze Aufführung platzen lassen?

„Hab ich's nicht geahnt – Mooshütten brauchen wir!" rief Wenner.

„Hol die Baracken ab, Arno!" rief Zicki.

Doch es nützte alles nichts. „Freiwillige vor", sagte Lilo, sowie die fidelen Kandidaten erschöpft zu Hedels Zitronentee griffen.

„Gut", sagte sie, als das Genippe kein Ende fand, „dann machen wir eben ein ordentliches Casting ..."

„Erni kommt", rief Marita erleichtert.

Erni lehnte ihr Fahrrad an die nächste Barackenwand und eilte herbei. Es war wohltuend zu sehen, wie gut ihr ihre wichtige Mission bekam. Sie baute sich vor den Freunden auf und sagte: „Erstens: Malte wußte bereits Bescheid."

„Woher denn?" Ott konnte sich das nun gar nicht erklären. Wer außer ihm war für das Bescheid Sagen und Bescheid Holen zuständig? Telefonierte da etwa irgendein Spielverderber hinter seinem Rücken?

„Von Arno. Malte hat gestern kurz bei ihm angehalten, als er durch Schroffezarge kam. Arno hat ihm erzählt, man hätte ihm eine Geburtstagsfeier angekündigt. Nichts Pompöses, hat er gesagt. Jedenfalls hat Malte mir über den Zaun weg ganz lässig erklärt, wir sollten uns mal nicht seinen Kopf zerbrechen. Sein Beitrag wär längst gesichert. Und er kommt später noch auf einen Sprung her. Er war gerade erst nach Hause gekommen."

Die anderen sahen sie abwartend an.

„Und zweitens? Hast du ihn gefragt, Erni?" Zickis Miene war ein wenig besorgt.

„Feiern kann er, hat Malte gesagt. Kein Problem. Er wär Trubel gewohnt, hat er gesagt."

„Und weiter?“ Ott starrte sie auffordernd an. „Hast du versucht, ihm irgendetwas zu entlocken? Wie schlimm es wirklich um Arnos Gesundheit steht?“
Erni stöhnte, doch es war deutlich, daß sie das Beste aus diesem Augenblick herauszuholen beabsichtigte, da aller Augen auf sie gerichtet waren.
„Er hat nur mit einer Geste darauf geantwortet –“ Sie reckte sich empor, führte beide Hände Daumen an Daumen vor dem Körper zusammen und öffnete dann langsam die Arme, als striche sie mit den Handflächen abschließend über ein Stück Bügelwäsche.
„Was soll *das* denn bedeuten?“ Ott schüttelte den Kopf. „Mach das nochmal, Erni.“ Erni wiederholte Maltes gestischen Bescheid.
„Nochmal, Erni!“ Erni tat es bereitwillig und mit undurchdringlicher Miene, wie sie es offenbar gerade von Malte gelernt hatte.
„Also, das kann ja nun alles und nichts bedeuten. Etwas Finales wie etwas Banales. Das reinste Orakel.“ Ott war ganz und gar nicht zufrieden.
„Halten wir uns doch damit nicht auf. Hauptsache, Arno kann sich gefahrlos feiern lassen“, sagte Wenner und stieß damit auf allgemeine Zustimmung.
„Danke, Erni“, sagte Lilo herzlich, „Du bist hiermit für eine der stummen Rollen engagiert. Besser kann man so etwas nicht machen.“

So etwa verliefen während der Vorbereitungszeit die freien Stunden der Freunde auf dem Hof hinter der Fabrikantenvilla. Mal fehlte der eine, mal die andere, wie am ersten Sonntag Lellek, die in Gos verabredet gewesen war, wie

Malte, der oft erst spät am Abend oder gar keine Zeit fand, vorbeizuschauen, und wie, grundsätzlich, Arno. Selbstverständlich. Arno war zur Passivität verdammt, jedenfalls offiziell, und er genoß jeden Augenblick seiner Verbannung. Was er allerdings ab vom Schuß, im fernen Schroffezarge, eventuell vor sich hin mauschelte, das entzog sich bis auf weiteres der Kenntnis aller Beteiligten. Glücklicher Arno, schon jetzt.

Einer aber, der doch künftig eine wichtigere Rolle hatte spielen sollen, war bei all dem anfänglichen Hin und Her über den Zaun gänzlich ins Hintertreffen geraten, denn er hatte nun einmal keinen Zaun.

„Marcel – wir haben noch gar nicht an Marcel gedacht!" hatte Zicki am ersten Sonntagabend hinter den Baracken plötzlich ausgerufen. „Marcel soll doch nicht nur den Platz fegen, das kommt überhaupt nicht in Frage! Wir wollten ihn doch bitten, eine wichtige Rolle zu übernehmen!"

„Inspizient", sagte Lilo prompt. „Marcel Raplan-Fitsche wird Inspizient. Erstens brauchen wir einen, und zweitens kann er einfach alles, was man überhaupt mit den Händen tun kann."

„Arbeiten Inspizienten denn auch mit den Händen?" wollte Wenner wissen.

„Bei uns schon. Bei uns muß jeder alles können."

„Das ist eine schöne Aufgabe", sagte Zicki erleichtert. „Nun müssen wir ihn nur noch dazu überreden, künftig auch mal durch den Vordereingang hereinzukommen. Er wird immer noch leicht kopfscheu, wenn er es mit vielen Menschen gleichzeitig zu tun bekommt. Wenner, übernimmst du das? Dir vertraut er am meisten."

„Mir und Lellek", korrigierte sie Wenner der Gerechte. „Ich versuche das mal als erster. Wenn er schwierig wird, kann

Lellek ihn aus dem Bau locken und auf ihn einwirken. Darin ist sie besonders gut."

Musterschüler Marcel

Wenn man es recht besieht, ist die Behauptung, Marcel habe keinen Zaun, unzutreffend. Denn wie der Backlasche Gemüsegarten, der vorn an den Hof der Villa, hinten an den Tannenwald stieß, seit jeher sein Platz war, so war der Gartenzaun auch sein Zaun. Nur war dieser Zaun nicht, wie die Zäune der Freunde, geeignet, um über ihn hinweg Botschaften loszuwerden oder entgegenzunehmen, denn Marcel hielt sich vorwiegend dann hinter ihm auf, wenn ihn dort keiner vermutete, in den frühen Morgenstunden, in den späten Abendstunden und sonst nur ausnahmsweise einmal, wenn er irgendetwas für Hedel oder Zicki im Gemüsegarten zu erledigen hatte. Meist setzte er, wenn er vom Garten in den Hof hinüber wollte, einfach mit einem Sprung über den Zaun.

Marcel war, nachdem sowohl Zicki als auch Pastor Klages ihm mitgeteilt hatten, eine Waldschule werde es leider nicht geben, nicht wenig erstaunt, als er vor einigen Tagen über den Zaun gesprungen war, um die grünen Baracken einer ersten eingehenden Musterung zu unterziehen, und in zweien davon ein perfektes Klassenzimmer vorfand. Es ähnelte seinem eigenen einstigen Volksschulklassenzimmer so sehr, daß er meinte, den Kreidestaub in der Luft hängen zu sehen, diesen ganz besonderen Schulzimmergeruch einzuatmen ...

Mittlerweile waren von irgendeinem Anhänger der Showroom-Idee noch ein paar einschlägige Ausstattungsstücke nachgeliefert worden – Marcel vermutete in Malte den Urheber dieser Vervollkommnung, denn dessen ausrangiertes Skelett, das ihm aus Maltes Schuppen wohlvertraut war, hatte als erstes den Weg in eine der beiden Baracken genommen. (Woraus sein Besitzer es allerdings umgehend wieder hatte entfernen müssen. Wer wollte denn so etwas?) Eine alte Wandtafel, ein paar Stückchen Kreide, ein Zeigestock und eine Weltkarte hatten binnen weniger Tage die Ausstattung vervollständigt, und so hatte Marcel wie von selbst in die Rolle des Schülers gefunden.

Wäre die Waldschule nicht nur überhaupt vorhanden, sondern obendrein eine übliche Schule mit Klassenbuch, Verhaltenstadeln und Entschuldigungsbriefchen gewesen – Marcel Raplan-Fitsche hätte das Prädikat Musterschüler für sich beanspruchen können! Kein einziges Mal hätte er mit roten Ohren oder selbstsicherem Feixen am Lehrertisch gestanden und, sagen wir, Gunilla Stark dabei zugesehen, wie sie mit undurchdringlicher Miene den alltäglichen Quark zeitgemäßer elterlicher Pädagogik durch ihre zeitgemäße Brille überflog: *Sehr geehrte Frau Dr. Stark, mein Sohn Marcel, Sebastian, Florian etc. mußte dem Unterricht am Montag, Dienstag usf. leider fernbleiben, da er sich nicht wohlfühlte. Er klagte beim Aufstehen über starken Husten, Heiserkeit, erhöhte Temperatur, Kopfschmerzen, Bauchschmerzen etc. Ich hielt es daher für besser … Wir bitten … zu entschuldigen … Mit freundlichen Grüßen …*

Dabei wäre Schwänzen doch in Marcels Fall die wahrscheinlichere Alternative gewesen. Denn er *hatte* geschwänzt im Leben, Marcel. Die letzten beiden Schuljahre vor allem hatte er, nun, nicht gerade durchgeschwänzt, das hätte ihn, den nun auch noch seiner Mutter, der „durchgebrannten" Ines Fitsche, Beraubten, allzu vielen Strafmaßnahmen ausgesetzt, aber sich doch von Ermahnung zu Strafandrohung gehan-

gelt und damit immer noch eine stolze Reihe von zusätzlichen freien Tagen gewonnen. Freien Tagen, die diesen Namen wirklich verdienten, denn er hatte sie ausschließlich im Freien verbracht.
An wie vielen Tagen hatte er sich nicht nach endlosen Streifzügen, bei denen er mal der Verfolger, mal der Verfolgte, in jedem Fall aber der Schnellste war, mit stechenden Lungen an einen Felsen sinken lassen und sein Gesicht im Sonnenlicht gebadet, oder sich, bei rauher Witterung, Regentropfen und Schneeflocken von den Lippen geleckt. In seinen Lieblingshöhlen hatte er sich im tiefsten Winter Träumen vom Leben eines erstklassigen Waldläufers hingegeben (der er dann auch werden sollte). Nur für den Schulabschluß hatte dieser Sonderweg natürlich nicht ganz gereicht. Daß er wenig sprach, hatte ihm neben seinem alten Spitznamen „der Venediger" – noch das Prädikat „der Schnellmerker" eingetragen. Sein Schulversagen war damit wohl zwingend vorgezeichnet gewesen, da eine spezielle schulische Förderung für Sonderlinge damals ebensowenig vorgesehen war wie heute, nur sind solche Überlegungen im Nachhinein müßig und, in Marcels Fall, letztlich überflüssig, denn er hatte nun einmal Waldläufer lernen wollen, mit Leidenschaft gelernt und sich nach und nach auch alle irgendwie damit zusammenhängenden beruflichen Fertigkeiten angeeignet und es so vom Sammler und Leser zum Botaniker, Geologen, Heilkundigen und schließlich Holzfäller und Zimmermann gebracht. So daß man sagen kann: Am Ende seiner undiplomierten Ausbildung konnte er mehr als alle anderen und weniger als der vernageltste Volksschulabsolvent zugleich. Und damit kein falscher Eindruck aufkommt – er hatte sich im Lauf der Jahre alle Anerkennung erworben, die sich ein eltern- und mittelloser Waldmensch

in unserer Zeit überhaupt erwerben kann. Kein Haus- und Gartenbesitzer, kein lahmender Hund, kein arztscheuer Kranker, kein Brennholz sammelndes Mütterchen, die seine Hilfe nicht irgendwann in Anspruch genommen hätten. Aus Marcel war ein Mann geworden, der in wortkargem Stolz seine Unentbehrlichkeit wieder und wieder unter Beweis gestellt hatte. So gesehen, war Marcel ein glücklicher Mann.

Aber – ja, wenn da nur dieses Aber nicht gewesen wäre. Aber aber! An Menschen, die doch unbestritten in jedem Leben die tragenden Rollen spielten sollten, an denen haperte es. An Freunden, gar einer Liebsten haperte es so gewaltig, daß Marcel bei allen Fähigkeiten doch der Sonderling geblieben war, der sich selbst der einzige Freund ist. Und ein vager Verdacht, der mit den Jahren nur immer stärker geworden war, am Ende doch irgendetwas nicht richtig gemacht zu haben, ein Gefühl mal wie ein leises Störgeräusch, dann wieder wie ein unbestimmtes schmerzliches Ziehen in der Brust, hatte sein Leben begleitet. Er hatte den Namen für dieses Gefühl noch nicht gefunden, ihn nicht einmal gesucht, da er letztlich mit Gleichmut an die Unabänderlichkeit seines Schicksals glaubte, doch wie sollte es anders heißen als Sehnsucht? Marcel sehnte sich nach Menschen, nach Freunden, wie hätte es anders sein sollen, und war doch auch hierin insofern ein Sonderling, der Mensch, der er nun eben war, als er doch längst Freunde *hatte* – Marcel, der Mann, der von seinen Freunden nichts wußte. Das kommt wohl nicht sehr häufig und vielleicht überhaupt nur in solchen tannigen, sonderlingsfördernden Revieren wie Marcels näherer Heimat vor.

Marcel hatte also in den letzten Jahren immer wieder einmal den Verdacht gehabt, vielleicht in der Schule irgendetwas Wichtiges versäumt zu haben. Und so beschloß er, diese Schule, wie sie da plötzlich so nutzlos vor sich hin wartend vor ihm stand, als Geschenk des Himmels zu betrachten und zu besuchen, so lange sich Gelegenheit bot.

Er besuchte sie täglich und pünktlich zur selben Stunde, ehe er sein Tagewerk begann. Es war noch dunkel, da setzte er über seinen Zaun hinweg und näherte sich rasch der Baracke, die er zu seinem Klassenzimmer erkoren hatte. Er bevorzugte die mit der Wandtafel, da ihm die Weltkarte weniger sagte. Er setzte sich ziemlich weit nach vorn, nicht so wie früher, als er sich stets nach ganz hinten verkrochen hatte, und er setzte sich, hochgewachsen, wie er war, auf und nicht in die Bank, so wie Zicki es für den äußersten Notfall vorgesehen hatte.

Bei weit geöffneten Fenstern saß er dort ganz still, die waldtierfeinen Lauscher anfangs noch nach draußen gerichtet, auf den menschenleeren Hof, auf den Garten, den noch morgenstummen Wald. Er gefiel ihm, dieser Schulunterricht, denn er merkte recht bald: die Lehrer fehlten ihm nicht, die Schüler fehlten ihm nicht, der Kreidestaub, der wippende Zeigestock, sie fehlten ihm nicht. Und wie sollte er wissen, was er nicht wußte? fragte er sich. Wie sollte ihm etwas fehlen, das er nicht kannte? Besaß er nicht alles Wissen, das er zum Leben brauchte? Das war doch nicht wenig? Er konnte nicht sehr gut schreiben, das stimmte, doch was schrieb er schon? Er las nicht sehr schnell, doch es eilte ihm nicht damit, die gebündelten Zeitungsstapel, die er als Altpapier aus den Häusern trug und für den langen Winter in seiner Wohnung hortete, Zeile um Zeile und Seite um Seite gewissenhaft durchzulesen.

„Lesen und Schreiben: ausreichend", sagte er eines Morgens. Rechnen, das konnte er ziemlich gut, fand er, auch wenn er es selten brauchte. „Rechnen: gut", sagte er. Naturkunde, Werken, Sport – wer wollte ihm darin das Wasser reichen? „Alles glatte Einser", prahlte er und sprang von der Bank. Er schüttelte sich den Kopf frei und ging zur Wandtafel. *Zeugnis*, schrieb er mit quietschender Kreide. *Marcel Raplan-Fitsche hat heute die Abschlußprüfung bestanden! 7. Juni 1996.* Das Stück Kreide steckte er in die Hosentasche, zur Erinnerung, klopfte sich die Hände ab und verließ zufrieden die Baracke. Morgen, dachte er, werde ich hier mal ordentlich durchfegen und die Fenster aufmachen. Schulen riechen immer gleich. Das muß die Kreide sein. Leise schloß er die Tür hinter sich.

Am nächsten Morgen, als er den Kopf in die Baracke steckte, fiel sein Blick als erstes auf die Wandtafel. Sein Abschlußzeugnis war unverändert, doch darunter stand: *Wir gratulieren! Zicki & Wenner.* Marcel grinste und fand, daß der Schulbesuch sich wirklich gelohnt hatte.

Unruhige Geister

„Zicki? Geisterst du wieder herum?"
Das ist Hedels Stimme. Manchmal, wenn sie das Gefühl hat, daß das rätlich ist, läßt Hedel ihre Schlafzimmertür ein Stück offenstehen. Meist schläft sie auch in der hellen Jahreszeit nicht bei sich zu Haus. Wir wissen, warum. Zicki ist nun einmal ihr Schützling. In Fällen wie heute, wo dieser Schützling unruhig ist und herumgeistert, hört Hedel aus ihrem Zim-

mer, das schräg gegenüber von Zickis liegt, zuerst ein behutsames Tappen, dann das Knarzen der seit jeher knarzenden Diele, dann ein leises „Mist!“ Dann prüft sie die Lage etwas eingehender, indem sie ihre Nachttischlampe anmacht und den Kopf hebt.

„Zicki?“ fragt sie nochmal nach.

„Schlaf, Hedel, schlaf“, flüstert Zicki dann immer, ganz wie in dem Kinderlied, und weil sie weiß, was sie ihrer Beschützerin aus Jahrzehnten schuldig ist, fügt sie die jeweils aktuelle Zustandsbeschreibung und das angestrebte Remedium hinzu: „Es ist nichts, Hedel, ich bin bloß zu ausgeschlafen. Ich mache mir einen Pfefferminztee. Ich trinke ein Glas Wein. Ich lasse mir ein Bad ein“, je nachdem. Oder sie gibt an, schlecht geträumt zu haben und Schokolade holen zu wollen. Wenn es sich um einen gravierenden Fall von nächtlicher Drangsal handelt, betritt Zicki Hedels Zimmer, das kleine Schottenplaid bereits um die Schultern gelegt, und setzt sich auf den Bettvorleger. Hedels große, warme Hand auf dem Kopf, redet sie sich von der Seele, was sie gerade beunruhigt oder bekümmert, bis sie schließlich darüber einzunicken beginnt und erst wieder richtig wach wird, wenn Hedels friedvolles Schnarchen sie erreicht und sie weiß, daß sie zu Bett gehen kann. Das ist doch ein schöner Zug an einem solchen Verhältnis, dem zwischen Schützling und Beschützerin, daß man nie mit letzter Sicherheit sagen kann, wer was ist. Indem wir beschützen, sind wir beschützt. Und wenig später gesellt sich Zickis zartes Grillenzirpen dem steteren Nachtlied Hedels hinzu.

Heute nacht nun sagt Zicki auf Hedels Nachfrage: „Schlaf nur, Hedel, schlaf. Ich bin bloß so unruhig. Es kommt mir so stickig vor. Ich laufe ein bißchen draußen herum, bis ich richtig müde bin.“

Und dieses eine Mal hört sie, schon auf der Treppe, Hedels mahnende Stimme: „Aber geh nicht raus, Zicki, geh nicht vom Hof, bitte!“
Und Zicki, die nur die Nachtluft braucht und ein bißchen Platz zum Umherlaufen, verspricht es sofort. „Nur bis zum Tor, Hedel, bestimmt.“

Wie oft im Leben mag Zicki vor einem nächtlichen Ausflug schon nachts auf der Vortreppe verharrt haben? Doch heute ist wieder eine andere Nacht. Eigentlich war jedesmal eine andere Nacht gewesen, auch wenn sie, was öfter vorkam, mit geballten Fäusten und Zornestränen auf den Wangen, wenn sie mit heißem Herzen und strahlenden Augen hinausgestürmt war, immer war es eine andere Nacht gewesen, und diese heute ist obendrein eine erste Nacht, denn sie zürnt nicht, sucht nicht Kühlung für ihre heißen Wangen – sie wird getrieben von einer Unruhe, für die sie noch keinen Namen hat. Sie spürt nur: dieses Gefühl, das sie hinaustreibt, die Treppe hinunter und bis fast in die Mitte des Hofes, wird aus mehreren Quellen gespeist. In dem Strudel, zu dem sie sich vereinigt haben und der sich nun in ihrem Innern um und um dreht, vermischen sich Erwartungsfreude, ein bißchen Angst, Hoffnung – „Dinge ändern sich“, murmelt sie Wenners Worte vor sich hin, „Menschen ändern sich.“ Es ist eine dunkle Nacht, und der Lampenschein von der Treppe reicht nicht weit. Zicki hat sich in Bewegung gesetzt und spürt ihre Schritte doch nicht, es ist eher, als führte sie ein Schiff, ruhig, zielstrebig hält sie auf die Baracken zu und sieht die Tannen nicht, die schwarzen Wände, sie sieht sie nicht mehr, und sie dreht bei und lacht erfreut, so bereitwillig wendet das Schiff.

Bis zur Johannisnacht ist es noch eine ganze Woche hin, und ohnehin ist es fraglich, ob das waldumringte Hohe Tannen in früheren, glühwürmchenfreundlicheren Zeiten jemals in den Genuß des Glühwürmchenspektakels gekommen ist. Sieht man sie in der Erinnerung nicht einmal alljährlich zur rechten Zeit den Hang hinunterkommen? Erst nur ein einziges, dann zwei, dann immer mehr mit diesem Geblinke, auf diese erratische Weise, als suchten sie ihresgleichen und suchten sie zugleich nicht ... Hat man sie nicht so in Erinnerung? Und doch fühlt man sich in dieser Nacht unwillkürlich an sie erinnert, wenn man sich – anders als Zicki, die versprochen hat, das nicht zu tun und nun weiter per Schiff oder pedes eine Weile auf ihrem Gelände herumgeistern wird, Ruhe suchend und schließlich findend – durchs Tor hinausbegibt, ganz ohne Eile in dieser weichen, waldwarmen Nacht. (Nur der Mond, der vielzitierte, er zeigt sich nicht, so daß Hohe Tannen in einer fast vollkommenen Dunkelheit liegt. Die wenigen Straßenlaternen, Malte nennt sie „die Tranfunzeln", machen ihrem Schimpfnamen alle Ehre.) Noch auf dem Weg zwischen der ehemaligen Sägewerksvilla und dem Beginn der Langen Straße sehen wir das erste Licht einherzucken, vor uns her zucken, genau genommen, und vermuten sogleich, daß Wenner da irrlichtert, so nah ist sein Haus. Und tatsächlich – als wir es erreichen, ist das Licht ruhig geworden und nähert sich zwischen den schwarzen Taxushecken bereits zügig der Haustür. Gute Nacht, Wenner. Es ist sympathisch, den Tanner Freund so verläßlich der Nachtruhe entgegenstreben zu sehen. Wir fühlen uns dazu ermuntert, auch alle anderen Freunde auf diese Weise zu Bett zu bringen.

Einen Augenblick verharren wir wenig später abwartend auf der Stelle, als wir gleich drei Lichter stetig auf uns zukommen sehen. Das ist nun nicht glühwürmchentypisch, gar nicht. Wenn Wenners weißes Hemd uns schon aus der Ferne in unserer Vermutung bestärkt hat, wer da sein Licht zucken ließ, dieser helle Fleck in Bewegung, dann läßt diesmal die schiere Anordnung als Dreigestirn keinen Zweifel – Familie Polaczek kehrt heim. Auch nicht uninteressant, diese möglicherweise einmalige Beobachtung, denn wir erkennen, daß Verwandte nicht wirklich zu geistern verstehen, wie denn auch, hat sich die dreifache Unruhe im Hause Polaczek doch längst zu einer einzigen vereinfacht. Ein kleiner Laternenumzug ist das, so ein nächtlicher Beruhigungsausflug im Familienverband. Sympathisch auch er, müssen wir zugeben. Vermutlich werden die drei, was sie sich nicht an den Füßen abgelaufen haben, schon in wenigen Minuten in einem gemeinsamen Schlummertrunk zu versenken wissen. Gute Nacht, dreimal gute Nacht.

Und Malte, der jetzt gleich rechts sein Häuschen hat? Der ist weit weg, der gibt ein ordentliches Glühwürmchen ab, ist erst ein gutes Stück die Lange Straße entlanggeblinkt und an der Kreuzung dann links hinaus, bis fast hinauf auf die nachtstille Große Straße. Über die ganze Breite macht er sich den Asphalt zunutze, wie es seinem unruhigen Temperament entspricht. Ja, Malte sucht und sucht nicht, und so läuft er immer weiter fort von Ernis Lichtlein, von dem er nichts weiß und das sich, vergleichsweise bodennah wie sein eigenes, denn sie ist auch nicht größer als er, unschlüssig vor ihrem Häuschen die Straße hinauf und hinab bewegt. Man muß glauben: Erni fürchtet sich vor den vielen Schatten, dem vielen Waldschwarz gleich hinter den kauernden Häuschen, und so trägt es sie keinesfalls zur Großen Straße hinauf und kann sie auch nicht dort ganz hinten, wo Maltes Weg gerade nur noch erahnbar ist, eine dunkle Schneise im dunkleren Wald, das unruhige kleine Licht erblicken, sondern vollzieht sie nun schon zum drittenmal an der einzigen Kreuzung ihre lautlose Wende, bis sich die kleine Gestalt mit der Taschenlampe, die sich vielleicht auf eigenwillige Weise nur die Füße vertritt, als Wartende entpuppt, denn schnell bewegt sich jetzt ein zweites Lichtlein vor ihrem Häuschen, treppab, dann wieder treppauf, und Erni ruft leise: „Lilo! Ich bin hier!"

„Pschscht!" macht Lilo, die Hausgenossin. „Wir wecken Waller noch auf!"

Und so geschieht es wieder einmal. Wallers sonores Organ erschüttert ab jetzt das Häuschen der Krupkas, und es wird nicht lange dauern, dann wird der alte Mann die Tür aufreißen und rufen: „Ist da jemand?" Wozu wäre Waller sonst nütze? So daß sich die beiden Frauen, Erni und Lilo, auf urweibliche, oder sagen wir: Freundinnenart die Unruhe austreiben, indem sie kichernd und immer weiter kichernd vondannen huschen, gleich rechts hinaus, auf den Waldparkplatz, wo sie, einmal erheitert, gewiß mit zuckenden Lichtern innehalten und lange noch nicht am Ende ihrer kleinen Party angelangt sein werden.

Wer da mitkichern könnte – Marcel! Marcel könnte das, aber gewiß, er, der einzige, der ohne Laterne oder Taschenlampe auskommt, wenn es ihn nachts aus dem Bett treibt, der Waldläufer, das Fluchttier, der Höhlenbewohner, er kann sich nähern, wem er will, ohne gehört zu werden, er kann mitkichern mit wem und wann er will, und so wird es auch heute nacht sein, denn selbst Marcel spürt eine Unruhe, die ihn nicht schlafen läßt, und so streift er umher und hat Lilo und Erni – und vermutlich aus sicherer Entfernung auch alle anderen – längst entdeckt. Er findet ihn schön, diesen Glühwürmchenbetrieb, so daß er zwar seiner Unruhe, zugleich aber auch einem vagen Zugehörigkeitsgefühl folgt, und wie Zicki sich keinen simplen Vers auf ihren Gemütszustand zu machen weiß, so auch er nicht, und wir sind wohl nicht übertrieben kühn, wenn wir resümieren: alle anderen ebensowenig. Wenner, dieser zögerliche Mensch, nicht, die Polaczeks nicht, die ihrer selbdritt zwar Herr geworden sind, doch ohne ihr auf den Grund gegangen zu sein, und Malte nicht, der immer noch die Große Straße hinaufflackert und den heute wer weiß was umtreibt, niemand von ihnen allen. Unruhige Geister.

Und Arno – was wird eigentlich aus Arno in dieser Sommernacht? Ihn trifft man nicht wie seine Freunde im Freien an, denn er müßte ja an seinem Wohnort Schroffezarge ganz allein für sich geistern gehen. So wird er irgendwann gegen Mitternacht mit Flasche, Glas und Zigarre aus der Schwüle des Zimmers auf den Balkon umziehen und innere Ruhe vorerst im Anblick seiner Besitztümer suchen – der in einiger Entfernung neongelb vor sich hinleuchtenden Tankstelle, dem vom milchigen Licht der Bogenlampen beschienenen Schrottplatz mit dem angrenzenden Gelände des ehemaligen Schützenvereins, das nun von Arnos Wimpeln überzogen und mit Fahrzeugen aller Art vollgestellt ist, dem gläsernen Autohaus Oberharz mit seinem weithin blinkenden blauen Schriftzug und zu guter Letzt dem gepflegten Hof mit dem Blumenrondell vor seinem Privathaus – ein wahrhaft beruhigender Anblick, nur daß auch Arnos Gemüt heute nacht von mehr und anderem bewegt wird als dem üblichen Nachbeben eines anstrengenden Tages. Er weiß sich dieses Gefühl der Unruhe nicht recht zu erklären, und er will es auch gar nicht, denn diese Unruhe ist geradezu köstlich – dieses Wort fällt ihm tatsächlich ein! Eine köstliche Unruhe, so ist es. Und ihm wird klar, wo er mehr von dem Stoff bekommt, und er will mehr, und so beschließt er, jeden Tag der nächsten Woche, der letzten vor seinem Geburtstag, zu genießen. Er wird sich jeden Tag einmal freimachen von seinen Verpflichtungen, das muß doch auch einmal möglich sein, verdammt, er hat geackert für diesen Verein, er hat gesät – oh ja! –, und nun will er auch ernten, und wenn die Geheimniskrämerei seiner Freunde so weit gehen muß, daß ihm Hohe Tannen versperrt ist wie ein Weihnachtszimmer – er wird ihnen den Spaß bestimmt nicht verderben und unbemerkt andernorts den Honig saugen, nach dem er lechzt, gar kein Problem. Hohe Tannen ist schließlich weit. Dieses Finkenmanöver aber, was immer das sein mag, das wird er genießen von der ersten bis zur letzten Minute. Von allem, was da so dargeboten und geredet und, hah!, gebacken und gebraten werden wird, davon möchte er schon eine Riesenportion. Arno schließt die Augen, pafft eine gewaltige Wolke über das Balkongitter und wiegt sich ein wenig auf seinem Stuhl hin und her, wiegt seine köstliche Unruhe, kostbar geworden schon jetzt.

Zwischen Baum und Borke

Eine Liebe in Hohe Tannen

Am Tag nach ihrem Ausflug zum Ràdauer Wasserfall standen weder Wenner noch Ott abends am Fenster und starrten hinaus. Keine Spielchen mehr! Man hatte zu tun. Als beide dann doch einmal im selben Augenblick ans Fenster traten und, der eine rauchend, der andere wie zur Erholung aufs Fensterbrett gestützt, zu den erleuchteten Fenstern der Villa auf der anderen Straßenseite hinüberblickten, winkten sie einander verstohlen zu. Komplizen, dachte Ott, das ist nun wirklich *sehr* lange her.
Ott hatte zuvor von seinem Platz am Schreibtisch den einen oder anderen kurzen Blick nach drüben geworfen und Wenner jedesmal im Erdgeschoß am Eßtisch sitzen, lesen und in irgendwelchen Papieren blättern sehen. Als er jetzt wieder einmal hinüberschaute, stand Wenner gerade vom Tisch auf, verschwand für einen Augenblick aus seinem Gesichtsfeld und kehrte mit einem Stapel Ordner und Mappen zurück. Holt Nachschub, dachte Ott, und nun glaubte er auch zu wissen, womit Wenner beschäftigt war. Er hatte das Büffet geöffnet. Herrje, dachte Ott, jetzt setzt es was!
Er kannte das schwarzgebeizte Eichenbüffet seit ihrer gemeinsamen Kindheit. Beim ersten Besuch gleich nach seiner Heimkehr hatte er Wenner gefragt: „Willst du dieses schreckliche Ding nicht endlich mal rausschaffen? Was ist denn da überhaupt drin?"

Wenner hatte geantwortet: „Schimpf und Schande meines Lebens, komplett."
Und jetzt mußte Ott daran denken, wie Wenner in der zweiten Volksschulklasse Mechthild Schorrnagel den Rock hochzuheben versucht hatte und dafür in die Ecke gestellt worden war. Damals hatte er mit dem Freund gelitten, und ganz ähnlich empfand er auch jetzt mit ihm.
Wenner hatte Schimpf und Schande seines Lebens die Büffettüren geöffnet. Und Ott wollte sich nicht lumpen lassen. Eigentlich hatte er endlich die Einladung für das Finkenmanöver schreiben wollen. Doch nun stand er auf und holte seinen Karteikasten aus dem Regal. Das Päckchen Karteikarten darin war noch ungeöffnet. Er breitete ein paar Karten auf dem Tisch vor sich aus und beschriftete die erste. *Warum bin ich damals weggegangen?* Auf die zweite schrieb er *Warum bin ich zurückgekehrt?* und auf die dritte: *Warum wollte ich wieder weg?* Ott hatte sich im Nachhinein für sein divenhaftes Getue geschämt. Dennoch kostete ihn die Beschriftung der vierten Karteikarte Überwindung. *Und warum bleibe ich nun doch hier?* schrieb er zögernd. Diese Frage hätte er in der Tat vorerst unberücksichtigt lassen sollen, denn so, wie sie nun in ihrer nackten Zudringlichkeit vor ihm auf dem Papier stand, bewirkte sie prompt, daß er mit keiner der vier Fragen vorankam. Unlustig ordnete er die Karten ein paarmal neu, schob sie schließlich zusammen wie ein schlechtes Pokerblatt und beschloß, nichts zu erzwingen. Der da drüben – er warf einen Blick zu Wenner hinüber – wäre ihm mittlerweile sowieso uneinholbar voraus. Es mußte doch aber ein abgekürztes, effizientes Verfahren geben, um seinem eigenen Leben – nun ja, ein wenig Tiefenschärfe zu verleihen? Ein Fotoalbum, das hätte ihm jetzt gefallen, doch er hatte keins. Jedenfalls nicht hier. Noch nicht hier. Und dann

diese Hitze, diese gestaute Wärme der Nacht ... Kurz, Ott schmollte ein wenig. Er machte den Karteikasten zu, dachte kurz nach und öffnete ihn wieder. Er würde die Sache grundsätzlich angehen, beschloß er. Schließlich hatte er selbst keine Veranlassung zu fieberhafter Eile. Seine Braut war es nicht, die ein paar hundert Meter entfernt in ihrer Villa saß und wieder einmal wartete – auf Wenner natürlich. Bei dem Kerl brauchte man eine Geduld, mein Gott. Er merkte, daß er dieses Thema wesentlich fesselnder fand als die eigene sittliche Reife, die ihm als Selbstzweck, so ohne Aussicht auf eine dicke Belohnung, doch wie Spitzgras erscheinen mußte. Sein Freund wiederum – was Wunder, daß Zicki irgendwann die Hoffnung aufgegeben und ihm, wie es schien, endgültig, den Rücken zugekehrt hatte! Was für Wenner, überlegte Ott, bestimmt nicht galt. Denn der hatte zwar anscheinend schon früh verzichtet, aber keinesfalls endgültig, glaubte Ott zu wissen. Man hörte ja doch so einiges. Nein, da hätte Zicki sonst etwas anstellen und sich ein Dutzend Male verloben können – er hätte sie niemals endgültig aufgegeben, früher Verzicht hin oder her. Malte hatte es treffend ausgedrückt, als Ott wieder einmal auf Stippvisite in Hohe Tannen gewesen war und sich ein bißchen umgehört hatte. „Sie zieht ihm einfach die Nägel aus den Planken", hatte er achselzuckend bemerkt. „Zicki ist Wenners Magnetberg."

Na dann, dachte Ott jetzt nach einem weiteren Blick auf den lesenden Wenner, streng dich mal an, alter Freund, was immer du da für hochwichtige Papiere vor dir liegen haben magst.

Er zog eine unbeschriebene Karteikarte aus dem Kasten und legte sie vor sich hin. Ein paar grundsätzliche Überlegungen wären schon mal kein schlechter Anfang – doch diese

Liebesgeschichte ging ihm immer noch nicht aus dem Sinn. Er dachte darüber nach, wie die beiden in den letzten Monaten miteinander umgegangen waren. Ihm war nichts Besonderes aufgefallen. Hatte er vielleicht etwas verpaßt? Andererseits – wie sollten sie hier, an diesem Ort, schon mit einander umgehen? Hier ging man nicht Hand in Hand ins Abendrot – oder ritt gar, wie er selbst es einmal in einem weiten Land getan hatte! Vielleicht tat man das mittlerweile überhaupt nur noch im Kino? Diese Frauen mit der Figur einer Sanduhr, dem kunstvoll geflochtenen oder hochgesteckten Haar, die dennoch so ungeheuer tüchtig gewesen waren, so tüchtig und tapfer, wenn sie auf sich allein gestellt gewesen waren, es gab sie nicht mehr, diese Männer mit dem unerschrockenen Blick, diese – diese Männer eben, es gab sie nicht mehr. Vermutete er mal. Jedenfalls nicht hier, soviel stand fest. Hier galten andere Regeln. Also was hätte er hier verpassen können? Nicht mitbekommen können? Den einen oder anderen verstohlenen Liebesblick? So genau hatte er nun auch wieder nicht hinsehen wollen. Oder können. Er rauchte und merkte, daß es ihm gut ging. Dann streng dich mal an, mein Freund, dachte er wieder und blickte kurz zu Wenner hinüber.
Er griff nach seinem Füllfederhalter.

Heimat. Einig im Grundsatz? schrieb er, ohne nachzudenken, als provisorische Überschrift in die erste Zeile. So ein Unsinn, dachte er, noch während er schrieb, doch er strich es nicht aus. Streichen konnte man immer noch.
Mit Sicherheit sind Heimat nicht in erster Linie die Tannen, schrieb er weiter und mußte grinsen.
Da der Mensch nur sein eines Leben hat, wird er sich ihr irgend-

wann wieder zuwenden wollen oder, wenn ihm die Heimat in der Erinnerung vergällt ist, doch zuwenden müssen, wenn er nicht der Illusion leben will, vom Himmel gefallen oder einem Ei entsprungen zu sein, etwas vortäuschend, was der Mensch nicht sein kann … Er hat eine Heimat, wie er Mutter und Vater hat. Unabschaffbar.

Er überflog das Geschriebene und schüttelte mißbilligend den Kopf. Und nun? dachte er. Nun hast du dein Pulver bereits verschossen. Heimatschriftsteller war eben etwas ganz anderes als Reiseschriftsteller. Fast schon das Gegenteil, dachte er. Das ließ er vielleicht doch besser bleiben. Jedenfalls vorerst. Er würde später darüber nachdenken.

Und nun fiel ihm das Finkenmanöver ein. Hier saß er und erging sich im Grundsätzlichen, und nichts war fertig. Er beschloß, gleich morgen nachmittag mit dem Motorrad eine erste Spritztour nach Altencell-Graberfeld zu machen und einen anständigen Drucker kaufen. Da gab es so etwas. Den Laden hatte er längst entdeckt. Er mußte die Einladung drucken und an den Mann bringen. Doch wo war sie, die Einladung? Er zog einen Stapel Papier zu sich heran und schrieb: *Einladung*. Das war jedenfalls etwas Handfestes. Den Text würde er spätestens morgen abend schreiben. Und übermorgen würde er über einen eigenen Beitrag nachdenken. So ganz ohne wollte er nun auch wieder nicht dastehen. Ohne jedes Geschenk für Arno.

Er fühlte sich angenehm erschöpft. Einen letzten Blick wollte er noch zu Wenner hinüberwerfen, dann wäre es Zeit, zu Magda und Marita nach unten zu gehen und einen Schluck zu trinken. Er trat ans Fenster und sah Magda unter dem Geklingel von Eiswürfeln mit einem Tablett in den Händen vorsichtig auf den Sitzplatz neben der Eibe zugehen. Gleich komme ich, Magda, dachte er. Als er den Blick hob, sah er Wenner wieder einmal vom Tisch aufspringen und aus seinem Blickfeld verschwinden.

Was kramt dieser Mensch bloß immer noch herum? dachte Ott nicht zum ersten Mal, dabei wußte er doch längst, daß Wenner nicht wirklich kramte. Er wirkte nicht wie so oft in früheren Zeiten – wie ein Mann, der alle Zeit der Welt hatte und seinen Abend mit müßigen kleinen Verrichtungen herumbrachte. Er wirkte nicht einsam. Er hatte zu tun. Ott verspürte eine Aufwallung starker Zuneigung zu Wenner.

„Gute Nacht", murmelte er, „und laß jetzt nicht nach, hörst du?"

Das schwarze Büffet

Ott hatte sich kaum zu seinen Kusinen gesellt, als Wenner entschlossen aufsprang, das Zimmer verließ und mit einem Umzugskarton zurückkehrte. Er stellte ihn auf einen Stuhl am Eßtisch und begann, die Mappen und Umschläge, die sich im Lauf des Abends auf dem Tisch aufgetürmt hatten, hineinzupacken. Wieviele Stapel Papier mochte das schwarze Büffet in sich geborgen haben – er hatte sie nicht gezählt, doch es war ihm so vorgekommen, als würde dieses tiefe, tiefe untere Fach, vor dem er gekniet hatte, niemals leer werden.

Fast alles hatte er gewissenhaft gelesen, zögernd erst, schließlich fieberhaft, während ihm der Staub der Jahrzehnte in die Nase stach. Er hatte sich ermahnt, diese bescheidenen, geordneten Zeugnisse eines bescheidenen, geordneten Lebens nicht nur zu überfliegen, um rascher fündig zu werden. Das wäre ihm nicht recht erschienen, darauf hatte er kein Recht, nachdem dieser Nachlaß seiner Mutter so lange in seiner schwarzen Gruft geruht, kein menschliches Auge – seins – je darauf geblickt, keine Hand – seine – sie je ans Tageslicht hatte heben wollen. Haushaltsbücher, Quittungen, Rechnungen, Verwandtenpost, Ansichtskarten, seine eigenen freundlichen, wohlerzogenen Briefe von seinen ersten Reisen – sie überflog er dann doch nur, sie erschienen ihm unsäglich langweilig –, noch mehr Quittungen, Rechnungen, Wäscherei, Kohlenhändler, Klempner. Die mußte er nun wirklich nicht alle aufheben – oder doch? Der Historiker Werner Liebig hatte schließlich gesiegt. Alles, alles würde er vorerst aufheben. Man würde ja sehen. Und so stand er jetzt, während sein Freund Ott mit seinen Kusinen im Schein der Windlichter neben der Eibe saß, und füllte den Umzugskarton. Nur einen dicken Schnellhefter und zwei Umschläge ließ er auf dem Tisch liegen. Den einen Umschlag mit der Aufschrift *Ausflug zum Weißen Stein Sept. 1944* hatte er schon zu Anfang entdeckt und geöffnet. Lange hatte er auf seinen Inhalt, das kleine Foto mit dem breiten Zackenrand, niedergestarrt. „Mein Vater, meine Mutter", hatte er schließlich gesagt, „eine Schülerliebe", und das Foto ungeheuer behutsam, als könnte es zu Staub zerfallen, wieder in den Umschlag gesteckt. Er war zum ersten Mal fündig geworden. Und vor einer halben Stunde hatte er im allerletzten Stapel zuerst einen dicken Schnellhefter mit der Aufschrift *Villa Arkadia – Belege, Kurverwaltung etc. 1947–1950* gefunden und dann einen weißen Umschlag mit der Aufschrift *Für Werner, später*.

Beides hatte er in die Mitte des Tisches gelegt und beschlossen, alle übrigen Papiere sofort auf den Dachboden zu schaffen.

Wenner hatte in den letzten Wochen reichlichen Umgang mit seiner Vergangenheit gepflegt. Er war ein methodischer Mensch, und so war er Schritt für Schritt einer Art Gewöhnungsprogramm gefolgt. Nicht, daß er sich dessen von Anbeginn bewußt gewesen wäre. Es lag ihm einfach. Und nach und nach hatten sich die Laufwege seines Erinnerungsvermögens herausgebildet, die ihm künftig einen auskömmlichen Verkehr mit seiner persönlichen Geschichte ermöglichen würden, so glaubte er. Das kann man gewiß auch ganz anders machen, hatte er manchmal gedacht. Doch er, er konnte es nur so machen. Tastend setzte er einen Fuß vor den anderen und umstrich alle unvertrauten Hindernisse auf seinem Weg, bis sie ihren Schrecken für ihn zu verlieren begannen. So daß er nun, da er das schwarze Büffet geöffnet hatte, auch keine schmerzhaften Erinnerungen mehr zu gewärtigen hatte. Nein, er mußte einen nächsten Schritt tun. Das war ihm von Anbeginn klar gewesen. „Denn mittlerweile muß ich mich nicht nur an die unerfreulichen Dinge erinnern, sondern auch noch an das Leben eines Mannes, der sich nicht daran erinnern wollte“, hatte er Lellek bei ihrem letzten Besuch erklärt. Und wenn er Ott, auf den Inhalt des schwarzen Büffets angesprochen, halb im Scherz geantwortet hatte, es enthalte Schimpf und Schande seines Lebens, komplett, dann hatte er genau dies im Sinn gehabt: Das schwarze Büffet barg die Zeugnisse dessen, was er als seine Schandtaten, sein schimpfliches Versagen empfand. Jetzt kamen die dicken Brocken. Er fuhr sich mit der Hand durchs Haar und stand noch einmal auf.

Mit einem Glas Wein kehrte er zurück und nahm sich den Schnellhefter vor. Ihn wollte er doch lieber erst später gründlich lesen, beschloß er beim Blättern. Die Villa Arkadia konnte noch etwas warten. Rasch schlug er die Seiten um – kaum Anschaffungen, natürlich nicht, so kurz nach Kriegsende, nur das Nötigste, was man brauchte, um einen kleinen Pensionsbetrieb wiederzueröffnen. Ein paar Nachttischlampen, ein paar Zahnputzbecher, sechs Bettvorleger, ein paar Rollen gemustertes Linoleum ... Lächelnd dachte er an Lelleks braunen Umschlag, der immer noch im Küchenschrank zwischen den Tassen steckte. Bald würde er ihn hervorholen, bald würde aus der Villa Arkadia mit Hilfe der Erinnerungen einer Nichte Haus Klempe werden.

Blieb als Letztes der Brief *Für Wenner, später*. Es war später, viel später, als seine arme Mutter sich das damals vermutlich hatte vorstellen können, als sie ihn vor fast drei Jahrzehnten, bereits krank, geschrieben hatte.

Wenner erwartete, wie gesagt, keine unliebsamen Entdeckungen mehr. Was ihn jetzt quälte, war allein das beschämende Gefühl, diese ungeheuer lange Zeit seines Lebens hindurch ein – ja, ein Verstockter gewesen zu sein. Das war vielleicht das richtige Wort. Gewiß, man hatte ihn lange Zeit im Unklaren darüber gelassen, welches Ende sein Vater über den amtlichen Bescheid „vermißt" hinaus möglicherweise genommen hatte, doch, hatte Pastor Klages ihm, dem Fünfzehnjährigen, eindringlich klarzumachen versucht, *man*, seine Mutter, sein Onkel, der Pastor, überhaupt alle hätten schließlich selbst lange Zeit keine Gewißheit über das Schicksal des Flakhelfers Richard Tate gehabt. Erst als „die Aufklärung" Licht in das Harzer Kriegsgeschehen der letzten Tage gebracht habe, sei man zu der Gewißheit gelangt, daß die 14 Gymnasiasten, darunter Werners Vater, einer Vergeltungsmaßnahme amerikanischer Soldaten zum Opfer gefallen waren. Bis jetzt, dachte Wenner, ist nicht bekannt, wo genau die Flakhelfer erschossen worden sind. Wo genau sie begraben worden sind. Man wird es wohl nie erfahren. Irgendwann hatte man sich damals entschlossen, in der Nähe des mutmaßlichen Ortes einen Grabstein zu errichten und die 14 Namen in eine Gedenkplatte einzugravieren. Wenner hatte sich beharrlich geweigert, seine Mutter und seinen Onkel dorthin zu begleiten. Wenner hatte sich überhaupt geweigert, mit seiner Mutter jemals wieder über seinen Vater zu sprechen. Er hätte das damals nicht begründen können, sondern war einfach nur einem Gefühl gefolgt, das ihm die Kehle zuschnürte und ihm anfangs sogar die Tränen in die Augen trieb, so daß seine Mutter ihn schließlich in Frieden gelassen hatte. Irgendwann hatte er dann gewußt, daß dieser abwehrende Groll anders, als seine Mutter lange Zeit anzunehmen schien, nicht von seinem Schicksal als unehelicher, vaterloser Sohn herrühren konnte, denn er hatte, umhegt von Mutter und Onkel und beliebt bei seinen Freunden, eine gute Kindheit und Jugend gehabt. So dachte er auch heute, als er den Brief seiner Mutter aus dem Umschlag zog, es war ihm ja gut gegangen, und aus diesem Groll, den er nach dem Tod der Mutter vor fast genau drei Jahrzehnten in sich vergraben hatte, war in späteren Jahren so etwas wie ein leises Schamgefühl erwachsen, das er sich – selbstverständlich, dachte er heute – ebensowenig ernsthaft zu erklären versucht hatte. Was, um Gottes willen, fragte er sich jetzt, hatte er ihr so beharrlich nachgetragen, und woher rührte diese Scham, die auch jetzt wieder, nach so langer Zeit, und stärker denn je zuvor in ihm aufstieg, als er vor ihrem Brief saß?

Ihre eigenen Worte ließen daran keinen Zweifel.

Mein lieber Werner, hatte sie geschrieben, *ich weiß, Du kommst am Wochenende nach Hause, doch mir geht es heute nicht gut, und ich habe diese Unruhe in mir, daß sich vielleicht wieder keine Gelegenheit findet, Dir etwas zu sagen, das mir auf der Seele liegt. Es betrifft die Vergangenheit, und Du bist ein wunderbarer Sohn, Werner, aber Du willst nun einmal über vergangene Dinge nicht mit mir reden. Ich muß Dir diese Zeilen schreiben, weil ich nicht möchte, daß Du immer weiter diesen Groll mit Dir herumträgst – wenn es das ist, was Dich manchmal so verschlossen macht, ich kann es ja nicht mit Sicherheit wissen, denn Du sagst ja nichts. Glaub mir, Werner, ich habe es bitter bereut, Dich damals nicht selbst über das Schicksal Deines Vaters aufgeklärt zu haben. Das hätte ich niemals auf den Pastor abwälzen und Dich mit diesem schrecklichen Wissen allein lassen dürfen. Versteh nur: Es war – nach so vielen Jahren!! – auf einmal Eile geboten, weil ich nicht wollte, daß fremde Menschen Dich auf das Ende der Schüler ansprechen würden, denn diese schreckliche Geschichte mußte ja bald in aller Mund sein, nachdem mit Hilfe der Amerikaner endlich Licht in die Dinge gebracht worden war. Ich selbst hatte in dem Augenblick nicht den Mut dazu, und daß ich ihn nicht hatte, lag wohl daran, daß mir eine Zeitlang die Kraft dazu fehlte, denn, mein lieber Junge, eins habe ich damals schrecklich am eigenen Leibe erfahren: Die Aufklärung ist ein zweischneidiges Schwert. Auf einen Streich trifft sie Täter wie Opfer. So sehr uns um der Toten willen um Aufklärung und die Bestrafung der Verbrecher zu tun sein mußte, die sich womöglich immer noch irgendwo verkrochen und für den sinnlosen Tod der Schüler verantwortlich waren – ist ja alles richtig, doch, Werner, glaub mir, diese Aufklärung tat auch weh, den Überlebenden, den liebsten Menschen der Opfer tat sie sehr weh. Sie bedeutete immer wieder neue Schmerzen. Und daß ihre Wunden sich nicht schließen durften. Heute denke ich, daß mein eigenes Gedenken etwas anderes war, als immer wieder erinnert zu werden.*

Etwas Stilleres, ich weiß auch nicht recht, wie ich es sagen soll. Wie man dafür sorgen wollte, daß das Gewissen der Schuldigen sich niemals beruhigen konnte, so konnten auch die Schmerzen der anderen, solcher „Hinterbliebenen" wie Du oder ich, sich niemals beruhigen. So mußte das aber wohl sein. So ist es jedenfalls in meinem Leben gewesen, und ich glaube heute, daß Du mir gegrollt hast, weil ich Dir aus Schwäche einen Schmerz habe zufügen lassen, mit dem Du allein noch nicht umgehen konntest. Und weil ich, schlimmer noch, um das wieder gutzumachen, nicht Ruhe geben konnte und das Gespräch mit Dir erzwingen wollte, als Du dafür nicht mehr offen warst. Das war alles ganz verkehrt, ich weiß, doch ich habe immer gehofft, daß Du mir das nicht ewig nachtragen würdest. Du würdest später einmal verstehen, warum ich damals nicht alles richtig machen konnte.

Ich war immer stolz darauf, daß Du so ein tüchtiger, liebenswürdiger Erwachsener geworden bist. Nun sei auch mutig, mein lieber Junge, und streif diese eine Fessel der Vergangenheit ab. Ich bitte Dich sehr darum, denn es bedrückt mich, daß Du Dich in den letzten Jahren öfter in Dich zurückziehst und zu zaghaft auftrittst, wo Du beherzt zugreifen solltest. Das wünsche ich mir noch für Dich. In Liebe, Deine Mutter

Arme Mutter, dachte Wenner, arme, arme Mutter. Nach einer Weile las er die letzten beiden Absätze noch einmal. Dann dachte er: Ja, Mutter, das wünschst du dir noch für mich, und weil dieser Wunsch in einem Augenblick, da ich ihn selbst verspüre, endlich ans Tageslicht kommen durfte, wird er Dir bald erfüllt werden. Es ist später, als ich glaubte, doch es ist nicht zu spät. Es ist nur höchste Zeit.

Es schien auf der Welt keine Frau zu geben, die nicht noch etwas mehr von ihm erwartete oder erwartet hatte, sinnierte

Wenner. Nein, schlimmer noch, es schien überhaupt keinen solchen Menschen zu geben, ob Mann, ob Frau, denn jetzt fiel ihm wieder ein, wie Ott ihn vor einigen Jahren bei einem seiner Besuche auf einmal mit allen Zeichen der Ungeduld angestarrt und gesagt hatte: „Menschenskind, Wenner, du bist ein solcher Umstandskrämer geworden! Als Kind warst du richtig wild, und jetzt hüpfst du hier herum wie eine zahme Dohle!"

Nur zu!, dachte Wenner jetzt, Wenner der Wilde, Wenner der Rockhochheber, Wenner die herumhüpfende Dohle, Wenner der Faktenhuber, Wenner von den Wenns und Abers, Wenner der große Zauderer, Wenner der Narrendichter ... Wer will nochmal, wer hat noch nicht? (Wenner der Galan! möchten wir der Gerechtigkeit halber dieser Liste von spektakulärer Widersprüchlichkeit hinzufügen. Wir haben es selbst erlebt – das war er, erwachsen geworden, wirklich, ein Galan, und das ist doch wohl mehr, als man von den männlichen Bewohnern kleiner Bergorte gewöhnlich behaupten kann.)

„Ich erwarte noch etwas mehr von mir", sagte Wenner.

In der Zimmermitte stehend, blickte Wenner einen Augenblick hinüber zu den flackernden Windlichtern neben der Eibe. Schön habt ihr's da unten, dachte Wenner ohne Neid. Morgen sitze ich auch neben der Eibe. Wenn man's kann, ist es ganz leicht – einfach nicht mehr herumhüpfen wie eine Dohle, alter Ott! Die eine Fessel noch abstreifen, liebe Mutter! Nicht so zum Kotzen sein, herzallerliebste Zicki! Nicht so trocken sein, verehrungswürdige Lellek! Mutig sein, beherzt zugreifen – ich bin der Mann, der alles kann. Morgen sitze ich auch neben der Eibe.

Ott war nicht entgangen, daß im Haus gegenüber einmal für Augenblicke das Licht im Dachgeschoß angegangen war. Aha, hatte er gedacht, nur das, denn seine Kusinen sollten nicht merken, daß er ein halbes Auge auf Wenners Treiben hatte, während sie aus ihrem unerschöpflichen Vorrat eine Geschichte zum Besten gaben. Keinesfalls.

Als er eine Stunde später wieder in seinem Zimmer war, ließ er, nach einem allerletzten Blick hinüber, wie er sich mahnend sagte, ein zweites Aha folgen, das er, nun gänzlich unbeobachtet, ungeniert zu ein paar vollständigen Sätzen auspolsterte.

Aha, dachte er, er hat also tatsächlich reinen Tisch gemacht. Alles bereits auf den Boden geschleppt. Oder? Ott kniff prüfend die Augen zusammen. Wenner saß zwar am Eßtisch, doch so wie er die Hände an die Tischkante gedrückt hielt – nein, befand Ott kopfschüttelnd, der Mann war noch nicht fertig. So saß kein Mann, der gerade reinen Tisch gemacht hatte, so saß ein Mann auf dem Sprung, ein Mann, der besser aufstünde ... Wie zur Bestätigung sprang Wenner auf und begann, im Zimmer umherzugehen. Tatsächlich, dachte Ott, er tigert noch.

Wann bist du denn fertig, Wenner? Ott wartete bekanntlich nicht gern.

Narrengewänder

Ott sollte recht behalten: Wenner war noch nicht fertig. Was das schwarze Büffet an Schimpf und Schande preisgegeben hatte, war noch nicht komplett. Das sagte Ott ein einziger Blick hinüber, als am nächsten Abend das Licht in Wenners Eßzimmer angegangen war. Wenner entzog sich

seinem Blick und kehrte gleich darauf mit einem Stoß flacher Schachteln, so glaubte Ott zu erkennen, an den Eßtisch zurück.
Nur zu, mein Freund, dachte er, doch heute mal ohne mich.
Er trug seinen Schreibtischstuhl auf die andere Seite des Tisches hinüber. Er hatte beschlossen, keinen zweiten Abend damit zu vertun, daß er sich Spekulationen über Wenners Liebesgeschichte hingab. Denn, so hatte er im Nachhinein befunden, das war doch pure Spekulation, was er da betrieben hatte. Was hatte er denn schon gesehen? Was hatte er denn gehört? Auch heute wieder war das, was es da drüben zu besichtigen gab, weniger als eine Außenansicht – da war ein Mann, der vor einem Stapel Schachteln am Tisch saß. Mehr wußte er nicht und würde er vermutlich vorerst auch nicht erfahren. Ott wandte Wenner entschlossen den Rücken zu. Er hatte zu tun.

Den vergleichsweise bescheidenen Inhalt des oberen Fachs, fünf, sechs Schachteln, alle flach, alle beschriftet, hatte Wenner in einem Gang zum Eßtisch getragen. Er stand noch einmal auf, kehrte – ein letztes Mal, dachte er – zum schwarzen Büffet zurück und versetzte erst der einen, dann der anderen Tür einen kleinen Fußtritt.
Einen Augenblick stand er und musterte unschlüssig den Stapel flacher Schachteln in der Mitte des Tisches.
„Diese Zeugnisse meiner Niederlage werde ich mit Sicherheit nicht aufbewahren", erklärte er laut, während sein Gesicht zu brennen begann.

Doch war es nun die Gewissenhaftigkeit eines Menschen, der alles zu Ende führen mußte, was er einmal angefangen hatte (weshalb er bestimmte Dinge wohlweislich gar nicht erst anpackte), war es ein Restchen eitlen Trotzes – so gänzlich unfeierlich, so schnöde wollte er diese Irrtümer seines Lebens nun auch wieder nicht beerdigen. Also stellte er die Schachteln nebeneinander und setzte sich an den Tisch.

Was war bloß mit ihm geschehen nach Lelleks Intervention auf der kleinen Lichtung vor der alten Silbermine, nach diesem *Man erwartet noch etwas mehr von dir,* das ihm tagelang nicht aus dem Kopf gegangen war? Nun, er hatte längst gelernt, mit seiner eigenen Stimme zu sprechen und zu sagen: *Man erwartet noch etwas mehr von mir,* doch zu sagen: *Ich erwarte noch etwas mehr von mir,* das hatte er bis vor wenigen Wochen nicht gekonnt. Und schon gar nicht hatte er Lelleks – vermutlich taktvolles – *man* in die einzig richtige, einzig wichtige Form umzuwandeln verstanden, hatte er je gefragt: *Was erwartet sie, was erwartet Zicki von mir?* Warum nur hatte er nicht *sie* einfach fragen können: *Was erwartest du von mir?* Diese Erkenntnis, an die er sich in den letzten Wochen herangetastet hatte, stimmte ihn augenblicklich traurig. Er stöhnte leise. Die Umwege, die Abwege, die er statt dessen eingeschlagen hatte, all die Narreteien, sie hatten ihm – und ihr – schlimme Zeiten beschert.

Er erinnerte sich jetzt an die Zeit unmittelbar nach Lelleks mahnender Intervention und glaubte wieder, das höhnische, aber letztlich unbestimmte Lächeln um seine Mundwinkel zu spüren, mit dem er noch Tage später umhergelaufen war. Damals hatte ein Malte Warrentei kommen müssen, der ihm im Arztkittel eines Tages wie zufällig auf der Langen Straße in den Weg getreten war und ihn gefragt hatte: „Entschuldige, Wenner, aber könnte es sein, daß mir ein Vogel auf den Kopf geschissen hat?" Der sardonisch gestimmte Wenner hatte vor Verblüffung den Mundwinkel sinken lassen und gesagt: „Nein, wieso denn?"

„Weil du seit Tagen mit einer Miene herumläufst, als hätte der ganzen Menschheit ein Vogel auf den Kopf geschissen, mein Lieber. Was treibt dich denn um? Grillen? Du hättest eben doch einen anständigen Beruf erlernen sollen – wie ich."

Wenner hatte zwar gelacht, sich aber insgeheim geschworen, es dieser weißen Pest eines Tages heimzuzahlen. Fürs erste hatte er den kleiner gewachsenen Arzt einfach beiseite geschoben. Doch immerhin – die Mundwinkel waren unten geblieben.

Noch halb in Gedanken öffnete Wenner die Schachtel mit der Aufschrift *Satirische Gedichte*, obwohl er wußte, daß sie leer war. Kaum zu Hause angelangt, hatte er damals nach der Begegnung mit Malte beschlossen, seine Stimmung produktiv zu nutzen und sich selbst zum Gegenstand satirischer Dichtung zu machen, wie es seinem angeschlagenen Selbstbild entsprochen hätte, doch damit – Wenner konnte ein verlegenes Grinsen nicht unterdrücken – war er kläglich gescheitert und stattdessen in einer tränentreibenden Larmoyanz versunken. Die Schachtel war also leer geblieben. Immerhin hatte sich damals die Hoffnung in ihm zu regen begonnen, daß der Dichter Werner Liebig durchaus jenes Mehr zu liefern imstande wäre, das man, und das hieß doch wohl: alle Welt?, von ihm erwartete …

Wenner dachte: Es gab eine Zeit, da ich zu wenig gewollt, dann eine, da ich zuviel gewollt habe, und jetzt ist hoffentlich die Zeit gekommen, da ich genau das will, was weder zu wenig noch zuviel, sondern das Richtige ist …
Bravo, mein Guter, applaudierte er sich ironisch, Maximen und Reflexionen – oder vielleicht doch einfach nur Stuß?
Zögernd zog er die Schachtel mit der Aufschrift *Romantische Gedichte* zu sich heran, schob sie jedoch gleich wieder weg. Das wollte er sich nun doch nicht antun. Erschaudernd erinnerte er sich vage an diesen Abklatsch, der so hohl geklungen hatte wie eine leere Keksdose, auch wenn er das damals unbeirrbar auf seine Ungeübtheit geschoben und seine akademischen Sehnsuchtsverse säuberlich abgetippt und in ihrer Schachtel abgelegt hatte. Er wußte, daß er sie wenigstens niemandem gezeigt hatte, nicht eins davon, und schon gar nicht Zicki. Wohl aber ein späteres, das erste und kürzeste seiner Liebesgedichte, ein Zweizeiler, mit dessen koketter Ironie er sich, kühner und anmaßender geworden, bei ihr hatte einschmeicheln wollen. Er nahm das Blatt aus der Schachtel mit der Aufschrift *Liebesgedichte*, es lag ganz zuoberst, und überflog die beiden Zeilen.

Eine Liebe

Alle Tage ging er hin zu seiner Quelle
Sprudelnd flog sie ihm entgegen

Beiläufig hatte er es bei einem Spaziergang aus der Jackentasche gezupft und Zicki gereicht. Sie hatte es gelesen und ihm mit den Worten zurückgegeben: „Ja, so eine Muse, die könnte dir gefallen, hm?“
Was hatte er bloß erwartet? Und hätte ihm diese kühle Abfuhr nicht Warnung genug sein sollen? Oh nein, denn mitt-

lerweile war er besessen von der Vorstellung gewesen, doch irgendwann ihr Ohr zu erreichen, wenn er nur ... Und er hatte es weiter versucht. Eines Tages, bei einem ihrer nächsten Besuche in Hohe Tannen, fiel ihm jetzt ein, war Zicki fast an einem Keks erstickt, so sehr hatte er sie am Teetisch mit der *Ode an eine Talsperre* erheitert. Erheitert, wo er sie hatte beeindrucken wollen. Sie hatte Tränen gelacht und sich später für ihren Unernst entschuldigt, doch er hatte sich des Verdachts nicht erwehren können, daß diese Lachtränen auch eine Spur von Zorn, von Enttäuschung, von Ungeduld verborgen hatten. Und doch hatte es ihn weitergetrieben, über die Kante des Zumutbaren hinaus, bis er mit seinen heillosen Höhenflügen gelandet war, wie und wo er unweigerlich hatte landen müssen – schmerzhaft auf dem Hintern. So sah er das heute, und so hatte er es schon damals empfunden. Er hatte Bruch gemacht, sie hatte mit ihm gebrochen ... Wie lange war das jetzt her – fast genau drei Jahre, daß er ihr, wieder auf einem Spaziergang, diesmal entlang einem Wildbach, eindringlich, ja, zudringlich ein Gedicht vorgelesen hatte, das den blödsinnigen Titel *Melde nicht* trug und seither in ewiger Verbannung in der Schachtel mit der Aufschrift *Naturmystische Gedichte* geruht hatte.
Gequält sprang Wenner auf und rannte zum Fenster, kehrte jedoch gleich wieder an den Tisch zurück. Das war doch eine ganz andere Zeit! rief er sich zur Ordnung. – Ja, aber eine schreckliche Zeit, der Beginn einer schrecklichen Zeit! – Ermanne dich, Wenner, dann bist du den ganzen Narrenplunder los! Er zog das Blatt aus seiner Schachtel und ließ es zu Boden segeln.
„Blätter fallen, Bäume stehen!" rief er und hörte den flehenden Unterton seiner eigenen Stimme und, wie hätte es anders sein sollen, gleich darauf wieder einmal diese andere,

die er seither in den Stunden, da er rechtete und Ausflüchte suchte, immer wieder zu hören gemeint hatte: Red kein' Stuß, Wenner! Red kein' Stuß, Wenner! sagte sie, diesmal klar und deutlich, und er bückte sich, hob das Gedicht auf und las es mit geröteter Stirn so widerstrebend durch, als erwarte ihn die peinlichste Wiederbegegnung seines Lebens.

Melde nicht

Du fühlst dich Blatt
Sei Blatt
Wispere in den Zweigen
Doch hier
Bei mir
Könntest du schweigen

Hier
Endet das fremde Pflanzenreich
Dort
Ist nichts, wispert nichts
Menschengleich

Wispernd klimme dein Haar
Alte Zauberhandlung
Aber komm nicht
Melde nicht
Hier
Die Anverwandlung

Wenner kniff die Augen zusammen. Es *war* die peinlichste Wiederbegegnung seines Lebens. Er räusperte sich. Dieses Gedicht, vermutlich war es noch eins seiner besseren, hatte so etwas – ihm fiel kein anderes Wort ein als weibisch, etwas

Weibisches, dabei hätte es wohl etwas Weibliches sein sollen, überlegte er. Da hatte es einige Zeit zuvor doch diese Anverwandlungslyrik gegeben, diese weibliche Anverwandlungsmystik und – Red kein' Stuß, Wenner, sagte die Stimme ungehalten, red kein' Stuß. Wenner atmete tief durch und ließ das Blatt wieder zu Boden segeln. Es war jedoch nicht allein das Gedicht gewesen, was sie so sehr erbost hatte, erinnerte er sich, nun wieder tapfer entschlossen, und sah diese zwei senkrechten kleinen Stirnfalten vor sich wie damals, als er seinen Gedichtvortrag beendet hatte und den erwartungsvollen Blick auf Zicki gerichtet hielt. Nein, was sie Sekunden später bewogen hatte, nicht nur dem Dichter Werner Liebig, sondern auch den Hoffnungen des werbenden Narren Wenner den Todesstoß zu versetzen, waren die Worte gewesen, die er, bemüht, ihre Unmutsfalten zu vertreiben, halb scherzhaft hinzugefügt hatte. Er hatte auf das rauschende Wasser hingewiesen, das, eben noch Quelle, nun ein glitzernder, lebhafter Bach war, der von anmutig gewelltem, samtigem Ufergestein eingefaßt wurde und für die Ewigkeit darin eingebettet schien.
„Hier, Werner Liebig, sollst du ruhen, umgeben von Leben", hatte er wohlgefällig und zugleich, wie ihm jetzt peinvoll bewußt war, schon wieder selbstgefällig gesagt. „Wie findest du das, Zicki?"
„Das ist hübsch, Wenner", hatte Zicki gesagt, und ihr Gesicht war sehr weiß gewesen, „doch wenn du so bist, finde ich dich zum Kotzen." Und sie hatte sich rasch entfernt, ohne sich noch einmal umzusehen.

Und es begann eine schlimme Zeit. Er hatte um Zickis willen schon früher schlimme Zeiten erlebt, wenn er das

Gefühl hatte haben müssen, wieder nicht vorbereitet gewesen zu sein, ihr wieder nicht wirklich näher gekommen zu sein. Doch diese letzten drei Jahre, als er bei ihren Begegnungen, die stattfanden wie alle Jahre zuvor, eine höfliche Teilnahmslosigkeit, eine Lieblosigkeit zu verspüren meinte, die er nicht kannte, kamen ihm vor wie eine einzige Strafe.

Ganz schlimm war es jedesmal, wenn Zicki nach längerem Sommeraufenthalt wieder abgefahren und damit für Wenner bis Weihnachten nicht mehr zu erreichen gewesen war. *Nicht zu erreichen* hieß vor allem, für seine *Augen* nicht zu erreichen. Denn an ihrer Gestalt, an ihrem Gesicht und zu allermeist an ihrem Blick ermaß er den Reichtum seiner Welt.

Hatte sich im eben vergangenen Sommer etwas verändert? Hatte sich irgendetwas gebessert? Nein, mußte Wenner jedesmal erkennen. Niedergeschlagenheit überkam ihn, oft für Tage. Er ging kaum aus dem Bau, empfing Besuch allenfalls von Waller und rasierte sich nicht. Nach angemessener Frist trat er dann, frisch rasiert, mit dem überquellenden Papierkorb aus der Tür und ging den taxusgesäumten Weg zur Gartenpforte hinab. Seine Bewegungen, wenn er den Papierkorb in die Tonne leerte, waren entschlossen, aber etwas mechanisch, als wären sie Teil einer therapeutischen Übung, und das waren sie ja letztlich auch. Ein Sommer war zu Ende gegangen, eine Annäherung an Zicki hatte nicht stattgefunden, seine Hoffnung war ohne Nahrung geblieben, aber, das wußte er nun, da er seine Höhle erneut verließ, auch noch nicht gestorben. Seine Welt war nicht untergegangen. Doch: Weh dir, Wenner, es kommt eine lange und dunkle Zeit! So war das gewesen in den letzten Jahren. Und dann, vor wenigen Monaten, war sein Herz groß und weich geworden, als der weiße VW-Bus um die letzte Spitzkehre unter dem Klippenkreuz gebogen war, und sein Hirn hatte warnende Leuchtkugeln emporgejagt, während er nach Hasenart dem Ort zugehetzt war und sich durch seine Gartenpforte gerettet hatte mit stechender Lunge. Zicki kam nach Haus, und er war nicht vorbereitet. Wieder nicht vorbereitet. Noch immer nicht vorbereitet. Ach, Wenner, worauf wartest du?

Seitdem war viel geschehen, und Wenner wartete längst nicht mehr.

In diesen Stunden warf er die Irrtümer seiner jüngsten Vergangenheit ab, seine Narrengewänder, dachte er kopfschüttelnd. Sie lagen um ihn herum, wie sie gerade gefallen waren, und er blickte, wenn wieder eins fiel, an sich hinunter, als wollte er prüfen, ob es bald gut war, ob er schon präsentabel war, und irgendwann war es dann gut.

Er fegte die Schachteln mit den restlichen Gedichten zu Boden, so wie sie waren. Die letzte auf dem Tisch war die mit der Aufschrift *Gedichte, Schulzeit.* Er öffnete sie lächelnd. „Das eine – dieses hier …" Er fischte ein Blatt heraus, es war eher ein Stück Papier, das von seiner Schülerhandschrift beschrieben war, und ging damit in die Küche hinüber. In der Tischschublade kramte er nach der Schachtel mit den Reißzwecken, nahm eine heraus und hängte die halbe Seite am Küchenbord auf. Hier hängt der Dichter Werner Liebig, dachte er, goß sich das Weinglas voll und leerte es in einem Zug. Zufrieden musterte er das Gedicht und las es sich mit lauter Stimme vor:

Wir haben oft gereimt
Es hat uns oft gereut
Wir finden keine Reime mehr
Goethe hat sie alle, der

„Hättst mal drauf hören sollen“, sagte er dann.

Höhlenbilder

Und Zicki hatte sich in den Jahren, da in raschem Wechsel eine dichterische Periode auf die nächste gefolgt war, über viele Hin- und Rückfahrtkilometer hinweg ihre eigenen halb verzagten, halb bitteren Gedanken zum Wennerschen Liebeswerben gemacht.
Mit gemischten Gefühlen erwartete sie auf der Heimfahrt im Sommer des „bösen Erwachens“, wie sie später das Zerwürfnis mit Wenner nannte, den Eintritt des Dichters in die romantische Periode – alles andere war doch wohl schon dran gewesen? Ob er denn, überlegte sie, fast am Ende ihrer Fahrt angelangt, und nun warf unbezwingbare Lachlust sie gegen die Rückenlehne des Fahrersitzes, ob er denn wohl wieder von vorn anfinge, wenn ihm die Varianten ausgingen? Wieviele Runden er wohl noch schaffen würde? Würde das mit ihnen auf alle Zeiten so weitergehen?
Der eisgraue Mann, die eisgraue Frau. Klamme Finger wärmen sich am Höhlenfeuer, steife Lippen blasen über den Tee, wenn man dieses Gebräu, das das Geheimnis ewiger Jugend gewiß nicht birgt, so nennen darf, zeitlos zärtlich lächeln trübe gewordene Augen einander zu. Mag sein, sie sind längst blicklos geworden. Mag sein, eisgrauer Mann und eisgraue Frau haben längst alles gesehen, was zu sehen sich

lohnt … – doch, der Ortsausgang von Gos verschwand eben im Rückspiegel, sie straffte die Schultern: *Vedi & vinci*, schau hin Zicki, schau ihn dir auch diesmal wieder ganz genau an und gib die Hoffnung nicht auf.

Und sie wischte sich entschlossen die eine Träne der Vergeblichkeit aus dem Augenwinkel, und unterwegs zum Lenkrad fuhr ihr Handrücken rasch noch unter der Nase hindurch, für alle Fälle. Schließlich weinte sie heute nicht zum ersten Mal.

Sie wollte, so dachte sie, erschreckt von Höhlenbildern, noch nicht aufgeben. Sie wollte weiterkämpfen. Lieber sterbe ich im Freien, dachte sie erschaudernd, lieber sterbe ich allein und im Freien und voller vergeblicher Hoffnung als in der Höhle, während ein anheimelndes Feuerchen seine zuckenden Wandmalereien der Vergänglichkeit entwirft und ein eisgrauer Mann und eine eisgraue Frau sich in einander spiegeln, immerdar …

Ja, Zicki, eins müssen wir aber nun doch einmal fragen dürfen: Wäre es nicht an der Zeit, selbst die Initiative zu ergreifen? Ist das denn gänzlich undenkbar? Schweigen. (Es sieht ganz so aus, als sei das dermaßen abwegig, daß Zicki diesen Gedanken noch nicht einmal zu denken *begonnen* hat. Sie denkt einfach etwas anderes, das sie allerdings keinen Schritt weiterbringt: Nö, denkt sie möglicherweise. Soll *er* doch anfangen. Nicht, weil er ein Mann ist, auch wenn er eine Frau wäre, wäre er als erster dran. Weil er viel mehr Zeit hatte als ich. Ich war schließlich zweimal verlobt. Sagen wir, halbverlobt. Aber immerhin. Das war sehr zeitraubend und am Ende auch fruchtlos. Ich bin ja doch immer wieder hierher zurückgekehrt und habe weder Most noch Feller mitgebracht, um *ihn*, immer wieder *ihn* nicht zu quälen. Vielleicht wäre es umgekehrt besser gewesen. Vielleicht hätte ein kerniger

Conte Most ihn aufgescheucht aus seinem moosigen Lager, vielleicht hätten, zuvor schon, eines Fellers frohlockende Flötentöne ihn aus seiner Höhle vertrieben. Vielleicht säße er dann nicht immer noch in seiner waldigen Kute und fände keinen Anfang und kein Ende … So etwa könnte Zicki antworten, wenn sie überhaupt zu antworten geruhte. Denn auch sie kennt so einige Schleichwege, die aus unmittelbarer seelischer Bedrängnis hinausführen. In dem Alter!)

Zicki war also oft schon ärgerlich gewesen, wenn sie in die Lange Straße einbog. Wenn es sich aber zutrug, und es hatte sich zugetragen, daß sie im Vorbeifahren einen Blick auf Wenners taktvoll abgewandtes (er habe sie nicht „gleich überfallen“ wollen, erklärte er ihr später), einsames Dichterhaupt erhaschte, waren doch alle besseren, darunter die bittersüßen, sehnsüchtigen Empfindungen in ihrer Brust zusammengeströmt, und sie hatte leise gesagt: „Wenner“, während der VW-Bus in die Wand des Waldes vordrang und die letzten Meter bis zur Fabrikantenvilla zurücklegte. „Wenner“, hatte sie gesagt, manchmal auch: „Ach verdammt, Wenner“. Jedenfalls bis vor drei Jahren, bis zu ihrem bösen Erwachen.

Eine Liebe in Hohe Tannen (Forts.)

Höhlenbilder! Halbverlobte! Romantische Periode! Böses Erwachen! Ja das, hätte Ott wohl dazu bemerken gehabt, hört sich doch schon ganz anders an. Das war nun schon wieder weitaus mehr als eine Außenansicht – weitaus mehr als das, was den Freunden zur Verfügung stand, wenn sie sich an der Geschichte von Zicki und Wenner versuchten. Denn über die Jahre sah man vielleicht wenig, aber doch das eine oder andere. Und man hörte so allerlei. Viele wußten dies oder das. Sie kannten die Außenansicht.

Die Liebe zwischen Zicki und Wenner begann an dem Tag, als Werner Liebig, gerade sechs geworden, mit seiner Mutter in die Villa seines Onkels Hans Werner Liebig gezogen war, nach Hohe Tannen. Am ersten Tag, dem Tag des Umzugs schon war Wenner auf dem Waldweg zur Fabrikantenvilla Siegrid Backla begegnet. Vielleicht hatte sie sich aus Neugier auf den Weg gemacht, wer weiß, vielleicht auch nur einen kleinen Spaziergang mit dem Dackel Noisi, der ersten Noisi, unternommen, jedenfalls war sie vor ihm stehengeblieben und hatte ihn interessiert gemustert.

„Bist du der neue Junge von da vorne?“ hatte sie ihn gefragt und mit dem Finger in die Richtung gezeigt, aus der Wenner gekommen war.

Wenner hatte genickt.

„Wie heißt du denn?“

„Wenner. Liebig.“

„Ich heiße Zicki. Zicki Backla. Ich wohne da hinten.“

„Da, wo es so laut ist?“

„Ja, da. Da ist ein Sägewerk. Es ist laut und staubig. Aber ich kenne eine Höhle. Es ist nicht weit weg. Wenn du willst, zeige ich sie dir.“

„Mh. Und wie heißt der Hund?“

Die saufarbene Noisi war gerade zwischen Farnwedeln verschwunden.

„Noisi. Sie ist drei.“

„Kann ich sie mal anfassen?“

„Wenn sie kommt, ja. Ruf sie doch mal."
„Noisi", hatte Wenner gerufen. „Kommst du mal, bitte?"
(Das hatte Zicki so gut gefallen, gestand sie ihm später, als sie sich an diese Urszene erinnerten, dieses: „Kommst du mal, bitte?")
Noisi hatte das offenbar ebenfalls gut gefallen, denn sie war sofort gekommen und hatte sich zu Wenners Füßen im Sand gewälzt. Wenner hatte sich ganz langsam in die Hocke niedersinken lassen und schließlich, im Schneidersitz angekommen, die Hand nach Noisis Schnauze ausgestreckt. Noisis kurzer Schwanz hatte den Boden zu peitschen begonnen. Zicki hatte sich die Szene eine ganze Weile von oben angesehen.
„Wenn du mein Freund sein willst", hatte sie irgendwann in sachlichem Ton erklärt, „mußt du dich aber um mich kümmern."
Wenner hatte mit ernsthafter Miene zu ihr emporgeblickt und zum ersten Mal diese hellen Augen und die zwei senkrechten, kleinen Stirnfalten gesehen.
„Ja", hatte er gesagt und war aufgestanden.
So hatte das angefangen.
Es war zwar damals, ganz am Anfang, niemand dabei gewesen, doch wäre dies eine vorstellbare Außenansicht, an der nichts Mißverständliches ist.
„Und dann?" muß man nur fragen und erfährt sofort, wie es fortan, für jedermann sichtbar, mit den beiden weiterging.
„Dann, viel später, ist Zicki ein halbes Jahr nach Italien gegangen, als Schülerin auf eine italienische Schule. Ihr Vater hatte in Florenz einen Freund, und so hatte er schließlich nachgegeben. Sie war ja damals eine wütende Tochter gewesen, und mag sein, er brauchte selbst eine kleine Erholungspause."

„Wenner aber, der hat unter dieser ersten Trennung schrecklich gelitten", wird Magda oder Marita bereitwillig Auskunft geben, „das war gar nicht zu übersehen."

„Ich muß das tun, Wenner, verstehst du?" hatte Zicki ihm diesen Schritt in eindringlichem Ton erklärt. „Ich muß einfach. Da kann ich mich nützlicher machen als hier – Papa hört ja sowieso nicht auf mich. Wir streiten nur. Und ich kann schon mal Italienisch lernen. Das siehst du doch ein?"

Er hatte es eingesehen. Aber es war schwer für ihn geworden. Und dann die Freunde, die lieben Freunde.

„Heh, Wenner! Weißt du, was die deutschen Frauen nach Italien zieht? Soll ich es dir verraten?" Das war Ott auf dem Schulhof gewesen.

Malte hatte sofort angefangen, wie ein Miniaturpapagallo die Luftmandoline zu spielen und augenrollend irgendein gräßliches Lied von einer Mondscheinserenade und einem Nicolino zu singen.

Wenner hatte die Fäuste in die Hosentaschen gebohrt und gesagt:

„Zicki nicht", sich umgewandt und war davon gegangen.

Eine ganze Weile war das so gegangen. Dann hatte Ott eines Tages in der Pause gesagt: „Heh, Wenner! Weißt du, was Irmi Backla meiner Mutter gestern erzählt hat?" Wenner hatte ihm einfach den Rücken zugekehrt, bis Ott gesagt hatte: „Willst du das gar nicht wissen? Zicki hat einen Verlobten, hat sie gesagt. Ist das nicht ein Ding?"

Wenner hatte sich Ott wieder zugewandt und war ganz nahe an ihn herangetreten.

„Nimm die Brille ab, Polaczek", hatte er gesagt.

„Ich rieche Menschenfleisch", hatte Ott geantwortet und den ungeschlachten Riesen gemimt.
Sie hatten sich ausgiebig geprügelt, frenetisch angefeuert von Sekundanten und Publikum, und sich mit krebsroten Gesichtern die Hemden in Fetzen vom Leib gerissen. Wenner, von seiner Statur her im Nachteil, waren in seinem Zorn die nötigen Kräfte zugewachsen, so daß er Ott schließlich am Boden gehabt hatte. Backala, Malte und die Mädchen hatten die beiden erst trennen können, als das Trappeln heranhastender Lehrerfüße bedrohlich nahegekommen war.
Danach war Ruhe gewesen. Doch dann war Zicki auch bald zurückgekommen.
„Ach Wenner", hatte Zicki gesagt und ihn verständnislos angesehen. „Warum hörst du auf solches Gerede? Du weißt doch, wie meine Mutter ist. Und wie Ott ist. Und selbst wenn es so gewesen wäre – dann bist du ab jetzt eben mein einziger richtiger Verlobter. Wäre dir das recht?"
„Ja", hatte Wenner tonlos gesagt, während seine Augen zu leuchten begonnen hatten, und ihr später einen dünnen Ring aus Silberdraht geschenkt. „Damit du es nicht vergißt", hatte er gemurmelt.

Ja, und dann? Was geschah weiter? Waren sie dann endlich ein richtiges Paar? Als sie mit der Schule fertig waren?
Offensichtlich war es dann mit der schönen eindeutigen Außenansicht dieser Kinder- und Jugendliebe vorbei. Denn die Wahrnehmungen der Freunde begannen von einander abzuweichen, einander sogar zu widersprechen, und so erinnerte die Außenansicht fortan eher an einen welligen Spiegel, auch mal an einen gesprungenen, auch mal an

einen Zerrspiegel. Die Freunde sahen nicht mehr so klar, ihr Bild war nicht mehr so klar, weil sie ja schließlich selbst auch etwas hinzuzutun hatten. Und dies umso mehr, je weniger sie zu sehen und zu hören bekamen, je weiter sie selbst weggingen und je seltener und kürzer sie zu Besuch nach Hohe Tannen kamen.

Wenn man also nachfragt: Was ist denn in den kommenden Jahren, in den nächsten Jahrzehnten aus Zicki und Wenner geworden, wie ist die Geschichte weitergegangen, kann es passieren, daß einer, sagen wir, Malte Warrentei, sofort antwortet:

„Selbstverständlich waren sie ein Paar. Man sah es nur nicht immer so deutlich, je nachdem, was sie gerade mit einander auszumachen hatten. Aber man hörte ja schließlich doch so einiges. Und eins steht fest: Zicki hätte sich noch zehnmal verloben können – für Wenner war sie die Frau seines Lebens. Sagen wir mal so: Sie zog ihm einfach die Nägel aus den Planken. Zicki war sein Magnetberg."

„Irgendwann muß da aber noch etwas Schlimmes passiert sein", dürfte Ott bei Gelegenheit nachgeforscht haben, „Wenner, der Affe, der erzählt einem ja nichts, aber von Irmi Backla weiß ich, daß er einmal im Sommer, gleich nach dem Examen war das wohl, mit seiner alten Karre nach Italien gefahren ist, um Zicki zu besuchen. Er wollte sie überraschen, sagt jedenfalls Irmi, die ihm alles Mögliche für Zicki eingepackt hatte. Aber am übernächsten Tag war er schon wieder zurück, völlig erschöpft, weil er durchgefahren war, und nicht einmal die Sachen für Zicki hatte er abgegeben. Irmi sagt, sie hätte sich nichts zu fragen getraut, als er ihr alles wiedergebracht hat, so elend, wie er ausgesehen hätte."

Das ist dürftig für eine Außenansicht und höchst rätselhaft, denn wie Wenner, der Affe, zum Ärger Otts nichts gesagt hatte, so hatte auch Zicki damals nichts Eindeutiges zur Aufklärung dieses Vorkommnisses beigetragen, als sie einige Wochen später zu ihrem Sommerbesuch in Hohe Tannen eingetroffen war.

„Wenner", sagte sie, nachdem sie sich endlich dazu durchgerungen hatte, ihn in seinem Bau aufzusuchen. „Was war da los?" Sie wußte es ja: Als Wenner in seinem alten VW am frühen Morgen den Serpentinenweg zu ihrem Bauernhaus emporgekrochen gekommen war und in höflicher Entfernung, ein paar Meter weit weg, angehalten und die Wagentür aufgemacht hatte, war ein Mann mit nacktem Oberkörper aus einer Tür getreten und auf ihn zu gekommen.

„Kann ich Ihnen irgendwie behilflich sein?" hatte der Mann gerufen und sich dabei weiterrasiert. Das war nicht irgendein mandolinespielender Italiener, sondern der Maler Bertram Feller gewesen. „Wollen Sie zu Zicki?"

Er hatte ihm die freie Hand hingestreckt und gesagt: „Ich bin Bertram Feller, Zickis Verlobter, oder was man hier so nennt", und er hatte gelacht. Wenner hatte zwar automatisch die Hand des anderen ergriffen, sich aber nicht einmal mehr vorgestellt, sondern nur die Wagentür wieder zugeschlagen und den Motor angelassen. „Sagen Sie ihr einen schönen Gruß, ja? Ich bin zufällig hier vorbeigekommen. Es ist nichts Wichtiges –" Er hatte so rasant gewendet, daß der verdutzte Feller zur Seite springen mußte, und war wieder weggefahren.

„Wer war das denn?" fragte Zicki, die den Wagen gehört hatte, als sie zum Frühstück in die Küche herunterkam.

„Ein komischer Vogel", sagte Bertram Feller, „Er läßt dich schön grüßen. Er sagt, er wär zufällig hier vorbeigekommen." Er lachte. „Frag mich nicht, wie er heißt, denn das weiß ich nicht. Er war im Nu wieder weg."

Zicki kannte vielleicht eine ganze Menge komischer Vögel, aber nur einen, der imstande war, ihr unter den gegebenen Umständen einen Besuch von zehn Sekunden abzustatten. Ihr wurde flau im Magen.
„Jetzt sag mir mal ganz genau, wie das abgelaufen ist, Bertram", sagte sie. „Ich meine, was du getan und was du gesagt hast."

„Wenner", sagte sie dann, ein paar Wochen später, als Wenner nur schwieg und aus dem Fenster starrte, „mach sowas nie wieder. Nie wieder!" Und sie war aus dem Zimmer gerannt, ehe der erste Schluchzer ihre Kehle hinaufgestiegen war.

Kein Wunder, daß die Tanner Freunde vor einem Rätsel standen. Ernis Vermutung, Wenner hätte doch auf der Hinfahrt eine Panne gehabt haben und deshalb gleich wieder umgekehrt sein können, war damit jedenfalls nicht länger haltbar; eine mit langen Schritten und bleichem Gesicht aus Wenners Haus stürmende Zicki, die Malte zufällig aus dem Auto gesehen hatte, hatte auf mehr und anderes hingedeutet.
„Was machen die bloß ewig?" hatte Malte am Abend zu Erni gesagt. „Ich meine, die sind doch jetzt fünfundzwanzig. Warum ziehen sie nicht einfach zusammen und kriegen Kinder und halten uns nicht länger in Atem?"
Erni hatte bloß die Augen verdreht und Malte aufgefordert, jetzt bitte nicht wieder alles herumzuerzählen, ja?

Und dann war, während der langen Jahre vor Zickis eisgrauen Höhlenphantasien und Wenners katastrophaler Bruchlandung als Minnesänger, nur noch sehr wenig zu sehen gewesen. Einige Freunde hatten auch nur noch selten einmal Gelegenheit gehabt hinzuschauen, solange sie, irgendwo fern von Hohe Tannen, mit ihren eigenen Liebschaften, ihren Ehen, Kindern und Scheidungen beschäftigt waren.

Wenn man die beiden in späteren Jahren überhaupt zusammen erlebte, waren sie freundlich, höflich und in der vertraulichen Art alter Freunde miteinander umgegangen. Merkwürdig war allerdings Wenners Verhalten in den letzten drei Jahren gewesen, als er in langen Wintern in seinem Bau blieb und sich, so vermutete man, seine Wunden leckte. Irgendetwas war offensichtlich geschehen, nur was? Früher hatte man immer so einiges gehört, doch diesmal schien Wenner so diskret vorgegangen zu sein, daß keiner, auch keine Irmi, je von einem werbenden Poeten und seiner Bruchlandung gehört haben konnte.

Das neu angefachte Interesse der Freunde, die inzwischen wieder um Lilo und die Zwillinge verstärkt worden waren, machte sich, da es einfach keine brennbare Nahrung fand, bald nur noch in ratlosen oder verdrossenen Kommentaren Luft.

„Das ist vielleicht ein Rundtänzchen", sagte Malte. „Die wievielte Runde mag das sein? Hat jemand mitgezählt?"

Selbst Arno im fernen Schroffezarge hatte sich offenbar so seine Gedanken gemacht, denn am Stammtisch im Lütje Lage sagte er eines Winterabends zu den anderen: „Wenner fehlt mal wieder. Habe ich mir schon gedacht. Was ist das

eigentlich für ein Auerhahngetue? Weg von der Dame, wieder ran an sie?"
„Eher doch wohl umgekehrt", widersprach Malte.
„Was wissen wir denn?" Lilo hatte offensichtlich einen Sackvoll Lebensweisheit aus der Großen Ebene mit nach Hause gebracht.
„Ich kann nur glauben, was ich sehe", insistierte Malte.
„Aber du siehst doch so gut wie nichts." Marita hatte mit Maltes Glaubenserfahrungen nichts im Sinn.
„Und dabei sind sie doch so ein gutaussehendes Paar", sagte Magda im Ton aufrichtigen Bedauerns.
„Ja, aber wie lange noch?" höhnte Malte zu Arnos größtem Vergnügen.
„Jetzt kommt die Zeit, wo ich Boden gutmachen kann", verkündete er. „Ich war noch nie Teil eines gutaussehenden Paars. Wenn demnächst alle etwas zu schrumpfen und zu schrumpeln anfangen, werden die Karten neu gemischt", meinte er grinsend.
„Zickis nicht", sagte Erni sofort.
„Vergiß es ein für allemal, Arno", sagte Lilo ärgerlich.
Magda seufzte. „Man hört ja auch gar nichts mehr. Ich hatte gehofft, wir könnten wieder so zusammen sein wie früher."
„Wie früher nicht, Magda", sagte Marita. „Das geht nun wirklich nicht. Aber zusammen sein, das könnten wir schon."
„Ich verstehe nur nicht, weshalb ihr immer alles schlecht machen müßt", sagte Erni plötzlich zur Überraschung der anderen fünf. „Wenn ich Zicki und Wenner sehe, denke ich immer –" Sie unterbrach sich mit einer ärgerlichen kleinen Geste. „Ach, ihr lacht ja doch wieder nur."
„Nein, Erni, bestimmt nicht – sprich weiter", sagte Lilo aufmunternd, und die anderen nickten bekräftigend.

„Ja, sag's ruhig, Erni, ich lache nicht!" Malte hob wieder einmal die Schwurhand.

„Ich finde das so romantisch, diese lange Geschichte von Zicki und Wenner. Ich meine, ich muß manchmal an das Lied von den zwei Königskindern denken ..." Erni preßte die Lippen zusammen, denn es kam, wie sie es vorhergesagt hatte: Sie lachten ja doch wieder nur. Nur Magda nicht, weil sie ganz ähnlich empfand, Lilo nicht, weil sie eine loyale Freundin war, und Marita nicht, weil sie sich das Lachen gerade noch verbeißen konnte.

„Mein lieber Freund", sagte Lilo denn auch und sah den feixenden Malte angewidert an, „du hast einen miesen Charakter, und das gilt auch für dich, Arno." Auch der zweite miese Charakter hatte sein Fett weg. Doch Lilo war noch nicht fertig: „Und du, Marita, mußt dich mit denen auch noch gemein machen!"

„Ich? Wieso denn?" rief Marita empört. „Ich habe doch gar nicht gelacht!"

„Nein", sagte Lilo, „aber viel hat nicht gefehlt. Du hast eben nur keinen so miesen Charakter."

„Also, halt mal, Lilo", sagte Arno, der zwar längst mit seinem Charakter zu leben gelernt hatte, Lilos Reaktion in diesem speziellen Fall aber etwas überzogen fand. „Ich wollte ja gar nicht lachen, ehrlich. Das ist nur so komisch rausgekommen – entschuldige, Erni, das mit Zicki und Wenner, den Königskindern. Du weißt ja, ich hab's nicht so mit der Romantik."

„Ja, und ich hab nur gelacht, weil hier doch weit und breit kein viel zu tiefes Wasser ist, Erni. Ich meine, wo ist denn das viel zu tiefe Wasser in der Geschichte von Zicki und Wenner?" Malte drehte und wendete sich, um seinen Kopf aus der Schlinge zu ziehen, doch ohne Erfolg.

„Nun stell dich doch nicht so blöd", sagte Magda erbost. „Als ob es hier um eine Talsperre ginge oder überhaupt um irgendein richtiges Wasser. Warum fragst du nicht auch noch nach der falschen Nonne, Malte?"
„Ja, mein Gott", sagte Malte, doch sein sattsam bekannter Hang, „immer alles schlecht zu machen", war einfach stärker als sein Ehrgeiz, einen immerhin nicht ganz so miesen Charakter zu haben wie Arno, „ja, Magda, wo du schon davon sprichst – tut mir leid, daß ich so begriffsstutzig bin, aber die Königskinder ganz ohne das viel zu tiefe Wasser und nun auch noch ohne die falsche Nonne?"
„Manchmal möchte man euch einfach nur eine kleben", sagte Erni und faltete die Hände auf dem Tisch.

In den Rosen

„Pflanz Rosen, Zicki", hatte Wenner gesagt, und nun saß Zicki in dem neuangelegten Beet neben der Treppe und pflanzte Rosen. Es war ihr ganz leicht gefallen, dieser Aufforderung zu folgen. Sie tat das gern, Rosen pflanzen. Sie lächelte bei dem Gedanken, wie sie früher selbst das, was sie gern getan hätte, oft nicht getan hatte, weil sie dazu aufgefordert worden war. Welch ungeheurer Energieaufwand! dachte sie. Sie fühlte sich – müde, doch das war eigentlich nicht das richtige Wort. Sie richtete sich auf und drückte den schmerzenden Rücken durch. Was war es dann? Ruhig? Sie war ruhig, das stimmte schon. Zum ersten Mal seit vielen Jahren, wenn sie von kurzen Augenblicken vollkommenen Seelenfriedens in Italien absah, war sie ruhig. Ich muß gar nichts, dachte sie, ich werde bald etwas wollen, doch das ist etwas anderes. Im Augenblick will ich nur Rosen pflanzen.

Sie grub die Finger in den lockeren, warmen Boden, den sie mit Marcels Hilfe gestern vorbereitet hatte. Rosen pflanzen, das war jetzt gerade ganz wichtig. Sie mußte lachen, als sie daran dachte, was bislang schon alles wichtig in ihrem Leben gewesen war. An die Jahre, als sie als eine Art selbsternannte Botschafterin des guten Willens erst in Frankreich, dann in Italien herumgetourt war. Aufklärung, Wiedergutmachung, Sühne, das war wichtig gewesen. Eine Schule aufmachen in Italien. Ganz wichtig. Daß sie ihren Vater bekämpft hatte, weil er sie mit ihren quälenden Fragen allzu pragmatisch abfertigte, das war wichtig gewesen, und es war richtig gewesen, fand sie. Doch sie hatte ihn viel zu lange bekämpft. Das war falsch gewesen. Sie hatte, wenn sie jetzt darüber nachdachte, überhaupt nicht gewußt, was das war – irgendwann zu irgendeinem Ende zu kommen. Sie hatte einfach immer weitergekämpft. Und was alles richtig gewesen war zu seiner Zeit, war irgendwann falsch geworden – sinnlos, am Ende rücksichtslos. Das wußte sie jetzt, und nun wußte sie auch das richtige Wort dafür, wie sie sich fühlte – sie war nicht nur ruhig, sie war vor allem abgekämpft. Das war das noch bessere Wort. Diese Tränen, die jetzt auf die Rosenpflanze in ihren Händen tropften, waren wohl Tränen der Trauer, des Bedauerns, eines wehmütigen Verlustgefühls, doch es waren auch schon Tränen der Erleichterung. Sie war abgekämpft, ja, doch sie wollte etwas Neues, und sie fühlte sich nicht allein. Diese schreckliche Gefühl der Verlassenheit, das sie in den Tagen nach der Beerdigung immer wieder überkommen hatte, es war langsam anderen Empfindungen gewichen – da waren die Freunde, Wenner vor allem … Diese immerwährende Geschichte zwischen ihnen, diese aus enttäuschten Erwartungen, immer neuen und wiederum enttäuschten Erwartungen geborenen Irrtümer, all die trotzigen Umwege

– welch ungeheurer Kraftaufwand auch hier! Doch vergeblich konnte man dies alles nicht nennen, so glaubte sie, es war trotz allem doch wohl eine richtige Liebesgeschichte gewesen? Mit einem Anfang, vielen Anfängen, einer Mitte, einer langen, langen Mitte, und einem Ende? Doch konnte es überhaupt ein Ende geben, wenn eine Liebe selbst nicht zu Ende ging? Eine Liebe in Hohe Tannen? Was wußte sie denn? Sie kannte ja nur diese eine, und sie wollte sie, so wie sie sie gerade jetzt empfand, für sich bewahren. Eisgrau, ja, dachte sie, und lächelte bei der Erinnerung an ferne Schreckensbilder, doch in der Höhle nicht mehr. Keine neuen Schulen, keine alten Höhlen mehr, dachte sie. Sie würde Wenner ein Geschenk machen, das sie ihm nie zu machen versucht hatte – sie würde ihn nach Italien einladen. Einfach so. Das würde ihn freuen, das wußte sie, und sie auch, so sehr. Denn eine Sehnsucht, das hatte sie einst, im Land ihrer Sehnsucht angekommen, verwundert gespürt, war immer geblieben. Irgendeine Sehnsucht würde immer bleiben. Was sollte ihr schon passieren?

„Was du da machst, Zicki, das hätte deine Mutter gefreut", sagte Hedels Stimme unmittelbar über ihr, und Zicki sah lächelnd zu ihr empor.

„Was meinst du – sollen wir Wenner bitten, uns nach Schroffezarge zu fahren? Ich möchte Elisabeth herholen, und da ist noch schrecklich viel Zeug mitzubringen. Der VW-Bus ist aber innen ganz naß. Marcel hat ihn mit dem Schlauch ausgespült. Was meinst du?"

„Ich komme, Hedel", rief Zicki und sprang aus den Rosen.

Finkenmanöver

Einladung!

Auch in Zeiten, in denen alles ganz langsam geht, bleibt die Zeit doch nicht stehen – sie vergeht, sie vergeht, und so hatte sie ganz allmählich doch zu drängen angefangen, während Werner Liebig das große schwarze Büffet geöffnet und sich eine gewisse Übersicht über sein Leben verschafft hatte, wie Ott es ausdrückte.

Seit Stunden saß Ott nun bereits mit dem Rücken zum Fenster an seinem Schreibtisch, und immer noch hatte er nicht das letzte Blatt seiner Fehlversuche zusammengeknüllt. Verbissen unternahm er den nächsten Anlauf. Jetzt *mußte* es hinhauen! Wachsende Ungeduld schlug sich am Ende in einer inflationären Häufung von Ausrufezeichen nieder. Ott versuchte es mit der emphatischen Brechstange, als gälte es, eine Mauer stumpfsinniger Bedürfnislosigkeit niederzureißen und die Gäste herbeizuschreien, so daß selbst das nüchterne Wort *Einladung* nachträglich ein Ausrufezeichen verpaßt bekam.

Einladung!

Fertig! Ott riß das Blatt aus dem Drucker, als Magda am Tisch neben der Eibe gerade vernehmlich „Ah! Das tut jetzt gut, so ein kühles Glas!" gesagt und Marita ebenso laut „Die Hitze will und will nicht weichen!" geantwortet hatte. Ott grinste und machte sich, das Blatt in der Hand, auf den Weg nach unten.

„Marita", sagte Magda im Flüsterton, „neulich habe ich daran denken müssen, wie Ott als Kind immer weggelaufen ist und wie Onkel Bruno und Tante Zita ihm eine rote Hose angezogen haben, damit man ihn zwischen den Bäumen besser sehen konnte –"

„Ja", flüsterte Marita zurück, „nur daß er nie in den Wald gelaufen ist – immer nur zur Großen Straße rauf. Und wir zwei haben die ganze Zeit vor Angst geheult, während sie ihn gesucht haben."

„Aber als wir etwas größer waren, haben wir geheult, weil sie ihn wieder eingefangen hatten. Einmal hat er es fast bis Gos geschafft, weißt du noch?"

„Ja, da war er schon unser Ausbrecherkönig geworden – oh, er kommt", sagte Marita warnend.

„Wunder brauchen bekanntlich etwas länger", sagte Ott und legte das Blatt mit der Einladung auf den Tisch.

„Was für eine Geburt", sagte Marita.

„Gerade du müßtest das doch können", sagte Magda.

„Wieso denn?" verteidigte sich Ott und griff nach der Flasche, „Ich bin Reiseschriftsteller und kein Marktschreier."

Gemeinsam beugten die Zwillinge sich über sein Werk.

Einladung!

Am Sonntag, den 23. Juni, findet aus Anlaß der Gründung des Vereins Grüne Baracken e.V. in Hohe Tannen das 1. Tanner Finkenmanöver statt!

Der Vereinsgründer Arno von Fiselek, bekannt als Mäzen zahlreicher lokaler Projekte, hofft, durch die Grünen Baracken e.V. vielfältigen Harzer kulturellen und sozialen Aktivitäten einen Rahmen und eine Heimat zu geben!

Zur Gründungsfeier erwarten Sie ein reichhaltiges Unterhaltungsprogramm sowie gastronomische Erlebnisse erster Güte!
Wir laden Sie herzlich ein, unser Gast zu sein! Beiträge zum Festprogramm willkommen!
Kinderspielplatz vorhanden!
Die Leitung des musikalischen Rahmenprogramms liegt bei Dr. Gunilla Stark, Gos!
Es singen für Sie die Goser Roller!
Das Fest wird zu Ehren des Vereinsgründers Arno von Fiselek ausgerichtet und aus privaten Spenden finanziert. Über einen freiwilligen Unkostenbeitrag würden wir uns sehr freuen!
Interessiert? Dann kommen Sie zum 1. Tanner Finkenmanöver, und vielleicht möchten Sie ja sogar Mitglied der Grünen Baracken werden?
Beginn der Veranstaltung: Wegen der heißen Witterung um 9 Uhr morgens!
Schluß: Wenn alle gegangen sind!
Ort: Hinter der ehemaligen Sägewerksvilla!
Wir freuen uns auf Sie!
Ihr Gründungs- und Festkomitée: Siegrid Backla, Erni Backla, Lilo Lippelt, Magda Polaczek, Marita Polaczek, Ottfried Polaczek, Werner Liebig, Hohe Tannen

„Also mir gefällt's!" sagte Magda, zur Zustimmung entschlossen, und Ott, der bis dahin bescheiden auf seine Hände niedergeblickt hatte, hob erfreut den Kopf. „Und dir, Marita?"
„Mir auch, im Großen und Ganzen. Vielleicht ein paar Dutzend Ausrufezeichen weniger – es hat noch einen kleinen Stich ins Drohende, finde ich."

Als Ott animiert den Blick und den Arm hob, um seinem Freund Wenner zuzutrinken, sah er ihn mit weitausholenden Gebärden im Zimmer umherstolzieren. Das Glas in der Hand, starrte Ott hinüber, bis die Zwillinge sich umwandten und seinem Blick folgten.

„Herrje, was macht er denn jetzt?" rief Marita. „Hebt er gerade ab?"

„Sieht so aus, als übte er etwas", meinte Magda. „Vielleicht für das Finkenmanöver?"

Fasziniert verfolgten die drei Polaczeks Wenners Bewegungen, der jetzt dazu übergegangen schien, feurig vor sich hin zu deklamieren.

„Und wie der übt", sagte Ott, „aber nicht fürs Finkenmanöver. Der übt fürs Leben."

„Aber was?" flüsterte Magda aufgeregt. „Was übt er?"

„Das wird man sehen, wenn es fertig ist", sagte Ott.

„Hoffentlich ist das nicht schon die Endfassung", sagte Marita. „Da hat er mir vorher fast noch besser gefallen."

„Er trägt etwas dick auf, das stimmt, aber das macht er doch nur für uns", sagte Ott.

„Er weiß, daß wir ihm zusehen?" sagte Magda verblüfft.

„Aber ja", sagte Ott. „Das ist so eine Art Outing – mir fehlt gerade das richtige deutsche Wort –"

„Entpuppung", schlug Marita, die Insektenkundlerin, vor. „Er entpuppt sich."

„Er entpuppt sich!" rief Ott begeistert. „Daß es das Wort noch gibt! Jedenfalls macht er das nicht für sich allein."

„Dann klatsche ich jetzt Beifall, wenn er rüberguckt", erklärte Magda.

Und tatsächlich tauchte Wenner wenig später mit einem Glas in der Hand am Fenster auf. Nach einer Verbeugung hob er es auf seine Freunde neben der Eibe, die

ihm durch lebhafte Gesten ihre Bewunderung signalisierten.
Ja, Ott, dachte Wenner, du hast alles richtig mitbekommen. Und wer so viele Abende fast nichts gesehen hat, der sollte doch wenigstens die große Nummer des Entfesselungskünstlers erleben dürfen.
„Er sieht ziemlich zufrieden aus, dieser Umstandskrämer", stellte Ott fest.
„Dieser Geheimniskrämer", sagte Marita.
„Fast schon glücklich", stimmte Magda zu.
„In den letzten Jahren war es manchmal so schlimm mit ihm", Marita wandte sich ihrem Vetter zu. „Er wußte überhaupt nicht, wohin mit sich."
„Und das Schlimmste war: man konnte ihn einfach nicht erreichen", sagte Magda.

Die Wundertafel

In den letzten Wochen vor dem Finkenmanöver ließ sich in Hohe Tannen, genau gesagt, hinter der Fabrikantenvilla, ein Phänomen beobachten, das man in unseren Zeiten nur als Rarität bezeichnen kann: Die Geburt eines Kommunikationsmittels aus dem Bedarf! Wer immer das Wort Bedarfsweckung zur Bezeichnung des Gegenteils erfunden haben mag – hier oben hätten Sie unverrichteter Dinge wieder abdrehen müssen, mein Herr. Hier wären Sie mitsamt Ihrer Wortschöpfung zu früh oder zu spät oder überhaupt verkehrt dran gewesen. Denn hier hatten die Dinge sich, wie wir wissen, nach anfänglicher Hektik wieder beruhigt. Und wie einst im Fall der Buschtrommel – die allerdings im Telefon längst ihre moderne Doppelgängerin gefunden hat –, so entstand auch in diesem Fall aus einem ganz speziellen Kommunikationsbedarf das angemessene Mittel. Dieser Bedarf war, zumindest für Hohe Tannen, insofern neuartig, als die Mitglieder und Assoziierten des Festkomitées einander versichert hatten, daß man während der verbleibenden kurzen Zeit bis zum Finkenmanöver ständig Kontakt halten wolle, ohne jedoch in das Leben des einzelnen immer wieder störend einzugreifen und ihn bei der Ausübung seiner alltäglichen Pflichten und seinen sonstigen Vorhaben zu behindern. Was dazu führen mußte, daß der natürliche Treffpunkt, der Hof hinter der Fabrikantenvilla, nun auch Festplatz genannt, über die gemeinsamen Treffen hinaus den ganzen Tag durch Stippvisiten belebt wurde, denn „Kontakt halten" hieß doch wohl, daß der einzelne nach Bedarf zu Fuß, per Fahrrad, Motorrad oder Auto auf einen Sprung vorbeischaute.

Wo bis zu einem Dutzend Menschen über fast zwei Wochen hinweg kommend und gehend, bringend und holend, arbeitend und redend in dauerhaftem, aber durchaus unregelmäßigem Kontakt stehen, kann es wohl nichts Sinnvolleres geben als so eine Wundertafel, wie sie in der mittleren Baracke auf ihrem hölzernen Gestell stand. Jedenfalls solange nicht aus dem raschen, aber stetigen Fluß der Dinge zum allerletzten Schluß – sagen wir: in den letzten zwei, drei Tagen – doch noch ein hochaufschäumender Gebirgsbach wird, die Dinge sich immer mehr zu drängen und schließlich zu überschlagen beginnen und die quietschende Kreide auf schwarzem Holz gegenüber einem hektischen Hallo und Wohin, Woher und Verdammt nochmal ins Hintertreffen zu geraten beginnt …

Doch so weit ist es noch nicht.

Vorerst tat die große schwarze Schultafel immer noch jeden

Tag aufs Neue ihr kommunikatives Wunderwerk, indem sie Nachrichten empfing und spendete, Kommentaren und Kommentaren zu Kommentaren, Hilferufen und Hilfsangeboten Raum bot, und dies dank einer Löschtätigkeit, die von niemandem besprochen und gefordert worden, sondern über Nacht entstanden war, wie es dem allgemeinen Bedarf entsprach.

Geruhsam studierte Marcel Raplan-Fitsche, wenn endgültig Ruhe auf dem Festplatz eingekehrt und die Lichter der Villa verloschen waren, die gesamte kommunikative Ausbeute des Tages, um dann mit tropfnassem Schwamm zur Tat zur schreiten. Er löschte. Dann wischte er nach und wienerte blank und schüttelte ein paar frische Stücke Kreide aus ihrer Schachtel auf das Ablagebrett vor der Tafel. Schließlich krönte er sein Tun, indem er in die linke obere Ecke Wochentag und Datum des kommenden Tages schrieb.

Samstag, 15. Juni

11 Uhr

Ott verteilt endlich die Einladungen! Zicki

12 Uhr

Und läßt verteilen – habe gerade eben Harm Poth getroffen, der einen ganzen Stapel aus seiner Posttasche an die Bewohner von Hohe Tannen verteilen sollte. Wo er doch ohnehin schon die Post austeilen mußte … Praktisch denkender Ott! Wenner

14 Uhr

Achtung!!! Arno wollte vorhin ein paar zusätzliche Einladungen haben, die er persönlich verteilen will. Habe gerade bei Kutti eine auf der Theke gesehen. Wollten wir das nicht verhindern? Ott

14 Uhr 30

Allerdings! Und warum hast Du es nicht getan? Lilo

15 Uhr 30

Und was machst Du überhaupt um diese Zeit im Lütje Lage???
M.&M.

Was Ott jedoch nicht gesehen hatte, als er dem freudestrahlenden Arno seine Einladung überreichte, war, daß der beim Überfliegen des Textes einmal kurz angewidert das Gesicht verzog. Ott wußte womöglich gar nicht, daß Arno Gunilla Stark auf dem Korn hatte, seit sie sich vor zwei Jahren auf der Sylvesterfeier der Freunde zu fortgeschrittener Stunde über Konfrontationspädagogik ausgelassen und in Arno damit unweigerlich den altverwurzelten Reflex seines Lehrerhasses ausgelöst hatte. Prompt hatte er die Hände vor dem Mund zusammengelegt und Gunilla Stark durch ein ungehöriges Geräusch unterbrochen, was sie allerdings kühl und souverän mit dem Ausspruch gekontert hatte: „Wir atmen alle dieselbe Luft, Herr von Fisclck!“ Ja, Arno, der Schuß war eindeutig nach hinten losgegangen, und er war sich vorgekommen wie ein dummer Schuljunge. So etwas vergißt sich nicht so leicht, zumal Malte Warrentei Gunillas Replik freudig in das stehende Repertoire seiner Sticheleien aufgenommen hatte.

16 Uhr

Dringend!!!
An alle: Marcel will heute abend die „Bühne“ aufbauen. Er bringt die Bretter mit Krupka so um sieben – er braucht einige geschickte Helfer. Falls sich jemand angesprochen fühlt: Bitte herkommen! Z.

Neben Dringendem stand ganz selbstverständlich auch weniger Dringendes.

Ott, verdammt, nun presch doch nicht dauernd mit dem Motorrad auf den Hof – schon wieder alles ganz staubig! Erni

Immerhin gibt es hier oben Wasser! Z.

Bloß wie lange noch! Die Kirchturmspitze von Ringslade guckt fast schon aus der Talsperre, sagt Krupka! W.

Sonntag, 16. Juni

morgens

Ihr Lieben, ehe es allzu turbulent wird, möchte ich mein Versprechen wahrmachen und Euch zu einer kleinen Privatfeier einladen. Kann mich jemand mit meinen Flaschen etc. heute abend herfahren? So gegen sieben? Lellek

11 Uhr

Das übernehme ich. Ich rufe Lellek gleich an. Was machen wir mit Malte? Und vor allem mit Arno – die Bühne soll doch eine Überraschung sein! Ich würde sagen: Malte ja, Arno nein. W.

So kam es dann auch. Malte wurde, unter der Androhung, ihm „alles abzuschneiden, was überhaupt abzuschneiden ist, Zunge, Schwurhand und so weiter“, genötigt, zu schwören, daß er diesmal „nicht wieder alles herumtragen“ würde. Der ahnungslose Arno verbrachte den Abend schwadronierend im Lütje Lage.

Lellek kündigte unter allgemeinem Wehgeschrei an, sie könne künftig nicht mehr so regelmäßig und so lange nach Hohe Tannen kommen. Sie werde nach Berlin, in dieses komische Haus ihrer Nichten ziehen, in dem es bereits mehrere kleine Agenturen und Firmen gebe, und sich

dort ebenfalls mit einer kleinen Unternehmung einquartieren. Sie werde eine Gedächtnisschule aufmachen, wie es in ihrem Alter doch wohl sinnvoll und angemessen sei, wie?
„Und sie hat auch schon einen Namen: *Die Eselsbrücke.* Wie findet ihr den?"

Montag, 17. Juni
14 Uhr 30
An alle, die nicht dabei waren: Lilo hat es in der Mittagspause abwechselnd mit Wenner und Malte versucht. Ging gar nicht. Da braut sich was zusammen! Z.

In der Tat war es um die Welturaufführung der Bühnenadaptation der *Moosweiblein* gar nicht gut bestellt. Und nicht etwa der Umfang der plattdeutschen Dialoge war das Problem, sondern, wie Lilo am Abend nach weiteren Proben rundheraus erklärte, die einzigartige Unfähigkeit beider Kandidaten, ihre paar Sätze glaubwürdig vorzutragen.
Wobei man ehrlicherweise hinzufügen muß, daß das Publikum immer wieder spätestens nach dem ersten Satz in eine gefährliche Hochstimmung geriet. Lauschten die in bester Absicht versammelten Mitglieder des Festkomitées, verstärkt durch Hedel, Marcel und Lellek, noch mit gefaßter Miene den Worten:
„Wettst wat, Mudder? Eck geh na de Mooswiebchen, dä mötten meck hülpen"
war es um ihre Fassung doch jedesmal geschehen, wenn Mudder Lilo antwortete:

„Ach, dä sollen ook jeden hülpen. Wo soll dat herkummen? Veel wird ook all!"
Soviel plattdeutsche ökonomische Weisheit im Verein mit drückender Hitze und Waldmeisterbowle sorgte für eine immer laxere Disziplin des Testpublikums, da mochte Lilo so oft auf den Bretterboden stampfen und strafende Blicke werfen, wie sie wollte.

Dienstag, 18. Juni

14 Uhr

Wieder in der Mittagspause geprobt. Sie können es einfach nicht. Ott

Woher denn auch, Mensch! Malte

15 Uhr

Alarm!!! Lilo hat die Nase voll. Zicki

15 Uhr 15

Ja ja ja, das hat sie! Die Zeit reicht nicht, um diese beiden Steifböcke bühnentauglich zu machen. Und die anderen sitzen dabei und lachen sich scheckig – nein danke! Lilo

Der Eklat war da. Am Abend erklärte Lilo die Aufführung für endgültig geplatzt und stürzte mit zornroten Wangen vom Hof.
Von der hinterdreinflatternden Erni alsbald eingeholt und besänftigt, besann sie sich jedoch auf das Kurzdrama einer Schulaufführung, das man im äußersten Notfall – der ja nun eingetreten sei – wieder ausmotten und ohne große Vorbereitung aufführen könne. Das sei obendrein eine nette Geste gegenüber Arno, erklärte sie, der doch damals den Räuber gespielt habe, und hätte zudem den Vorteil, daß man akkurat dieselben Kostüme benutzen könne und praktisch

kein Text zu lernen sei – dafür würde das Langzeitgedächtnis der hier versammelten Banausen doch wohl gerade noch ausreichen? Wenn sie dann mal bitten dürfe?

23 Uhr
An alle Banausen, die heute abend nicht da waren: Gerettet! Danke, liebste Lilo, danke! Zicki
Wir schließen uns an: Magda und Marita
Ich mich auch! W.

Erleichtert hatten die Mitglieder des Festkomitées, die dabei gewesen waren, für Lilos Ersatzlösung votiert, auch wenn das Kurzdrama *Der Hinterhalt im Winterwald* nicht so gut zur Jahreszeit paßte.
Ein wenig gegen die Jahreszeit zu agieren, war den Freunden jedoch wesentlich weniger schlimm erschienen, als einen Glanzpunkt des Festprogramms einfach zu streichen. Die Bühne stand, die Kostüme waren genäht, die Texte saßen, weil sie schon immer gesessen hatten – was brauchte es mehr als ein paar neue Requisiten und zwei, drei Proben? Und man hatte umgehend damit begonnen.

Dieses Theater, dachte Marcel, der am späten Donnerstagnachmittag ein Ungetüm von einem altmodischen Schlitten, eins der Prunkstücke seines Raritätenkabinetts, erst über Wurzeln und Tannennadeln hinweg und dann zwischen Salatbeeten und Sommerblumen hindurch zur Bühne gezerrt hatte, dieses ganze Theater, das war bisher das Schönste überhaupt – von der ersten Probe bis heute.

Von seinem Lieblingsplatz hinter den Kürbispflanzen hatte er alles von Anbeginn verfolgt und sich wunderbar unterhalten gefühlt.

Nun verschnaufte er, indem er das Schnitzmesser, das einst Wenner gehört hatte, herausholte und ein noch kaum geformtes Stück helles Holz zu bearbeiten begann. Noch ein Geschenk, dachte er, aber keins für dich, Arno. Marcel dachte ein wenig an Lellek, die er seit vielen Jahren heimlich verehrte. Allein schon ihr Äußeres – so sollten Frauen aussehen, fand er. Mehr noch beeindruckte ihn jedoch ihre Art. Jedesmal, wenn sie nach Hohe Tannen kam, tauchte sie meist schon am Tag ihrer Ankunft vor seiner Türe auf, während er sich, überwältigt von Schüchternheit, in sicherer Entfernung versteckt hielt.

„Marcel!" rief sie, wenn ihr Klopfen ungehört blieb. „Marcel, ich weiß, daß du hier irgendwo steckst! Glaub ja nicht, daß du mir so davonkommst. Morgen komme ich wieder. Ich habe dir auch etwas mitgebracht. Ich hänge es an die Tür. Mach's gut, Marcel, bis morgen!" Dann ließ sie lächelnd noch einmal den Blick schweifen, hängte die Plastiktüte an den Türgriff und schritt langsam durch den Wald davon. Diese kleine Szene wiederholte sich vier-, fünfmal jährlich, und sie fand jeweils am darauffolgenden Tag ihre Fortsetzung, wenn Lellek, auf dem Weg zum Lesesaal in der Kurhalle, erneut vor Marcels Tür haltmachte.

„Marcel, ich habe ein kleines Problem – hast du einen Augenblick Zeit für mich?" Aufs Stichwort trat Marcel zwischen den Bäumen hervor. „Stets zu Diensten, Frau Hermann!" sagte er strahlend und deutete eine Verbeugung an. Diese Begegnungen vor der alten Silbermine waren bis heute ihr kleines Geheimnis geblieben. Marcel runzelte betrübt die Stirn, als er jetzt daran dachte, daß Lellek künftig seltener

nach Hohe Tannen kommen würde. „Schade", murmelte er, „schade, schade."
Er schnitzte ein Weilchen.
„Ein kleines Geschenk zum Abschied für Sie, Frau Hermann!" murmelte er dann. „Ein kleines Geschenk für Sie, und viel Glück, Frau Hermann!"
Er hob den Kopf, als ein plötzlicher Luftzug ein paar lockige Späne zu seinen Füßen einfing und den Gartenweg hinauftrieb. Am Himmel war noch immer kein Wölkchen zu sehen. Doch irgendwo in nicht allzu weiter Ferne mußte ein Gewitter vorbeigezogen sein. Aber doch jetzt nicht! dachte Marcel. Durch das Insektengesumm hindurch lauschte er angestrengt.
Stimmen erhoben sich in seinem Rücken. Er schob Holz und Schnitzmesser unter die Kürbisblätter und sprang auf.
„Da ist er!" rief Zicki und winkte ihm zu. „Marcel, wir haben ein kleines Problem mit den Kabeln – kannst du mal kommen?"

Freitag, 21. Juni

14 Uhr

An alle! Wer kann eventuell Erni verstärken? Über den großen Platz trägt ihre Stimme nicht, und es wird am Sonntag auch viel lauter sein als heute. W.

17 Uhr

Wir! Wir verstärken bekanntlich alles. Magda und Marita. Kommen um halb acht.

18 Uhr

Schon wieder an alle! Habe vorhin Arno getroffen. Er hat mir verraten, daß er für alle „Internen", also seine Gäste aus den umliegenden Orten, ein Transportmittel organisiert habe. Zum Holen und Bringen. So eine Art Schulbus, hat er gesagt. Reicht das Essen denn? Ott

18 Uhr 30

Schulbus? Ich ahne Schreckliches. Andererseits: Als Veranstaltungsschluß anzugeben „Wenn alle gegangen sind", war doch wohl etwas sehr gewagt, oder? Wenn der Bus kommt und alle abholt, sind eben alle gegangen. W.

19 Uhr

Ja, und dann drei Kreuze! Man will ja schließlich auch mal seine Ruhe haben. Malte. Muß jetzt nach Gos, leider.

19 Uhr 15

Das Essen reicht, wenn man die Portionen halbiert. Hedel

Ach, noch etwas – kann sich mal jemand um die Blumentöpfe kümmern? Sind alle für Arno abgegeben worden – alles Konfirmationsblumen! Die brauchen furchtbar viel Wasser. Stehen noch in der Waschküche. Hedel

19 Uhr 45

Dringend!!! Das wird eine Völkerwanderung! Werde überall auf das Finkenmanöver angesprochen. Habe jetzt auch noch drei Anmeldungen aus Gos – weil Beiträge doch willkommen seien. War wohl nicht so schlau, das in die Einladung zu schreiben – das sind Anmeldungen für Stände. Kleine Stände, hat man mir versichert. Klang aber alles entweder sozial oder irgendwie kulturell. Habe zugesagt. In Ordnung? Komme etwas später, fangt schon an, Ott

Samstag, 22. Juni

Am letzten Abend vor dem Finkenmanöver wurde fieberhaft an der Herrichtung des Festplatzes gearbeitet. Die mittlere Baracke wurde zur „Geschenkebaracke" erklärt, in die als erste Gaben die Hortensientöpfe Einzug hielten. Hedel und ihre Kusine Elisabeth, verstärkt durch Antonietta Pirlo, bauten in der Puddingakademie Unmengen von Geschirr und Gläsern auf den Tischen auf, die Ott und Wenner mit dem VW-Bus aus den Häusern der Tanner Freunde herangekarrt hatten. Unterdessen zog Marcel, assistiert von Malte, endlose Meter von Kabeln, verstärkten die Zwillinge einigermaßen erfolgreich Ernis Stimme, so daß Lilo eine Generalprobe kurzerhand für überflüssig erklärte …

Dann, es fing bereits an zu dämmern, der unausbleibliche Schreck in der Abendstunde – wo war denn der angekündigte Spielplatz geblieben? Hatte denn niemand an den Spielplatz gedacht?

„So geht das aber nicht", sagte Marita, und Magda packte die Gelegenheit beim Schopf, um einen erfolgversprechenden Angriff auf Otts orangefarbenen Sitzsack zu starten.

„Otti, bitte, du bekommst ihn doch hinterher wieder!" log sie.

Lilo mußte eingreifen, um den verbissen schweigenden Ott zum Einlenken zu bewegen.

„Das ist jetzt aber wirklich schäbig von dir, Ott. Erst kündigst du großartig einen Spielplatz an, und dann willst du für die armen paar Würmchen deinen gräßlichen Sitzsack nicht rausrücken!"

„Ja ja ja, ist ja gut. Kommst du, Wenner? Wir fahren. Du hast doch bestimmt auch noch irgendwas für den Spielplatz? Ein altes Büffet vielleicht?"

„Ein Sitzsack allein ist in der Tat ein wenig kärglich, wenn ich das anmerken darf", sagte Malte und entblößte in herzlicher Vorfreude die Schneidezähne.

„Was schlägst du also vor, Dr. Wichtikus?" knurrte Ott.

„Wenn ich nochmal mein wunderschönes Skelett ins Spiel

bringen dürfte –" Das erhoffte Protestgeschrei blieb nicht aus.

„Ja, bist du jetzt völlig närrisch? Für einen Kinderspielplatz?"

„Kinder lieben sowas. Ich hatte es ja lange in der Praxis stehen, und die Kinder –"

„Ausgerechnet auf Arnos Fest – sowas Taktloses!"

„Was hat das denn schon wieder mit Arno zu tun?"

„Jetzt hör endlich auf mit diesem Skelett! Wir haben keine Zeit für deine morbiden Vorschläge."

„Ich weiß was", rief Erni von der Bühne herunter, „wir könnten Hopalong ausleihen, das Pony von der Waldklause."

„Dieses tückische alte Vieh? Das wirft doch immer alle ab! Und wie sollen wir das überhaupt herschaffen?" Lilo war nicht begeistert.

„Das braucht nur eine gütige Hand. Einen Mann mit Pferdeverstand. Ott schafft das schon. Der kann richtig reiten. Ott reitet das rüber von Schroffezarge –"

Mit einem Brüllaut stürzte sich Ott auf Wenner, der sofort die Fäuste hochnahm.

„Nimm die Brille ab, Polaczek!" schrie er, „Ich rieche Menschenfleisch!" schrie Ott, und sie fingen an, ein bißchen zu rangeln.

„Seht ihr, auch das verlernt man nicht", sagte Zicki. „Wenn ihr euch freimacht bis zur Hüfte, können wir das noch als Nummer einplanen."

Es war weit nach Mitternacht, als Zicki einen letzten Blick in die Geschenkebaracke warf. Am nur notdürftig gesäuberten Schwarzen Brett stand eine neue – vermutlich letzte – Mitteilung:

23 Uhr 30
Elisabeth und ich gehen jetzt ins Bett. Wir haben keinen Schlüssel für die Küchenbaracke!
Wenn noch ein einziges Mal einer an die Begrüßungsplätzchen geht, werde ich ernsthaft böse!!! Hedel

Zicki lachte. Sie wandte sich um und sah den grinsenden Marcel in der Tür stehen.
„Wir machen jetzt Schluß, Marcel", sagte sie. „Du mußt auch nach Hause, sonst bist du morgen früh todmüde und hast nichts vom Fest."
Wortlos verschwand Marcel aus dem Türrahmen.
„Marcel?" Zicki kam plötzlich der Verdacht, daß er womöglich eigene Pläne hatte, was den morgigen Tag betraf. Sie seufzte. Sie würde sich gleich morgen früh darum kümmern, beschloß sie, und kehrte zu den Freunden zurück, die sich im Aufbruch befanden.
Für Sekunden hob ein Lufthauch die grünweiße Fahne an ihrem Mast über der Geschenkebaracke.
(„Aparte Geschenke habt ihr, das muß ich schon sagen", hatte Malte bei ihrem Anblick zu bemerken gehabt. „Dann darf man wohl auch auf eine Hymne hoffen?")
„Was soll das denn werden?" fragte Ott beunruhigt und starrte den Fahnenmast hinauf.
„Nichts", antwortete Wenner, der sich mit den Witterungsverhältnissen in Hohe Tannen bestens auskannte. „Kein Grund zur Besorgnis. Aber wenn wir Glück haben, kühlt es sich über Nacht etwas ab. Im Westen hat es ein paar Gewitter gegeben."
„Vielleicht sollten wir einen Tanz aufführen?" schlug Marita vor.

„Bloß nicht", sagte Wenner, „sowas wird oben leicht mißverstanden, und dann gießt es auf einmal wie aus Eimern."
„Das wäre die allergrößte Gemeinheit überhaupt", sagte Ernis erschöpftes Stimmchen.

In der Schlucht

Lokalhistoriker sind nebenher auch Wetterhistoriker, denn auf ihrer Suche nach geschichtlichen Spuren en détail stoßen sie immer wieder auf solche, die dem Einfluß des Wetters mit seinen ortstypischen Eigenheiten zuzuschreiben sein könnten und die ihnen gelegentlich durchaus Rätsel aufgeben – man denke nur an die Tanner Häuschen.
Und so hatte Wenner recht behalten: der plötzliche Lufthauch, der am Samstagabend die grünweiße Flagge zum Flattern gebracht hatte, war tatsächlich der Vorbote der nächtlich fächelnden Abkühlung gewesen, nach der sich die Tanner seit Wochen vergeblich gesehnt hatten. Luft, mehr Luft – der Himmel hatte ein Einsehen gehabt. Der Morgen war frisch.
Reges menschliches Treiben ließ sich im funkelnden Tau um die Schlucht von Schroffezarge beobachten. Diese naturschöne Sehenswürdigkeit, die es sogar bis in den Faltprospekt der Kurorte Auerhahn-Geißensprung und Schroffezarge gebracht hatte, eröffnete nicht nur eine reizvolle Abkürzung zwischen diesen beiden Orten, sondern auch einen beliebten Rundweg von und nach Hohe Tannen. Man hatte seitens der Kurverwaltungen die bizarre Wegstrecke durch die Schlucht in Anlehnung an den „Philosophenweg" (nüchterner gesagt: „Herolf-Klempe-Weg") versuchsweise „Poetensteig" getauft und diesen Namen in eine ganze Reihe

hölzerner Wegweiser einritzen lassen, doch wie das so geht mit derlei Kunstworten: Keiner will sie wirklich. Die Einheimischen sind zu einheimisch, um ein anderes Wort als „die Schlucht“ zu gebrauchen, und die Kurgäste bleiben zu sehr Fremde, um sich mit derlei erklügelten Namensgebungen zu behaften, und behelfen sich ebenfalls ganz pragmatisch mit dem naturgegebenen Wort – „durch die Schlucht“, sagen sie, wenn sie von ihrem Spazierweg durch diesen felsigen Einschnitt mit dem schäumenden Wildbach unter niederfallenden Rinnsalen sprechen. Es ist ganz unmöglich, die Schlucht im Urlaub nicht wenigstens einmal aufzusuchen, ganz unmöglich für einen Einheimischen, sie nicht immer wieder einmal als Abkürzung, aber, in bestimmten Augenblicken des menschlichen Lebens, auch als Naturkulisse zu nutzen. Denn der Einklang mit der Natur, hier ist er allen Abgesängen zum Trotz noch immer zu haben, und wenn ein Arno von Fiselek vor langen Jahren seine Hausaufgabe, ein Gedicht mit dem Titel *Naturpoesie* zu verfassen, damals auch in bewährter Manier mit dem Zweizeiler

Es gibt keine Natur mehr
Das gibt also nichts mehr her

gelöst hatte, so würde ihn doch noch heute, Jahrzehnte später, ein Gang durch die Schlucht eines Besseren belehren und seinen pubertären Vorwitz im Nachhinein ad absurdum führen. Nur daß für einen Arno bereits die Vorstellung, einen Gang durch die Schlucht zu machen, an Absurdität nicht zu überbieten wäre. Armer Arno! Er wird wohl niemals erfahren, daß in der Schlucht dem Aufgewühlten alles aufgewühlt und noch aufwühlender ist, dem Schroffen alles schroff, dem Hoffnungslosen alles hoffnungslos, dem bereits

Beflügelten dort alles Flügel verleiht, dem Hoffnungsvollen alles Anlaß zur Hoffnung ist und immer so fort. So ist das in der Schlucht, und da kann es nicht verwundern, daß an einem so aufwühlenden, einem so hoffnungsvollen Tag wie dem 23. Juni, dem Tag der Vereinsgründung, dem Tag des Finkenmanövers und obendrein Arnos Geburtstag, einige Menschen ihre Aufregung, ihre Hoffnung, aber auch ihre bange Erwartung in die Schlucht trugen.

Wenn wir uns einmal einen ordentlichen Ausguck suchen und uns beispielsweise über die Kante einer Felsplatte mit dem Namen „Grauer Tisch" hinablehnen wollten, so weit das gefahrlos ginge, sähen wir alles, was sich dort unten bewegte, von der Bachforelle bis zum Gründungsmitglied Siegrid Backla, die zugleich eine Liebende, eine frischverwaiste Tochter, eine Freundin ist, und sich gerade von links her nähern würde, was uns verriete, daß sie den Rundgang im Gegenuhrzeigersinn bestritt, während wir von rechts schon schwach das weiße Oberhemd Werner Liebigs heranleuchten sähen, Gründungsmitglied auch er und auch er noch so vieles mehr ... Er mußte die umgekehrte Richtung eingeschlagen haben. Damit hätten wir dann zwei Hauptpersonen des großen Tages erblickt. Für die sich anbahnende Begegnung würden wir aus Diskretion allenfalls unsere Vorstellungskraft bemühen wollen. Was uns jedoch selbst beim Niederhängen von der felsigen Tischkante nicht gelingen könnte, wäre die dritte Hauptperson, die es an diesem Morgen in die Schlucht geführt hat, zu erspähen, denn im Fall Marcel Raplan-Fitsches wird der Naturschauplatz Schlucht zum Vexierbild, und allenfalls eine Zicki und ein Wenner wissen aus alter Erfahrung, in welcher Felsspalte, auf welchem Ebereschenästchen sich seine schluchtfarbene Joppe gerade verbergen könnte. Oft genug haben sie ihn schon entdeckt, ohne sich das freilich anmerken zu lassen. Wir aber würden ihn keinesfalls entdecken und uns ganz auf Zicki und Wenner verlassen müssen, die ihm vielleicht heute, an diesem besonderen Tag, irgendwann ihren Morgengruß entbieten würden, wenn sie bei ihm angelangt wären ... Doch, wie gesagt, wir sehen das alles nicht wirklich und füllen solche blanken Stellen mühelos und liebend gern mit ein paar Vorstellungen aus. Dezent.

Was am frühen Morgen des 23. Juni noch alles in der Schlucht geschah

Wie der Zufall es wollte – denn das Schicksal wird sich für solche liebenswürdigen kleinen Begebenheiten wohl kaum bemühen lassen –, traf Zicki als erste bei Marcel ein. „Marcel", sagte sie für ihre Verhältnisse fast gurrend, denn sie hatte etwas mit ihm vor, „guten Morgen, mein Lieber!" Marcel reckte aus elegant gefiedertem Ebereschenlaub zwei Finger empor, die das Siegeszeichen machten.
„Danke, Marcel", gurrte Zicki weiter, „und danke auch dafür, daß du so spät abends noch einmal alles geharkt und die Abfallkörbe aufgestellt hast. Das war großartig. Und nun hätte ich noch ein Anliegen ..." Marcels bleiches flaches Gesicht schob sich zwischen den Zweigen hervor. Ermunternd riß er die dunklen Augen auf.
„Marcel, ich möchte dich dringend bitten, heute mit uns zusammen am Finkenmanöver teilzunehmen." Nun war es heraus, und auf ebenso eindeutige Weise Marcels Kopf wieder drin in seinem grünen Versteck. Verflixt, dachte Zicki, verflixt! Hätte ich diese heikle Mission doch lieber Wenner überlassen. Dabei hab ich doch geahnt, weshalb der Kerl sich

seit ein, zwei Tagen immer verdrückt, wenn ich das Wort an ihn richten will. Die vielen Menschen, der ganze Rummel, das mag er nicht, da wird ihm angst und bange.

Nun, jetzt hieß es, alles dransetzen, damit er sich nicht in die Wälder schlug.

„Marcel, nun hör mir doch erstmal zu – Marcel!"

„Will er wieder nicht?" Wenners Stimme unmittelbar hinter der Felsnase neben ihr bewirkte, daß Zicki erst zusammenfuhr und sich dann sogleich aufatmend an diese steinerne Nase lehnte. Nun sollte *er* mal machen.

(Das ist doch wirklich liebenswert an Zicki und Wenner und jedem Paar nur zu wünschen, daß der eine sofort den Staffelstab anzunehmen geneigt und imstande ist, wenn der andere entmutigt an die nächste Wand sinken möchte. Werner Liebig, übernehmen Sie!)

„Wenner", sagte sie, „Wenner, er bockt. Sag du ihm, was zu sagen ist."

„Marcel", sagte Wenner in das Laub des Baumes, in dem Marcel sich als dunkle Masse durchaus erahnen ließ, denn wie gesagt, Ebereschenlaub ist ziemlich filigran. „Hör zu, du sturer Bock. Ich wette, du brauchst eine Extraeinladung. Ich stecke sie dir gleich hier unten in die Astgabel. Als ganz persönliche Einladung. Aber selbst wenn dir heute nicht nach Feiern zumute sein sollte – du kannst jetzt nicht einfach abhauen, hörst du? Du wirst nämlich noch gebraucht. Den ganzen Tag wirst du noch gebraucht. Wir zählen auf dich. Es geht gleich los. Bitte beeil dich. Du kannst kommen, wie du bist. Wie bist du denn?"

Marcel ließ ein endloses Bein mit einer derart zerschlissenen Jeansröhre herab, daß er in späteren Jahren dafür garantiert einen Designerpreis erhalten hätte. Seiner Zeit voraus war durchaus auch der am Ende des Beins herabhängende harte

Stiefel, ein wahres Wunderwerk der Schnürkunst, und dabei gut geputzt, alle Achtung, Marcel!
„Ist gut. Das reicht als Festgewand. Bis gleich, Marcel." Wenner zog eine auf Taschentuchgröße gefaltete Einladung aus der Hosentasche und steckte sie in die Astgabel.
Marcel schickte seinen wohlmeinenden Plagegeistern, die sich eilends auf den Weg machten, einen derart übertriebenen Wehlaut hinterher, daß man an ein Tier in einem Fuchseisen denken mußte.
„Mann", sagte Wenner kopfschüttelnd und sah Zicki lächelnd an. „Und wie war die Nacht der Vereinsgründerin?"
Zicki lachte. Wäre das nicht einem Anlaß wie dem Finkenmanöver völlig unangemessen, man könnte sagen: Ein Glanz umfing sie wie eine Braut.
„Geschlafen habe ich vor Aufregung vielleicht dreimal eine Viertelstunde. Aber ich spüre das nicht. Das macht die Erwartungsfreude. Und jetzt fühle ich mich so gestärkt durch die weiche Luft, so erfrischt durch die feinen Tröpfchen, so beruhigt durch das Gerausche und Gemurmel des Wassers."
Zart legte Wenner zwei Finger an Zickis Wange.
„Reine Seide", sagte er zustimmend. Zicki nahm seinen Arm und zog ihn mit sich, auf den Waldweg, der sie in wenigen Minuten auf den Festplatz mit den grünen Baracken führen würde.

Und nun höre, Arno! Zicki hat es, in ihren Worten, gerade mit größter Selbstverständlichkeit gesagt: Es kann die Natur also durchaus noch eine andere Variante (und vielleicht noch weitere, wer weiß) des Zusammenspiels zwischen Mensch und Natur ermöglichen. Keineswegs steht sie nur bereit, um den menschlichen Empfindungen zu entsprechen oder sie gar zu steigern, sondern sie ist nicht minder imstande, sich als lindernd, dämpfend, mildernd, kurz, selbst bei aller Geröllhaftigkeit und Felsnasenschroffheit als wahre Mutter zu erweisen und etwa die Aufgeregten zu beruhigen, die Zaghaften zu ermutigen, die Trostbedürftigen zu trösten und immer so fort. Wie hätte sonst etwa Wenner in der feinen Tröpfchengischt einer felsigen Schlucht an einem solchen Tag den Mut zu einer so kleinen, zarten Geste des Verstehens gefunden und Zicki darin ein so großes Gefühl zu erspüren vermocht?

Naturpoesie 2

Ich häng am Busen der Natur
Ich lieg in ihrem Schoß

Wenn ich auch beides selber hab
Ich kann davon nicht los

Trara, das klingt wie Hörnerklang

Kurz bevor sie die Lange Straße erreichten, hielt Zicki Wenner am Arm fest und blieb horchend stehen. Aus der Richtung der Großen Straße war ein dumpfes Dröhnen zu hören, das in kurzen Abständen von einem metallischen Fistelton übertönt wurde.
„Der Lumpensammler!" rief Zicki. „Komm, Wenner, komm, laß uns vor ihm da sein!" Sie trabten die Lange Straße hinunter und erreichten gerade den Waldweg zur Fabrikantenvilla, im Rücken das immer lauter herankriechende Geschwaderdröhnen und Fistelquäken des Lumpensammlers, als von der Kreuzung her das unverwechselbare Dreiklang-

horn des Wichtelexpress ertönte. Zicki fuhr zusammen, wie es ihr schon als Schulmädchen bei seinem Herannahen immer wieder passiert war. Sie war nun einmal schreckhaft und wäre selbst dann zusammengefahren, wenn Gunilla Stark, denn sie bediente auch heute das Horn, ihr vorher per Megaphon angesagt hätte, was gleich passieren würde.
Zweimal sahen Zicki und Wenner sich aus dem Augenwinkel an, als sie im Laufschritt das letzte Wegstück zurücklegten, zweimal sahen sie im Auge des anderen den eigenen Wunsch, die eigene Freude gespiegelt. Konnte es eine bessere Eröffnung geben? Ach nein. Und die schlechtere, die vielleicht in wenigen Minuten folgte, würde den Glanz dieser Augenpaare bestimmt nicht trüben können.
„Heute ist auch dein Tag, Zicki", sagte Wenner mit dem wenigen Atem, der ihm verblieben war, nicht viel war das, denn er war beweglich, er war schlank, er war ein guter Spaziergänger und nun obendrein beflügelt, nur sonderlich sportlich war er nicht, und Zicki war das alles in gleichem Maße wie Wenner, nur ein bißchen sportlicher war sie schon, denn sie begab sich in jedes erdenkliche Gewässer und begann umgehend mit langen, kraftvollen Zügen zu schwimmen.
„Die Hälfte davon gehört dir, Wenner", sagte sie, blieb vor dem geöffneten Hoftor stehen und strich sich die Haare glatt. „Und dann müssen wir vor allem an Arno denken."
„Das wäre dann die dritte Hälfte", sagte Wenner – und nun hatte Zicki etwas, um sich erst richtig zu erschrecken, denn in einem halsbrecherischen Wagenrennen brachen Lumpensammler und Wichtelexpress Flanke an Flanke aus dem Wald hervor und betätigten zum Zeichen des unentschiedenen Ausgangs ihrer Wettfahrt derart triumphierend ihre Signalhörner und Fisteltröten, daß es die Morgenstille der Wälder zerriß.

„Verflucht", rief Zicki, als sie wieder sprechen konnte, „verfluchtes Finkenmanöver!"
Und so kam es, daß das Finkenmanöver bereits verflucht wurde, noch ehe es überhaupt richtig eröffnet war.

Zicki überquerte, Wenner neben sich, in angemessenem Tempo den Festplatz hinter der Villa. Die beiden Transportmittel hatten sich wie brave Veteranen hinter einander geordnet und hielten Schritt fahrend auf den Wendeplatz neben der Villa zu. Beinah alle Tanner Freunde waren um Ernis Kassentischchen versammelt. Es war zwar noch nicht ganz neun, und mag sein, der Eindruck trog, aber sie hatten offenbar etwas Belebenderes als Milchkaffee in ihren Tassen und versuchten teils, mit vereinten Kräften die Geschirrtücher über Hedels Begrüßungsplätzchen zu lüften, teils, diese vor Übergriffen zu schützen. Hedel war nicht zu sehen und hielt sich vermutlich bereits in der rechten Baracke, der Puddingakademie, auf, die ihrem Regime unterstand.
Erni kassierte gerade die ersten Mitgliedsbeiträge von zwei „Internen", Harzern aus Wildewald, die ihre Wanderstöcke an den Kassentisch gelehnt hatten und ihre zehn Mark, den um 50 Prozent verbilligten Jahresbeitrag für Gründungsmitglieder, bar entrichteten. Ernis Angebot, einfach nur eine Kleinigkeit zu spenden und dafür ein Gründungsbausteinchen aus eigener Herstellung entgegenzunehmen, hatten die zwei Krauter (als die Malte sie umgehend taxiert hatte) nach einem mißtrauischen Blick auf den opferstockähnlichen Spendenbehälter ausgeschlagen und stattdessen den Mitgliedsausweis und die Anstecknadel, ein grünweiß lackiertes Fähnchen, in Empfang genommen. Danach war ihnen der Zugang zur ersten Keksschale eröffnet, denn Erni hielt mit

der Linken einladend einen Zipfel der Abdeckung empor, während sie mit der Rechten noch den Empfang des Beitrittsgeldes ordnungsgemäß quittierte. Befriedigt ließ sie den Kassendeckel zufallen.

„Klackklack!“ rief sie freudig wie eine Kuckucksuhr und nur wenig leiser vor sich hin, bis Malte ihr einen Finger in den Rücken bohrte.

„Klackklack klackcklack – laß das doch, Malte! Wir freuen uns riesig, Sie als erste Mitglieder begrüßen zu dürfen. Wenn Sie sich dort drüben links hinstellen wollen – Herr Dr. Warrentei begleitet Sie gern.“ Herr Dr. Warrentei verkniff sich ausnahmsweise jeden Kommentar, ließ dafür aber einen ganzen Stapel Begrüßungskekse mitgehen. Er hatte sein Amt als unredlicher Nickmeier gefunden.

Während sich Vorder- und Hintertüren von Lumpensammler und Wichtelexpress öffneten und insgesamt einhundertsiebenundzwanzig Gäste und Goser Roller ausspuckten, sei dem harzunkundigen Leser kurz erläutert, wie der hochbeinige rote Bus zu seinem Namen gekommen war. Es heißt, man habe in Zeiten der Transportmittelknappheit dieses einstige Linienvehikel dazu benutzt, um ringsum in den kleineren Harzorten „Wertstoffe“ einzusammeln. Nun, das war lange her, und man hatte wohl irgendwann einmal durchgewischt und ein wenig Farbe aufgetragen, denn der uralte Bus schien heute wieder ein tourismustaugliches Gefährt zu sein, und wer's nicht hatte glauben wollen, der hatte spätestens beim Einsetzen seiner Dröhn- und Fistellaute um Vergebung gefleht.

Durch das Hoftor kamen nun immer mehr Gäste herein, die den Weg zur Fabrikantenvilla zu Fuß oder sonst in eigener Regie zurückgelegt hatte.

„Erni“, flüsterte Malte der Kassenwartin ins Ohr, „Hedel hat

gefragt, ob wir den Überblick behielten – sie will rechtzeitig anfangen, die Portionen zu verkleinern, du weißt schon."
„Die kann man nicht zählen", gab Erni zurück, „die bleiben doch nicht stehen – herrje, jetzt kommt ein ganzer Schwarm auf uns zu. Geh mal lieber und sag Hedel, sie kann jederzeit anfangen zu halbieren. Vierteln kann sie dann immer noch."
„Dann esse ich besser vor", sagte Malte. „Da bleibt doch für unsereinen kein Bröckchen."

Als erster kleiner Höhepunkt der Veranstaltung sollte sich erweisen, was die „bewußt persönlich gehaltene Begrüßung" genannt wurde. Alle anderen hatten diesen Vorschlag Ernis bereitwillig unterstützt – ob nun aus reiner Zuneigung zu ihr, aus Unerfahrenheit oder einem sicheren dramaturgischen Gespür, war in der hektischen Atmosphäre der letzten zwei Tage nicht deutlich geworden. Es war vorgesehen, daß sich die Gäste, soweit sie zu dieser frühen Stunde bereits eingetroffen waren, auf einen Dreiklangton des Wichtelexpress hin erwartungsvoll dem grünen Bus neben der Villa zuwenden und von dort in breiter Phalanx die Mitglieder des Gründungskomitées vorrücken sehen sollten, in erkennbar freundlicher Absicht, versteht sich – lächelnd, die Hände bereits ausgestreckt zum Willkommensgruß.
„Wo bleibt denn bloß Arno?" fragte Zicki den neben ihr vorrückenden Ott nervös.
„Der kommt, keine Sorge. Er parkt gerade vor dem Haus." Ott hielt zielstrebig auf die ihm völlig unbekannten Damen in festlichen gelben Blusen zu, in denen er zu recht Mitglieder der Goser Roller vermutete.

Die meisten Menschen werden schon einmal Zeuge des gar nicht persönlich gehaltenen Begrüßungsrituals vor Anpfiff eines Fußballspiels geworden sein. Man gewöhnt sich nie daran. Denn es scheint unmöglich zu sein, daß lachhafte fünf Personen sich auch nur ein einziges Mal begrüßen können, ohne daß Hände vorschnell, verspätet oder über Kreuz ausgestreckt und wieder zurückgezogen werden. Und dabei handelt es sich immerhin um ein recht altes Ritual! Die Begrüßung der großen Gästeschar durch die Freunde am Morgen des Finkenmanövers fand hingegen vor jeder Ritualisierung statt, und man darf vermuten, daß es zu einer solchen auch niemals kommen wird. Zwei- und mehrfache Begrüßungen derselben Personen untereinander lassen sich in einem solchen Fall nun einmal nicht ausschließen, und ein derart unkoordiniertes massenhaftes Händeschütteln erzeugt zwangsläufig eine gewisse Heiterkeit. Unkoordiniert, vorrituell – nun, wir sind hier schließlich nicht bei Hofe, es ist Arnos Fest, und so traf es sich gut, daß der Vereinsgründer, der Mäzen, der Mann, der heute Geburtstag hatte, gerade in dem Augenblick durch die Toreinfahrt geeilt kam, als die ungewollte Heiterkeit in gewollte Ausgelassenheit auszuarten drohte – halt! Mit ein paar langen Schritten erreichte Zicki die Vortreppe der Villa. Gunilla Stark sprang mit dem Megaphon zu Hilfe. Ein kleines Räuspern, ein kräftiges Knistern, und die Unruhe auf dem Platz legte sich augenblicklich.

„Liebe Gäste, liebe Freunde, liebe Mitwirkende –"

Zicki sah Arno eilends Deckung hinter den Freunden suchen, die sich beim ersten Knistern des Megaphons zur Seite geflüchtet und dort Aufstellung genommen hatten. Alle anderen drängten sich vor der mittleren und der linken Baracke zu einem kompakten Halbkreis zusammen, denn jeder wünschte vorerst dort zu stehen, wo auch alle anderen standen – eine Tendenz, die sich im Verlauf einer Veranstaltung zumeist ins Gegenteil verkehrt.

„Liebe Gäste," hob Zicki wieder an, „im Namen des Festkomitées möchte ich Sie alle ganz herzlich begrüßen. Sie wissen, wir feiern heute die Gründung des Vereins Grüne Baracken, der als belebendes Element der Oberharzer Kulturszene, aber auch seiner vielfältigen sozialen Initiativen gedacht ist. Viel Neues wird entstehen, wenn erst einmal der Anfang gemacht ist, und daß wir und Sie alle dabei mithelfen und mitfeiern wollen, ist einfach – äh, also ich finde es großartig!" Beifall.

„Wer hätte gedacht, daß wir hier heute ein Fest feiern würden, hier auf diesem Platz, wo noch vor wenigen Monaten –" sie ließ den Blick schweifen, als hätte sie den Faden verloren, so daß die Freunde für einen Augenblick den Atem anhielten – „ein von Lärm und Staub erfüllter Betrieb stand, ein Sägewerk, dessen Geschichte manchen von Ihnen bekannt sein dürfte. Wir werden in Zukunft mit Hilfe des Vereins Grüne Baracken gewiß Mittel und Wege finden, die Erinnerung an diese Geschichte in angemessener Weise zu pflegen. Der heutige Tag, die heutige Veranstaltung soll jedoch unserem lieben Freund, dem großzügigen Initiator und Mäzen Arno von Fiselek, gewidmet sein, der, wie einige bereits wissen werden, zudem heute Geburtstag hat!" Schwungvoll wies Zicki dorthin, wo sie Arno vermuten konnte, denn über den Köpfen der Polaczeks hing dicker Zigarrenqualm. Heftiger Applaus brach los. Auch vereinzelte Arno-, Arno-Rufe waren zu hören.

„Nun los, Arno!" sagte Ott und zerrte Arno hinter seinem Rücken hervor. „Es hilft ja nichts – du mußt raus, die Menschen rufen nach dir!" Lilo entriß dem zutiefst verlegenen

Arno rasch noch den Zigarrenstummel, ehe er zu einer minimalen Verbeugung vor die Gästeschar trat, sich einmal um die eigene Achse drehte, als wisse er nun auch nicht, wie es weitergehen sollte, und mit flinkem Schritt wieder hinter den Freunden verschwand.

„Na weißt du, Arno", flüsterte Lilo. „Ich muß mich wirklich wundern – aber herzlichen Glückwunsch und alles, alles Gute."

„Im Namen des Festkomitées erkläre ich die Veranstaltung für eröffnet und äh, natürlich den Verein Grüne Baracken für gegründet! Ich wünsche Ihnen allen einen schönen Tag! Ja."

Die Nerven, Zicki, die Nerven! Sie hatte gegen Ende ihrer kleinen Ansprache immer leiser und schneller gesprochen – aber sagen wir doch ruhig: Fein gemacht, Zicki! Denn sie *hatte* es ja fein gemacht. Sie hatte nur das gesagt, was unbedingt notwendig war, und wenn alle das täten – bei solchen Anlässen nicht über das unbedingt Notwendige hinaus zu sprechen – wer weiß, vielleicht wäre ihnen ein ähnlich rauschender Beifall sicher, wie Zicki ihn nun erhielt, stehende Ovationen, die, nun gut, stehende auch nur sein konnten, aber in die sich doch viel Rührung – auf seiten der Freunde – und dankbare Erleichterung – auf seiten des großen Publikums – mischten.

Aber, Zicki, die Gäste gehen noch nicht, falls du das glauben solltest! Die Gäste und mitten unter ihnen Arno werden jetzt beginnen zu feiern, bis der letzte gegangen ist.

Und wer Zicki wie ihre Freunde, zu denen sie sich nun durchdrängte, einen Augenblick aus der Nähe sehen konnte, ihr blasses Gesicht, die zitternden Lippen, der wird verstehen, daß sie trotz aller Bravur Trost und Zuspruch brauchte, diese Elevin des Nichts-Sagens, diese Frau, die erst vor so kurzer Zeit über ihren Schatten gesprungen war. Und wohin? Wohin war sie gesprungen?

„Zicki", sagte Arno denn auch, und er war jetzt sehr gerührt, als er sie an sich drückte. „Zicki, das vergeß ich dir nie!"

Und nun stellte Hedel, oh Hedel, wieder einmal diese bereits gepriesene Gabe unter Beweis, stets zur rechten Zeit am rechten Ort aufzutauchen, denn da war sie! In diesem kostbaren Augenblick, als der Festplatz mit all den schwatzenden, tuschelnden Gästen sich langsam um die Freunde und ihre höchst private Gratulationscour zu drehen begann wie eine riesige Spieluhr, erschien sie Seite an Seite mit ihrer Kusine Elisabeth, eine ganze Schleppe kurzerhand rekrutierter Helfer hinter sich, zwischen den Baracken und schritt auf den Platz hinaus. Fabelhaft! Fabelhaft war die Selbstverständlichkeit, mit der die beiden hochgewachsenen Ex-Schlesierinnen ihren Einzug auf diesem Oberharzer Festplatz hielten und im Nu die Blicke sämtlicher Gäste auf sich zogen, als deren diskrete Verwunderung über das intime Gebaren der Freunde in neugieriges Starren überzugehen begann. Es war ein durch und durch würdiges Auftreten, das der Knechtel-Kusinen, denn ihr angemessen festliches Äußeres war nicht etwa für diesen speziellen Tag, diese spezielle Gelegenheit auf Wirkung berechnet, also das, was man modisch nennen würde. Die baugleichen Röcke mit den Kellerfalten – diesmal in der Festtagsvariante aus schwarzem Georgette – hatten wir schon erwähnt, nicht aber die knappen Jäckchen (mit Revers und Schößchen), die in Höhe der linken Brust mit Kurbelstickerei verziert waren. Gelungen! (Auch heute noch begegnet man bei Harzbesuchen hier und da einer so gekleideten Frau. Sprechen Sie sie an – mit Sicherheit handelt es sich bei ihrem Jackenkleid um ein Originalstück der

Schneiderin Elisabeth Knechtel aus Schroffezarge oder um dessen freches Plagiat.)
In erwartungsvoller Ehrerbietigkeit wich die Gästeschar auseinander, als die Kusinen und in ihrem Kielwasser Anonietta Pirlo sowie ein halbes Dutzend Rekruten auf den Festplatz hinaustraten, in den Händen die Platten und Schüsseln mit winzigen Canapés und Vol-au-vents und gefolgt von einem schwerbeladenen Servierwagen, den der zutiefst verlegene Marcel mit gesenktem Kopf vor sich her schob.
Hedel sprach als erste.
„Eine kleine Erfrischung?“ fragte sie mit einem gerade nur angedeuteten Lächeln, das den Eßsitten der Gäste für diesen Tag den Stempel aufprägte. Kein Gedrängel, kein gieriges Zulangen – wohl aber hingerissenes Raunen beim Anblick der herannahenden Delikatessen, all dieser bildhübschen Türmchen, Hügelchen, Kügelchen, perfekten Mondsicheln und Schwänchen, Windbeutelchen und Beerentörtchen.
„Was darf ich Ihnen anbieten? Kaffee? Tee? Saft? Mineralwasser?“ fragte Elisabeth mit der in langen Dienstjahren gereiften Routine einer älteren Stewardess, und Antonietta Pirlo hob lockend die erste Spumante-Flasche.
Die Goser Roller hatten, kaum bemerkt während dieses Triumphzugs der Häppchenkultur, mit ihrer Chorleiterin Gunilla Stark links von der Vortreppe Aufstellung genommen, als ein Hornstoß von einer so durchdringenden, ja, gebieterischen Art erfolgte, daß ein zweites Mal augenblicklich Stille auf dem belebten Platz vor den Baracken eintrat.
„Oh nein!“ sagte Zicki nach einem erschrockenen Blick über die Schulter.
„Oh doch!“ widersprach der hinter ihr stehende Arno frohlockend. Er fühlte sich grandios. Es war einfach zu schön, ganz offiziell den Qualitätssprung vom Fiesel zum Wohltäter

geschafft zu haben, und im sicheren Gefühl, sich heute noch den einen oder anderen kleinen Überraschungscoup leisten zu können, wandte er sich strahlend dem Quell des Fanals zu.

Und da standen sie. Auf die war Verlaß! Arno konnte nicht anders, er mußte einfach zu Gunilla Stark hinüberschielen, die, den Arm zu einer beschwichtigenden Geste erhoben, etwa zwanzig Meter von den Bläsern entfernt vor ihrem Chor stand.

„Nun sieh mal zu!" murmelte Arno und war bereits auf dem Weg zu den Wildewalder Hörnern, dem Blasquartett, das man – sagen wir doch gleich: Arno persönlich – zu Ehren des neuen Vereins angeheuert hatte und das ganz in Jagdgrün gewandet war. Arno drückte den vier Hörnern reihum die Hand und murmelte Worte, die dem großen Publikum entgehen mußten, so groß war der Sicherheitsabstand nach dem ersten Probeton sei's geworden, sei's geblieben. Die Hörner nickten mehrfach und nickten fort, solange Arno ihnen zusprach, und dann marschierte er wieder über den Platz, zurück in den Kreis seiner Freunde und richtete den Blick auf Gunilla Stark und die Goser Roller.

„Was wird denn das jetzt?" fragte Ott ahnungsvoll, und die Ahnung vertiefte sich in den Mienen der Freunde rasch zum Ausdruck unbehaglicher Gewißheit. Nur Wenner wandte sich Arno zu und versuchte, dessen Blick einzufangen, allerdings vergeblich, denn so dumm war unser Arno nicht, er war bloß renitent und süchtig nach Sondervergünstigungen, und so überhörte er einfach Wenners gezischtes „Arno, verdammt, was soll das jetzt?" Und damit war auch schon alles zu spät, denn Gunilla Stark tat das, was sie noch lieber tat, als Geschichte zu unterrichten und jedenfalls wesentlich lieber, als den Wichtelexpress zu begleiten – sie hob die Arme, aus schwang die Glocke ihres Rockes!, und gab so den Einsatz zu einem wirklich hübschen, gar nicht pfadfinderhaften Chorstücklein, das das musikalische Festprogramm eröffnen und für eine gewisse auflockernde Einstimmung sorgen sollte. Ein fast risikoloses Unterfangen, denn nichts schafft unter Menschen mittleren Alters, die vielleicht sogar gemeinsam die Schulbank gedrückt haben, auf Anhieb einen beseligenderen Frohsinn als Chorgesang, speziell Kanons, noch spezieller Quodlibets, und was in diesem Augenblick erklang, war ein Kanon, eindeutig, und wenn es obendrein einer war, den man gemeinsam schon am Altencell-Graberfelder Gymnasium durch Brummen und Stecknadelpinglaute gestört hatte, umso besser für die Stimmung der Veranstalter und anderer sinnesverwandter Regredierer!

Trara, das klingt wie Hörnerklang
Wie wilder verwegener Jagdgesang
Wie Hörnerklang und Jagdgesang
Traratraratrara!
1. Stimme: Trara, das klingt wie Hörnerklang
2. Simme: Trara, das klingt wie Hörnerklang
3. Stimme: Trara, das klingt wie Hörnerklang
4. Stimme: Trara, das klingt wie Hörnerklang
1. Stimme: Wie wilder verwegener Jagdgesang
2. Stimme: Wie wilder verwegener Jagdgesang
3. Stimme: Wie wilder verwegener Jagdgesang
4. Stimme: Wie wilder verwegener Jagdgesang
…
… etc. etc.
Ad libitum

Versteht sich, daß bei einer so großen Zuhörerschar nicht alle sich ungeniert ihrer Wiedererkennensfreude hingeben konnten – Amtspersonen wie etwa der gerade eingetroffene Kurdirektor von Auerhahn-Geißensprung nicht, Studienräte, Bibliothekare, Ärzte und Anwälte nicht, kurz, all diejenigen nicht, die von Berufs wegen ein gewisses Maß an Haltung zu wahren wünschten, und, versteht sich, auch die Gastgeber nicht, die heute für Wohl und Wehe des großen Ganzen verantwortlich waren und sich nun nicht etwa vor Lachen bogen, sondern einander so unauffällig wie möglich an Jacken und Röcken zerrten und von einem Fuß auf den anderen traten, um in dieser schicklicheren Weise ihre Erheiterung nach unten abzuleiten. Doch wie alle anderen wurden auch sie nach den ersten verhaltenen Aufwärmrunden der Chorsänger alsbald zu hingerissenen Zuhörern, denn es klang wirklich gut und voll, das Lied vom Hörnerklang – und sie hatten Malte entdeckt! Da stand er, nur halbverdeckt in der zweiten Reihe, ein kanariengelbes Tuch um den Hals geknotet, und sang, dieser Kakadu unter Kanaris, mit einer Inbrunst, daß den Freunden das Herz aufgehen mußte.

„Geschenk für dich, Arno!" raunte Lilo und stieß dem, wie sie fand, unangemessen unbewegt vor sich hin starrenden Arno den Ellenbogen in die Seite. Dank der verzückten Aufmerksamkeit der Freunde aber gelang es Arno, in dem Augenblick, da die Goser Roller, nunmehr mit verhängten Zügeln, ihre dritte Runde in Angriff nahmen, beinah – beinah! – unbemerkt, das vereinbarte Zeichen zu geben, und so ertönte erneut der unglaubliche Hornstoß, dieses Mal aus gleich vier Kannen überreichlich eingeschenkt, und es flog diesem einen Ton ein Schwarm von ähnlichen, in Fülle und Höhe jedoch deutlich unterschiedenen Bläsertönen nach – erstaunlich war das, in gewisser Weise qualvoll, das schon, aber doch eher im Sinn einer süßen Qual, denn dem

Steigflug allzu selbstgewissen Blasens kam unerwartet kreativ der Chorgesang vom Hörnerklang in die Quere wie wilde geflügelte Rösser, das klang wie gewollt und gekonnt, und augenblicklich registrierte Arno, daß Gunilla Starks lachender Mund für einen Augenblick in seine Richtung gewandt war, und er machte sich mit Hilfe platzgreifender Verneigungen und triumphierender Gesten augenblicks zum Urheber und eigentlichen Besitzer dieses himmlischen Klangkörpers. Schamloser Arno! Es fehlte nicht viel, und er wäre in seinem braunen Frackersatz auf den Platz hinausgestürmt ... Groß war der Jubel, als der Chor schweißbedeckt aus der letzten Kurve geprescht kam und in die Eisen stieg, während die Bläser mit einem geradezu zarten Aushauch zum Ende gelangten.

Es klang doch recht milde, als Wenner, der sich unmittelbar hinter Arno geschoben hatte, ihm endlich sagen konnte, was er ihm schon seit Minuten in aller Deutlichkeit hatte sagen wollen: „Du bist ein solcher Schweinehund, Arno, Geburtstag hin oder her! Denk bloß nicht, daß ich mir das nicht merke!"
Arno wandte sich um. „Klang doch gut, Wenner, oder? Richtig gut, oder?"
Später, nach Arnos Tod, sollte Wenner sich besonders an diesen Augenblick erinnern, als das Gesicht seines Freundes, bereits wieder gefährlich gerötet, von einer so tiefen Freude strahlte, daß er ihm schließlich noch einen versöhnlichen Puff gegen die Brust versetzte.
„Arno", sagte Wenner, „du bist ein guter Mann, wirklich. Ein echter Freund. Das muß ich dir mal sagen. Man sieht sich ja schließlich nicht alle Tage. Und danke für alles."

Das sollte dann später Wenners privater Gedenkstein für Arno von Fiselek sein.

Schöne Geschenke, Mann!

Wieder einmal eilte Arno mit einem Geschenk durch den Hintereingang in die mittlere Baracke, hinter der wie immer das Sonnensegel aufgespannt war und im Augenblick ein sichtlich erschöpfter Ott auf dem rückeroberten orangefarbenen Sitzsack verschnaufte.

„Zeig mal Arno", sagte er und griff nach Arnos Hosenbein, als der vorbeieilte. Arno zeigte sein Geschenk vor, eine Uhr, die in einen kleinen grünen Kachelofen eingearbeitet war, und sagte grinsend: „Du kriegst auf jeden Fall etwas davon ab, Ott. Später."

„Schöne Geschenke, Mann", sagte Ott mit kennerhafter Miene. „Aber vorher kriegst du noch ein Geschenk von mir, Arno. Ich hab dir ja noch gar nichts geschenkt. Bring mal rein, das Ding, und dann –"

Malte kam um die Ecke der Geschenkebaracke geeilt. „Hier steckst du also, Arno – Erni schickt mich. Du möchtest bitte kommen, da ist hoher Besuch für dich."

Arno drückte Malte die Kachelofenuhr in den Arm und machte auf dem Absatz kehrt.

„Bin gleich wieder da, Ott. Warte auf mich."

Ott seufzte. „Völlig überdreht, der Kerl. Er wird doch nicht vor lauter Freude sterben?"

„Ach was. Vor Freude stirbt keiner." Malte hockte sich auf die Kante eines Korbstuhls und schloß die Augen. „Zweihundertfünfzig Leute und noch kein einziger Notfall. Nicht mal ein Bienenstich."

„Bis Hedel mit dem Kirschkuchen rauskommt." Auch Ott gab sich dem Augenblick unverhoffter Ungestörtheit hin.
„Ah ah!" sagte Wenner neben ihnen. „Hier sitzt ihr im Sperrmüll und spürt eure Jahre. Ich spüre meine auch."
„Sprich bitte nur für dich", sagte Malte. „Ich warte hier bloß auf Arno. Der kriegt gleich etwas von Ott. Da möchte man doch dabei sein."
„Was kriegt er denn von dir?" Wenner setzte sich.
„Nun wart's doch ab", sagte Ott.

Hoher Besuch für Arno! Erni hatte vor kurzem, es war gegen Mittag, und die Sonne hatte gerade den Hof erreicht und Zickis erste Rosenblüten zum Leuchten gebracht, eine kleine Flaute an der Kasse genutzt, um sich zurückzulehnen und sich einen ausgiebigen Blick auf die lebhafte Szenerie des Festplatzes zu gönnen. Als ihr schweifender Blick das Hoftor erreicht hatte, war er auf ein Grüppchen von vier Neuankömmlingen, zwei Männern und zwei Frauen, getroffen, die dort zögernd zu verharren schienen. Erni hatte ihnen aufmunternd zugewinkt, und die vier waren auf sie zugekommen, hatten sich jedoch die ganze Zeit suchend umgeschaut.
„Guten Tag", hatte Erni ihnen entgegengerufen. „Suchen Sie jemand? Vielleicht kann ich Ihnen helfen. Ich bin Ernestine Backla."
„Ja, ähm", sagte der Größte von den Vieren, ein dunkelhaariger, korpulenter Mann von etwa dreißig Jahren. „Wir wollten zu Arno von Fiselek. Wir wollten ihn überraschen. Geht das?"
„Selbstverständlich geht das. Dann kennen Sie ihn wohl gut?"

„Naja", sagte der junge Mann, „er ist unser Vater."

Erni schlug sich an die Stirn. Sie mußte mit Blindheit geschlagen gewesen sein – natürlich! Arnos Kinder! „Warten Sie, warten Sie – ich lasse ihn herholen." Arnos Kinder nickten dankbar. „Malte!" Der Sänger Malte hatte gerade eine längere Pause, die er vor allem dazu nutzte, an der Tür der Puddingakademie herumzulungern. „Malte!!!" Erni schrie und winkte, als handelte es sich um den ersten Notfall des Tages, so daß Malte im Laufschritt herbeigeeilt kam.

„Notfall?" fragte er atemlos.

„Ja", sagte Erni. „Nein – ich meine, hol Arno. Aber sag ihm noch nichts. Es soll eine Überraschung werden." Malte wandte den vier wartenden jungen von Fiseleks einen neugierigen Blick zu.

„Ich krieg die Tür nicht zu!" rief er und beeilte sich, den Vieren aufmunternd zuzunicken, ehe er sich auf den Weg machte.

Und nun kehrte Arno abermals hinter die Geschenkebaracke zurück, breit grinsend, die Vier im Schlepptau, und präsentierte sie mit großer Geste wie seine neusten Luxusmodelle. Ott und Wenner richteten sich auf, und Malte leckte sich freudig die Lippen.

„Darf ich mal vorstellen – von oben nach unten: Arno Zwo – Susi – Anke und Gernot von Fiselek. Festtagsmischung –" er zwinkerte seiner Kinderschar zu, „wieder von oben nach unten: bißchen schwul, bißchen mollig, bißchen vorlaut, bißchen faul, aber alles meine!" Er hieb Malte in die Rippen, um diesen schlagenden Beweis seiner demographischen Sonderstellung als vierfacher Vater zu unterstreichen.

„Ach Papa!" sagten die Vier wie aus einem Munde.

„Geht mal schön und holt euch was Frisches – da an der Tür von der linken Baracke. Sagt Hedel, Arno schickt euch – dann weiß sie gleich Bescheid.“ Die vier jungen von Fiseleks drängten sich unter dem Sonnensegel hindurch und machten sich gehorsam auf den Weg zur Puddingakademie.
„Na sowas“, sagte Ott perplex.
„Und die Mütter?“ fragte Malte boshaft.
„Die Mütter?“ Arno schien erstmal nachdenken zu müssen, wer das wohl sein könnte. „Ach so, die Mütter. Die Mütter sind alle wohlauf“, erklärte er dreist.
„Ach hier seid ihr alle!“ sagte Lilo, als sie mit den Zwillingen und Zicki zu ihnen stieß. „Wir haben gehört, hier kann man Otts Geschenk bewundern. Erni kommt auch gleich. Antonietta löst sie gerade ab.“
„Ach nee“, sagte Ott abwehrend. „Was ist denn das für ein Auflauf – warst du das selber, Arno? In dreißig Sekunden hast du aus einem intimen Vorgang einen Schauprozeß gemacht – und da kommt auch noch Lellek.“ Er stemmte sich aus seinem Lieblingsmöbel hoch und lehnte sich an die Barackenwand.
„Darf ich?“ fragte Lellek und versank in seinem Sitzsack.
Ott zog ein enggerolltes Blatt aus der Hosentasche.
„Was ist *das* denn?“ sagte Wenner. „Sag, daß das nicht wahr ist!“
Ott grinste. „Doch, doch. Das ist ein Gelegenheitsgedicht – nur für Arno“, sagte er in bescheidenem Stolz.
„Ein schweißfeuchtes Gedicht“, sagte Malte. „Das ist mal ein ausgefallenes Geschenk.“
„Ihr könnt gern woanders hingehen, wenn ihr wollt. Das ist für Arno, hab ich gesagt, und nur für ihn. Etwas Schönes für Arno. Er versteht mich schon.“ Er hatte das Blatt entrollt und ein wenig geglättet und wandte sich Arno zu.

Im kaum gemilderten Mittagslicht unter dem Sonnensegel trug Ott mit Ausdruck und ohne Stocken sein Geschenk vor.

Nicht und doch nicht

Wo ich dachte ich wäre zu Haus
Dort wo die zerfressenen Wipfel nicht stehen
Die hohen Tannen mit den zerfressenen Wipfeln
Nicht stehen
Wo die häßlichen Hexen in ihren Vitrinen nicht stehen

Wo ich dachte ich wäre zu Haus
Dort steht doch mein Haus nicht
Stehen die Grünen Baracken nicht
Sitzen die alten Schüler nicht
Drückt sie die Bank nicht
Habe ich dieses Gefühl nicht
Lang schon nicht fortgewesen zu sein
Habe ich dieses Verlangen nicht
Weit fort und doch nicht weit fort zu sein

Wo ich dachte ich wäre zu Haus
Dort liegt doch mein Freund nicht begraben
Am Fuße der hohen Tannen
Stehen die Kusinen nicht winkend am Gartentor
Blickt nicht der andere Freund so lebendig herüber
Hält er nicht Ausschau nach meiner
Und doch nicht nach meiner Braut

Wo ich dachte ich wäre zu Haus
Dort bin ich am Ende gern
Doch nicht zu Haus

Nach heftigem Beifallsgetrampel des kleinen Publikums auf dem sonnendürren Boden sagte Malte: „Was Gedichte doch für einen Mülm machen können!“ und klopfte sich die Jacke ab.
„Bravo, Ott!“ flüsterte Wenner ihm zu und legte ihm die Hand auf die Schulter. „Das ist beste Klapprother Schule. Auch sowas verlernt sich offenbar nicht.“
Arnos wasserblaue Äuglein glänzten, und er mußte sich eine Weile räuspern, bis er sprechen konnte: „Verstanden habe ich zwar nicht viel vor lauter nicht und doch und dann doch wieder nicht, aber schön war es, Ott, eben anders schön.“

Auf der Treppe

Zicki saß auf der obersten Stufe der Treppe und betrachtete ihre nackten Füße. Ihre Sandalen zeichneten sich ab wie aufgemalt. Sie hob den Kopf und sah den kleinen Adalgiso Pirlo auf sich zukommen, sehr vorsichtig, denn er hatte eine Eistüte in der Hand.
Der Junge reckte ihr die Hand entgegen, sowie er die Treppe erreicht hatte.
„Tag, Pummel“, sagte Zicki.
„Hier, Babbo schickt dir ein Eis, umsonst. Es ist ein Geschenk. Er hat Aprikose gemacht, extra für dich. Nimm schnell!“ sagte der Kleine, gab ihr die Tüte und leckte sich die klebrigen Finger ab.
„Oh, herrlich“, sagte Zicki und blickte zu Gianni Pirlo in seinem Eiswagen hinüber, der erwartungsvoll den Blick auf sie gerichtet hielt. Sie lächelte ihm zu und schwenkte die Eistüte, die bereits troff, wie es sich gehörte.
„Taschentuch gefällig?“ fragte Wenner hinter ihr, der mit

Marcel gerade Prosecco-Kisten aus Zickis Eigenimport aus dem Haus trug. Zicki nahm sein Taschentuch so selbstverständlich entgegen, wie sie es schon immer getan hatte.
„Ich geh jetzt wieder spielen", sagte Pummel.
„Sind denn genug Kinder da?" fragte Zicki und reckte den Hals nach dem Spielplatz hinter der Küchenbaracke.
„Ja, viele. Arnos Kinder sind da, und dann noch andere, aber kleinere", sagte Pummel ernsthaft.
„Arnos Kinder" sagte Zicki, „das ist schön. Und was spielt ihr so?"
„Wir spielen Himmel und Hölle. Und wir lachen immer, wenn Arno Zwo dran ist, der große Junge von Arno, weil der jedesmal wackelt. Er ist so schwer. Aber er ist nicht in meiner Mannschaft. Es steht schon sieben zu vier." Pummel sah strahlend zu ihr empor.
Zicki leckte einmal rund um die Waffeltüte herum. „Da fällt mir ein, Pummel, ich hab dich vorhin bei den Buden gesehen –" beide richteten den Blick auf die drei kleinen Stände gleich neben dem Parkplatz der Busse. „Die eine, die rechte, heißt doch Casa Nostra", sie wies auf das Schild am Dach des niedlichen Häuschens hin. „Weißt du, was das ist?"
„Klar", sagte Pummel, „Babbo hat mich auch schon gefragt. Das ist ein Familienhäuschen. Die helfen Familien, wenn sie Streit haben und so."
„Ach so", sagte Zicki.
„Und bei den anderen Buden, da war ich auch. Die grüne da ist für Touristen, hat der Mann gesagt, die zeigen den Leuten die schönsten Stellen im Harz. Siehst du die großen Fotos da drin?" Zicki nickte. „Und die in der dritten, die heißen Lonelyharz, und wenn du allein kommst, geben sie dir eine rote Rose und eine Adresse."
„Eine Adresse?"

„Na, wo man hingehen kann. Wenn man keine Freundin hat, glaube ich."

„Das ist ja nett. Das freut mich wirklich. Danke, Pummel. Ich gehe nachher noch bei denen vorbei und bedanke mich. Ein bißchen später."

„Ciao", sagte Pummel und winkte Zicki zu, die sich zwischen Lachen und Weinen hinter Wenners Taschentuch zu verstecken versuchte.

„Ciao, Pummel", rief sie ihm nach.

Zwischen Lachen und Weinen? Den ganzen Tag ging das jetzt schon so. Warum traten ihr verdammt nochmal die Tränen in die Augen, wenn ein Siebenjähriger ihr Auskunft über ein paar harmlose Lobbyisten erteilte, so gut er es eben vermochte? fragte sie sich. Sie zuckte die Achseln. Der Übergang vom Lachen zum Weinen war nun mal fließend. Heute allerdings sehr fließend. Sie steckte Wenners Taschentuch in die Hosentasche. Aus halbgeschlossenen Augen nahm sie das Bild des Festplatzes in sich auf. Langsam, ganz langsam. Noch einmal, denn sie hatte das schon am Vormittag getan. Es gefiel ihr, hatte sie befunden, doch, es gefiel ihr sehr, und jetzt suchte sie ein Wort für das, was ihr so sehr gefiel, daß jede Anwandlung von Betrübnis, das Gefühl der Unwirklichkeit sich rasch wieder verflüchtigte. Ja, das war es: Es war dieses Belebte, dieses Bewegte, das sie erfreute, dieser Eindruck, daß dort unten Farben und Formen in aufhörlicher Bewegung waren, wie – sie suchte einen Vergleich. Wie Vögel oder Schmetterlinge, die auf eine winzige Störung, ein Geräusch hin aufflogen und sich gleich wieder niederließen, wo es sich anbot, so daß sie sich vorstellen konnte, das harmonische Gewoge dort unten wäre durch ein bloßes Händeklatschen oder den Knall einer Papiertüte für Augenblicke zu stören, doch dann nähme alles, nur gerade ein wenig verschoben, neu arrangiert, die alte vielfarbige heitere Bewegung wieder auf ... Versuchsweise schloß sie für ein, zwei Sekunden die Augen. Und öffnete sie wieder – weg und wieder da, ein in sich bewegtes Bild in einem gerade nur angedeuteten, mehrfach durchbrochenen Rahmen, der aus Kuttis Biergartenbänken bestand. Bunt besetzt, wie es gerade kam – das wirkte alles so selbstverständlich. Nur für einen Augenblick erschienen die kleinen Stirnfalten, als ihr Blick die grünen Baracken erfaßte. Schwerfällig kauernd, das war der richtige Ausdruck. Arnos Geschenk, dachte sie träge, Umtausch ausgeschlossen.

„Darf ich?“ fragte Lellek vom Fuß der Treppe. Zicki klopfte neben sich auf den warmen Stein. Ihre Freundin sah mittlerweile doch – nun, nicht gerade derangiert, aber doch recht erschöpft aus und zog es denn auch vor, drei Stufen unter ihr auf die Treppe zu sinken.

„Es geht mir sehr gut, Zicki, doch ich werde mich keinen Meter mehr von hier wegrühren. Keinen Meter. Ganz gleich, was passiert.“ Ihr müdes Gesicht glättete sich bereits, als sie den Kopf an das Treppengeländer lehnte.

Wenner und Marcel kamen mit zwei Kartons aus dem Haus. „Das ist jetzt erstmal genug, glaube ich“, sagte Wenner außer Atem. „Bloß gut, daß es heute nicht ganz so heiß ist –“

„Marcel, Lilo winkt schon die ganze Zeit – ich glaube, du mußt jetzt zur Bühne. Es geht doch gleich los. Geh mal hin, sonst wird sie nervös“, sagte Zicki.

Marcel, dem bei der Theateraufführung eine wichtige Rolle zukam, setzte den Karton einfach ab und sprang die Stufen hinab.

„Eine Blitzkarriere“, sagte Wenner. „Marcel geht zur Bühne. Im Laufschritt.“

„Marcel hat mir heute etwas sehr Schönes geschenkt – ‚Zum

Abschied, Frau Hermann', hat er gesagt." Lellek hob das Päckchen, das neben ihr lag, auf ihre Knie. „Ich habe zu ihm gesagt: ‚Willst du nicht Lellek zu mir sagen wie alle anderen auch?' Und da hat er geantwortet: ‚Ja, Frau Hermann, und wann?' ‚Wann du möchtest', habe ich gesagt. Da hat er gesagt: ‚Bald, ja?'" Lellek wickelte das Geschenk aus dem Papier. Zicki und Wenner bestaunten die zierliche gewölbte Brücke. Der Esel stand genau oben auf ihrem Scheitel, die Vorderbeine ebenso steif weggestreckt wie die Hinterbeine, als wollte er hinübergehen und wollte es zugleich nicht.
„Achtung", sagte Wenner. „Gunilla steht schon beim Wichtelexpress. Es geht los."
Auch Ott schien zu diesem Schluß gekommen zu sein, denn er knallte den Kassendeckel zu und wandte den Kopf zur Bühne.

„Hört mal", flüsterte Zicki. Noch ehe Gunilla das Dreiklanghorn betätigen konnte, war erst leise, dann erstaunlich durchdringend Schellengeläut erklungen. Der Lärm auf dem Hof wurde augenblicklich schwächer und verebbte allmählich ganz, während die Menge träge auf die linke Seite des Hofes hinüberschwappte.
„Geniale Lichtregie", sagte Wenner und hob den Finger zu den Wipfeln der Tannen am Ende des Gemüsegartens. Tatsächlich war die Sonne wie aufs Stichwort teilweise hinter den dunklen Ästen der höchsten Spitze verschwunden und warf jetzt vereinzelte grelle Bahnen auf den Festplatz, der bis eben in ungebrochenes Sonnenlicht getaucht gewesen war.
Das von Tuch verhüllte massige schwarze Gebilde in der Bühnenmitte geriet unter immer heftigerem Schellengeläut in Bewegung.

„Bravo, Marcel“, sagte Lellek, „jetzt hat er den Bogen raus – der hüpft ja heute richtig!“

„Und so gleichmäßig – als käme er wirklich vom Fleck.“

Langsam glitt die schwarze Hülle nach hinten, bauschte sich noch einmal auf und sank auf dem Boden in sich zusammen, während das Publikum beim Anblick des Schlittens zu johlen begann. Zwei in Decken gemummte Gestalten drängten sich in ihrem Gefährt aneinander, und was sich am hinteren Bühnenrand als grüne Masse mehr erahnen als erkennen lassen hatte, zog sich unter erneutem Beifall zu einer Dreierreihe schmucker Tannen auseinander.

„Klappt“, sagte Zicki, denn auch das hatten sie schon anders gesehen.

Langsam rückten die Tannen vom hinteren Bühnenrand vor bis unmittelbar hinter das unverdrossen wippende Gefährt, und das Schellengeläut verklang.

„Jetzt“, sagte Wenner.

„Übers Eichsfeld, wo man Würste macht
Senkt sich nieder rabenschwarze Nacht –“

Starke Erheiterung im Publikum.

„Man versteht jedes Wort“, sagte Lellek. „Brave Mädchen. Ich hatte doch befürchtet –“

Unter wieder einsetzendem, dezenten Schellengeläut ertönte eine durchdringende Knabenstimme aus dem Wust der Decken:

„Muhme Redlich, kommt das Torfhaus bald?“

„Maltes Organ ist einfach ideal für Freilichtbühnen – es trägt nicht, es schneidet“, sagte Wenner.

„Je nun, warte – oh, ein Hinterhalt!“

Erneuter Jubel, als zwischen den zurückweichenden Tannen ein rundlicher Räuber auftauchte und grimassierend sein Messer aufblitzen ließ.
Die drei auf der Treppen klatschten spontan in die Hände – Lilo hatte es selbstverständlich geschafft: Da stand Arno in seiner einstigen Glanzrolle als Räuber Reginald – Ott schaute kurz zu ihnen empor und hob den Daumen.
„Ja, da freust du dich, alter Drückeberger", sagte Wenner, denn Ott war anfangs zum Räuber bestimmt worden – „Aber nur für den äußersten Notfall!" hatte er mehrfach betont. Seine Interpretation der Rolle komme bei weitem nicht an die einstige von Fiseleksche Leistung heran. Die Idee, Arno überraschend in ein Kostüm zu stecken, hatte allerdings für alle etwas sehr Verführerisches gehabt.

„Holla und pardauz, da fällt die Lampe um …",

tönte es munter aus den Tannenkostümen …

…
…
…
„Bah! Schon immer warst du frech und roh
Was so anfängt endet meistens so."

Es war Lilos Stimme anzumerken, daß ihr die verbale Züchtigung Reginald-Arnos aufrichtiges Vergnügen bereitete, und entsprechend knieweich fiel die Antwort des Räubers aus:

„Mutter, tut ihr mich verpfeifen?"
„Hah! Ich sollte mich vergreifen?
Ehrlich bin ich, aber arm.
Mutter bin ich, aber kein Gendarm!"

„Danke, Mutter, habet vielen Dank!
Sohn bleibt Sohn ein Leben lang.“
…
…

Umfangen vom Gefühl tiefer Erschöpfung, verfolgten die drei auf der Treppe mit träger Aufmerksamkeit den Fortgang der bescheidenen Handlung und die begeisterten Reaktionen des Publikums. Unter starkem Applaus trat schließlich die kleinste der Tannen an die Rampe und trug, stimmlich verstärkt von den beiden anderen, unter koketten Gesten das Schlußgedicht vor:

Die Tanne

Wenn Beifall aufbrandet
Dann ist es so weit
Dann wechselt die Tanne
Ihr ewiges Kleid
Schaut her, schaut her
Wo Beifall aufbrandet
Da grünet nichts mehr

Mit den letzten Worten warf Tanne Erni ihr grünes Gewand ab und stand in paillettenbesetztem Kleid und Federboa triumphierend am Bühnenrand. „Da capo“, schrie das Publikum, „Zugabe! Zugabe!“

Die drei auf der Treppe erhoben sich und applaudierten. Ott riß die Arme hoch und hatte sich halb zu ihnen umgewandt, als er plötzlich den Blick auf das Hoftor hinter der Hausecke richtete.

„Was sieht er denn da?“ Stirnrunzelnd beobachtete Wenner, wie Ott die Kasse und den Spendenbehälter an sich raffte und eilends das Kassentischchen verließ. Arno, der unter den Zurufen des Publikums wieder und wieder seinen Räuberhut geschwenkt hatte, richtete sich aus einer tiefen Verbeugung auf und erstarrte.
„Was haben die denn?“ fragte Zicki, und die drei auf der Treppe blickten wie gebannt von Arno zu Ott, der mit den Tageseinnahmen bereits die Zuschauermenge durchpflügte und auf die Schulbaracke zustrebte.
Wenner stand auf. „Ich geh mal nachsehen“, sagte er. „Bleibt ihr ruhig hier.“
„Wo denkst du hin!“ Zicki sprang die Stufen hinunter.
„Ich bleibe und bewache die Haustür!“ rief Lellek ihnen nach und rührte sich keinen Meter vom Fleck. Ganz gleich, was passieren würde.

Roy läßt dich grüßen

„Wo kommen die denn her?“ murmelte Arno und verließ eilends die Bühne.
Er drängte sich zur Schulbaracke durch, um sein Kostüm loszuwerden, und war nur noch wenige Schritte davon entfernt, als er Ott und Marcel erblickte, die rauchend an der Hintertür der Geschenkebaracke lehnten. Seit wann raucht denn Marcel? dachte Arno irritiert und machte ein paar Schritte auf die beiden zu, ehe er ruckartig stehenblieb. Da waren sie schon, die zwei ungebetenen Gäste. Ohne auf Ott und Marcel zu achten, kamen sie näher.
„Sehen die bloß so aus, oder sind die gefährlich?“ murmelte Ott.

„Ich kenne so welche", murmelte Marcel zurück und unterdrückte seinen Hustenreiz, „ein paar. Auf dem Minigolfplatz waren die."
„Die spielen Minigolf?"
„Nee, die fahren mit ihren Motorrädern da durch. Warum weiß ich auch nicht."
„Ich schon", knurrte Ott. „Sowas zieht die magisch an. Aber richtig übel wird's erst, wenn sie absteigen. Wie die hier."
„Ei ei ei", sagte der Größere von beiden, „der Räuber von Fiselek. Na, das paßt ja gut."
Beide lachten dreckig.
„Was wollt ihr hier?" fragte Arno.
„Tachchen erstmal", sagte derselbe Kerl und stieß seinen Begleiter in die Seite. „Sieht nett aus Arno, nä?"
„Na ja", sagte der Kleinere, „bißchen schlunzig. Aber, doch, sieht ganz nett aus. Wem seine Party is'n das, Arno?"
„Was wollt ihr hier?" wiederholte Arno seine Frage.
Der Größere hob beschwichtigend die Hände. „Roy läßt dich grüßen. Wir wollen nur sein Motorrad abholen. Sind gleich wieder weg."
„Ach nee", sagte Arno höhnisch. „Wenn Roy mir was zu sagen hat, soll er selber herkommen. Dann sag ich ihm auch mal was."
„Tät er ja, wenn er könnte. Er ist nur gerade verhindert. Und wir haben noch was zu kriegen von ihm. Darum schickt er mich und Hacki, das Motorrad abholen."
„Verhindert? Ich sag euch, wo Roy ist: im Knast. Und da bleibt er auch. Und jetzt haut ab."
„Mann, das ist ja 'ne Gastfreundschaft hier. Aber wir haben auch was mitgebracht, Herr Räuber – zeig mal vor unsere Vollmacht, Zippo."
Arno, der immer noch sein Requisit, Hedels bestes Tranchier-

messer, in der Hand hielt, machte einen Schritt auf die beiden Kerle zu.

„Huhh!" machte der, der Zippo hieß, und hob den Arm vors Gesicht. Der andere, Hacki, ließ die Hand vorschnellen und tippte Arno mit dem Zeigefinger an die Brust. „Plumps!" sagte er, und Arno setzte sich auf den Hintern. Das brachte Bewegung in die Schar der Freunde, die teils zu Arno stürzten, teils einen engen Ring um die beiden Eindringlinge bildeten.

„Ja, wo sind wir denn hier?" sagte Hacki. „Auf der Bonanza?"

Zippo stieß einen entzückten Kiekslaut aus. Ott riß der Geduldsfaden, und er schob sich energisch von hinten zwischen die beiden Kerle.

„Ich gebe euch drei Sekunden –", begann er drohend.

„Hah! Was sage ich, Zippo – da kommt auch noch Hoss." Er tippte sich grinsend an die Schläfe. „Nett, Sie kennenzulernen, Mister. Und nichts für ungut – wir waren nur gerade in der Gegend, bißchen Luft schnappen, und da haben wir uns gedacht: Fahren wir doch eben bei Arno vorbei und holen Roys Motorrad. Ist doch ein Aufwasch."

„Genau. Holen wir mal eben Roys Harley", bestätigte Zippo.

„Roy hat keine Harley, ihr Knalltüten", knurrte Arno, der wieder stand und sich das Kostüm abklopfte. „Roy hat keine Harley, weil Roy keine Harley bezahlt hat. Und jetzt verzieht euch, aber hepp."

Malte, der Arno das Messer abgenommen hatte und es nun in der Hand hielt, wie seine Mutter es ihn gelehrt hatte – immer mit der Spitze nach unten, Junge –, sagte schnei-

dend: „Herr von Fiselek ist mein Patient. Wenn Sie ihn weiter bedrohen, rufe ich die Polizei."
„Jetzt wird's gemischt", sagte Zippo. „Ist zwar nur 'n ganz kleiner, aber 'n Arzt isses doch. Nee, da gehe ich lieber. Ärzte sind irgendwie gruselig. Was meinst du, Hacki, gehn wir erstmal, bis der Trubel sich 'n bißchen gelegt hat? Da kriegt man ja Kopfschmerzen von. Wir kommen lieber noch mal vorbei, wenn es was ruhiger ist, nä?"
Hacki sog die Unterlippe ein und sagte: „Klar doch, Zippo. Wir kommen einfach nochmal vorbei, wenn es ruhiger ist." Er schlug seinem Begleiter auf die Schulter und setzte sich in Bewegung. Der andere grinste Arno boshaft zu: „Paß auf dich auf, Patient. Nicht, daß du dich einfach vom Acker machst!"

Eine Weile standen die Freunde stumm, den Blick auf Arno gerichtet.
„Hätte man jetzt Angst haben sollen?" fragte Zicki im Ton der besorgten Gastgeberin.
„Ach was", sagte Arno, der sichtlich mit dem Gefühl ohnmächtiger Wut zu kämpfen hatte. Welcher Mann von Ansehen und Würde setzte sich, an seinem Ehrentag zumal, schon gern auf Kommando auf den Hintern? Doch er fing sich rasch wieder und machte eine wegwerfende Geste. „Das sind doch ganz kleine Lichter, Zicki. Aber irgendwann kauf ich mir die noch mal, das verspreche ich euch." Er blickte zustimmungheischend in die Runde, doch die Zustimmung blieb aus.
„Das laß man bleiben, Arno", sagte Wenner. „Wir waren immerhin zehn, die nur zwei. Das kann auch mal andersrum kommen."

„Da sieht man mal wieder, wie sehr es aufs Auftreten ankommt“, sagte Ott böse.

„Und aufs Abtreten“, sagte Malte. „Denen haben wir Beine gemacht.“

„Ach Malte“, sagte Lilo und tätschelte ihm die Wange. „Du hast das sehr gut gemacht, das stimmt, doch zum Fürchten waren die nun auch wieder nicht.“

„Warum ziehen die sich bloß immer so albern an – dieses ganze Klimperzeug“, sagte Erni mit gekrauster Nase.

„Es spricht Erni La Douce“, sagte Malte, und Erni, die, das Tannenkostüm sorgfältig über dem Arm gefaltet, noch immer ihr Paillettenkleid, die durchbrochenen schwarzen Strümpfe und die Federboa trug, fühlte plötzlich aller Blicke auf sich gerichtet und eilte verlegen auf die Tür der Schulbaracke zu, um sich umzuziehen.

„War die niedlich als Tanne“, sagte Arno und warf sein Räubergewand ab. „Und jetzt müssen wir zurück zu unseren Gästen. Ich will das Lied hören, was die Roller bis zum Schluß aufgehoben haben.“

An der Tür der Geschenkebaracke wandte er sich noch einmal um.

„Warum rauchst du denn plötzlich?“ fragte er Marcel.

„Das war nur zur Tarnung“, antwortete Ott für ihn.

„Das war's bei mir auch mal“, antwortete Arno kopfschüttelnd.

„Herrje“, rief Malte und stürzte davon, „mein letzter Auftritt!“

„Das Schlußlied für Arno?“ fragte Zicki. „Ist das nicht wie eine Platte, die nie mehr aufhört?“

„Das ist nicht wie eine Platte, das ist wie eine Rille“, sagte Lilo. „Malte hat es mir vorgesungen. Man kann es sofort mitsingen.“

„Und der Text? Den kennt doch kein Mensch.“

„Das Lied heißt *Du bist wie ein Vogel,* und so heißt auch der Text." Lilo lachte herzlich.
„Hoffentlich hat Hedel nichts mitbekommen", sagte Zicki. „Sonst sagt sie wieder: ‚Das Böse kennt keinen Ort und keine Stunde, Zickilein'" – sie ahmte Hedels Tonfall perfekt nach – „und dann bleibt sie heute nacht hier, statt mit Elisabeth mitzufahren. Die beiden müssen morgen früh nach Altencell-Graberfeld."
„Pschscht", machte Wenner plötzlich und lauschte. Irgendwo aus weiter Ferne war ein Grummeln zu hören. Alle horchten. „Heute könnte es schon eher etwas geben. Der Himmel hat so eine verdächtige Farbe."
„Das kommt, aber später, viel später", sagte Marcel bestimmt.
„Solange es nur donnert", sagte Ott.
„Arno ist glücklich", sagte Zicki.
„Er hat ja auch alles gehabt, was er sich gewünscht hat. Sogar ein bißchen Killerbiene. Aber langsam wirkt er überfeiert. Da fehlt nicht viel, und der alte Arno kommt durch."
Ott wiegte bedenklich den Kopf, nahm rechts und links eine Kusine unter den Arm und drängte mit den anderen an der Baracke vorbei auf den Festplatz.
„Du bist wie ein Vogel, wie ein Vogel, wie ein Vogel", begannen die Goser Roller in diesem Augenblick.
„Du bist wie ein Vogel, wie ein Vogel, wie ein Vogel ..."
„Was habe ich gesagt?" Lilo hatte es gesagt.

Feuer!

Ein trockener Knall ließ Zicki aus tiefem Schlaf emporfahren.
„Knalltüte", murmelte sie, in ihren Traum verheddert wie in ihr Laken, das sie hinter sich herschleppte, als sie benommen aus dem Bett kroch.
Irrtum, großer Irrtum, Zicki! Flammen schlugen aus dem hinteren Ende der Geschenkebaracke und leckten den Fahnenmast empor.
„Feuer!" schrie Zicki, warf das Laken fort und raffte im Dunkeln ihren Bademantel vom Bettende. Sie stürzte zur Tür und machte Licht. In der Diele angekommen, griff sie nach ihrem Autoschlüssel und rannte zur Haustür, kehrte jedoch gleich wieder um. „Feuerwehr", sagte sie und wählte die drei Ziffern, die ihr Vater auf den Apparat geklebt hatte. „Hoffentlich sind die da." Sie leckte sich über die trockenen Lippen.
„Wo? Hinter dem Haus – ach so, in Hohe Tannen, da, wo das Sägewerk war ... Machen Sie schnell ..." Sie ließ den Hörer fallen, lief hinaus und die Treppe hinunter. Draußen auf dem Parkplatz vor dem Haus schimmerte einsam der weiße VW-Bus. Das Hoftor flog ihr aus der Hand und schwang zurück, als sie stehenblieb und sich wieder umwandte.
„Ach Kacke!" sagte Zicki und sank auf die Knie. Sie befühlte ihre Schläfe und starrte auf die brennende Baracke. Eine dunkle Gestalt kam vom Ende des Hofs auf sie zugehetzt. Im Feuerschein erkannte sie Marcel. Mit offenen Schnürsenkeln, dachte sie, als er fast bei ihr war. Ihr wurde schwarz vor Augen.
Sie spürte Marcels tastende Finger an der Schläfe. Es tat weh, aber nicht sehr.

„Ist nicht schlimm, Zicki", sagte Marcel „das muß nicht mal genäht werden. Aber eine Beule wird das schon. Komm, ich fahr dich zu Malte."
„Auf keinen Fall", widersprach Zicki und ließ sich aufhelfen. „Malte ist ... Malte hat gerade keine Sprechstunde, Marcel. Er ist ein bißchen – hinüber ..." Ihr Lächeln war ansteckend, und Marcel grinste.
„War das der Blitz, Marcel?"
„Ja ja, der Blitz", sagte er eifrig. „Es hat doch schon lange gedonnert."
Zicki umklammerte seinen Arm. „Und Papas Haus, Marcel? Mamas Rosen –"
„Der Wind kommt von der Seite. Das wird nicht so schlimm. Da brennt höchstens noch die Küchenbaracke und dann ein bißchen der Wald, vielleicht bis runter zur Feuerschneise – und außerdem regnet es gleich ..."
Beide blickten stumm durch das Hoftor und lösten sich erst vom Anblick der brennenden Geschenkebaracke, als der Fleischermercedes mit aufgeblendeten Scheinwerfern aus dem Waldweg geschossen kam. Zicki lächelte zum zweitenmal, denn Wenner und Ott sahen aus, als hätten sie sich ihre Kleidungsstücke geteilt. Was sie, offensichtlich in höchster Eile, übergestreift hatten, bedeckte bei weitem nicht alles. So leuchtete Otts nackter Oberkörper weiß wie ein Fischbauch, doch dafür hatte er wenigstens Schuhe abbekommen.
„Ich hab plötzlich den Feuerschein gesehen", rief Wenner.
„Es hat doch noch gar nicht geblitzt!" Ott schien fassungslos. „Ich stand schließlich die ganze Zeit am Fenster. Die Feuerwehr kommt gleich – ich glaube, ich höre sie schon." In der Tat war von weither die Sirene zu hören.

„Was fehlt ihr?" fragte Wenner Marcel und legte den Arm um Zicki.
„Das Hoftor hat sie k.o. gehauen", erklärte Marcel. „Sie kriegt aber nur ein Horn."
„Sie hat schon eins", stellte Wenner fest, „ein schönes, großes Horn, Zicki. Wir legen gleich was Kühles drauf, bleib ganz ruhig."
Sie war ja ganz ruhig. Doch dann fiel ihr etwas ein. „Arnos Geschenke!" rief sie, „Alle verbrannt! Wie grausam!"
„Iwo, Zicki, alle gerettet", sagte Ott. „Wozu hat einer vier Kinder? Er hat sie noch spät am Abend alles ins Auto schleppen lassen, sogar die Hortensien."
Zu viert standen sie neben einander am Hoftor, die Hände um die Gitterstäbe gelegt. Prasselnd stürzte das Dach ins Innere der Baracke.
„Manchmal ist so ein Feuerchen doch ein Geschenk des Himmels", murmelte Wenner.
„Noch ein Geschenk!" rief Ott, „Ich kann das Wort nicht mehr hören. Irgendwann muß mal Schluß sein."
„Sage ich doch." Wenners Augen glänzten.
Eine heftige Böe trieb die Flammen auf das Dach der Küchenbaracke hinüber, das rasch Feuer fing, und gleich darauf drückte ein zweiter Windstoß die Flammen über den Zaun.
„Na halleluja!" rief Ott. „Nennst du das Feuerchen? Ein Waldbrand ist das, und wir stehen hier und genießen das Schauspiel!"
„Was sollen wir denn tun? Eine Eimerkette bilden?"
„Wir haben doch nur zwei Eimer", Zicki sprach wie in Trance.
Sie rührten sich nicht vom Fleck.

Das Geheul der Feuerwehrsirene klang jetzt ganz nah.

Im Wald

Zögernd in drangvoller Enge
Trollt sich das wilde Schwein
Berstend durch altes Gestänge
Nimmt es den Weg hinein

Angstlos das äsende Rehwild
Wie das zur Rauf schielt!
Ewiges Leibergemenge
Und seine Mägen füllt

Fern aus dem Flammenmeere
Winkt uns die Försterin
Ob das denn niemand schere?
Doch das ist nicht der Sinn

Backalas Kreuz

An einem stürmischen Oktobertag erreichte Wenner, auf der Rückfahrt von Italien, gerade in dem Augenblick die scharfe Biegung am Fuß der hohen Tannen, als die zwei Forstarbeiter sich in ihrer Mittagspause einen Jux daraus machten, das *Unfassbar*-Kreuz, Backalas Kreuz, hin- und herzuwerfen. Das ist ja auch lustig für die, dachte Wenner zähneknirschend, während er aus dem Wagen sprang, sie haben Backala schließlich nicht gekannt.
(Im ersten Moment habe er an einen Kinderbumerang denken müssen, wird er später den Freunden erklären, diese Dinger, die so albern flogen und nie zurückkamen.)

Mit erhobener Hand stürzte er auf die hohen Tannen zu.
„Heh heh", sagte er und fiel dem Forstarbeiter in den Arm, der gerade wieder zum Wurf ausholte. „Totenruhe – nie gehört, was?" sagte er und entwand ihm das hölzerne Kreuz.
Im Weggehen sah er, daß zwei der hohen Tannen bereits gefällt in der Feuerschneise ruhten. Der Brand hatte das Waldstück zwischen dem Backlaschen Grundstück und der Feuerschneise zerstört, wie Marcel es vorausgesagt hatte. Dort hatte er haltgemacht, wohl auch dank des schweren Gewitterregens, der über Hohe Tannen niedergegangen war. Der Gemeinderat war dem Antrag der Feuerwehr, die hohen Tannen zu fällen, nach einigem Hin und Her gefolgt. Nicht auszudenken, wenn das Feuer auf sie übergegriffen hätte, lautete die Begründung der Befürworter des Antrags, die reinsten Brandfackeln wären die fünf Tannen gewesen, so wie sie sich mit ihren windschiefen, hitzedürren Wipfeln über die Feuerschneise neigten ... Wenner tat der Anblick der hingestreckten Riesen weh. Die hohen Tannen waren nun einmal das Wahrzeichen seines Heimatortes gewesen. Ohnehin hatte er immer schon ein respektvolles, ja liebevolles Verhältnis zu den manchmal halbversteckten, oft ganz unscheinbaren Wahrzeichen seiner näheren Heimat gehabt. Die hohen Tannen würden ihm fehlen, dachte er, während er die letzten Meter seiner Heimreise zurücklegte.
Zu Hause angekommen, lehnte er Backalas Kreuz an den alten Apfelbaum hinter dem Haus, so daß er es gleich morgens vom Schlafzimmerfenster aus und später beim Frühstück vom Küchentisch würde sehen können. Er stellte sich vor, wie er sich in wenigen Wochen schon, wenn er wieder in der Welt der Gehörlosen leben würde, so winterstumm

war es zuweilen um ihn herum, bei Einbruch der Dämmerung mit den Händen auf das Fensterbrett stützen und über den bläulich schattierten Schnee zu Backalas Kreuz hinausblicken würde. Das wäre dann fast schon Gesellschaft ... Er schüttelte den Kopf. Jetzt war wieder eine andere Zeit. In wenigen Tagen würden die Polaczeks aus Australien zurückkehren, Zicki in wenigen Wochen, wenn der Künstler Feller sich wieder um das Bauernhaus und seine zahlenden Gäste kümmern würde. Und bis dahin – er wollte sich schon abwenden, um ins Wohnzimmer hinüberzugehen, als er Waller nonchalant über die niedrige Buchsbaumhecke des Gemüsegartens setzen sah. Wie ein harmloser Spaziergänger näherte er sich dem Apfelbaum und inspizierte das hölzerne Kreuz. Wenner öffnete die Küchentür zum Garten, und der Hund hob den Kopf. „Komm, Waller, komm schon", rief Wenner und leitete das Begrüßungsritual ein. „Braver Hund", sagte er, als Waller sich wieder beruhigt hatte. „Ist alles noch da. Hast gut aufgepaßt. Darum wirst du auch als erster begrüßt. Nach Backala natürlich."

Wenig später setzte Wenner sich an den Eßtisch. Ein paar Tage nach dem Finkenmanöver hatte er in Gos zwei gleiche Notizbücher gekauft. Das eine hatte er Zicki mit den Worten geschenkt: „Es ist leider nur ein Versprechen, denn seine Seiten sind leer, doch es soll ein Buch daraus werden, das dir gefällt. Es könnte *Hohe Tannen* heißen oder jedenfalls ganz ähnlich. Wie findest du das?"

„Gut", hatte sie geantwortet. „Gut finde ich das."

„Ich werde bald anfangen, es zu schreiben."

Das zweite Exemplar, das jetzt vor ihm lag, hatte er fast bis zur letzten Seite vollgeschrieben mit seinen Notizen. Zeit, ein wenig Licht in die Dinge zu bringen, dachte er. Er stand auf und ging in die Küche hinüber, wo Lelleks brauner Umschlag noch immer zwischen den Tassen steckte. Zeit für die Erinnerungen einer Nichte zum Beispiel.

Nachbemerkung

Selbstverständlich finden sich die Schauplätze dieser Geschichte auf keiner Harzkarte. Sie sind erfunden wie ihre Namen, zeugen jedoch von einem gewissen Anlehnungsbedürfnis, wie sich der Roman zu seinem Fortgang oder seiner Zierde obendrein den einen oder anderen kleinen Mundraub leistet. Im übrigen läßt er nichts so, wie es in Wirklichkeit ist, so daß sich gewiß kein Harzfreund durch ihn gehindert fühlen wird, in diesem nördlichsten deutschen Mittelgebirge auch künftig etwas ganz Wunderbares zu erblicken.

Die Autorin

Lesen. Wann, wenn nicht jetzt?

Karin Kerstens gefeiertes Roman-Debut über eine ebenso fröhliche wie melancholische Lebens-Gemeinschaft am Rande der Großstadt, voller Esprit.

»So hintergründig und witzig ist über den zweiten Lebensabschnitt selten geschrieben worden!«
Michael Krüger

»Großartig. Ein Areal der Hochkomik.« **Focus**

»Ein Sprachfest.«
Stuttgarter Zeitung

»Vom bewegten Alltag der Älteren: Jugend ist nicht alles!«
Berliner Zeitung

»Virtuos: Die Großstadt als unwiderstehliches Gehege.«
Süddeutsche Zeitung

»Ein Roman von wohlbedachter Unaufgeregtheit, erfrischend, mit einem ureigenen Ton – und einem ganz speziellen Humor.«
Neue Zürcher Zeitung

2. Aufl., 272 Seiten, geb. m. Schutzumschlag, 22,– Euro

Ein Spitzentitel der SWR-Bestenliste!

WWW.KLOEPFER-MEYER.DE

KLÖPFER&MEYER

Diana Verlag

JEANNETTE WALLS

Schloss aus Glas

»Ein komisches, anrührendes Buch.« *Stern*

»Geschichten erzählen kann Walls. Bald will man das Buch gar nicht mehr zuklappen.« *Frankfurter Neue Presse*

»Jeannette Walls berichtet mit Liebe, aber auch mit Wehmut, jedoch ohne Bitterkeit von dieser seltsamen Kindheit in einer unangepassten Familie.« *Elke Heidenreich*

978-3-453-35135-6

www.diana-verlag.de

Diana Verlag

Güzin Kar

Ich dich auch

Liebe macht nicht blind – sie macht blöd!

In »Ich dich auch« wollen alle nur das eine und kriegen meist das andere. Sie wollen mehrere Liebhaber parallel und bekommen einen einhodigen Mann. Sie kämpfen für den Weltfrieden und werden zum Regisseur eines Kriegsfilms. Sie suchen Romantik und kriegen Sex. Sie suchen Sex und kriegen Akne …

»Ein tierisches Vergnügen« *Blick*

»Ein unwiderstehlicher Humor« *Weltwoche*

»Güzin Kar, das ist ›Harry und Sally‹ in verschärfter Gangart: ein an Pointen verschwenderisch reiches Meisterwerk.«
Frankfurter Neuer Presse

978-3-453-35267-4

www.diana-verlag.de